D1388810

MÉMOIRES
D'UNE PIRATE

Conception de couverture : Ian Butterworth
Photographie de couverture : Ron Sutherland

Titre original : *Pirates !*
Pour l'édition originale publiée en 2003
par Bloomsbury Publishing
© Celia Rees, 2003

© Éditions du Seuil, 2004 pour la traduction française,
2011 pour la présente édition
Dépôt légal : juin 2011
ISBN : 978-2-02-105186-5
N° 105186-1

www.seuil.com

Celia Rees

MÉMOIRES
D'UNE PIRATE

Traduit de l'anglais
par Anne-Judith Descombey

OUVRAGE TRADUIT AVEC LE CONCOURS
DU CENTRE NATIONAL DU LIVRE

Seuil

NOTE DE L'AUTEUR

Il est rare de pouvoir dire, au jour et à l'heure près, à quel moment un livre est né. Je peux néanmoins affirmer que ce roman a vu le jour sous la forme d'une remarque liminaire dans un e-mail à mon éditeur, Sarah Odedina, sur un tout autre sujet. Cette remarque était tout à fait frivole, mais l'enthousiasme de Sarah était égal au mien, et c'est ainsi que, après trois échanges d'e-mails, j'ai accepté d'écrire l'histoire d'une fille qui devient pirate. C'était comme si cette idée avait jailli sous sa forme achevée de cet échange fructueux. Toutefois, en y réfléchissant, je me suis rendu compte qu'elle existait depuis mes dix ans, à l'époque où je passais mon temps à dessiner des vaisseaux pirates en rêvant à d'autres vies plus palpitantes que la mienne. Certains vers de *Sweet Polly Oliver*, une chanson apprise à l'école, s'étaient gravés dans ma mémoire :

… une idée étrange lui était soudain venue.
Ni son père, ni sa mère ne purent l'en faire changer
Elle voulait s'enrôler dans l'armée pour suivre son bien-aimé…

Je me souviens d'avoir trouvé cette idée vraiment splendide, extraordinairement audacieuse et terriblement romantique. Depuis, j'ai toujours adoré les ballades et collectionné les chansons sur les marins et leurs bien-aimées, les naufrages, les vaisseaux fantômes et les filles qui s'habillent en garçons et deviennent marins ou soldats pour suivre leur cœur et leur destinée. Pour moi, toutes ces ballades (dont j'ai dressé la liste sur mon site www.celiarees.co.uk) ressuscitent le temps des corsaires. J'ai lu les écrivains de l'époque, en premier lieu Daniel Defoe. Je leur dois beaucoup, à lui et à son *Histoire générale des plus fameux pirates*, écrite sous le pseudonyme du capitaine Johnson. Cette œuvre m'a fourni presque tous les renseignements dont j'avais besoin. J'ai également consulté les ouvrages d'historiens modernes qui ont redécouvert l'histoire des marins, esclaves, rebelles et révoltés de cette époque, et celle de la véritable Polly Oliver. Tous ces personnages m'ont aidée à construire l'univers que je souhaitais recréer.

Vous pourrez consulter cette bibliographie sur le site www.celiarees.co.uk. Toutefois, ces lectures ne constituent qu'une partie du travail qui a donné naissance à ce roman.

À cet égard, je dois remercier de nombreuses personnes, en premier lieu mon époux Terry, pour sa patience, sa capacité d'écoute, son enthousiasme lucide et sa lecture attentive, et ma fille Catrin, qui m'a accompagnée à Bath et à Bristol, sa ville d'adoption, où nous nous sommes livrées à une exploration minutieuse et épuisante. Par une journée torride, nous avons tenté de retrouver dans cette ville des vestiges du monde dans lequel Nancy a vécu. J'aimerais également exprimer toute ma reconnaissance aux galeries d'art et aux musées de Bristol pour leurs merveilleuses collections de peintures et d'objets de cette époque, ainsi qu'à Julia Griffith-Jones, qui a dessiné pour moi le collier de rubis, et à David et Jenny Preston, qui m'ont apporté des épices. Je souhaiterais enfin remercier mon agent Rosemary Sandberg et tous ceux qui se sont imprégnés de ce roman et m'ont permis de leur emprunter ce dont j'avais besoin pour l'écrire. *Pirates* leur est dédié, à eux et à tous ceux qui ont rêvé un jour de devenir pirates.

Je suppose que nous n'avons pas à nous excuser de donner le noble nom d'Histoire aux pages qui suivent, bien qu'elles ne renferment rien d'autre que les faits et gestes d'une poignée de voleurs : ce sont le courage et la ruse, en effet, qui rendent les hauts faits dignes d'être racontés, et l'on s'accordera certainement à trouver dignes de ce nom les actions qui suivent.

Daniel Defoe,
Histoire générale des plus fameux pirates,
Préface à la quatrième édition

PRÉFACE

1724

J'écris ce récit pour de nombreuses raisons.

J'écris d'abord pour me libérer de mon chagrin. Il me semble que si je parviens à ressusciter sur le papier les aventures que j'ai vécues avec Minerva, la douleur que me cause notre séparation en sera atténuée. De plus, un long voyage en mer peut se révéler fastidieux. Je dois donc trouver des distractions plus conformes à ma condition, maintenant que j'ai abandonné mes pistolets et mon sabre, et troqué mon pantalon pour une robe.

Les pages qui vont suivre retracent mon histoire. La mienne et celle de Minerva. Lorsque j'en aurai consigné tous les événements et ce qui les a provoqués, je remettrai mon manuscrit à Mr Daniel Defoe, un gentleman de Londres qui, d'après ce que j'ai entendu dire, s'intéresse à tous ceux qui ont choisi la vie de pirate.

Si cette histoire paraît quelque peu extravagante, à la manière d'un roman, je peux t'assurer, lecteur, qu'elle n'a pourtant rien d'une invention. Nos aventures n'ont nul besoin des enrichissements de l'imagination, bien au contraire : j'ai même dû laisser certains détails dans l'ombre afin de n'offenser personne. On trouvera dans ce récit une foule de choses étranges et terribles, qu'un certain nombre de personnes jugeront contraires à toutes les lois de la nature. Je t'adjure pourtant, lecteur, de suspendre ton jugement jusqu'à la fin de ta lecture : tu connaîtras alors dans toute leur exactitude l'ensemble des raisons pour lesquelles nous avons été entraînées dans cette existence dépravée et acquis notre triste réputation de pirates.

LA FILLE DU MARCHAND DE BRISTOL

CHAPITRE 1

J'ai toujours eu le goût de l'aventure, même enfant, et pendant des années, j'ai rêvé de partir sur l'un des navires de mon père. Par un maussade matin d'été de l'année 1722, mon vœu se réalisa, mais pas exactement comme je l'aurais souhaité.

Je quittai le port de Bristol à bord du *Sally-Anne*; son pavillon était en berne et les hommes de l'équipage portaient des brassards noirs. Le jour s'était levé, morne et froid. La pluie nous cinglait le visage en rafales. Les sourcils froncés, les marins levaient des yeux inquiets vers les nuages filant dans le ciel, mais ce n'était qu'un grain passager, le dernier souffle de la tempête qui, en mettant fin à l'existence de mon père, avait bouleversé la mienne.

Mon père faisait le commerce du sucre et des esclaves. Il possédait une plantation à la Jamaïque, qui était notre destination; j'ignorais cependant tout des raisons de ce voyage, car personne ne m'en avait soufflé mot. C'était la dernière volonté de mon père, voilà tout ce que mes frères avaient bien voulu me dire. Je n'avais pas encore seize ans et j'étais une fille, si bien que l'on ne m'avait consultée en rien. Ils me croyaient stupide, mais je suis loin de l'être. J'avais déjà assez d'expérience pour ne faire confiance à aucun d'eux et l'avenir allait me donner raison. En réalité, ils m'avaient vendue comme n'importe lequel des Africains qu'ils allaient acheter sur les côtes de Guinée.

Il se pouvait que je ne revoie jamais ma ville natale, mais je ne pleurai pas en la quittant. Pas plus que je ne regardai en arrière comme d'autres le faisaient, pour emporter une dernière image d'une amoureuse ou d'une épouse, ou contempler le haut clocher de St Mary Redcliffe en murmurant une prière : *Marie, mère de Dieu, Étoile des mers, bénis-moi et veille sur moi.* Mon amoureux avait quitté le port et mon père était enterré dans l'église, où son corps se décomposait pour retourner à la terre.

Il avait toujours regardé ses navires sortir du port. Peut-être, en cet instant, son esprit observait-il d'en haut celui qui m'emportait – esprit sans repos, accablé par ce qu'il avait accompli, désemparé et furieux de son impuissance de fantôme, comprenant enfin que les morts sont sans pouvoir sur les vivants.

S'il était réellement présent, je ne le sentais nullement. Je sentais seulement la pluie qui tombait sur moi, faisait foncer mes cheveux, ruisselait sur mon visage et gouttait de mon menton. Le ciel pleurait à ma place. La détresse pesait sur moi comme mon manteau détrempé.

À présent, nous étions sortis du port et nous avancions dans une gorge sinueuse, entre de hautes falaises dont le sommet disparaissait dans les nuages descendant vers la terre. Propulsé par les efforts des rameurs, le navire glissait lentement entre d'imposantes parois verticales qui réduisaient le chenal à des dimensions dérisoires et semblaient prêtes à se resserrer pour nous broyer comme Jason et ses Argonautes. Le pilote hurlait des ordres et annonçait les profondeurs, guidant le navire hors du détroit de l'Avon, vers les plaines boueuses et les marais lugubres de Hungroad. Là-bas, un gibet surplombait la rive, lesté du cadavre couvert de goudron et de chaînes d'un misérable matelot. Le corps était exposé dans une cage en acier dont le grincement sonnait comme un avertissement pour les navires de passage.

J'aurais dû y prêter plus attention, mais ce n'était pas la première fois que je voyais un gibet et je n'accordai à celui-ci qu'une pensée fugace.

Lorsque nous atteignîmes la Manche, les remorqueurs nous abandonnèrent pour rentrer au port. Les quelques rares passagers du navire s'étaient depuis longtemps réfugiés dans leur cabine à l'approche du mauvais temps, et seuls les marins restaient sur le pont.

Il y a fort à faire lorsqu'un navire prend la mer. Les marins vaquaient à leurs tâches autour de moi en détournant les yeux. Personne ne me demanda de partir, ni ne m'envoya dans ma cabine. On me laissait tranquille par égard pour le deuil qui m'éprouvait. Du moins, c'est ce que je croyais, mais les nouvelles vont vite dans les auberges et les tavernes du port. Peut-être les marins en savaient-ils plus que moi.

Quand on donna l'ordre de repartir, l'équipage redoubla d'activité. Les voiles se gonflèrent et le navire pencha, luttant contre le vent d'ouest pour gagner la haute mer. Sous nos pieds, l'eau tournoyait, rougie par la boue de la Severn en crue, et le navire piqua du nez, entraîné par les courants de la mer et du fleuve qui s'unissaient en vagues impétueuses. Je m'agrippai si fort au bastingage que les jointures de mes mains blanchirent. Tandis que nous nous éloignions de la terre, la pluie se mit à tomber plus fort, brouillant les limites de la mer et du ciel. Autour de nous, l'horizon disparut dans une grisaille agitée de bourrasques, si bien que je ne voyais plus où j'allais, ni d'où je venais. Le navire avançait contre le courant, giflé par des rafales. Je n'étais pas habituée au mouvement des navires et, tandis que le *Sally-Anne* plongeait au creux d'une vague pour remonter aussitôt, je glissai sur le pont mouillé et faillis tomber. Je fus saisie et redressée par mon frère Joseph qui arrivait derrière moi.

– Viens, Nancy, me dit-il, il est temps de redescendre. Tu gênes les matelots et ils ont assez à faire sans s'inquiéter de te voir passer par-dessus bord !

Il me guida dans l'entrepont avec de grandes démonstrations de gentillesse et d'attentions fraternelles. Je connais maintenant la raison de ces prévenances. Si j'étais passée par-dessus bord, son avenir serait tombé à l'eau avec moi.

Joseph me confia aux soins d'un steward, un certain Abe Reynolds, qui m'aida à ôter mon manteau trempé en se lamentant sur l'état de mes vêtements. Lui et ma femme de chambre Susan éprouvaient la même aversion contre l'humidité, qu'ils tenaient pour responsable de la plupart des maladies. Il m'apporta un bouillon de viande et de légumes, mais à sa vue et son odeur, je me sentis soudain horriblement malade.

— Je suis sûre que c'est très bon, commençai-je, mais...

Je n'achevai pas ma phrase et j'eus à peine le temps d'arriver au seau.

Je dus prier Abe de remporter la soupe.

— Il ne faut pas prendre froid, Miss, dit-il sur un ton inquiet et réprobateur qui était celui même de Susan.

Son avertissement venait trop tard. Je frissonnais déjà. Il me pressa d'ôter mes vêtements mouillés et m'apporta des briques brûlantes pour me réchauffer. Je gisais sur ma couchette, les briques entassées autour de mes pieds, tremblant et vomissant tour à tour. Jamais je ne m'étais sentie aussi malade. J'avais l'impression de mourir.

— C'est ce que croit tout le monde dans ces moments-là, Miss, dit Reynolds avec un large sourire.

Le scorbut avait emporté presque toutes ses dents de devant, et les canines de sa mâchoire supérieure dépassaient de chaque côté de sa bouche comme une paire de défenses décolorées.

— Ça ira mieux avec le temps, dit-il. Je reviendrai vous voir un peu plus tard.

Je me rallongeai sur ma couchette en pensant que jamais je ne pourrais devenir marin, mais Reynolds avait raison. Finalement, mon mal de mer s'apaisa, mais il me laissa faible et épuisée.

On dit que ceux qui prennent la mer regardent soit devant eux, soit derrière. Comme l'avenir qui m'attendait demeurait obscur, je n'avais d'autre choix que de méditer sur mon passé.

CHAPITRE 2

J'ai grandi au milieu d'hommes, car ma mère est morte le jour de ma naissance. Mon père l'avait tant aimée, racontait-on, qu'il ne supportait plus de vivre à Bristol sans elle. On me confia aussitôt à une nourrice, mes frères furent envoyés chez des parents, et notre père prit le premier bateau pour la Jamaïque, où il resta plus d'un an avant de rentrer. Il en ramena Robert, qui devint notre intendant. Robert préparait nos repas, nous servait à table et accueillait les invités. Le seul autre domestique de la maison était un garçon nommé Nathan, qui veillait sur le feu et effectuait tous les travaux dont Robert ne s'acquittait pas. Une femme venait faire la lessive, mais Robert et Nathan se chargeaient du reste. Mon père ne voyait aucune raison de payer à ne rien faire toute une maisonnée de femmes qui passeraient leurs journées à jacasser, à commérer et à engraisser à ses frais.

Robert prenait bien soin de moi. Il me nourrissait, m'habillait et veillait à ce que je sois propre et soignée, surtout le dimanche pour aller à l'église. Il ne nous y accompagnait pas. Nous allions à St Mary Redcliffe et lui à l'église baptiste de Broadmead. Le dimanche, il assistait à deux services. La congrégation l'avait bien accueilli malgré sa couleur de peau.

– Dieu ne se soucie pas de votre apparence, du moment que Sa Gloire illumine votre cœur, disait-il.

C'était un homme doux et sage. Comme personne d'autre ne semblait s'en préoccuper, c'est lui qui m'apprit à lire sur la table de la cuisine, comme il l'avait fait lui-même. Nous lisions tout ce qui nous tombait sous la main : la Bible et des livres de prières, des traités et des sermons que Robert ramenait de l'église, ainsi que les ballades et les pamphlets distribués dans la rue. Lorsque j'eus suffisamment progressé, je partis en maraude à travers la maison pour voler des livres dans les chambres de mes frères et dans la bibliothèque de mon père. J'emportais tout ce qui m'intéressait et lisais à Robert les légendes des Grecs et des Romains, et des passages des *Boucaniers d'Amérique* d'Exquemelin et du *Voyage autour du monde* de William Dampier. Des histoires d'aventures et de découvertes, la vie dont je rêvais. « Ne serait-il pas merveilleux de vivre ainsi ? », demandai-je un jour à Robert. N'était-il pas de mon avis ? Il secoua la tête et ses yeux sombres eurent une expression apitoyée et triste : une telle vie n'était pas pour moi, me répondit-il. D'abord parce que j'étais une fille. Ensuite, parce que les pirates étaient des hommes sans Dieu qui finiraient tous en enfer. Il aurait mieux valu que je lise le *Voyage du pèlerin*[1]. Je poursuivis ma

---

1. Le *Voyage du pèlerin* de Bunyan (1678) est un récit allégorique décrivant le cheminement du chrétien vers le ciel (NdT).

lecture par défi, en élevant le livre pour dissimuler mon visage. J'étais écarlate et au bord des larmes. Jusqu'ici, je n'avais pas compris qu'être une fille constituait un handicap aussi irrémédiable. Mais Robert n'était qu'un domestique, me dis-je. Que savait-il de ces choses?

Vers l'âge de sept ou huit ans, j'avais la haute main sur la maison. Mes frères étaient à l'école. La vie de chacun d'eux avait été programmée dès le berceau. Henry, l'aîné, deviendrait négociant comme notre père, Joseph serait planteur et Ned, le cadet, entrerait dans un régiment d'artillerie. On n'avait pas de projets pour moi, car, ainsi que l'avait souligné Robert, je n'étais qu'une fille. Je semblais être là presque par hasard, comme en supplément, parfois cajolée, plus souvent rudoyée, généralement ignorée.

Nous habitions une rue qui descendait jusqu'aux Welsh Backs, à un jet de pierre des docks et de la raffinerie. Notre maison était ancienne, haute mais exiguë, et cernée d'autres habitations. Seule une marche nous séparait de la rue pavée, sans cesse sillonnée de chariots, qui résonnait d'appels et de cris du petit matin jusque tard dans la nuit. Notre maison était cependant petite à côté des imposantes demeures des négociants en sucre. Des lambris en assombrissaient l'intérieur, les marches usées de l'escalier étaient creuses et les plafonds bas, mais mon père ne voyait aucune raison de déménager. Il n'aimait pas le changement et il pouvait voir les mâts de ses navires de la fenêtre de sa chambre. Il était également à deux pas de son travail et des auberges et des cafés où il faisait ses affaires. Pourquoi aurait-il souhaité vivre ailleurs?

Il n'était pas toujours à Bristol. Pendant une partie de l'année, il dirigeait notre plantation à la Jamaïque. Je savais que ses séjours là-bas étaient importants, car le sucre venait de la plantation et assurait notre subsistance, mais, à mesure que je grandissais, je me mis à détester ses longues absences. Lorsqu'il revenait, je le regardais de travers et je lui parlais rudement, même lorsqu'il me rapportait des cadeaux. Il m'offrit, entre autres, un singe (qui mourut) et un perroquet auquel Ned apprit à jurer. Un singe mort et un perroquet mal embouché ne remplacent cependant pas un père. Quand il était absent, je me glissais dans la salle qu'il appelait sa bibliothèque et je me lovais dans son fauteuil. Cette bibliothèque était petite et sombre comme les autres pièces de la maison, et quand il n'y vivait pas, elle devenait poussiéreuse et sentait la cendre et le tabac refroidi.

Lorsqu'il était là et que les lampes et le feu étaient allumés, la bibliothèque était l'endroit que j'aimais le plus au monde. Elle était remplie d'objets fabuleux qu'il avait rapportés de ses voyages ou que ses capitaines lui avaient offerts. Un minuscule crocodile vert était suspendu au plafond par des fils noirs ; ses pattes courtaudes étaient tournées vers l'extérieur et sa longue mâchoire mince, hérissée de dents blanches et aiguës. Un étrange poisson globuleux couvert de piquants pendait à côté de lui. Les étagères qui tapissaient les murs de la pièce étaient chargées d'objets fascinants : sculptures, défenses d'éléphants aux longues courbes, carapaces de tortues, une noix de coco polie placée dans une coupe en argent, un coquillage géant refermé sur lui-même comme un grand poing rose. Un globe terrestre usagé occupait l'un des angles de la pièce encombrée. Sa surface usée était quadrillée de lignes rouges et noires représentant les routes de navigation qui sillonnaient l'océan entre l'Afrique, les Caraïbes et Bristol.

Parfois, mon père le faisait tourner, puis l'arrêtait des deux mains pour suivre du doigt les routes de navigation, en mentionnant les noms des navires qui les empruntaient, comme un aveugle reconnaît un visage au toucher. Il était fier de sa flotte et de sa collection d'objets exotiques. Il désignait en les nommant les pays d'où provenaient ses trésors. Tous ces objets me devinrent bientôt aussi familiers que l'étaient dans d'autres maisons les étains ou les céramiques.

Mon père était issu d'une famille d'épiciers, mais étant jeune, épris d'aventure et entreprenant, il avait rompu avec ce commerce plutôt ennuyeux et s'était embarqué pour les Antilles.

J'adorais entendre les histoires de cette période de sa vie et il adorait me les raconter. Assise sur son genou, la tête contre son épaule, réconfortée par sa chaleur et le battement de son cœur tout proche du mien, je l'écoutais évoquer sa vie passée, lorsque ses associés étaient des corsaires et que lui-même venait d'acquérir Fountainhead[2].

Fountainhead était le nom de notre plantation. Elle était représentée par un symbole qui, pour moi, ressemblait à un saule pleureur, et que l'on retrouvait partout. Il était même gravé dans le bois au-dessus de l'entrée de notre maison.

2. Source (NdT).

En plus de la plantation, mon père possédait une raffinerie où l'on traitait le sucre brut et la mélasse. Ces produits ne provenaient pas uniquement de son domaine; il travaillait également pour le compte d'autres planteurs. Quand il était à Bristol, il passait plus de temps à la raffinerie qu'à la maison.

Robert m'apprit à lire, mais je m'entraînais moi-même à écrire et à compter dans le bureau de mon père. Mes manuels scolaires étaient les factures et les livres de comptes, les carnets de bord et les connaissements [3] qu'il utilisait pour traiter ses affaires quotidiennes. Le bureau était petit et bien chauffé, avec une fenêtre ronde comme un hublot donnant sur les docks. L'air était saturé de l'odeur douceâtre du sirop de sucre : elle s'insinuait partout, imprégnant vêtements et cheveux, envahissant les pièces.

Je m'asseyais devant le bureau chargé de livres et de papiers pour recopier laborieusement des listes de noms et de produits en face de sommes d'argent. J'y passais des matinées entières, noircissant des pages et des pages que je couvrais de mots et de chiffres tout en me couvrant moi-même de taches. Finalement, mon père me regardait avec un sourire qui signifiait : fini pour aujourd'hui. Il avait des affaires à conclure, des rendez-vous avec des capitaines et des marchands.

Je me précipitais alors vers les entrepôts où je mendiais des débris de sucre brut et des éclats de pains de sucre avant d'aller retrouver William.

3. Reçu des marchandises expédiées par voie maritime (NdT).

Je connaissais William depuis toujours. Aussi loin que remontent mes souvenirs, nous avons toujours été ensemble. Sa mère, Mari, avait été ma nourrice. J'avais vécu avec elle jusqu'à l'âge de trois ou quatre ans, avant d'être retirée de sa garde, comme un chiot qu'on arrache à une litière, pour être ramenée chez moi. Peut-être mon père ressentait-il moins durement la perte de ma mère, toujours est-il qu'il était aux petits soins pour moi, et dans les souvenirs que j'ai gardés de ma petite enfance, il s'est toujours montré bon envers moi. C'était un père indulgent, trop indulgent, diraient certains, car il me laissait libre de faire ce que je voulais. En consé-quence, je devins une sauvageonne qui passait son temps à faire les quatre cents coups avec les enfants du voisinage.

Je ne manquais pas de compagnons de jeu. Les docks et les navires attirent les enfants comme les étals de viande les mouches. Je menais la danse avec mes poches remplies de cristaux de sucre blanc et de miettes sombres de sucre brut entortillés dans des bouts de papier. Ils appelaient ça des épices. « T'as des épices, Nancy ? », demandaient-ils toujours. Nous jouions avec tout ce que nous trouvions : nous escala-dions des tonneaux, jouions au château fort, fabriquions des balançoires avec des planches, faisions rouler des cerceaux de tonneaux avec des douves [4], nous nous suspendions aux filets et grimpions dans les cordages et les enfléchures [5].

William était notre chef et sa parole avait valeur de loi.

4. Planches servant à la fabrication des tonneaux (NdT).
5. Cordages tendus entre les haubans pour monter dans la mâture (NdT).

J'étais son second et, ensemble, nous maraudions à travers la ville.

Dès cette époque, ma décision était prise. J'avais tout prévu.

Mon père n'avait pas de projets pour moi, sauf de me marier. C'est là que j'allais faire la preuve de mes capacités : il n'aurait pas besoin de me trouver un mari, car j'épouserais William. Il deviendrait capitaine comme son père et je serais sa femme. N'avions-nous pas déjà échangé un serment solennel en mêlant le sang de nos pouces entaillés ? Il sillonnerait les mers et je l'accompagnerais dans tous ses voyages.

J'avais décidé tout cela et, lorsque j'avais pris une décision, je changeais rarement d'avis. Si je voulais quelque chose, c'était forcément ce qui arriverait. Il ne me venait pas à l'esprit que William et moi ne resterions pas toujours ensemble. La vie de marin deviendrait ma vie.

Nous vivions sans penser au lendemain, et chaque jour était semblable au précédent. Nous envisagions l'avenir comme le font tous les enfants : la vie continuerait ainsi, sans changements notables, jusqu'au jour où l'avenir que nous imaginions deviendrait réalité.

CHAPITRE 3

J'avais dix ans et William douze. C'était au printemps. J'avais espéré qu'il ferait beau ce jour-là, mais à mon réveil, le ciel était gris et nuageux. La pluie me cinglait le visage, lorsque je me rendis à notre lieu de rendez-vous habituel, une petite arrière-cour de Corn Street. Je sifflai entre mes dents, le signal secret de ralliement que William m'avait appris. C'était censé reproduire le son du sifflet d'un maître d'équipage, mais j'avais du mal à l'imiter. J'attendis un autre sifflement en réponse, en vain. William n'était pas là. Je m'abritai sous des avant-toits pour l'attendre. Lorsque l'horloge de l'église eut sonné un quart d'heure, puis le suivant, je compris qu'il ne viendrait pas. J'allai le chercher à l'auberge que tenait sa mère, *Les Sept Étoiles*.

Nous n'étions qu'en milieu de matinée, mais l'auberge était déjà remplie de marins et de filles du port. Je scrutai l'intérieur de la salle à travers des voiles de fumée bleutés, à la recherche de William, qui était peut-être parmi les tables, occupé à ramasser chopes et verres. Il restait parfois pour aider sa mère quand l'auberge était bondée, mais je ne vis pas trace de sa présence. J'allai donc me renseigner auprès de sa mère.

— Il est là-haut, me dit-elle en versant du rhum dans une rangée de verres. Lorsqu'elle leva les yeux vers moi, leur expression était lasse. En suivant son regard, je vis que le père de William, Jake Davies, était attablé dans un coin de la salle avec un autre homme, une bouteille entre eux.

— Je ne savais pas qu'il était rentré, dis-je.

— Nous non plus, répondit-elle, puis elle renifla et s'essuya le nez du revers de la main. L'est arrivé hier soir. L'a pas dessoûlé depuis.

William avait hérité de sa mère son teint coloré, ses yeux et ses cheveux sombres et son visage ouvert et souriant. Ce jour-là, pourtant, elle ne souriait pas. Une ecchymose dépassait du foulard noué autour de sa tête, l'un de ses yeux était gonflé et la moitié gauche de son visage enflée. Lorsqu'elle vit que je l'observais, elle eut un rictus.

— Il nous a fait savoir qu'il était rentré, dit-elle en posant les verres sur un plateau. Et maintenant, va-t'en ! C'est pas un endroit pour toi. Ton papa serait furieux s'il savait que tu es ici.

Je montai l'étroit escalier derrière le bar, inquiète pour William. Son père aimait se servir de ses poings sur sa femme et ses enfants. Généralement, il commençait par Mari avant de se retourner contre William, quand celui-ci tentait de protéger sa mère et ses cadets. Tout ce qu'ils pouvaient dire ou faire le mettait en fureur. En son absence, ils menaient une vie normale, mais dès son retour, ils devenaient silencieux et craintifs, ce qui le rendait fou de rage. Ils ne voyaient jamais la couleur de sa solde de capitaine et ils n'auraient pas versé une larme à la nouvelle que son bateau avait sombré, mais cela ne s'était jamais produit. Il revenait toujours sain et sauf. Au port, il avait la réputation d'être né sous une bonne étoile, mais ses sautes d'humeur lui avaient valu le surnom de Black Jack, et rares étaient ceux qui voulaient prendre la mer avec lui en raison de sa cruauté.

Je trouvai William dans la chambre qu'il partageait avec ses petits frères. Il était occupé à disposer ses affaires sur un carré de tissu. Il était habillé en marin, avec un paletot bleu et des pantalons larges. L'étoffe toute neuve était encore raide et les vêtements trop grands pour lui. Les manches de la veste lui tombaient sur les mains et les bas de pantalon flottaient autour de ses chevilles étroites. Son cou émergeait de son col, aussi mince et blanc qu'une tige de céleri. Il donnait l'impression de s'être déguisé avec des vêtements volés à l'un des marins qui logeaient chez sa mère.

– Désolé, Nancy, dit-il lorsque j'entrai dans la chambre, aujourd'hui, je n'ai pas le temps de jouer avec toi. Je dois me préparer.

– Te préparer? demandai-je. Te préparer à quoi?

Mais je connaissais déjà la réponse.

Il n'était pas déguisé. Il partait. Nos chemins se séparaient. Je sus aussitôt que lorsque nous nous reverrions tout aurait changé. Entre nous, rien ne serait plus jamais comme avant.

Il avait douze ans. Il chantait avec la voix pure d'un jeune garçon, et la peau de son visage n'avait jamais été effleurée par le rasoir. Ses cheveux noirs tombaient sur ses épaules en boucles molles et soyeuses, et ses grands yeux gris aux longs cils faisaient pâlir d'envie de nombreuses filles fréquentant l'auberge de sa mère. Elles lui répétaient pour le taquiner qu'il avait une peau blanche comme le lait et des joues de la couleur des roses, comme dans les ballades. Elles disaient cela pour l'embarrasser, car il rougissait aussi facilement qu'une fille.

Maintenant encore, il rougissait légèrement, mais c'était un homme. Je le voyais à sa manière de se tenir, les épaules carrées, les bras croisés et le menton levé. Il me regardait comme mes frères, en relevant le nez comme s'il trouvait que je sentais mauvais. Et peut-être était-ce le cas, puisque j'étais une fille.

– Mon père m'a trouvé un bateau, l'*Amelia*. Celui du capitaine Thomas. J'ai été engagé comme mousse. Je dois partir tout de suite. On jette l'ancre à Hungroad ce soir pour repartir demain, avec la marée du matin.

L'*Amelia*. J'avais vu son nom dans les livres de comptes de mon père, mais je ne me souvenais plus exactement de ce qu'il transportait.

– Il va où ? demandai-je.

– En Jamaïque. À Kingston.

– Sans escale ?

Il acquiesça. C'était un détail important. Tous les navires qui passaient par l'Afrique transportaient des esclaves.

J'aurais dû lui souhaiter bonne chance et bon voyage, lui offrir quelque chose en souvenir de moi, mais je n'en fis rien. Je tournai les talons et dévalai l'escalier en courant. À la pensée des adieux, je sentais les larmes me picoter les yeux et le nez. Je ne voulais pas qu'il me vît pleurer et je voulais retrouver mon père le plus rapidement possible.

J'allai tout droit à son bureau, à la raffinerie.

– Il est en âge de prendre la mer, me dit-il en haussant les épaules. Et je ne peux rien y faire.

– Mais c'est ton bateau !

– Et c'est la décision de son père. On n'a pas le droit de s'interposer entre un père et son fils. De quel bateau s'agit-il, ma chérie ?

– L'*Amelia.*

Mon père eut l'air surpris de cette réponse. Il fit saillir sa lèvre inférieure et la saisit doucement entre le pouce et l'index, comme toujours lorsqu'il réfléchissait.

– Qu'est-ce qu'il y a ? demandai-je. Qu'est-ce qui ne va pas ?

– Avec le bateau ? Rien. Tous mes navires sont solides. Sinon, je ferais de mauvaises affaires.

– C'est le capitaine, alors. Il est dur ?

– Pas plus que la normale. Il a servi dans la Marine et il dirige un bateau difficile. Ce n'est pas un maître à danser, à coup sûr, mais ce n'est pas un tyran non plus.

– Alors qu'est-ce qui ne va pas ?

– C'est un drôle de choix pour le premier voyage du gamin, c'est tout, mais je pense qu'il s'en remettra, fit mon père en riant. La mer est une rude école. S'il doit y faire sa vie, il vaut mieux qu'il commence jeune.

Il y avait quelque chose de forcé dans son rire, et bien qu'il me sourît en écartant une mèche de mes cheveux de ma joue, je compris qu'il mentait. Je partis en courant vers les docks. Il fallait prévenir William. L'*Amelia* était sûrement un négrier.

J'arrivai trop tard. L'eau refluait du port. La place de l'*Amelia* était vide. Il était parti avec la marée de l'après-midi.

J'errai sur les quais, inconsolable. D'autres enfants qui traînaient par là m'appelèrent, mais je les ignorai. Des matelots m'adressèrent des saluts depuis d'autres navires de mon père, mais je ne les voyais pas. Je ne pouvais imaginer ce que serait ma vie sans William. Il n'était nulle part en ville et ce soir, aux *Sept Étoiles*, son lit serait vide. Il avait été embarqué à bord d'un négrier. J'aurais dû le sauver et il me semblait que ce qui lui était arrivé était ma faute.

Robert me retrouva assise sur un bollard, fixant du regard la vase fétide du port. La marée était haute à présent.

– Venez, Miss Nancy, dit-il. Je vous ai cherchée partout. (Il regarda mon visage sale et barbouillé de larmes.) Il faut que vous rentriez à la maison pour vous préparer. Le maître reçoit un invité important et il veut que vous soyez à votre avantage.

CHAPITRE 4

L'invité de mon père s'appelait Mrs Wilkes et c'est ce qu'elle restera pour moi. Je ne l'ai jamais appelée mère, ni même Mrs Kington. Elle a toujours été Mrs Wilkes. Je ne l'ai jamais aimée. Son visage ressemblait à une boule de pâte feuilletée, avec une petite bouche froncée et des yeux comme des pièces de trois pence ternies. Ce soir-là, elle était assise à table en face de mon père, et il était clair qu'elle allait bientôt devenir sa seconde épouse. Après la mort de ma mère, il avait attendu dix ans avant de se résoudre à reprendre femme, et son choix me stupéfiait, mais ce n'était pas un mariage d'amour. Mrs Wilkes était une femme fortunée, veuve de Benjamin Wilkes, l'ancien associé de mon père. Lorsqu'il était tombé mort au beau milieu de Corn Street, certains avaient déclaré que cela n'avait rien de surprenant, car les continuelles tracasseries de sa femme l'avaient achevé. Toutefois, même s'il avait eu vent de ces rumeurs, mon père n'était pas homme à laisser des commérages troubler son sens des affaires. L'union de leurs fortunes était la solution la plus avantageuse pour les deux parties. À ma connaissance, l'amour ne jouait aucun rôle dans cette affaire.

Elle commença à imposer des changements avant même leur mariage. Je connus un sort meilleur que celui des chiens, immédiatement renvoyés dans les écuries, et de Robert. S'il avait été plus jeune et plus beau, elle l'aurait peut-être affublé d'une perruque poudrée et d'une livrée luxueuse, et contraint de l'escorter en portant ses paquets. Mais Robert était grand, vigoureux et brun de peau, avec de grands yeux couleur d'ambre, et ses joues larges étaient bala-frées de cicatrices rituelles. Mrs Wilkes le jugeait trop grand et trop lourd ; elle trouvait qu'il avait des yeux de chien de chasse et le teint trop clair. Les dames aimaient que leurs serviteurs africains soient noirs comme l'encre. Elle estima donc qu'il n'était d'aucune utilité à la maison et elle voulut le renvoyer à la plantation ou le vendre, ce qui se pratiquait couramment lorsque les propriétaires d'un esclave n'avaient plus besoin de lui. Seulement, Robert n'était pas un esclave, mais un homme libre. Mon père en informa Mrs Wilkes et déclara qu'il n'avait pas l'intention de se débarrasser de lui, mais il consentit à ce qu'il cesse de travailler à la maison. Robert fut donc envoyé aux écuries afin de prendre soin des chevaux et des chiens. Cela ne parut pas le gêner. La société des chevaux et des chiens était sans doute préférable à celle des hommes. Il fut remplacé par une cuisinière, une inten-dante et quelques femmes de chambre et valets de pied que Mrs Wilkes avait amenés avec elle.

Lorsque tout dans la maison marcha selon ses désirs, son attention se tourna vers moi. Elle m'examina comme une pouliche à une foire aux chevaux.

– Elle marche comme si elle portait un pantalon, et sa

manière de parler ferait rougir un charretier. Ça ne peut pas durer, Ned! dit-elle en secouant la tête. Elle ne sait ni coudre, ni chanter, ni jouer d'un instrument, ni faire quoi que ce soit d'utile. Je ne sais pas à quoi vous avez pensé en la laissant pousser ainsi, complètement à l'abandon. Une telle liberté n'est pas bonne pour un enfant, surtout une fille. Cela lui donne de mauvaises idées. Si vous ne faites rien, vous allez avoir un mal fou à la marier.

Cette idée alarma mon père. Qu'adviendrait-il si je restais pour compte comme un stock de marchandises surévalué, une cargaison condamnée à pourrir sur pied, de la pacotille sur un marché engorgé? Il me considéra d'un air désapprobateur.

– Peut-être ne peut-on plus rien y faire, dit-il d'un air de doute en pinçant sa lèvre inférieure. Peut-être est-il déjà trop tard.

– Non, non! On peut toujours remédier à cet état de choses! (Les yeux de Mrs Wilkes se plissèrent et leur couleur d'argent terni se mit à luire.) Sa fortune y pourvoira. Du reste, elle n'a pas mauvaise apparence. Elle ne louche pas et ses traits sont réguliers. Sa bouche est un peu trop large, dit-elle en me pinçant la joue, ce qui me fit béer comme un poisson, mais ses yeux pourraient être beaux s'ils perdaient cette expression maussade. J'ai vu des partis bien pires faire de très beaux mariages. Elle ne sera jamais jolie, je vous l'accorde, mais elle pourrait avoir de l'allure, dans son genre. Elle a seulement besoin de se dégrossir!

Elle saisit mon menton entre son index et son pouce épais et scruta mon visage sans ciller, de ses petits yeux ronds comme des boutons.

– Quelle crinière! dit-elle en repoussant mes cheveux. On dirait du foin! Et elle est aussi brune de peau qu'une gitane. Quant à ses mains... (Elle baissa les yeux avec un soupir.) Confiez-la-moi, reprit-elle en saisissant mon oreille. Je peux en faire un bibelot précieux.

Sur ce, elle appela sa femme de chambre. Une jeune femme au visage aigu et aux cheveux sombres fit irruption dans la pièce.

– Oui, m'dame? demanda-t-elle.

– Voyez ce que vous pouvez en faire, dit Mrs Wilkes en me poussant vers elle.

– Oui, m'dame.

Susan esquissa une révérence et m'emmena. Sans être particulièrement vaniteuse, j'étais profondément blessée du jugement dépréciateur de Mrs Wilkes. Je me réfugiai dans ma chambre et me plantai devant le miroir pour m'examiner de mes yeux verts à l'expression maussade. Peut-être Mrs Wilkes avait-elle raison. Comme elle, je ne me trouvais pas jolie. Ma bouche était trop pleine, et boudeuse de surcroît, mon nez trop droit, ma mâchoire trop large et mes pommettes trop hautes. Peut-être qu'en disciplinant ma chevelure et en la tirant en arrière... mais lorsque ce fut fait, je ressemblais plus à un beau garçon qu'à une fille aux joues creusées de fossettes.

– À qui faites-vous toutes ces grimaces? demanda la femme de chambre qui venait d'entrer, suivie de servantes portant une cuve et de l'eau. Si le vent tourne, vous resterez comme ça.

Elle me regarda, la tête inclinée sur le côté, les yeux

brillants et perçants comme ceux d'un oiseau qui a repéré un ver.

— Je m'appelle Susan. Susan Smythe. Je suis votre femme de chambre, dit-elle.

— Je n'ai pas besoin d'une femme de chambre !

— Ce n'est pas ce que pense Madame, répondit Susan en parcourant ma chambre du regard. Elle pense qu'il faut prendre soin de vous. On n'est pas toujours d'accord, elle et moi, mais cette fois-ci, je dois dire qu'elle a raison.

— Je ne suis pas de cet avis, rétorquai-je.

— Votre avis ne vaut plus grand-chose dans cette maison, au cas où vous ne l'auriez pas encore compris.

Je lui tournai le dos et m'examinai de nouveau dans le miroir, tandis qu'elle vidait tiroirs et placards en saisissant leur contenu à pleins bras.

— C'est bon pour les chiffons, tout ça. Quant à vous... (Elle me regarda, la tête inclinée de côté comme tout à l'heure, mais l'éclat de ses yeux d'oiseau s'était adouci.) On va avoir du pain sur la planche, pas de doute. Je vais dire à Madame qu'il faut repartir de zéro. Entre nous, je crois qu'avec tout son argent, votre papa peut se permettre cette dépense.

CHAPITRE 5

Susan m'habilla et me bichonna jusqu'à ce que Mrs Wilkes pût supporter ma vue. On m'examina des pieds à la tête et on me fit marcher de long en large. Mrs Wilkes garda le silence un bon moment avant de me déclarer « présentable ». Les sourcils de Susan se haussèrent comme deux arcs noirs et ses yeux étincelèrent, si bien que j'eus du mal à ne pas éclater de rire.

Mrs Wilkes me jugeait encore trop mal dégrossie pour m'autoriser à fréquenter son salon, mais elle ne tiquait plus en me voyant. Elle me confia à d'autres personnes chargées de m'inculquer « les arts féminins », comme elle le disait : un maître à danser, un professeur de dessin, un professeur de chant et un professeur de musique qui devait m'apprendre à jouer de la flûte et du clavecin. Je ne me souciais guère de leur enseignement, excepté celui du maître à danser, qui apprenait également l'escrime à mon frère Ned. Je persuadai ce dernier de me l'enseigner à son tour. Lorsqu'il rentrait de l'école, nous nous livrions des combats sans merci sur la pelouse et dans les escaliers de service.

De tels actes de rébellion devenaient cependant plus

rares, à mesure que Mrs Wilkes me faisait plier en me domptant comme un cheval auquel on passe la selle et le harnais. À quatorze ans, je savais assez bien dessiner, chanter, broder un coussin et danser le menuet. J'étais désormais autorisée à rejoindre ses visiteuses au salon, où je faisais passer les douceurs à la ronde, tandis que ces dames sirotaient leurs verres de lait de Bristol[6]. J'étais même invitée à m'asseoir avec elles et à participer à leurs conversations, qui roulaient sur le temps, la mode et les rubans qui convenaient le mieux pour orner les bonnets.

Nous habitions à présent une nouvelle maison. Mrs Wilkes avait décidé mon père à en faire construire une à l'écart du centre de la ville. Il lui avait proposé de s'établir à Queen Anne's Square, mais elle avait dédaigné ce choix en déclarant qu'il était vulgaire de vivre si près des docks, où le terrain peu élevé vous exposait à un air malsain et à des miasmes morbides.

Notre nouvelle demeure était à Clifton ; elle avait été bâtie dans de la pierre jaune apportée des carrières de Bath.

C'était une belle maison, et bien que mon père eût grommelé devant la dépense et bougonné que nous valserions là-dedans comme des petits pois dans un tambour, il était secrètement enchanté du résultat. Il se promenait à travers les pièces, touchant ceci, admirant cela, donnant son avis sur les embellissements apportés par son épouse à la décoration et à l'ameublement.

6. On désignait sous le nom de lait de Bristol le sherry que l'on importait *via* le port de Bristol (NdT).

– La main d'une femme, déclarait-il d'un air épanoui, voilà ce qui manquait ici.

Levant les yeux de ma broderie, je le regardais en sachant que cette appréciation m'englobait.

Je n'avais pas de nouvelles de William et, si je pensais souvent à lui, je n'étais plus libre comme autrefois d'aller sur le port, aux *Sept Étoiles*, pour demander de ses nouvelles à sa mère. La dernière fois que j'avais entendu parler de lui, c'était pour apprendre qu'il s'était engagé pour un nouveau voyage. J'avais attendu son retour avec impatience, si bien que cette nouvelle m'avait déconcertée et cruellement déçue. J'étais parvenue à supporter ma nouvelle vie sous la férule de Mrs Wilkes en pensant à la description que j'en ferais à William. Je réservais à cet effet mes commentaires les plus acides sur les amies de Mrs Wilkes et leurs manières et je collectionnais les histoires que je pourrais lui raconter, des anecdotes soigneusement choisies pour mettre en évidence la vanité, la cupidité et la bêtise de ma belle-mère. J'avais toujours été mauvaise langue et j'avais toujours su le faire rire ; à mes yeux, pourtant, nous demeurions des enfants quand nous étions ensemble. Il ne m'était pas venu à l'esprit qu'avec les années William pourrait changer, tout comme moi.

La première fois que je le revis, c'est à peine si nous nous reconnûmes.

Il était assis sur le banc de l'écurie et parlait avec Robert. Son visage et ses bras étaient hâlés, et il portait des vêtements de matelot soigneusement reprisés et rapiécés, mais pâlis par le soleil et tout raides de goudron et de sel.

Robert me fit une place à côté de lui, et William m'expliqua qu'il avait été chassé de la maison par les valets de pied.

— Mrs Wilkes, la femme de mon père, a ses idées sur ce qui est convenable et ce qui ne l'est pas, dis-je en manière d'excuse.

— Sur toi aussi, elle a ses idées, fit-il en riant, et l'ancienne étincelle se ralluma dans ses yeux, tandis qu'il effleurait du regard la soie et le brocart de ma robe. Elle a fait de toi une vraie dame.

— Seulement en surface, répondis-je avec un sourire.

Il me rendit mon sourire et je vis resurgir le petit garçon qu'il était autrefois. Je sus alors que, malgré les apparences, rien n'avait vraiment changé entre nous.

— Que s'est-il passé? demandai-je. Pourquoi es-tu parti si longtemps?

Il secoua la tête et la gaieté s'éteignit dans son regard.

— J'ai été roulé par mon père, répondit-il avec un soupir. Il m'avait raconté que l'*Amelia* était un navire marchand comme un autre, mais en réalité, c'était un négrier. Dès que nous sommes sortis du chenal, ils ont commencé à installer les plates-formes pour les esclaves. Au début, je me demandais ce que c'était que tous ces coups de marteau et de scie, dit-il avec un rire sans joie. J'étais vraiment naïf. Innocent comme l'enfant qui vient de naître. Quand j'ai posé la question, personne ne m'a répondu. Je suis allé interroger le capitaine et j'ai été battu pour ma peine. J'avais l'impression d'être le roi des abrutis. Presque tous les autres s'étaient engagés parce qu'ils n'avaient pas de quoi vivre, ou parce qu'ils avaient été enrôlés de force ou enlevés en douce. Moi, j'étais volontaire. C'est mon père qui m'avait fait engager.

– Moi aussi, j'avais appris que c'était un négrier, fis-je. Je suis allée voir mon père, mais quand je suis arrivée au port pour te prévenir, c'était trop tard. Tu étais déjà parti.

– Nous étions des enfants, dit-il en me regardant. Qu'aurions-nous pu faire? Je serais parti de toute façon. Je m'étais engagé. Et je ne pouvais pas savoir...

Il s'interrompit et contempla ses mains à l'ossature délicate, aux doigts minces et souples. C'étaient des mains de jeune garçon, sauf le dos brûlé de soleil et couvert de cicatrices, et les paumes, aussi calleuses et rugueuses que des mains de charretier.

– C'est vraiment un sale métier, Nancy, reprit-il doucement. (À présent, il ne subsistait dans ses yeux sombres plus aucune trace du petit garçon dont je me souvenais.) Sur les négriers, des êtres humains sont traités pire que les chevaux de cette écurie. Pire que du bétail ou n'importe quel autre animal. Mais ce ne sont pas des animaux, malgré tout ce qu'on raconte; ce sont des êtres humains comme nous. Et les Africains ne sont pas les seuls à souffrir, même si c'est pire pour eux, enlevés et emmenés loin de tout ce qu'ils connaissent, enchaînés, entravés et entassés par centaines, comme des sardines en boîte. (Il jeta un coup d'œil à Robert, qui bouchonnait le cheval bai de mon frère jusqu'à ce que son flanc brillât comme de l'argent poli.) Je sais bien que ce n'est pas la même chose, mais la vie des marins n'est pas rose non plus. On avait beau avoir un bon médecin à bord, un tiers de l'équipage est quand même mort de pneumonie et des fièvres au premier voyage, et près de la moitié au deuxième.

— Si c'était si terrible, pourquoi es-tu reparti ?

— C'était ça ou rentrer d'Afrique par mes propres moyens. (Il soupira comme si ce souvenir était un fardeau trop lourd pour lui.) Je me serais bien fait pirate si seulement j'en avais rencontré un, mais même les pirates nous évitaient. On aurait dit qu'ils nous flairaient de loin. Beaucoup d'hommes ont déserté, mais j'ai tenu bon. J'ai tenu mes engagements et je suis revenu pour toucher mon salaire.

— Tu n'as pas encore été payé ?

Il fit signe que non.

— Et j'ai vraiment besoin de cet argent, dit-il. Je veux m'engager dans la Marine.

— Dans la Marine ? répétai-je, incrédule.

De surprise, Robert avait relevé la tête. Personne ne s'engageait dans la Marine de son plein gré. Il fallait enrôler les hommes de force. Tout le monde à Bristol savait cela.

— Je sais ce qu'on raconte, reprit William, mais si maigre que soit la paie et si dures que soient les conditions, ça ne peut pas être pire que ce que j'ai subi avec le capitaine Thomas. Au moins, c'est un métier plus propre.

Détournant les yeux de moi, il contempla les chevaux aux robes luisantes, la calèche étincelante et, à travers la grande arche de l'entrée, la façade dorée de la maison. Je suivis son regard et devinai ses pensées. La soie et le satin dont j'étais vêtue, l'étalon arabe de mon frère, chaque pierre couleur de miel de notre splendide nouvelle demeure, toute notre fortune était fondée sur le commerce qu'il venait de décrire. Je savais ce qu'il pensait, mais je ne trouvais rien à répondre. Détournant les yeux, je me représentai mentalement les listes que j'avais copiées sur les registres de mon père en m'efforçant de ne pas faire de taches d'encre, de maintenir l'espacement des colonnes et d'écrire lisiblement. J'avais transcrit ces listes sans réfléchir à ce que je lisais : manilles[7] de laiton, barres de fer, baguettes de cuivre, cauris[8], perles, barils de poudre, mètres de guinée[9]. Des marchandises échangées contre des hommes, des femmes, des garçons et des fillettes. Dans d'autres colonnes étaient consignés les montants des recettes. Nous étions des marchands de chair humaine. Je savais que les matelots n'aimaient pas travailler sur des négriers, mais, jusqu'à présent, je ne m'étais pas demandé pourquoi. Je détournai les yeux, choquée par mon aveuglement complaisant et soudain submergée de honte.

– Je ne m'engagerais pas comme matelot, poursuivit William en contemplant de nouveau ses mains. Je ne veux plus être matelot. Je voudrais m'engager comme aspirant et pouvoir me présenter comme un gentleman. Il me faut de l'argent pour acheter une tenue et pour ma prime, afin de payer ma place. J'en ai gagné un peu en vendant pour mon propre compte, et avec ce qu'on me doit, ça devrait suffire,

7. Anneau auquel on fixait la chaîne d'un galérien ou d'un forçat (NdT).
8. Coquillage qui servait de monnaie en Inde et en Afrique (NdT).
9. Toile de coton qui servait de monnaie d'échange avec les Guinéens (NdT).

dit-il en se levant. C'est pour toucher cet argent que je suis venu ici.

— Pourquoi le capitaine ne t'a-t-il pas déjà payé ?

— C'est une crapule et je n'ai aucune confiance en lui. Il m'avait dit de revenir le lendemain, il y a deux jours de ça, mais quand je suis arrivé, il n'était pas à bord. Il est sûrement en train de boire ou de cuver Dieu sait où, fit-il avec un soupir. En tout cas, je l'ai cherché dans tout le port sans le trouver.

— Mon père est à Londres avec Henry. C'est Joseph qui s'occupe de ces affaires quand ils ne sont pas là, dis-je.

À l'instant même, on entendit le galop d'un cheval qui entrait dans la cour. Joseph sauta à terre et lança la bride à Robert sans même lui accorder un regard, puis il se tourna vers moi.

— Qu'est-ce que tu fais ici ? Tu ne devrais pas être en train de broder à la maison ? (Il rit et je sentis son haleine chargée d'alcool.) Avec tout l'argent que le vieux dépense pour faire de toi une dame, tu préfères encore passer ton temps avec les Noirs et les chevaux.

William s'avança, émergeant de l'ombre de l'écurie. La main de Joseph se crispa sur son fouet.

— Qui est-ce ? demanda-t-il.

— William Davies, de l'*Amelia*, répondit William en s'approchant. À votre service.

Joseph l'ignora.

— Les matelots aussi, maintenant ? demanda-t-il en me regardant. Quelle société raffinée ! File, ou je lâche les chiens sur toi, dit-il à William.

William resta immobile.

— Tu as entendu ? fit Joseph en le foudroyant du regard ; ses lèvres ne formaient plus qu'une ligne ténue. Il était de tempérament coléreux et l'alcool ne faisait qu'accentuer ce penchant. Comme moi, il était blond de cheveux et de teint, bien que ses yeux fussent plus pâles que les miens, et bleus plutôt que verts. À présent, ils étaient bordés de rouge et injectés de sang sous l'effet de la boisson. Face à la résistance de William, la rougeur de son visage s'accentua et des veines palpitèrent sur son front.

— Qu'est-ce que tu attends ? File, sinon je t'abats pour intrusion sur notre propriété, reprit-il.

William ne bougea pas, même lorsque Joseph se retourna pour prendre son pistolet dans l'étui de sa selle.

— J'ai une affaire à régler, dit-il.

— Une affaire ? Quelle affaire ? demanda Joseph. Laisse-le ! hurla-t-il à Robert, qui essayait d'éloigner le cheval. Laisse ce cheval, sinon je t'abats, toi aussi !

— Je viens toucher mon salaire, fit William sans se laisser démonter.

— Adresse-toi à ton capitaine, pas à moi.

— Je le ferais si seulement je pouvais le trouver.

Joseph le regarda fixement.

— De quel bateau parles-tu ? De quel capitaine ?

— Du capitaine Thomas, répondit William. De l'*Amelia*. Cela fait deux jours qu'on est rentrés.

— Et tu dis que tu ne l'as pas trouvé ?

— Oui, acquiesça William.

— Tu n'as pas dû bien chercher ! Je viens de prendre

congé de lui dans sa cabine! ricana Joseph. J'ai rapporté tout ce qu'il faut. (Il prit les sacoches fixées à la selle du cheval et les jeta sur son épaule.) Tous ses hommes ont été payés, sauf une raclure qui lui a fait perdre tout un lot d'esclaves passés par-dessus bord. C'est ce salaud-là qui lui doit de l'argent. Bas les pattes! dit-il en repoussant Robert, puis il s'éloigna vers la maison en titubant.

William se détourna de nous, la tête haute afin de nous dissimuler son humiliation. N'étant qu'un jeune garçon dans un monde d'hommes, il devait s'attendre à être constamment dupé et tourné en dérision, et il n'avait d'autre choix que de le supporter, sans quoi on le tourmenterait jusqu'à lui faire perdre la raison. Il s'éloigna lentement vers l'écurie, en ressortit avec son sac sur l'épaule et se dirigea vers la route.

– Où vas-tu? lui lança Robert.

– Au navire, pour récupérer mon argent.

– Non! (Robert le rattrapa et le saisit par le bras.) Si tu remontes sur ce navire, tu y resteras. Ce capitaine dit que c'est toi qui lui dois de l'argent. Il t'enfermera jusqu'au départ et tu te réveilleras en route pour le golfe de Gascogne – si tu te réveilles.

Il avait raison. William était pris au piège et il le savait. Il pivota en lâchant son sac comme s'il était soudain trop lourd pour lui. Ses épaules s'affaissèrent comme si elles supportaient tout le poids du monde.

– Qu'est-ce que je vais faire? dit-il.

– Tu peux t'engager sur un autre navire, suggéra Robert.

– Sans mon argent? Pas question!

– Tu peux toujours t'enrôler dans la Marine, dit Robert en le regardant. C'est une vie très dure, sans doute, mais comme tu dis, c'est un métier plus propre.

– Je ne veux pas m'enrôler comme simple matelot. Ce n'est pas la dureté des conditions qui me gêne… j'ai vu largement pire, mais je voulais m'engager comme un gentleman, présenter bien ! dit-il en jetant un regard rapide vers moi. J'ai mes raisons pour ça, et maintenant, je devrais faire une croix dessus parce qu'on m'a roulé ? C'est ça qui m'avait aidé à tenir le coup. Et j'aurais travaillé quatre ans pour rien ! dit-il en levant les mains pour montrer leurs cicatrices et leurs cals. Pour ça ! Et je n'aurais rien !

Il avait l'air prêt à pleurer.

– Attends ! Attends-moi ici ! m'exclamai-je.

Je partis en courant, traversai la cour et entrai en trombe dans la maison. Je passai par une porte de service et m'arrêtai un instant dans l'entrée pour écouter. Des voix de servantes filtraient de la cuisine ; un murmure étouffé et des tintements d'assiettes s'échappaient de l'office. Je filai à travers le couloir où seul le battement de l'horloge rompait le silence, en prenant garde à ne pas faire de bruit sur le carrelage. Je m'arrêtai de nouveau au pied de l'escalier et gravis chaque marche avec précaution, en posant le pied bien au centre afin que le tapis turc étouffe le bruit de mes pas. En haut, je traversai le vestibule et me dirigeai vers la chambre de mon frère. La porte était entrebâillée. Je la poussai et me glissai à l'intérieur.

Joseph gisait sur son lit, le visage enfoncé dans l'oreiller, sa perruque poudrée de travers. Il avait gardé ses bottes, qui salissaient la courtepointe, et dormait si profondément qu'il ne réagit même pas lorsque je lui pinçai rudement l'oreille. Je le fis rouler sur lui-même pour l'étendre sur le dos et plongeai la main dans la poche intérieure de son gilet pour y prendre la clef du bureau de mon père. J'aurais également pu lui voler sa montre et sa chaîne en or, tout ce que j'aurais voulu. Je souris de sa stupidité, en me disant que je n'étais sûrement pas la première, ni la dernière à le détrousser ainsi. Lorsque j'eus la clef, je reculai doucement vers la porte. Il ne remua même pas.

La porte du bureau était ouverte. Avec la clef, j'ouvris le tiroir du bureau et comptai la somme que j'estimais due à William pour tous les voyages qu'il avait effectués, en ajoutant une prime pour les dommages qu'il avait subis. Cela faisait une assez jolie somme. Je la glissai dans ma bourse pour l'apporter à William. Sur le chemin du retour, je lançai la clef dans les buissons. Joseph croirait qu'il l'avait perdue quand il était saoul. C'est lui qui porterait la responsabilité de sa perte et de la disparition de l'argent. J'éprouvais une douce satisfaction à cette pensée. Joseph aurait beau nier, mon père serait persuadé qu'il avait pris cet argent pour payer ses dettes de jeu.

– Voilà ce qui t'est dû, dis-je à William en lui tendant la bourse. Je te paie sur l'ordre de mon père, puisque mon frère est indisposé, ajoutai-je avec un sourire.

William me regarda comme s'il allait refuser, mais Robert intervint.

– C'est seulement ce qui t'est dû, dit-il. Prends-le, mon gars.

William prit la bourse remplie d'or et la soupesa.

– C'est merveilleux! dit-il en la fourrant dans sa poche. Je n'oublierai jamais ce que tu as fait pour moi, Nancy.

– Je suis sûre que tu auras fière allure dans ton uniforme de la Marine. Promets-moi de revenir pour que je le voie…

– Bien sûr! Et je veux que tu sois fière de moi!

Il me prit par les épaules et me regarda. Il n'ajouta rien, peut-être par timidité, ou parce qu'il ne trouvait pas de mots pour exprimer ce qu'il ressentait. Moi non plus, je ne savais que dire. Le vide se fit dans mon esprit, tandis que je le regardais. Tout ce que je pouvais faire, c'était scruter son visage, sur lequel les expressions se succédaient aussi rapidement que des nuages se pourchassant dans le ciel.

Il me sourit. Autrefois, nous étions de la même taille, mais maintenant, il était plus grand que moi.

– Je reviendrai, dit-il en effleurant ma joue. Quand j'aurai touché ma solde. Et ensuite…

– Ensuite?

Il sourit.

– Ensuite, tu verras bien.

Il m'embrassa. Ses lèvres étaient fraîches et son baiser léger, mais lorsqu'il s'écarta, je le sentais encore sur mes lèvres. Je posai la main sur elles comme pour m'assurer que je n'avais pas rêvé. Ce n'était pas un au revoir maladroit entre enfants, ni la caresse hâtive d'un frère. C'était mon premier baiser.

– Tu m'attendras, hein? demanda-t-il. Si j'en étais certain, je pourrais affronter n'importe quoi…

– Bien sûr, dis-je en prenant sa main et en la serrant dans les miennes. Bien sûr que je t'attendrai. C'est juré.

Il jeta son sac sur son épaule, sortit de la cour et prit le chemin en lacets qui partait de la maison. Je le suivis jusqu'au portail. Il se retourna pour me saluer de la main, puis il s'éloigna en sifflotant une mélodie aiguë et plaintive. Sa démarche était légère et insouciante. Un papillon l'escorta, battant des ailes au-dessus de son épaule. Je le regardai jusqu'à ce qu'un virage de la route le dérobe à ma vue.

J'ignorais quand je le reverrais, mais je savais que je l'attendrais. Toute ma vie s'il le fallait. J'ai tenu cette promesse jusqu'à ce jour.

MON MARIN AUX YEUX NOIRS...

CHAPITRE 6

Je restai près de deux ans sans revoir William. Durant cette période, ma vie changea de nouveau. Désormais, je ne manquais plus de compagnie féminine. J'en étais même saturée à l'école que j'avais commencé à fréquenter, et à la maison, où la présence de mes frères attirait une foule de jeunes visiteuses accompagnant leurs mères. Les conversations des jeunes filles gloussantes et jacassantes tournaient constamment autour de leurs galants ou admirateurs. Toutes ne pensaient qu'au mariage. Quant à moi, je ne me joignais jamais à leurs bavardages et, malgré leurs taquineries, je refusais de leur livrer mon secret, la raison pour laquelle je n'éprouvais pas le besoin de poursuivre les jeunes hommes. Mon bien-aimé était marin et à son retour je l'épouserais. Ce n'était pas un rêve creux, mais un projet qui se réaliserait.

Lorsque le vent soufflait de l'est, apportant l'odeur forte du sel, je restais assise devant ma fenêtre ouverte et j'écoutais les cris des mouettes au-dessus des toits en me demandant où il était à l'instant même. Dans quel port? Sur quel océan? La nuit, je contemplais la lune semblable à une pièce de six pence qui jouait à cache-cache avec les nuages, et je l'imaginais de quart en me demandant s'il voyait la même lune, les mêmes étoiles, ou s'il naviguait sous un autre ciel. Alors je donnais libre cours à mes rêveries. Lorsque nous serions mariés, je ne comptais pas l'attendre à terre. William posséderait son propre navire et il m'emmènerait avec lui. Nous sillonnerions les mers ensemble, comme dans mes rêves d'enfance, sauf qu'en ce temps-là je nous considérais plutôt comme frère et sœur. Désormais, je serais sa femme.

Susan était la seule personne à connaître mon secret. Elle était mon amie intime, ma confidente, et je n'avais guère de secrets pour elle, mais je lui parlais rarement de William. Elle disait que j'étais folle d'aimer un marin, que c'étaient les plus infidèles des hommes, et qu'elle en savait quelque chose, car elle ne comptait plus le nombre de fois où elle avait eu le cœur brisé. Du reste, William et moi-même nous étions à peine revus depuis notre enfance. Comment pouvais-je être sûre qu'il éprouvait les mêmes sentiments que moi ? Je bâtissais des châteaux en Espagne. Je me disais que Susan ne pouvait comprendre. Comment l'aurait-elle pu ? Elle était trop prompte à railler les amours juvéniles. Que savait-elle de l'amour que je ressentais pour William ? Je refusais de l'écouter. Je ne voulais pas voir les feux de ma passion douchés par son bon sens.

– Même s'il vous est fidèle et même s'il est fait pour vous, me dit-elle un jour de sa manière prosaïque, vous ne pourrez pas l'épouser. Ce n'est qu'un pauvre matelot.

– Pourquoi donc ? demandai-je en la regardant, stupéfaite. Si nous nous aimons ?

– S'aimer ? Qui se marie par amour ?

– Une foule de gens, j'en suis sûre.

– Pas dans votre milieu.

Je savais qu'elle avait raison, bien entendu, mais je me disais que de tels arrangements étaient bons pour les autres.

– En tout cas, répondis-je, j'ai bien l'intention d'épouser celui que j'aime et personne d'autre.

Et je m'étirai sur le lit, les bras au-dessus de la tête, prête à faire de beaux rêves.

– C'est à voir, fit Susan, qui s'affairait près de moi. Madame fait d'autres projets pour vous.

– Eh bien, elle n'aura qu'à les défaire, répliquai-je, puis je m'interrompis, car cette conversation ne me plaisait guère. Quels autres projets ? demandai-je soudain en me redressant sur un coude.

– Elle veut aller à Bath.

– À Bath !

Je m'assis en tailleur sur mon lit, tout à fait réveillée, les jambes repliées sous mon jupon.

– Nous partons tous pour la saison des eaux, dit Susan. C'est la cuisinière qui me l'a dit. Toute la maison, sauf votre père. Il a des affaires importantes à régler. Il attend l'arrivée de grosses cargaisons, alors il n'a pas de temps à perdre là-bas.

Non que mon père nous eût accompagnés de toute façon. Il se contentait très bien des eaux thermales de Bristol, qui étaient à moins de deux kilomètres de notre maison. « Les gens qui vivent avec leur temps ne se rendent pas à Bath seulement pour prendre les eaux », avait affirmé Mrs Wilkes, mais mon père n'avait pas compris le sous-entendu.

— Venez par ici, Miss, dit Susan, me faisant signe de m'approcher de la coiffeuse, je vais vous coiffer pour la nuit.

Elle commença par brosser mes cheveux, comme elle le faisait chaque soir, pour les lisser et les faire briller.

— Madame a des projets pour vous, reprit-elle en m'adressant un clin d'œil dans le miroir. Notez bien ce que je vous dis.

— Quel genre de projets ?

— En rapport avec le mariage.

— Mais je suis bien trop jeune !

Susan se mit à rire.

— Mademoiselle Esprit-de-contradiction ! Et le marin après lequel vous soupirez, vous n'êtes pas trop jeune pour lui, non ?

— Mais c'est différent ! Je ne compte pas l'épouser dès maintenant !

C'était un rêve qui devait se réaliser dans un avenir lointain. Pas maintenant. Je commençais à m'affoler. La saison des eaux débutait dans quelques semaines…

— On n'est jamais trop jeune pour se marier ! fit Susan avec un nouveau clin d'œil.

Je me demandai si elle avait abordé le sujet seulement dans l'intention de me taquiner, mais elle me parla alors d'Elspeth Cooper, qui était déjà fiancée bien qu'elle fût plus jeune que moi. J'avais rencontré l'homme qu'elle devait épouser. Il avait le double de son âge et il était criblé de petite vérole. Je ne voulais à aucun prix connaître le même sort.

— Je n'irai pas à Bath ! m'écriai-je.

— On tient tête à Madame ? rétorqua Susan en pouffant devant ma naïveté. Je voudrais bien voir ça !

— Elle y perdra son temps et son argent ! J'en parlerai à mon père ! Et qui pourrait bien s'intéresser à moi, de toute façon ?

— Des tas de gens. Vous êtes une belle jeune femme, même si vous refusez de paraître à votre avantage. Vous ne connaissez pas votre chance, c'est ça l'ennui. J'en connais qui donneraient n'importe quoi pour avoir des cheveux de cette couleur. (Elle drapa ma chevelure sur mes épaules comme une cape luisante d'or et de cuivre, et enroula une mèche sur son doigt pour former une anglaise.) Y a même pas besoin de papillotes pour les friser. Et on s'intéresse déjà à vous, si vous voulez le savoir.

— À moi ? (J'ignorais si je devais me sentir flattée ou inquiète.) Qui donc ?

— Ne vous tracassez pas pour ça, répondit Susan en recommençant à brosser mes cheveux.

— Je ne vois pas qui pourrait s'intéresser à moi. Je ne vais pas dans le monde. Je veux dire... personne ne m'a seulement vue.

— Si, au risque de vous surprendre, dit Susan en m'adressant l'un de ses regards entendus. J'ai bien vu comment certains gentlemen en visite ici vous regardaient.

— Tu veux dire des amis de mon père ? Mais ce sont tous des vieux !

J'enfouis mon visage dans mes mains. J'allais donc finir comme Elspeth Cooper. Je ne pouvais supporter cette idée.

— Ce n'est pas seulement une question de beauté, poursuivit Susan, comme si ce genre de considération était incongrue. Vous apporterez une jolie dot en vous mariant. L'homme qui vous épousera décrochera le gros lot, Miss Nancy, c'est un fait.

Bath était une ville entièrement adonnée au plaisir. Les matinées se passaient aux bains et dans les buvettes de la station thermale, en courses pour s'acheter rubans et colifichets et en flâneries dans les librairies et les cafés. Les après-midi se déroulaient aux tables de jeu de la salle des fêtes de Harrison ; ceux qui ne jouaient pas prenaient le thé ou déambulaient aux alentours.

Susan avait raison. Les jeunes gens n'allaient pas à Bath pour prendre les eaux, mais pour pêcher des fortunes. Mon père était riche, ce qui faisait de moi un beau parti.

Je trouvais la vie à Bath intolérablement ennuyeuse.

L'événement social le plus important de la semaine était le bal du mardi. Dès son arrivée, mon frère Joseph allait droit aux tables de jeu. Il devait bientôt partir pour la Jamaïque afin de reprendre la plantation, et il se conduisait comme un condamné en sursis. Il voulait savourer une dernière fois tous les plaisirs de la civilisation, et qu'y avait-il de plus civilisé que Bath ? Il aimait par-dessus tout jouer au piquet et au pharaon, mais c'était un piètre joueur. L'argent de notre père lui coulait entre les doigts comme du sucre en poudre.

Mrs Wilkes ne détestait pas prendre place aux tables de jeu, elle non plus, mais son jeu était lent et calculé, chaque carte soigneusement soupesée. L'argent lui collait aux doigts comme de la mélasse. Du reste, elle n'était pas là pour jouer, si bien que, après une partie ou deux, elle quittait la table pour m'escorter dans la salle de bal. Là-bas se jouait une partie autrement plus sérieuse.

Comme tous les jeux de hasard, celui du mariage possède ses propres lois et son étiquette, ses gagnants et ses perdants. L'invitation à danser en marquait le coup d'envoi.

Mrs Wilkes avait pris soin de lancer des allusions à ma fortune parmi ses compagnons de jeu, si bien que je ne manquais pas de cavaliers. Un premier jeune homme se présentait, rapidement suivi d'un autre. Mrs Wilkes les observait, évaluant chaque parti qu'elle pointait sur un carnet de son invention, rejetant ceux qui étaient trop vieux, trop pauvres ou de trop basse condition, les fines rides autour de sa bouche se serrant et se desserrant comme les cordons d'une bourse. Lorsqu'elle jugeait que l'un d'eux pouvait faire l'affaire, elle s'empressait d'aller se présenter à sa mère. Elle me dévidait ensuite l'histoire de leur famille en détaillant leur pedigree comme s'il s'agissait de pur-sang : Mr Amhurst, Barstow, Denton, Fitzherbert, Fitzgibbon, fils cadet, neveu, cousin ou parent éloigné du duc de Quelque chose, etc. Pour ma part, je pouvais à peine les distinguer les uns des autres. Des silhouettes en perruque poudrée s'inclinaient devant moi en une succession qui semblait interminable, des visages suants levaient les yeux vers moi, murmurant des compliments futiles, et des doigts mous dans des gants moites prenaient les miens pour me mener danser. Cependant, Mrs Wilkes ne nous quittait pas du regard, tandis que son éventail battait plus vite qu'une aile de libellule.

Je subissais cette épreuve comme j'étais censée le faire, mais je n'aspirais qu'à m'y soustraire dès que possible. L'été approchait et les pièces mal aérées étaient continuellement envahies d'une foule grouillante. À mesure que les heures passaient, la dépense physique à laquelle se livraient les danseurs ajoutait à la chaleur dispensée par les candélabres. La puanteur musquée des corps échauffés et trop parfumés était presque intolérable. Sur le coup de onze heures, l'épreuve s'achevait. Beau Nash, le maître de cérémonies, annonçait la fin du bal. Je rentrais me coucher, le visage douloureux de m'être contrainte à sourire, les pieds et les jambes endoloris d'être restée debout et d'avoir dansé toute la nuit dans des souliers aux semelles trop minces.

Mrs Wilkes me sermonnait : elle me reprochait d'être trop froide, trop distante, trop réservée. Elle commençait à désespérer de me trouver un mari, lorsqu'un parti intéressant se présenta : Mr James Philips Calthorpe, fils cadet d'un baron, un jeune homme bien éduqué et de bonne famille. Il n'avait personnellement pas un sou en poche et peu d'espérances, mais il possédait des goûts assortis à son rang : il éprouvait le même penchant que mon frère pour les tables de jeu, avec le même succès. Je ne me faisais aucune illusion sur son compte. L'ardeur de ses sentiments pour moi était entretenue uniquement par sa cupidité et l'importance de ma fortune.

Quant à Mrs Wilkes, elle ne se tenait plus de joie. Certains jugeaient Calthorpe beau, mais pour ma part je trouvais ses yeux bleus trop pâles, son teint trop coloré, et la mollesse de sa bouche et de son menton me déplaisait. On m'enviait pour les attentions qu'il me témoignait, mais je me moquais bien de lui, car je le jugeais frivole, vain et ridiculement imbu de lui-même. Je m'appliquais à l'ignorer et à le traiter froidement, mais il prenait mon indifférence pour de la hauteur, ce qui ne faisait qu'accroître son intérêt pour moi et rendait ses attentions d'autant plus fastidieuses.

Ce soir-là, je m'apprêtais à les subir une fois de plus, lorsqu'un jeune officier de la Marine s'approcha de moi.

– M'accorderez-vous cette danse ? demanda-t-il en s'inclinant devant moi.

J'attendais Calthorpe en rassemblant mon énergie pour l'affronter. Je ne voulais pas danser avant d'y être obligée, si bien que je refusai l'invitation. Mais quand l'homme se redressa et me sourit, je reconnus William.

Soudain, tout changea. Je déchirai la feuille de mon carnet de bal et décidai de danser avec lui toute la soirée. À présent, la salle baignait dans la douce lueur dorée des chandeliers étincelants. Les danseurs qui se faisaient face me parurent beaux. Les habituels blancs-becs, vieux débauchés, femmes trop peintes, vieilles filles et jeunes filles balourdes aux traits épais semblaient être restés chez eux ce soir. Tous se mouvaient avec grâce et agilité. Personne ne tournait dans le mauvais sens, me bousculant ou me marchant sur les pieds. Par les fenêtres ouvertes, le parfum des lilas se répandait dans l'atmosphère.

Calthorpe arriva trop tard, accompagné de son ami Bruton. Lorsqu'il fut évident que je n'abandonnerais pas mon nouveau cavalier pour lui, Bruton lui dit quelque chose qui ne fit rien pour améliorer son humeur. Il tourna les talons et sortit, rouge de fureur et d'humiliation, mais je m'en moquais bien. J'avais pour cavalier le plus bel homme de Bath.

Mon esprit fourmillait de questions que j'aurais voulu poser à William. Que faisait-il ici ? Quand était-il arrivé ? Combien de temps resterait-il ? Mais il n'était guère possible de parler. Je devais me contenter de le regarder. Cela faisait deux ans que je ne l'avais pas vu et il avait changé. C'était un homme adulte à présent. Il était fringant dans son uniforme aux boutons et aux boucles luisants, et ses bas et ses gants étaient immaculés. La maturité avait fait disparaître les rondeurs juvéniles de ses joues et de son menton, mais ses yeux sombres étaient toujours aussi expressifs et les coins légèrement relevés de sa bouche montraient qu'il n'avait perdu ni son humour, ni sa douceur. J'avais certainement autant changé que lui ; en revanche, je sus aussitôt que rien n'avait changé entre nous. Tous les discours étaient inutiles. L'expression de ses yeux et le contact de sa main me renseignaient assez.

Les regards et les sourires peuvent devenir très éloquents dans les évolutions compliquées de la danse. Mon cœur battait plus vite, tandis que chaque pas le rapprochait de moi, et semblait s'arrêter quand son visage et ses lèvres n'étaient qu'à quelques centimètres des miens. Je me consumais d'impatience lorsque la danse l'éloignait de moi, et de jalousie lorsque je le voyais donner la main à une autre. Alors il revenait à moi et la même excitation délicieuse m'envahissait de nouveau. Ce soir-là, j'ai compris le plaisir de la danse.

Je pensais que nous aurions le temps de parler entre deux danses, mais, lorsque la première partie du bal s'acheva, il m'apprit qu'il devait partir.

— Mais pourquoi ? demandai-je, les yeux pleins de larmes comme si j'avais reçu un coup. Il était cruel de se voir successivement offrir puis reprendre une telle félicité.

— Je suis déjà resté plus longtemps que prévu. J'étais seulement venu porter un message. La femme de mon capitaine est là et j'avais une lettre pour elle. Maintenant, je dois retourner à bord.

Je le regardai. Nous n'avions même pas la possibilité de nous dire adieu. Nos paroles se perdaient dans la rumeur de la foule. Nous fûmes poussés de côté par un groupe qui se frayait un chemin vers les rafraîchissements.

— Retrouve-moi dehors, lui murmurai-je à l'oreille.

William alla chercher son manteau et son épée et moi mon châle. Je sortis de la salle, descendis les escaliers et me retrouvai dehors. Je m'arrêtai un instant pour regarder autour de moi, ignorant les regards curieux du portier, et m'éventai, bien inutilement car il faisait presque aussi étouffant dehors que dans la salle de bal. Soudain, j'entendis un sifflement.

William m'attendait sous l'arche de Harrison's Walks, la promenade longeant l'Avon.

— Voulez-vous faire un petit tour avec moi, Miss Nancy ? demanda-t-il en m'offrant son bras. Depuis combien de temps êtes-vous à Bath ?

— Environ trois semaines, répondis-je.

— Et prenez-vous du bon temps, avec toutes ces distractions, cette musique et ces danses ?

— Qu'ai-je à faire de la danse ? Je méprise la danse.

William éclata de rire.

– Allons, Nancy, en voilà des histoires! Tu avais pourtant l'air d'y prendre plaisir, tout à l'heure.

Il me taquinait, les coins de la bouche relevés en un large sourire, mais ses yeux conservaient leur sérieux et même une certaine tristesse. Il savait aussi bien que moi pourquoi on emmenait les jeunes filles à Bath.

– C'était parce que je dansais avec toi, dis-je.

– Et tous les autres jeunes gens que tu rencontres ici, tu n'aimes pas danser avec eux?

Je secouai la tête.

– J'aime encore moins rencontrer des jeunes gens que danser, répondis-je.

Il sourit de nouveau.

– Je croyais pourtant que les deux allaient de pair. (Il se tut un instant et laissa courir sa main sur les roses aux tiges souples bordant la promenade, dont le parfum se répandit dans l'air.) Mais peut-être as-tu déjà un soupirant et n'en veux-tu pas d'autre.

– Peut-être, dis-je.

Il cilla comme sous le coup d'une douleur soudaine et aiguë, puis détourna les yeux. Il marcha un moment en silence, les yeux baissés, l'air résigné, et soupira comme s'il venait d'entendre à la fois ce qu'il redoutait et ce à quoi il s'attendait.

– Dans ce cas..., commença-t-il en regardant autour de lui, l'air désemparé.

– Non! fis-je en serrant son bras. Ce n'est pas ce que je voulais dire. Je voulais...

Je m'arrêtai. Soudain, à mon tour, je ne savais plus que dire, peut-être faute de trouver les mots.

– Je n'ai pas d'autre soupirant que…

– Oui…?

Il m'observait à présent et ses yeux sombres avaient un éclat intense.

Je pris une profonde inspiration.

– Que toi, achevai-je.

– Ne joue pas avec moi, Nancy.

– Je ne joue pas avec toi. Pourquoi le ferais-je? Je n'ai pas l'habitude de jouer avec qui que ce soit.

– Vraiment? demanda-t-il en me regardant avec la même expression grave.

– Vraiment. Bien sûr. Je ne suis pas de celles qui jouent avec les hommes.

Il retrouva le sourire et ce sourire s'élargit, montant jusqu'à ses yeux.

– J'ai pensé à toi chaque nuit et chaque jour depuis que je suis parti. (Il fit une pause, comme pour rassembler ses esprits.) Sans toi, je n'aurais jamais pu obtenir une place sur le *Colchester* avec le capitaine Robinson, qui est comme un père pour moi. Tu m'as sauvé, Nancy, mais pour moi, tu représentes bien plus encore. (Il se tut de nouveau, comme si les mots qui allaient suivre étaient difficiles à prononcer.) Tu as toujours été là pour moi, depuis notre enfance, comme une sœur. Tu as toujours été mon amie, une amie forte, vaillante et loyale. Tu te souviens, quand on jouait ensemble? (J'acquiesçai.) Mais quand je suis revenu, tu avais changé. Tu étais habillée de soie et de satin, comme une dame. Tu me paraissais de condition tellement supérieure, toi, la fille d'un homme riche, alors que je n'étais qu'un pauvre matelot. J'ai cru que jamais je ne pourrais… (Il secoua la tête.) Tu étais ce que j'avais vu de plus beau, de plus pur et de plus séduisant depuis une éternité. J'étais si heureux de te revoir, mais cela me paraissait tellement vain… (Il poussa un soupir.) Je me suis juré que je ne rentrerais pas avant d'avoir fait mon chemin, avant d'avoir une situation qui me permette…

– Qui te permette de faire quoi ?

– De demander ta main à ton père. Je suis officier à présent, Nancy, dit-il en me désignant les broderies d'or sur son col. J'ai l'argent de mes primes et de ma solde. Et j'ai de bonnes espérances. Je devrais bientôt être nommé capitaine…

– Je m'en fiche comme d'une guigne, dis-je en posant la main sur ses lèvres pour le faire taire. Je ne suis pas mon père, alors garde tes discours pour lui. (Je l'attirai à moi.) Tu pourrais te présenter à moi nu-pieds et en tenue de matelot que je voudrais toujours t'épouser.

– Dans ce cas… dit-il, et il pencha la tête pour m'embrasser.

Ses bras m'enlacèrent et il me serra contre lui. Sa bouche était chaude contre la mienne. Je sentis le souffle me manquer, presque comme si j'allais m'évanouir, et j'eus l'impression que mes os eux-mêmes fondaient. J'aurais aimé que ce baiser dure éternellement, mais William rompit notre étreinte.

– Nous serons fiancés, toi et moi. Promis l'un à l'autre, murmura-t-il. Garde ceci en souvenir de moi.

Il ôta une bague de son doigt. C'était une bague d'homme, un lourd anneau d'or si large qu'il n'allait qu'à mon pouce.

– Et toi, garde ceci, fis-je.

Je retirai la bague que je portais au majeur de la main gauche. Elle avait appartenu à ma mère. On m'avait légué ses bijoux à mon dernier anniversaire. L'anneau n'allait pas plus loin que la première phalange du petit doigt de William.

— Je la porterai autour du cou. (Il prit la bague et l'embrassa avant de la glisser dans la poche de son uniforme.) Maintenant, je dois m'en aller. Je dois rentrer à Bristol et il va y avoir de l'orage, dit-il en regardant le ciel.

Le tonnerre gronda au loin comme pour confirmer sa prédiction. La pluie commençait à semer des ronds sur le sol lorsqu'il m'embrassa pour me dire adieu. Je dus rentrer précipitamment pour ne pas être trempée. Je grimpai l'escalier à vive allure en fredonnant un air joyeux. La seconde partie de la soirée avait déjà commencé, mais pour moi, il n'était maintenant plus question de danser. Si nous étions venus à Bath pour me trouver un mari, c'était chose faite. William devait maintenant retourner à bord, mais cela ne m'inquiétait pas. J'étais sûre de lui et je savais qu'il irait voir mon père, dès que son service le lui permettrait.

J'arrivai devant la dernière volée de marches, lorsque je vis deux jeunes hommes qui flânaient là : James Calthorpe et son ami Edward Bruton. Je saluai Calthorpe d'un sourire pour m'excuser de l'avoir blessé plus tôt dans la soirée et j'étais prête à m'expliquer au sujet de William, mais il m'ignora et poursuivit sa conversation avec Bruton en commençant à descendre l'escalier. C'était peut-être mérité et je n'étais pas disposée à lui en tenir rigueur, mais il fit alors un commentaire que je ne pouvais ignorer.

– Qu'avez-vous dit ? demandai-je.

Les deux hommes se regardèrent en ricanant. Tous deux étaient passablement ivres, mais Calthorpe était celui des deux qui tenait le moins bien debout.

– La fille d'un marchand, ce n'est déjà pas très reluisant, répéta Calthorpe plus fort et plus distinctement, mais une fille à matelots, c'en est trop pour moi…

Il échangea un regard avec son ami et tous deux éclatèrent de rire. Je ne pouvais endurer cette insulte, ni pour William, ni pour moi.

– Au moins, ce n'est pas un dandy comme vous deux, répliquai-je. Il risque sa vie pour le roi et la patrie. Qui croyez-vous être, pour vous permettre d'insulter la Marine ?

Cette réponse les fit rire de plus belle, si bien que je ne pus me contenir plus longtemps. La fureur et la fierté blessée flambèrent en moi, tandis que je regardais le visage hilare de Calthorpe une marche au-dessous de moi. Je rejetai le bras en arrière et lui décochai un coup de poing en plein sur le nez. Ce n'était pas une gifle de fille, ni un coup donné dans une fureur aveugle, mais un direct précis et violent partant de l'épaule, tel que Ned me l'avait enseigné. C'était un coup bien porté. Mon frère aurait certainement applaudi. J'entendis craquer l'os. Le sang jaillit, ajoutant un motif en pétales de coquelicot à la pâle soie brodée du gilet.

Calthorpe recula en tenant son visage entre ses mains. Si Bruton ne l'avait pas retenu, il aurait dégringolé au bas de l'escalier. Le sang filtrait entre ses doigts, tandis qu'il reniflait et jurait d'une voix pâteuse, prononçant des paroles indistinctes. Je tournai les talons et les plantai là.

William ne s'était pas trompé. L'orage éclata et il atteignit toute son ampleur au cours de la nuit. Le vent hurlait entre les maisons et la pluie frappait les vitres comme un tir de grenaille. Mrs Wilkes devait hausser le ton pour donner des ordres au-dessus de ce vacarme, mais la violence de la tempête ne semblait pas l'inquiéter, sauf pour les ardoises des toits et les cheminées.

Ceux qui vivent près de la mer doivent prendre garde au temps. Susan déclara qu'elle n'allait pas fermer l'œil de la nuit.

— Je n'aime pas ce bruit, fit-elle lorsqu'elle vint me déshabiller. Si c'est comme ça ici, qu'est-ce que ça doit être à Bristol ? Ou sur la Manche ?

Les fenêtres tremblaient dans leurs châssis, tandis qu'elle scrutait l'obscurité zébrée de pluie. Le vent qui hurlait entre les maisons de Bath devait être deux fois plus fort en mer. Les navires qui étaient au large auraient peu de chance de s'en tirer. Leurs capitaines devraient tenter de gagner un port, faute de quoi ils resteraient livrés à la merci des éléments.

— Il y aura des naufrages cette nuit, prédit Susan en frottant ses bras couverts de chair de poule. Vous verrez.

Cette nuit-là, Susan et moi nous agenouillâmes afin de prier pour tous ceux qui risquaient leur vie en haute mer et pour ceux dont les navires faisaient naufrage. J'ajoutai une prière muette pour William, en remerciant le ciel qu'il n'eût pas pris la mer ce soir-là et en implorant pour lui la protection divine.

Au matin, la tempête ne s'était pas apaisée. Au contraire, elle redoubla de violence pour devenir l'une des plus terribles que l'on ait vues de mémoire d'homme. Elle fit rage toute la journée et le lendemain. À King Road, un mouillage sûr à l'embouchure de l'Avon, des navires vinrent s'échouer sur la côte. Cela ne s'était produit qu'une fois auparavant. Vers la fin du troisième jour, les dégâts étaient considérables. À Bristol, on fut peu à peu informé du nombre de navires échoués et de pertes humaines. Des flottes entières avaient sombré, mais à Bath nous n'en savions rien. Des arbres abattus par la tempête bloquaient les routes et les rivières étaient prêtes à déborder. La première diligence partie de Bristol mit deux jours de plus qu'à l'ordinaire pour arriver à Bath.

Elle amenait Robert avec une lettre de mon père. Mrs Wilkes la lut rapidement. Elle ne nous révéla rien de son contenu, mais, à sa lecture, le contour de sa bouche blêmit.

– Que se passe-t-il ? demanda Susan à Robert en lui servant à manger dans la cuisine.

Robert secoua la tête. Son long visage avait une expression sinistre que je ne lui avais encore jamais vue.

– Le maître vous fait dire de rentrer immédiatement, répondit-il.

CHAPITRE 7

Assis dans son bureau, mon père était l'image même de la désolation. Ses vêtements étaient froissés comme s'il les avait gardés pour dormir, et sa perruque échevelée et de travers. Il semblait diminué, comme s'il avait perdu du poids. Son ventre ne tendait plus son gilet. Son visage au teint habituellement vermeil était à présent aussi terne que du mastic, affaissé et à demi recouvert d'une barbe argentée de trois jours. Ses yeux chassieux et rougis par le manque de sommeil avaient une expression morne. Il paraissait beaucoup plus vieux que la dernière fois que je l'avais vu, comme s'il avait pris vingt ans en autant de jours.

Il attendait un convoi en provenance de la Jamaïque. Seul l'un des navires était arrivé à bon port.

– Pas d'histoires, madame ! rugit-il à l'adresse de Mrs Wilkes en la chassant d'un geste comme un insecte gênant. Je ne le supporterais pas !

– Père… commença Joseph, mais il ne put achever sa phrase.

– Silence, monsieur ! fit mon père en se redressant à demi dans son fauteuil. Si nous sommes ruinés, c'est en grande partie de votre faute ! Vous avez été d'une négligence criminelle. Où sont les fonds que je vous avais envoyés pour assurer les cargos ?

Mon frère ne trouva rien à répondre. Il ne chercha même pas à sauver la face. Il se contenta de baisser la tête comme un garçon de dix ans surpris à chaparder par un boutiquier.

– Vous avez emprunté en tablant sur les profits à venir, et maintenant, tout est perdu. Les cargaisons sont au fond de l'océan. (Mon père se leva et s'appuya à son bureau pour regarder Joseph bien en face.) Comment vais-je payer les créanciers ? Comment vais-je payer les planteurs dont nous transportions le sucre et les marchands qui l'ont acheté ? Pouvez-vous me le dire ? Je dois me porter garant. Comment puis-je le faire sans navires et sans argent ? Vous êtes coupable de fraude, monsieur, ou c'est tout comme ! Je pourrais vous livrer à la justice, et je le ferai si vous ne vous tenez pas tranquille. (Joseph ouvrit la bouche, puis se ravisa. La fureur de notre père le rendait muet.) Je vous parlerai plus tard. Maintenant, sortez !

Croyant que cet ordre s'adressait également à moi, je m'apprêtais à suivre mon frère.

– Non, pas vous, Miss, lança mon père. J'ai à vous parler.

J'attendis, mais il demeurait perdu dans ses pensées comme s'il était seul, fixant à travers la fenêtre la ville qui s'étendait en contrebas.

– Père ? dis-je en m'avançant pour lui rappeler ma présence.

– A-t-on trouvé un mari pour toi ?

Je secouai la tête.

– Aucun parti ? Dans sa dernière lettre, ta mère m'écrivait qu'elle avait quelqu'un en vue…

Je revis le nez en sang de James Calthorpe et je secouai de nouveau la tête.

– Bien. Très bien, dit mon père en se frottant les mains comme pour les réchauffer. Ces jeunes gens de la haute, ça n'a pas un sou vaillant. Peu importe que ce soient des aristocrates. Ce serait jeter son argent par les fenêtres. Donc, tu n'es pas fiancée ?

– Enfin… si.

– Comment ça ? fit-il en me jetant un regard perçant. Parle franchement.

J'inspirai profondément, résolue à tout lui dire pour en avoir le cœur net. Je repris soudain espoir. Si je savais m'y prendre, je pourrais épouser William sous peu. Cela épargnerait à mon père une dépense supplémentaire. Il se débarrasserait de moi en me mariant.

Je ne sus pas m'y prendre.

– Je suis fiancée, répondis-je.

– Ah oui ? (Les yeux de mon père se rétrécirent.) Avec qui ?

– Avec William. Il était à Bath. Nous nous sommes revus et…

– William ? Quel William ?

– William Davies. Tu le connais.

Il frotta la barbe qui couvrait son menton.

– Son père était capitaine sur le *Andrew & John*, c'est

bien ça? Et sa mère tient l'auberge des *Sept Étoiles*? demanda-t-il.

— Oui. C'est lui. C'est…

— Un marin. Tu ne vas pas épouser un vulgaire matelot.

— Ce n'est pas un matelot. Il est officier dans la Marine.

— Officier dans la Marine! (Mon père eut un rire bref comme un aboiement.) C'est quand même un matelot. Ils le restent toujours.

— Mais nous sommes fiancés…

— Non, plus maintenant. Tu ne peux pas te marier sans ma permission et je ne te la donnerai pas. (Il me regarda fixement.) Tu me trouves dur, hein? Tu me trouves cruel? Eh bien, va demander aux veuves et aux orphelins de Bristol ce qui est cruel. J'ai tout perdu. Tout! (Sa voix tremblait.) Je vais devoir vendre tous les navires qu'il me reste pour payer mes dettes. Tu comprends? (Il se leva et s'avança vers moi.) Toi aussi, tu apporteras ta contribution, n'est-ce pas? Si je te le demandais? Pour moi. Pour la famille.

Il caressa ma joue et ses doigts se promenèrent sur ma peau avec un tremblement de vieil homme.

— Bien sûr, papa!

Je n'avais aucune idée de ce dont il parlait, ni de ce que j'étais en train de lui promettre, mais sa détresse et sa soudaine vulnérabilité m'effrayaient. Que pouvais-je dire d'autre?

— Tu es une brave fille! Ma brave petite fille. Ma Nancy! Toujours honnête et loyale! Ton frère Joseph s'est révélé être un imbécile et un gaspilleur, mais je savais bien que je pouvais compter sur toi. Tu es ma fille et tu feras ton devoir. (Il regagna son fauteuil à petits pas en s'appuyant sur son bureau, comme un homme qui avance sur le pont d'un navire par gros temps.) Il me reste une chance, dit-il en se laissant tomber dans son fauteuil. Une dernière chance.

Il marmonnait ces mots le menton enfoncé dans la poitrine, si bien que j'avais du mal à l'entendre. Soudain, il leva les yeux vers moi et je vis que son expression avait changé : il était redevenu lui-même.

– Il n'est plus question d'épouser un marin, dit-il. J'attends un invité à dîner. Fais-moi disparaître cet air boudeur de ton visage : il y aurait de quoi faire tourner le lait. Je veux que tu sois charmante. Je veux que tu paraisses tout à ton avantage. Dis à Susan de faire le nécessaire, et maintenant, envoie-moi Joseph. Il faut voir ce que nous pouvons sauver de ce désastre.

Les dégâts en mer n'avaient épargné personne à Bristol. Mon père n'était pas le seul à en souffrir, mais c'est lui qui avait subi les pertes les plus lourdes. Tout le convoi qu'il attendait avait sombré corps et biens. Les cargaisons qui n'avaient pas atterri au fond de la Manche avaient été pillées. Les seuls navires qui lui restaient étaient ceux qui étaient au port ou ceux qui sillonnaient d'autres mers et ne rentreraient pas avant longtemps.

– C'est pareil pour tout le monde à Bristol. Sur tous les bateaux qui devaient rentrer au port, un seul s'en est tiré, me dit Susan lorsqu'elle rentra de la ville. C'est un équipage étranger, des Noirs avec des anneaux d'or aux oreilles et des cheveux noirs comme l'encre. Pas un seul d'entre eux ne parle un mot d'anglais. Le bateau a traversé la tempête sans une voile déchirée ni un espar brisé. C'est sûrement le diable qui était maître à bord, enfin c'est ce qu'on raconte au port.

Je sais maintenant que les commérages du port étaient plus proches de la vérité que leurs auteurs ne le soupçonnaient.

Le mystérieux capitaine de l'unique navire resté intact était notre invité de ce soir, mais le dîner ne devait jamais avoir lieu. Le rôti que mon père aimait tant grilla sur sa broche et le pudding qu'il avait commandé caramélisa sur les fourneaux et devint aussi dur qu'un boulet de canon. Mes cheveux répandus sur mes épaules étaient à moitié coiffés lorsque nous entendîmes un hurlement monter du rez-de-chaussée, suivi d'un martèlement, puis d'autres cris dans toute la maison.

Je n'étais pas encore habillée, Susan me laissa donc un instant pour aller voir ce qui avait provoqué ce tumulte. Elle revint un moment plus tard, son mince visage pâle et crispé.

– Que s'est-il passé, Susan ? demandai-je en me détournant du miroir.

– C'est votre père, Miss, dit-elle doucement, les yeux remplis de larmes. Il s'est trouvé mal. Ils le portent à l'étage.

Je me précipitai hors de ma chambre, vêtue seulement de mon corset. Robert et le valet de pied transportaient mon père dans l'escalier. Sa tête affaissée reposait contre la poitrine de Robert et l'une de ses mains pendait, heurtant la rampe. J'accourus et je la saisis par la manche. Son bras était lourd et inerte lorsque je le soulevai pour le poser sur sa poitrine. Son visage était gris et sa mâchoire inférieure relâchée. La joue tournée vers moi était déformée, comme si elle pendait à un crochet géant. Son œil mi-clos était injecté de sang.

– Est-il…? demandai-je en regardant Robert, qui secoua la tête en fronçant les sourcils comme pour répondre : « pas encore ».

– On a prévenu le médecin, dit-il.

Ils le portèrent dans sa chambre, et Robert le déposa sur son lit aussi doucement que s'il s'était agi d'un enfant endormi. Il le contempla un instant avant de renvoyer le valet de pied avec l'ordre d'apporter de l'eau chaude et du linge propre. Je le laissai prendre soin de son maître, les larmes aux yeux.

– C'est une crise d'apoplexie, d'après Madame, me dit Susan. C'est ce qui a emporté son premier mari. Elle connaît les symptômes.

Le médecin vint et secoua la tête. Il ne pouvait plus rien faire. La plupart des personnes présentes crurent que Mrs Wilkes allait s'effondrer, mais, passé le premier choc, elle retrouva son sang-froid. Elle fit prévenir Henry à Londres et Ned à son régiment.

Mon père mit trois jours à mourir, si bien qu'ils rentrèrent à temps pour lui faire leurs adieux. On nous appela à son chevet lorsqu'on crut ses derniers instants proches. Quand j'entrai dans sa chambre, Henry et Joseph étaient déjà là ; ils se tenaient de chaque côté du lit. Je me postai au pied du lit avec Ned, écoutant chaque respiration courte et sifflante et comptant les secondes entre chacune d'elles en me demandant si c'était la dernière. Soudain, alors que notre père paraissait à bout de forces, sa main agrippa la manche d'Henry et l'attira à lui. Joseph et Henry se penchèrent vers lui, prêtant l'oreille. Son élocution était confuse et sa voix rauque. Je n'entendis pas ce qu'il disait, mais mes frères acquiescèrent.

– Nous te le promettons, père, répondirent-ils d'une seule voix.

Sa main retomba et il détourna la tête. Ce furent là ses dernières paroles.

On avait répandu de la paille dans l'allée devant la maison afin d'étouffer le bruit des sabots et des roues. À l'intérieur, on avait retourné les miroirs, fermé les volets et tiré les rideaux. Le cercueil de mon père trônait au milieu de la salle à manger, encadré de hautes chandelles en cire d'abeille aux flammes claires, et Robert veillait sur lui comme un gardien muet. Des visiteurs vinrent présenter leurs condoléances à mes frères. Ils parlaient à voix basse et marchaient avec précaution ; en réalité, bon nombre d'entre eux étaient des créanciers inquiets pour leurs investissements. Les affaires n'attendaient pas, même pour un enterrement. Henry leur servit du lait de Bristol et des gâteaux, et leur prodigua des paroles rassurantes. Ils burent leur sherry, balayèrent de la main les miettes tombées sur leurs gilets et consentirent à lui laisser un peu de temps pour mettre de l'ordre dans les affaires de son père.

– Un peu de temps, c'est tout ce qu'il me faut, leur dit-il.

Après leur départ, il se retira dans la bibliothèque où il passa de longues heures penché sur les livres de comptes pour examiner les transactions. Il en ressortit les yeux cernés et l'air épuisé. Nous étions ruinés, c'était une évidence. Seul un miracle pouvait encore nous sauver. Les créanciers attendraient la fin des funérailles, après quoi ils saisiraient tous nos biens.

J'ignore à quel Dieu Henry adressa ses prières, mais notre sauveur vint : c'était le fameux capitaine sorti sain et sauf de la tempête, Bartholomé le Brésilien. Il nous rendit visite la veille de l'enterrement. La nouvelle de son arrivée déclencha des bavardages et des chuchotements sans fin. Cet homme était une énigme. On ne savait rien de lui. Tel un diable, il semblait avoir jailli d'une trappe au milieu de nous, brandissant une fourche. Personne ne connaissait son nom de famille. Les légendes qui couraient à son propos semblaient l'envelopper de ténèbres comme un grand manteau noir. Son âge, son pays natal et son passé demeuraient un mystère. Son apparence elle-même était trompeuse. Il avait probablement l'âge de mon père, mais il paraissait bien plus jeune. Il ne portait pas de perruque, et il n'y avait pas un seul fil gris dans les épais cheveux noirs tombant sur ses épaules. Il était mince et son visage ne révélait rien de son âge. Ses traits accentués semblaient avoir été sculptés dans un bois dur. Sa mince moustache et sa barbe étaient si soigneusement taillées qu'on les aurait crues peintes sur sa peau sombre.

Il avait été autrefois boucanier et il avait acquis ainsi une fortune fabuleuse, c'était tout ce qu'on savait de lui à Bristol. Pour mes frères et moi, c'était un planteur au passé haut en couleur. Avec l'argent de son butin, il avait acheté des terres à la Jamaïque, et sa plantation était voisine de la nôtre. Mon père avait fait des affaires avec lui pendant de nombreuses années ; il lui avait fourni des esclaves et il avait agi comme intermédiaire dans la vente de son sucre. Nous l'avions déjà reçu chez nous à plusieurs reprises ; ce jour-là, il ne vint pas seulement pour nous présenter ses condoléances. Il passa plusieurs heures avec mes frères dans la bibliothèque, et à son départ, ce fut comme s'il emportait tous nos ennuis.

Je les rencontrai dans l'entrée, alors que le Brésilien prenait congé de mes frères.

— Miss Nancy, dit-il en s'inclinant devant moi, je suis ravi de vous revoir, même en ces tristes circonstances.

Il prit ma main. Ses longs doigts étaient chargés de rubis et d'émeraudes taillés en carré. Il me regardait avec des yeux si noirs qu'on ne distinguait pas la pupille de l'iris. Ils avaient des reflets rouges, presque pourpres, comme les cerises trop mûres ou la belladone.

— Je suis navré de la perte que vous venez de subir, murmura-t-il en soulevant ma main pour la porter à ses lèvres. Si je peux vous assister en quoi que ce soit…

Ses lèvres étaient chaudes et moites sous la douceur soyeuse de sa moustache et de sa barbe. J'eus l'impression d'être caressée par une panthère. Je dus faire un effort pour ne pas retirer brusquement ma main.

— Merci, monsieur, répondis-je. Vous êtes très bon.

— La dernière fois que nous nous sommes vus, vous n'étiez qu'une enfant…

Il sourit et ses lèvres rouges s'écartèrent, révélant un espace entre ses incisives – signe de luxure, selon Susan.

— Oui, je m'en souviens, fis-je.

À l'époque, je devais avoir treize ans, peut-être quatorze. Je n'étais donc plus une enfant.

– Maintenant, vous êtes une demoiselle, dit-il en détournant les yeux.

– Comme vous le voyez, répondis-je en baissant les miens.

Lorsqu'il souriait, la peau autour de ses yeux se plissait, trahissant son âge. Il me fixait en silence comme s'il attendait une réponse, mais je ne trouvais plus rien à dire. Il parut enfin reprendre ses esprits.

– Eh bien, messieurs, dit-il à mes frères en leur serrant la main, nous avons fait du bon travail. De l'excellent travail, même.

Je crus qu'il faisait allusion à l'arrangement qu'ils venaient de conclure, un arrangement qui nous sauverait de la ruine. Mes frères lui serrèrent chaleureusement la main et le suivirent du regard lorsqu'il sortit. Je ne soupçonnais rien, mais je percevais leur excitation. Sans la présence du corps de notre père dans la maison, ils auraient probablement sauté de joie. Volubiles, ils parlaient très fort des marchandises et des navires qu'ils comptaient acheter. Je me souviens que je me sentais heureuse et soulagée. J'ai peut-être même éprouvé de la reconnaissance envers le Brésilien pour l'aide qu'il nous avait apportée, pour la générosité dont il avait fait preuve.

Quand j'y repense, ma naïveté d'alors me fait frissonner.

Mon père devait être enterré le lendemain à St Mary Redcliffe, l'église qu'il avait fréquentée dès l'enfance. Il n'y avait jamais manqué la messe du dimanche lorsqu'il était à Bristol ; il y reposerait désormais éternellement.

L'intérieur faiblement éclairé de l'église était lugubre. Audehors, des nuages noirs annonciateurs de nouvelles pluies assombrissaient ce début d'après-midi. On avait allumé des cierges dont les flammes vacillaient à l'arrivée des visiteurs endeuillés. Dans ce décor, le gilet rouge de Ned constituait l'unique note de couleur. Soudain, alors que je me retournais, une étincelle capta mon regard. Bartholomé arrivait derrière nous. À mi-chemin de l'autel, il posa un genou à terre pour faire une génuflexion. La croix de diamants qu'il portait sur la poitrine oscilla et réfléchit la lumière des cierges, scintillant comme une constellation dans l'allée obscure. Les fidèles secouèrent la tête, partagés entre l'incrédulité et le dégoût. Personne ne s'était livré à de telles démonstrations dans cette église depuis plus d'un siècle. Des narines palpitèrent de colère devant ce relent de papisme, et le bon peuple de Bristol, élevé dans la crainte de Dieu, se détourna ostensiblement de cet homme pour marquer sa désapprobation. Bartholomé n'en parut pas troublé, et lorsqu'il vit que je le fixais du regard, il sourit, montrant ses dents écartées dont la blancheur se détachait sur le noir de sa barbe. Susan me donna une bourrade, bien inutilement, pour me faire comprendre que je ne devais pas bayer aux corneilles à l'enterrement de mon père.

Le service fut rapidement terminé. Nous sortîmes de l'église sous une pluie battante. Seul mon père restait à l'intérieur, où il devait bientôt être inhumé sous les dalles foulées par les fidèles.

Mes frères avaient commandé une plaque d'albâtre sculpté sans regarder à la dépense. On avait choisi des motifs en rapport avec la mer et les plantations : navires, cannes à sucre, esclaves agenouillés. Une source, symbole du commerce de mon père, devait surmonter l'ensemble et, comme sur les autres plaques, un crâne serait ajouté dans un coin afin de nous rappeler que nous étions tous destinés à mourir.

La lecture du testament eut lieu dans le bureau de mon père. N'ayant pas encore seize ans, je n'étais pas conviée à y assister. Henry et Joseph furent désignés comme mes tuteurs. Henry devait reprendre les affaires à Bristol et Joseph partir pour la Jamaïque où il dirigerait la plantation. Ils se querellèrent à ce sujet, comme ils l'avaient toujours fait pour tout depuis qu'ils étaient petits. Henry eut le dessus, comme d'habitude. Du reste, il se conformait aux dernières volontés de notre père. Joseph lui-même n'osait pas s'y opposer, mais sa défaite le laissa furieux et plein de rancune, marmonnant que Henry avait toujours été le préféré de notre père et qu'il avait toujours reçu la meilleure part. J'en avais presque de la peine pour lui, mais, lorsque je lui offris ma sympathie, il me répondit que je pouvais la garder.

– Tu pars avec moi, dit-il. Tu ne le savais pas ?

Je n'en avais pas eu le moindre soupçon. La stupéfaction que me causait cette nouvelle parut le réjouir au plus haut point.

– Pourquoi ? Pourquoi devrais-je partir ? demandai-je.

Il joignit les mains dans un geste de dérision.

– C'est la dernière volonté de père, répondit-il, moqueur.

Je vivais dans la maison des secrets. Chacun ici en savait plus que moi, y compris Susan. Je partis à sa recherche et la trouvai dans ma chambre, où elle faisait l'inventaire de mes vêtements d'été.

— Je suis désolée de ce qui vous arrive, Miss Nancy, vraiment désolée, dit-elle. Sans vous, ça ne sera plus comme avant.

— Tu le savais, n'est-ce pas ? demandai-je.

Susan fit signe que oui.

— Pourquoi ne m'as-tu rien dit ?

— On me l'a défendu, répondit-elle en pliant l'une de mes robes.

— Mais pourquoi ?

— On… on avait peur que vous ne vous sauviez…

— Me sauver ! (Je m'assis sur mon lit, ébahie.) Pour aller où ?

— Je ne pouvais vraiment rien dire, je vous assure… dit Susan, les yeux baissés sur ses mains.

Elle me dissimulait quelque chose, je le voyais à son visage.

— Maintenant, tu peux parler. Alors ? insistai-je.

— Madame pensait que vous risquiez de perdre la tête et de vous enfuir.

— Mais où ? Et avec qui ?

— Avec William. Ce n'est pas moi qui lui en ai parlé, Miss, dit Susan précipitamment. Je vous le jure. Je n'en ai jamais soufflé mot à personne, mais elle a des yeux. Elle vous a vue avec lui à Bath.

— Je suis sans nouvelles de lui depuis son départ, confiai-je.

Mon orgueil rendait cet aveu difficile, d'autant plus que j'avais espéré recevoir des nouvelles de William. Cet espoir avait été comme une lueur dans la grisaille de la détresse qui avait suivi mon retour de Bath, mais il avait diminué de jour en jour et il se réduisait maintenant à presque rien.

— C'est sans doute mieux comme ça, reprit Susan avec une feinte jovialité. Vous allez probablement rencontrer là-bas un jeune planteur tout cousu d'argent.

— Je ne veux pas d'un jeune planteur ! fis-je en la regardant fixement. Tu sais autre chose, n'est-ce pas ? Qu'est-ce que c'est, Susan ? Dis-le-moi !

Elle me regarda, visiblement partagée.

— Il est venu ici, dit-elle enfin.

— Quand ?

— Un peu avant que le maître n'ait son attaque.

— Pourquoi ne m'a-t-on rien dit ?

— On l'a oublié dans la confusion. (Elle hésita, se demandant sans doute si elle devait poursuivre.) On a aussi reçu un mot de lui.

Je sentis mon espoir renaître de ses cendres.

— Quand ? Que contenait-il ?

— Il y a quelques jours. Je ne sais pas ce qu'il contenait. Madame l'a jeté au feu. Elle a dit que si vous n'en saviez rien, ça ne pourrait pas vous faire de mal. Elle pensait que ces lettres ne feraient que vous donner de mauvaises idées et vous pousseraient à faire une bêtise.

— Mais tu aurais quand même pu me prévenir !

— Elle m'a dit que si jamais vous l'appreniez, elle saurait qui avait parlé et elle me chasserait.

Susan se mit à pleurer et se tamponna les yeux avec son tablier.

Je pris mon nécessaire de correspondance.

– Peut-être n'est-il pas trop tard. Je pourrais envoyer un message à William, dis-je.

– Ça ne servirait à rien. (Susan renifla et secoua la tête.) La Marine a quitté Portsmouth ce matin. C'est la cuisinière qui me l'a dit. Son fils Noah travaille sur l'un des bateaux. Je suis désolée, Miss, vraiment désolée, mais vous ne pouvez rien y faire !

Elle avait raison. Je ne pouvais rien contre ce qui m'arrivait. Je l'aidai donc à faire l'inventaire de mes vêtements d'été, à les sortir de leurs armoires et à les empaqueter dans des coffres. Tout en travaillant, je tâchais de chasser William de mes pensées, mais c'était au-dessus de mes forces. Où était-il ? Qu'allait-il penser de moi ? Il m'avait envoyé un message et n'avait pas reçu de réponse. Si j'avais su, si j'en avais eu la possibilité, je me serais certainement enfuie avec lui. Ma vie m'apparaissait dévastée et aussi sinistre qu'un jour d'hiver.

Je n'en voulais pas à Susan. Elle avait été une amie pour moi et je ne pouvais lui tenir rigueur de ce qui s'était passé. Je lui fis même présent de quelques menus bijoux, une broche en perles qui lui avait toujours plu et un collier de corail avec des boucles d'oreilles assorties.

Peut-être Mrs Wilkes sentit-elle le changement qui s'opérait en moi, ou peut-être regrettait-elle à présent ce qu'elle avait fait, toujours est-il que ce soir-là elle ne me traita pas comme à son habitude. Elle me versa du chocolat de sa chocolatière en argent et me parla de ma nouvelle vie à la Jamaïque et de ce que l'on attendait de moi. C'était comme si j'avais franchi une ligne, une frontière invisible entre l'état de jeune fille et celui de femme.

– C'est surprenant, pour une jeune fille... commença-t-elle, puis elle s'interrompit, plissant sa jupe entre ses doigts. Surtout au début. Ce n'est pas du tout ce à quoi l'on pourrait s'attendre. Il faut du temps pour s'habituer...

– Je suis sûre que je m'y habituerai, dis-je en pensant qu'elle faisait allusion à la vie sur une plantation.

– C'est moi qui vous tiens lieu de mère maintenant, j'ai donc la responsabilité... (Elle s'interrompit de nouveau. Je la regardai d'un air interrogateur, car elle était rarement à court de mots.) Mais d'après ce que je sais, il est rarement là-bas, acheva-t-elle. Sa présence ne devrait donc pas trop vous peser.

Sur ces paroles, elle se hâta d'aller donner des instructions à Susan et surveiller les derniers préparatifs de départ. Je la suivis et cette conversation me sortit de l'esprit. Je devais partir le lendemain et j'avais autre chose en tête. Du reste, je croyais que Mrs Wilkes faisait allusion à Joseph, et depuis quand la présence de mon frère me pesait-elle ?

Maintenant encore, le souvenir de ma naïveté m'arrache un rire amer.

CHAPITRE 8

J'ignore combien de jours je restai enfermée dans ma cabine, clouée sur ma couchette par le mal de mer et la mélancolie. Abe Reynolds passait régulièrement me voir, m'apportant de la nourriture que je ne pouvais regarder sans être prise de nausée.

– Il faut manger, Miss, dit-il en tripotant l'un de ses longs lobes d'oreille d'un air affligé, alors que je venais de refuser un autre plat fin censé me tenter. Peut-être avez-vous besoin de prendre l'air. Le bateau ne tangue plus et les vents sont favorables. Si vous alliez faire un tour sur le pont? Ça a bien requinqué les autres passagers.

Je lui répondis que je n'étais pas comme eux et que je me passais très bien de leur société.

– Vous préférez la vôtre, pas vrai? fit-il en prenant le plateau auquel je n'avais pas touché.

– Exactement, répondis-je avec fermeté.

Ce n'était pas tout à fait exact, car le temps que je passais en réflexions solitaires ne faisait qu'accroître ma détresse, mais je ne voulais vraiment voir personne. Je ne connaissais ici personne avec qui j'aurais pu me lier d'amitié et je ne supportais pas de me retrouver seule au milieu d'inconnus.

Lorsqu'on frappa à la porte, je crus que c'était encore Abe et je lui dis de me laisser tranquille, mais les coups reprirent. Une voix qui m'était inconnue me demanda d'ouvrir. Je me levai. Le sol avait cessé de tanguer et de glisser sous mes pieds. Il était maintenant aussi stable que le parquet d'une salle de réception, mais je n'en trébuchai pas moins en ouvrant la porte et faillis tomber dans les bras de l'homme qui se tenait sur le seuil.

Il m'aida à rentrer dans la cabine et à m'asseoir dans un fauteuil. Il faisait partie de l'équipage, mais c'était visiblement un gentleman, car il portait des souliers, des bas et, bien qu'il fût en bras de chemise, un gilet.

Ses cheveux devaient être blond-roux sous sa perruque poudrée, car son teint était pâle et son visage semé de taches de rousseur. Ses sourcils presque blancs, épais et broussailleux, ressemblaient à des bouts de corde effilochée. Ses yeux étaient d'un bleu délavé, comme si le soleil les avait fait pâlir. Il avait l'air soucieux et las d'un homme qui porte les malheurs des autres sur ses épaules, et il me regardait comme si, à ma vue, son fardeau s'était encore alourdi.

– Que voulez-vous ? demandai-je.

– Vous voir, répondit-il en remontant ses manches de chemise. Je suis Graham, Niall Graham, médecin à bord de ce navire. Je viens voir comment vous vous portez.

– Très bien, je vous remercie.

– Ce n'est pas ce que j'ai entendu dire.

– Qu'est-ce que cela peut vous faire ? Je ne suis pas votre patiente.

— Vous n'avez pas le choix, dit-il avec un faible sourire.
Tous les gens à bord de ce navire sont mes patients, qu'ils
soient passagers ou membres de l'équipage. Maintenant,
laissez-moi vous examiner, fit-il en s'approchant de moi. Je
ne peux pas me permettre de laisser Miss Kington tomber
malade. Cela nuirait à ma réputation. Votre famille est propriétaire de ce navire.

— Je ne suis pas malade.

— C'est à moi d'en juger. Reynolds me dit que vous
refusez toute nourriture. (Il souleva mes paupières pour examiner mes yeux.) Les maux du corps ne sont pas les seules
affections que nous devions craindre. On peut également
sombrer dans la mélancolie. (Il savait donc à quoi s'en tenir.
Ses yeux pâles étaient perspicaces.) Faute de prêtre, nous
avons toujours un médecin à bord. Parler soulage, c'est du
moins ce qu'on raconte. (Il m'offrit le bras.) Peut-être m'accorderez-vous l'honneur de faire un tour avec moi sur le
pont. L'air frais vous fera du bien. Sur ce point, Abe a raison, et j'ai toujours constaté qu'il est plus facile de parler en
prenant de l'exercice.

Je le suivis dans l'escalier des cabines et, lorsque j'arrivai
sur le pont, la lumière me blessa les yeux. Je voulus redescendre pour me réfugier dans l'entrepont lugubre et obscur,
mais Graham me poussa doucement en avant. Mes yeux
s'habituèrent à cette clarté, et au bout d'un moment je vis
des voiles blanches se détacher sur le ciel bleu. Je sentis la
chaleur du soleil à travers le tissu de ma robe et, lorsque je
me retournai, le vent tiède sur mon visage. Il m'aurait été
difficile de l'admettre, mais j'étais heureuse d'avoir quitté

l'atmosphère confinée de ma cabine pour l'air libre du pont. Je m'étais trop longtemps coupée du monde extérieur en me laissant envahir par la mélancolie, comme l'avait compris Graham. Dès que je pus respirer librement, je commençai à me sentir mieux. Graham était un médecin intelligent.

Il m'offrit son bras et je l'acceptai. J'éprouvais le besoin de me confier à lui, alors que je ne le connaissais pas. Tandis que nous arpentions le pont, je me surpris à lui raconter toute mon histoire. Il était près de midi et le soleil devenait brûlant. Graham m'entraîna à l'abri du gaillard d'arrière où nous nous assîmes sur des seaux retournés le temps que j'achève mon récit.

Graham m'écouta avec le plus grand sérieux et m'épargna les paroles réconfortantes d'usage. Il reconnut que ma situation était difficile.

– Vous ne devez pas perdre espoir, dit-il. Vous êtes jeune, et quand on est jeune, il reste toujours de l'espoir. Et votre ami William ne vous abandonnera pas. C'est quelqu'un de solide.

– Vous parlez de lui comme si vous le connaissiez.

– Je le connais, en effet. Nous avons navigué ensemble.

– Sur le négrier, sur l'*Amelia*?

– Celui-là même!

– Pourquoi ne me l'avez-vous pas dit plus tôt?

Graham se mit à rire.

– Vous ne m'en avez guère laissé le temps, répondit-il. William est un brave garçon et il a fait son devoir dans des conditions difficiles, vous pouvez me croire. Je suis heureux qu'il soit entré dans la Marine. Il fera un excellent officier. Et ça me fait plaisir de savoir qu'il s'en tire bien.

À la pensée de William, je sentis revenir tout mon chagrin.

– Mais il ne sait pas où je suis, ni ce qui est arrivé! (Alors que je n'avais pas pleuré jusqu'ici, les larmes m'irritaient les yeux.) Je n'ai même pas eu le temps de le prévenir. Il va croire que je l'ai oublié ou abandonné pour un autre…

– Allons, ma chère, ne vous inquiétez pas, dit Graham en me tapotant la main, nous lui enverrons un message.

– Mais comment?

– Écrivez-lui une lettre. Je vous promets de la lui remettre à mon retour en Angleterre.

À cet instant, notre conversation fut interrompue par l'arrivée d'un officier.

– Ah, vous voilà, Graham! dit-il en se faufilant sous les poutres du gaillard d'arrière. C'est ainsi que vous tenez compagnie aux demoiselles? En les laissant comme des serpillières sur des seaux retournés? Quelle honte! Vous auriez plutôt dû emmener mademoiselle au salon prendre un verre de punch ou une tasse de thé.

Il me regarda de ses yeux bruns pétillants. Il avait la trentaine, probablement quelques années de moins que Graham, et il était beau dans un genre rubicond. Sa large face se fendit en un sourire, et je me surpris à le lui rendre.

– Je m'appelle Adam Broom, dit-il. Je suis second à bord et navigateur de mon état. Vous êtes sans doute Miss Kington. Comment allez-vous? demanda-t-il en me tendant la main et en serrant la mienne comme si j'étais un homme. Ravi de voir que vous vous portez mieux. (Gardant ma main dans la sienne, il m'aida à me mettre debout.) Quel sinistre individu! dit-il en désignant Graham. Il n'est bon à rien avec les dames. Il ne parle que maladies et autres sujets désolants. J'espère que sa compagnie ne vous a pas trop affligée.

Il y avait longtemps que je n'avais plus ri, mais les taquineries de Broom m'arrachèrent un sourire.

– Ce n'est pas sa compagnie qui m'afflige! répondis-je.

– Miss Kington voudrait que je porte un message à l'élu de son cœur, expliqua Graham.

– Oh, fit Broom en posant sur moi ses yeux vifs et brillants, et de qui s'agit-il?

– Du jeune William, répondit Graham.

– William? Quel William? Tous les marins s'appellent William.

– Le mousse de l'*Amelia*. Je suis sûr que vous vous souvenez de lui.

– Ah oui, ce William-là!

– Il est dans la Marine, maintenant.

– Vraiment?

– Pensez-vous que nous pourrions lui faire parvenir un message?

– Bien sûr. Nous connaissons tous quelqu'un dans la Marine.

Je savais qu'ils forçaient un peu la note, mais leur promesse me réconfortait, ainsi que leur compagnie. Tout cela faisait partie du traitement de Graham, comme je le compris plus tard. L'idée d'écrire à William me rendit un peu d'espoir et c'était ce dont j'avais besoin, bien que je fusse persuadée que mon message avait autant de chances de lui parvenir que si je l'avais jeté à la mer dans une bouteille.

– Ce n'est pas bon de sentir de nouveau le soleil ? (Les yeux fermés, Broom se tourna vers le disque étincelant et je l'imitai.) Sentez comme le vent vous réchauffe. (J'ouvris les yeux et je vis qu'il me souriait.) Ce sont les alizés, Miss Kington, des vents favorables qui vont nous mener droit aux îles. Je veux bien être damné si mon âme ne s'envole pas de joie quand nous franchirons la ligne de l'équateur. Je me languis des climats du Sud, contrairement à Graham, qui ne rêve que de retourner à terre pour accrocher son enseigne de médecin dans une ville du Nord puante et brumeuse. C'est votre premier voyage, je crois ?

– En effet, répondis-je.

– Alors je vous envie, Miss Kington, vraiment. Je vous envie de voir les îles avec un regard neuf. De voir leurs montagnes et leurs forêts surgir de la mer comme des émeraudes empilées sur un plateau d'argent. (Il me décrivait par gestes ce pays lointain, les yeux tournés vers le sud.) Et là-bas, vous verrez ! Cette abondance ! Cette beauté ! Des oiseaux minuscules, pas plus gros que ça, dit-il en repliant les doigts pour former un objet de la taille d'une noix, et plus brillants que des pierres précieuses, qui voltigent autour de fleurs plus chatoyantes que des soieries ! Et des fruits d'une suavité inimaginable à portée de la main, un air chargé de parfums d'épices… Pour moi, les îles sont le paradis sur terre. Vous pourriez faire le tour du monde sans trouver rien de comparable.

– Pourquoi n'y vivez-vous pas, si vous vous y plaisez tant ? demandai-je. Vous pourriez tenir une auberge, être planteur ou faire du commerce.

– Oh non, Miss Kington, dit-il en secouant vigoureusement la tête comme si cette idée le choquait. C'est impossible. Je souffre d'un mal incurable, contre lequel même mon ami Graham n'a pas de remède : dès que je suis à terre, j'ai envie de repartir. Mon foyer, c'est mon navire. Mon pays, c'est la mer.

Il sourit, montrant des dents blanches et régulières dans un visage hâlé par toutes les journées qu'il avait passées en mer. Il ne portait pas de perruque et ses longs cheveux noirs étaient tirés en arrière et attachés avec un ruban de velours rouge. Il n'était pas habillé comme les autres officiers à bord. Ses souliers étaient ornés de boucles d'argent et de la dentelle moussait sur sa poitrine. Sous sa veste rude de marin, il était vêtu de soie et ses pantalons étaient ornés de rubans.

À sa tenue, j'aurais pu deviner sa condition. Il était déjà à moitié pirate.

Il leva les yeux en entendant claquer la voile au-dessus de nous.

– Le vent fraîchit et tourne, est-nord-est, dit-il. Vous nous portez bonheur, Miss Kington, que je sois damné si je mens ! Avec ce vent, nous arriverons aux îles en un rien de temps, fit-il en m'adressant un clin d'œil. Si je ne m'y connaissais pas, je dirais que c'est vous qui l'avez fait venir. (Il s'inclina.) Maintenant, je dois malheureusement vous laisser seule avec ce triste sire, dit-il en désignant Graham d'un signe de tête. Le travail n'attend pas !

Il s'éloigna en aboyant des ordres qui envoyèrent les matelots dans les haubans et incitèrent le timonier à accélérer la manœuvre.

– Ne faites pas attention à Broom, dit Graham avec un sourire en regardant affectueusement son ami. C'est un excellent homme malgré toutes ses taquineries. Les hommes iraient en enfer pour lui. Il n'y a pas meilleur marin des deux côtés de l'Atlantique, je vous en donne ma parole. Maintenant, je dois également vous quitter. J'espère que vous nous rejoindrez plus tard au salon. Je veillerai à ce que le cuisinier nous prépare quelque chose de bon pour le dîner, et je suis sûr que Broom voudra vous faire goûter son punch.

Ils me laissèrent donc me promener seule sur le pont. J'étais remplie de gratitude envers eux, car leur conversation m'avait réchauffé le cœur. Je me penchai vers l'avant du navire pour regarder la proue fendre les vagues, striant d'une dentelle d'écume blanche les eaux bleu sombre et brillantes. Je savourai la beauté de cette vision. Un peu de la passion de Broom pour la mer m'effleura comme le souffle du vent sur ma joue. La glace qui recouvrait mon cœur semblait fondre à la chaleur du soleil, et le vent tiède dissipait ma mélancolie.

Ce soir-là, je me joignis à la société rassemblée dans le salon. Les autres passagers étaient des marchands ou des planteurs comme mon frère, et c'étaient tous de joyeux drilles. Le capitaine et ses officiers se montrèrent charmants et galants avec moi, se déclarant ravis de ma société, car, disaient-ils, seule la présence d'une femme pouvait les empêcher de devenir grossiers et sinistres. Après le dîner, nous fûmes divertis par des violoneux et un garçon qui jouait du pipeau. Des marins dansèrent pour nous, aussi légers et agiles que des comédiens. Seul mon frère ne semblait pas s'amuser. Il se tenait à l'écart et buvait du cognac, le visage fermé et maussade, en grommelant que les autres passagers étaient des gens communs et vulgaires qui trichaient aux cartes, et en maudissant l'équipage qui refusait de se plier à toutes ses volontés.

Dès lors, je passai la plupart de mes journées sur le pont, souvent en compagnie de Broom. Un jour, il me conseilla d'ouvrir l'œil, car nous approchions des latitudes sous lesquelles les pirates rôdaient, à l'affût de navires marchands comme le nôtre.

— Que se passerait-il s'ils nous trouvaient ? demandai-je, plus curieuse qu'effrayée.

— Si l'on nous signalait qu'un pavillon noir est en vue, nous hisserions le drapeau. Alors ils aborderaient le navire et ils rafleraient tout ce qui leur tomberait sous la main.

— Et nous ne nous défendrions pas ? demandai-je, un peu surprise.

— Pour risquer d'être massacrés ? Sûrement pas !

— Et qu'arriverait-il quand ils auraient pris le navire ?

— La plus grande partie de l'équipage les suivrait s'ils lui en laissaient la chance. Sauf le capitaine, bien sûr. (Je remarquai qu'il ne dit rien de Graham, ni de lui-même.) Celui-ci étant un homme juste, ils lui laisseraient la vie sauve et le débarqueraient avec les passagers. (Il rit, ce qui me surprit, car je ne voyais pas en quoi les pirates pouvaient prêter à rire.) Votre frère connaîtrait probablement un sort moins doux. Il traite les hommes de l'équipage comme des domestiques, et les marins n'aiment pas ces manières. Le capitaine est le seul qui ait le droit de leur donner des ordres. Jusqu'au jour où ils partent en course : alors ils se retrouvent presque à égalité avec lui.

— En course ?

— C'est ainsi que l'on désigne l'activité des pirates. Tous les pirates ne sont cependant pas des crapules. Ils se font appeler « gentlemen de fortune » et c'est bien ce que sont certains d'entre eux.

— Je suis la seule femme à bord. Que m'arriverait-il en cas d'abordage ?

Broom tapota la garde de son épée.

— J'embrocherais tous ceux qui s'approcheraient de vous et ils finiraient entassés les uns sur les autres.

— Donnez-moi plutôt une bonne lame et j'en fais mon affaire, dis-je en entrant dans son badinage.

— Vous savez manier l'épée ?

— Pas trop mal. J'ai appris avec mon frère.

— Je vois, dit-il en frottant son menton rasé de près. Eh bien, je suis heureux que nous soyons du même bord. Vous êtes une jeune femme surprenante, Miss Kington.

Des vigies montaient la garde en permanence, mais, bien que l'on aperçût parfois des navires à l'horizon, pas un seul ne nous approcha. Aucun pavillon noir ne fondit sur nous. Nous jouissions de vents favorables et d'un temps splendide. Le navire longeait maintenant de petites îles cernées de récifs en forme de croissant. Elles étaient désertes, mais nous y faisions halte pour nous ravitailler en eau douce et en produits frais.

Lorsque la côte nord d'Hispaniola[10] apparut à l'horizon, je ne ressentis rien de l'exaltation que Broom m'avait prédite. Je ne me joignis pas aux festivités avec les autres passagers. On servit de grands bols de punch et l'on porta des toasts sans fin, notamment à l'amitié, comme on a coutume de le faire lors des voyages, des vœux d'affection éternelle entre hommes qui ne se reverraient probablement jamais. Je trouvais les passagers stupides et je préférai rester à l'écart. Au lieu d'éprouver de la joie et de l'espoir, je me sentais accablée par un poids énorme. Le voyage touchait à sa fin. La prochaine île en vue serait la Jamaïque.

10. Aujourd'hui Saint-Domingue et Haïti (NdT).

C'ÉTAIT VERS LES ANTILLES
QUE CINGLAIT NOTRE VAILLANT
NAVIRE...

CHAPITRE 9

La ville de Port Royal était située à l'extrémité d'une étroite langue de terre qui avait la forme d'un bras replié. À l'intérieur de cet arc, la baie était profonde et ses eaux claires comme le cristal. L'ancre fila tout droit, dispersant des bancs de poissons qui virèrent en étincelant comme des éclats de miroir, puis s'immobilisa à plusieurs brasses de profondeur entre les gros morceaux de corail qui tapissaient le sable blanc.

Le port était aussi animé que les Welsh Backs de Bristol. Des navires étaient amarrés à quai. Des docks et des entrepôts bordaient le front de mer comme en Angleterre, mais ici, les hommes et les femmes qui chargeaient et déchargeaient les marchandises étaient des esclaves. La sueur luisait sur les peaux noires. Les femmes travaillaient comme les hommes, soulevant des sacs et faisant rouler des tonneaux ; lentes et majestueuses, elles évoluaient avec grâce, un bras levé pour maintenir les lourds fardeaux qu'elles portaient sur leurs têtes coiffées de turbans aux couleurs vives.

Derrière le port, la ville s'étendait et montait à l'assaut des collines en un fouillis de cabanes en bois et de maisons blanches aux toits de tuiles rouges.

Sur le quai, une carriole nous attendait.

– Thomas, voici ma sœur Nancy, dit mon frère au conducteur en m'aidant à m'installer sur le siège arrière. Conduis-la à Fountainhead. J'ai des affaires à régler en ville.

Avant de s'éloigner, il donna une claque sur le flanc du cheval le plus proche. L'animal, nerveux, fit un écart, bousculant son compagnon d'attelage.

– Tout va bien, Miss Nancy ? Les chevaux ne vous ont pas fait peur ? demanda Thomas.

– Tout va très bien, Thomas, merci.

Il hocha la tête, satisfait, et ordonna à un garçon de tenir les chevaux, tandis qu'il descendait pour charger les bagages. Thomas était un homme grand et bâti en force. Il souleva les coffres avec aisance, alors que deux hommes avaient dû unir leurs efforts pour décharger chacun d'eux du navire. Il parla peu durant son travail, puis il regagna son siège et fouetta les chevaux.

Nous longions l'étroite langue de terre qui menait à l'île. Le sol s'inclinait abruptement des deux côtés de la route avant de descendre en pente douce vers les sables blancs du rivage. D'un côté de la route, la mer vert pâle des Caraïbes ondulait, formant de longues vagues frangées d'écume ; de l'autre, s'étendaient les eaux bleues et calmes du lagon. Nos chevaux étaient ombrageux. Soudain, l'un d'eux s'écarta pour éviter quelque chose sur la route, entraînant son compagnon. La carriole fit une embardée et pencha dangereusement. Je me cramponnai à mon siège, craignant que nous ne versions dans le fossé, tandis que Thomas bataillait pour redresser la carriole et calmer les animaux affolés. Je jetai un coup d'œil par-dessus bord, me demandant ce qui avait failli provoquer notre chute. Je crus d'abord qu'un tas de bois était tombé d'une charrette, puis je vis que les bouts de bois remuaient étrangement, comme à tâtons. Un accident terrible avait dû se produire. Je fixai la route avec horreur, stupéfaite de la cruauté de ceux qui poursuivaient tranquillement leur chemin en abandonnant à son sort un être vivant brisé.

La créature qui gisait à terre était tellement couverte de sable et de poussière et ses formes si distordues que je pouvais à peine la distinguer. Elle était plus grande qu'un chien, mais plus petite qu'un âne. Je criai à Thomas de s'arrêter. Comme il ne paraissait pas avoir entendu, je le tirai par la manche. Devant son absence de réaction, je lui donnai une bourrade dans le dos. Il tressaillit et se retourna en tirant sur les rênes.

– Qu'y a-t-il, Miss ?

– Elle vit encore, dis-je en montrant le tas informe sur la route. Il faut s'arrêter pour la secourir.

Il secoua la tête.

– Non, Miss, répondit-il.

Il leva son fouet, tandis que je regardais fixement la route. Ce que j'avais d'abord pris pour un objet inanimé, puis pour un animal blessé, était en réalité un être humain. Ce que je croyais être un écheveau de corde, un licou ou le collier d'un cheval, était un tas de haillons. La créature était une femme à l'allure squelettique. Sa peau était terne et grisâtre sous une fine couche de sable blanc.

Je voulus ouvrir la portière de la carriole. Peut-être était-il encore temps de secourir cette femme. Mais Thomas tendit la main et m'en empêcha.

– Elle est vieille. Elle va bientôt mourir, dit-il en haussant les épaules pour indiquer que tout ce que nous pourrions faire pour elle serait du gaspillage. Les esclaves abandonnés ne sont plus bons à rien.

De son fouet, il désigna d'autres formes dans le fossé, puis, au-delà d'une étroite bande d'herbe et de buissons, les bords du lagon. Ils étaient jonchés de formes sombres et immobiles semblables à des épaves rejetées par la mer. On aurait dit des bois flottants qui séchaient au soleil. Thomas haussa de nouveau les épaules et secoua la tête ; ses yeux sombres avaient une expression morne.

En effet, à quoi bon sauver l'une de ces épaves alors qu'il y en avait tant d'autres ?

Thomas se détourna et fouetta les chevaux. Ce fut là ma première vision de la cruauté enfouie au cœur de ce lieu que Broom appelait un paradis, et qu'elle rongeait jour après jour, tel un ver hideux et insatiable. Elle me marqua profondément. Je regardai la femme jusqu'à ce qu'elle ne fût plus qu'un tas minuscule, une tache noire sur le sol blanc comme un os. Je la fixai jusqu'à en avoir mal aux yeux, jusqu'à ce que la chaleur qui montait du sol desséché brouillât cette image lointaine, puis l'effaçât.

CHAPITRE 10

Thomas mena les chevaux bon train sur plusieurs kilomètres de terre rouge et poussiéreuse. À notre droite s'élevait une forêt aux arbres drapés de mousse et de plantes grimpantes, derrière laquelle on apercevait la mer. À gauche s'étendaient les terres cultivées.

– Vous voyez tout ça ? C'est à votre père, commenta Thomas en esquissant de son fouet un grand geste qui englobait une vaste plaine descendant en pente douce jusqu'à de lointaines montagnes voilées de brume.

Les terres cultivées étaient divisées en carrés aussi nets que ceux d'un échiquier. Les cannes étaient coupées, puis couchées au sol exactement comme des gerbes de blé pendant la moisson en Angleterre, à cette différence que chacune des tiges coupées était aussi haute que le genou et plus grosse qu'un bras. L'effet était étrange, comme si ces champs appartenaient à un fermier géant. Les cannes non coupées, bien plus hautes qu'un homme, réduisaient aux dimensions de nains les silhouettes qui s'affairaient au milieu d'elles comme une armée de fourmis diligentes et méthodiques, coupant, liant et chargeant les cannes sur des charrettes.

Les terres n'étaient pas clôturées. Deux imposantes colonnes de pierre indiquaient l'entrée de la plantation. Une enseigne en fer forgé décrivant une arche annonçait que nous pénétrions dans la propriété de Fountainhead. Les lettres étaient surmontées de deux fontaines en métal argenté. J'avais toujours cru que ce symbole représentait un saule pleureur. En passant au-dessous de lui, je compris enfin sa véritable signification. Du reste, il n'y avait pas de saules pleureurs dans ce pays. La longue allée droite était bordée de grands palmiers aux feuilles tombantes, écartées comme des doigts, telles des ailes de cormorans séchant au soleil. Thomas fouetta les chevaux, qui adoptèrent un trot élégant, et nous nous approchâmes de la maison.

Elle s'élevait sur un petit promontoire, à l'ombre de grands pins et à l'écart des autres édifices. De la fumée et de la vapeur blanche s'élevaient du moulin et du bâtiment où l'on faisait bouillir le jus de canne, masquant partiellement un ensemble de masures grossières. Derrière la plantation, la terre montait, formant des marches géantes qui étaient les contreforts d'une chaîne montagneuse dont les sommets en dents de scie disparaissaient derrière des nuages effilochés et des traînées de brume.

La demeure n'avait pas le style imposant de celles d'autres plantations. On la considérait généralement comme désuète, car elle était en bois peint en blanc et elle ne comptait que deux étages, mais elle avait été ingénieusement construite et conçue pour capter le moindre souffle de vent. Je reconnaissais dans ces choix les préférences de mon père : ce n'était pas un homme à faire passer les exigences de la mode avant celles de son confort. Chez nous, en Angleterre, il ne supportait pas le moindre courant d'air et il appréciait particulièrement notre ancienne demeure, qui, étant cernée d'autres maisons, était facile à chauffer. Il se plaignait de notre nouvelle maison en disant qu'il avait l'impression de vivre dans une écurie ouverte à tous les vents. Ici, il avait voulu être au frais. Les fenêtres étaient larges, avec des volets aux couleurs vives et des rideaux de mousseline ondulant sous la brise qui circulait à travers les pièces. Une grande véranda entourait la maison, si bien qu'aucune pièce n'était directement exposée au soleil. Les larmes me montèrent aux yeux au souvenir de mon père. Je pouvais l'imaginer le soir sur cette véranda, alors que la chaleur déclinait, confortablement assis dans un vieux fauteuil usé, sirotant du punch et fumant sa pipe.

De grandes portes-fenêtres étaient ouvertes au-dessus d'une volée de marches en pierre. Un homme se tenait devant elles pour m'accueillir. Mr Duke, le régisseur, était un petit homme trapu. Il était campé les jambes écartées, la poitrine bombée et la tête en avant, avec l'allure belliqueuse d'un coq bantam[11]. Il avait la pâleur ce ceux qui se protègent en permanence du soleil, une peau très lisse et une petite bouche dont la lèvre supérieure avançait sur ses dents comme un bec de perroquet. Il tenait sous le bras droit un fouet de cuir noir à la longue lanière tressée lovée comme un serpent et au manche aussi gros que mon poignet. Par jeu, il lâchait l'extrémité métallique du fouet, puis la rattrapait au vol.

11. Variété de coq nain (NdT).

Thomas m'aida à descendre de la carriole. Je montai les marches de l'escalier, tandis que Duke venait à ma rencontre. Il ôta son tricorne aux larges bords imprégnés de sueur, révélant une masse de cheveux bruns lustrés et gras qui dégageaient une odeur d'huile rance et lui tombaient sur les épaules. Ses yeux sombres tachetés de gris étaient étrangement opaques, comme des pierres à fusil. Il était myope, comme je l'appris plus tard, d'une myopie condamnée à s'accentuer.

– Miss Kington !

Il me tendit la main avant même que je ne sois parvenue en haut des marches. Sa paume était douce et moite. La transpiration avait traversé le tissu empesé de sa chemise, ajoutant de nouvelles taches aux marques jaunes des aisselles.

– Bienvenue à Fountainhead ! s'exclama-t-il. J'espère que votre voyage n'a pas été trop éprouvant, mais vous devez tout de même être fatiguée. Vous avez certainement besoin de vous reposer et de vous rafraîchir.

Me prenant par le coude, il me guida vers la maison. Deux femmes en avaient surgi et se tenaient de part et d'autre de l'entrée, aussi immobiles que des cariatides. L'une était âgée, l'autre jeune, et toutes deux vêtues d'une robe droite et ample taillée dans une étoffe d'un bleu passé. C'étaient probablement la mère et la fille. Cette dernière avait le teint plus clair, mais leur ressemblance était évidente. Elles étaient grandes, avec des membres déliés et, dans l'attitude et le port de tête, chacune semblait le reflet de l'autre.

— Phillis, Minerva, dit Duke à l'aînée, puis à la plus jeune, voici votre nouvelle maîtresse.

Il imprima un mouvement sec au fouet, qui claqua. Les deux femmes me firent la révérence et s'avancèrent précipitamment vers moi.

— Prenez bien soin d'elle, sinon gare à votre peau !

— Oui, maître, répondirent les deux femmes d'une seule voix.

Le fouet siffla de nouveau, comme une caresse de cuir. Les deux femmes évitaient notre regard ; les yeux baissés, elles fixaient un point sur le sol.

— Porte ces coffres dans la maison ! aboya Duke à l'adresse de Thomas, qui les déchargeait à l'instant même de la carriole. Et fais-y bien attention, espèce de paresseux et de bon à rien de bâtard noir ! Veuillez m'excuser, Miss, dit-il en se tournant vers moi avec obséquiosité et en touchant le bord de son tricorne graisseux. J'ai des affaires à régler, mais après ça, je serai enchanté de vous faire visiter les lieux.

Il passa devant moi pour descendre l'escalier. Ses vêtements étaient peut-être tachés de sueur et puants, mais pour les bottes, il pouvait rivaliser avec Beau Nash, le maître de cérémonies de Bath. Les siennes étaient polies comme des miroirs et ses hauts talons résonnaient sur la pierre.

Je restai seule avec les deux femmes, qui m'entraînèrent à l'intérieur de la maison. Les pièces étaient vastes, bien aérées et disposées en enfilade. Je reconnus de nombreux meubles de notre vieille maison de Bristol. J'étais troublée de découvrir ces objets familiers dans un endroit inconnu. Un lézard vert vif fila sur le mur peint en blanc, traversant un portrait de mon père. Une table en marbre blanc autrefois placée dans notre vestibule était surmontée d'une coupe remplie d'oranges, de mangues et de goyaves. J'avais l'impression d'être entrée dans un rêve.

Phillis, la plus âgée des deux femmes, me mena dans une pièce spacieuse et fraîche située sous les avant-toits de la maison. Le parquet était en bois ciré. Un lit drapé de mousseline blanche occupait un angle de la pièce. On avait préparé une coupe en porcelaine de Chine remplie d'eau chaude et un savon parfumé au lilas pour que je puisse faire ma toilette. Cette odeur douce et fraîche me rappela ma maison à Bristol. Phillis attendait, une serviette à la main, pour me sécher. Lorsque je lui expliquai que je voulais me reposer, elle s'avança vers moi pour me dévêtir, mais je lui dis que je pouvais m'en charger moi-même.

Elle se retira. Je me déshabillai, ne gardant que mon jupon, et entrai sous les draperies de mousseline comme sous une tente. Je dormis probablement longtemps, car à mon réveil la lumière était plus douce, la pièce plus fraîche et remplie d'un son qui ressemblait à un pépiement. C'était un bruit faible, mais persistant, et que je n'avais encore jamais entendu auparavant. Je crus que c'était ce qui m'avait réveillée. Soudain, je vis que la jeune fille, Minerva, me regardait à travers la mousseline ondulante du lit.

Elle avait apporté sur un plateau des fruits, du pain et une cruche d'eau de source bien fraîche. Elle le déposa sur la table de chevet sans me regarder ni prononcer un mot. Lorsque je la remerciai, elle tressaillit, surprise. Je lui souris, mais son visage demeura impassible, tandis qu'elle repliait la mousseline. Pendant que je mangeais, elle m'apporta des vêtements propres qu'elle déposa près de moi, puis elle recula et resta immobile près du mur, la tête baissée et les mains derrière le dos. Lorsque je descendis du lit, elle parut s'animer et elle s'approcha pour m'aider à m'habiller.

— Qu'est-ce que c'est que ce bruit ? lui demandai-je.

Elle me regarda, surprise de ma question.

— Des cigales, répondit-elle. Des insectes. Elles frottent leurs ailes l'une contre l'autre, reprit-elle en passant sa main brune contre le dos de son autre main.

— On dirait le bruit de noix muscade sur une râpe, dis-je, et je fus récompensée de cette remarque par une ombre de sourire.

— Mr Duke vous attend en bas quand vous serez prête, Miss, fit-elle de sa voix basse et musicale.

Le régisseur arpentait la véranda en tenant derrière son dos son fouet épais sur lequel sa main se crispait. Il portait à présent un long manteau marron très usagé.

Au-dehors, un nouveau vacarme s'était joint au précédent. Ce bruit-là était beaucoup plus fort que l'autre. Je lui demandai ce que c'était.

— Des grenouilles, répondit-il. C'est l'heure où elles commencent à chanter. C'est encore pire après le coucher du soleil. Elles font un boucan de tous les diables. Maintenant que vous êtes reposée, je vais vous montrer les lieux. (Il désigna de son fouet replié le moulin perché sur une petite colline.) Là-bas, c'est l'atelier où l'on broie la canne.

Des charrettes tirées par des mules aux longues oreilles attendaient d'être déchargées. Les cannes à sucre y étaient empilées aussi haut que des bottes de foin sur une charrette. Un groupe d'hommes les déchargeait, pendant que d'autres formaient une chaîne pour les amener aux broyeurs, d'énormes rouleaux de métal qui écrasaient les tiges épaisses comme autant de brins d'herbe pour en recueillir le jus. Ce dernier s'écoulait ensuite dans un canal en forme de V et se déversait en contrebas dans la salle où on le faisait bouillir.

– Hé, toi, là-bas ! Réveille-toi un peu !

Le fouet de Duke bondit comme un être vivant et s'enroula autour du dos d'un esclave qui avait laissé tomber une botte dont les cannes s'étaient éparpillées au sol. L'homme ne montra aucune réaction et se contenta de poursuivre son travail, bien que l'extrémité métallique du fouet eût déchiré sa chemise.

– Il ne faut pas perdre une minute. La canne doit être broyée dès qu'elle a été coupée, sinon le sucre ne cristallise pas, expliqua Duke en repliant le fouet. Ça, ça les aide à garder leur présence d'esprit. Pour autant qu'ils aient de l'esprit, dit-il en riant de sa propre plaisanterie. C'est qu'il faut faire attention avec ces machines-là, fit-il en montrant les grands broyeurs verticaux à côté desquels les hommes qui s'activaient ressemblaient à des nains. Ces rouleaux peuvent vous arracher le bras en un rien de temps. C'est pour ça qu'on garde toujours ça à portée de main, dit-il en désignant une machette suspendue à côté de la machine. En cas de besoin… (Il rit de nouveau.) Même ces feignasses apprennent à faire attention quand ils travaillent ici.

Les broyeurs étaient alimentés vingt-quatre heures sur vingt-quatre et sept jours sur sept pendant la récolte. C'était un travail épuisant aux cadences inhumaines imposées par le chef des esclaves et par Duke, qui rôdait toujours aux alentours.

Le régisseur m'emmena en bas de la colline visiter l'atelier où l'on faisait bouillir le jus de canne.

– Il faut le faire bouillir dans les vingt minutes qui suivent le broyage, dit-il, sinon il fermente, se transforme en mélasse et ne cristallise pas. Le jus arrive par le canal que vous avez vu et l'on y ajoute un peu de jus de citron vert pour l'aider à cristalliser avant de le verser dans ces cuves de cuivre.

Les cuves étaient gigantesques et chauffées par d'énormes fourneaux rougeoyants que l'on alimentait avec du bois et des déchets de canne provenant des broyeurs. Nous n'entrâmes pas dans la salle, mais même à l'extérieur la chaleur était torride. Des hommes et des femmes évoluaient comme des fantômes à travers des nuages de vapeur, maniant des louches en cuivre à long manche pour ôter l'écume du liquide en ébullition. Le jus se déversait ensuite dans une autre cuve. À chaque étape du processus, on récupérait de la mélasse pour la fabrication du rhum.

On faisait bouillir le jus de canne nuit et jour pendant la période des récoltes, et les fourneaux étaient alimentés en permanence. Les accidents étaient fréquents et leurs séquelles horribles. Le sucre fondu colle à la peau et la brûle jusqu'à l'os.

Le sucre en voie de cristallisation s'écoulait dans d'autres cuves, m'expliqua Duke. Une fois la cristallisation achevée, on l'entreposait dans des barriques marquées du sceau de Fountainhead pour l'acheminer vers Bristol.

Il recula d'un pas en me regardant comme s'il attendait que j'exprime mon admiration ou mon approbation. Je le regardai fixement, violemment ébranlée par ce que je venais de voir. Nous étions responsables de tout cela, nous, les Kington. J'avais profondément honte de ne m'être jamais demandé auparavant d'où venait notre sucre. Je n'aurais jamais cru que sa fabrication était un travail si dur, si long et si dangereux.

Duke m'emmena ensuite dans le quartier des esclaves, des alignements de cabanes en chaume et en clayonnages badigeonnés de torchis. Quelques enfants jouaient, nus dans la poussière rouge. Le soir approchait. Des groupes d'hommes et de femmes rentraient des champs, tandis que d'autres partaient travailler aux ateliers. Tous paraissaient épuisés et pas un seul ne nous regarda. Seuls les enfants nous fixaient avec de grands yeux à l'expression solennelle avant de disparaître brusquement à l'intérieur de leurs maisons, comme s'ils fuyaient des esprits maléfiques.

Derrière les cabanes, la terre était divisée en minuscules parcelles.

— On les laisse faire pousser là tout ce qu'ils veulent : du maïs indien, des ignames, des haricots ou autres, et un peu de tabac. Ça nous fait des économies et ça leur donne quelque chose à troquer ou à vendre sur le marché pour s'acheter les tissus bariolés et les babioles qu'ils aiment.

— Vous avez un marché ?

Duke hocha la tête.

— C'est eux qui le tiennent, répondit-il. La place du marché est là-bas.

Il me montra une étendue de terre battue rouge ombragée par un immense arbre. Ses branches s'étendaient comme celles d'un chêne ou d'un marronnier au-dessus de la place d'un village anglais. À en juger par sa circonférence, cet arbre devait être très vieux, mais ce n'était pas un marronnier à l'épaisse frondaison, ni un chêne anglais. Des chaînes et des menottes avaient été rivées au tronc à environ deux pieds au-dessus de la hauteur d'un homme. Au-dessus d'elles, l'écorce était intacte, mais au-dessous et jusqu'au sol, le tronc était lacéré et creusé de profonds sillons formant un motif en damier complexe, comme si quelqu'un l'avait entaillé avec un couteau. Des pans entiers avaient été détachés ainsi. Ailleurs, la résine suintait et coagulait en blocs à demi solidifiés qui coulaient comme des gouttes de sang. Toute l'écorce avait été arrachée, à l'exception d'une colonne centrale qui bifurquait de part et d'autre pour former une silhouette humaine cruciforme.

– Ça ne mène à rien de faire du sentiment, fit Duke comme s'il avait lu dans mes pensées. Dieu a créé les Noirs pour notre usage et notre bénéfice, sinon pourquoi les aurait-il créés en premier lieu ? dit-il en me regardant de ses yeux voilés. Certains racontent qu'ils sont comme des enfants, mais c'est faux. Cette façon de voir est dangereuse. Ils ne sont pas comme nous, ça, c'est sûr. Ça fait déjà pas mal d'années que je les observe, Miss Kington. (Il se pencha brusquement vers moi.) À mon avis, ils sont comme des animaux, des animaux féroces et vicieux, mais rusés, ce qui les rend beaucoup plus imprévisibles que n'importe quelle bête. On ne peut ni les apprivoiser, ni leur faire confiance.

Ils ne respectent que ça. (La lanière du fouet sauta et siffla dans l'air.) Vaut mieux pas trop leur faire confiance, ni devenir trop familier avec eux, souvenez-vous bien de ce que je vous dis.

Il me raccompagna devant la maison et prit congé. Un nouveau lot d'esclaves était arrivé la semaine précédente et il fallait les préparer.

– Faut qu'ils se fassent au travail. Qu'ils s'habituent à la discipline. Pour commencer, on les marque avec ça, dit-il en sortant un instrument de sa poche.

L'extrémité, qui avait à peu près la taille d'un shilling, ressemblait à un sceau, avec des initiales surmontées d'une fontaine. La finesse du travail évoquait plus une broche qu'un fer à marquer.

– On a dû en faire fabriquer un nouveau à cause du changement de propriétaire, fit Duke. (Il le tourna vers moi afin que je puisse l'examiner. Je vis un N et un K à l'envers.) C'est de l'argent, vous voyez? L'argent laisse une marque plus nette. Il faut d'abord frotter la peau avec un peu d'huile, dit-il en frottant son pouce contre son index, pour qu'elle ne colle pas au métal.

Je ne pouvais plus détacher mes yeux de l'objet qu'il me présentait. Je trouvais choquant et hideux le contraste qu'offraient la délicatesse de sa forme et l'horreur de sa fonction. Je contemplai les initiales. J'avais cru que le N était là pour Ned, l'un des prénoms de mon père, mais c'était son premier prénom, commençant par un E, qui aurait dû figurer ici…

Lorsque je compris enfin, je fus prise de vertige. Je crus que j'allais m'évanouir.

– Quel changement de propriétaire ? répétai-je, comme
hébétée. C'est de moi que vous parlez ?

– Bien sûr, de qui d'autre ? (Duke me fixa du regard
comme pour s'assurer que je ne me moquais pas de lui.)
Tout ça vous appartient. Je viens de vous montrer votre propriété.

– Je… je ne savais pas, dis-je en m'efforçant de contenir
le tremblement de ma voix. Je vous assure que je ne savais
rien de tout cela.

– C'est pourtant écrit noir sur blanc dans une lettre de
votre père. Et dans son testament. Vous êtes une jeune dame
riche. (Il leva les yeux, l'air soudain mal à l'aise. Phillis et
Minerva se tenaient en haut des marches.) La vieille sorcière
et la jeune, fit-il.

Il se pencha vers moi, prit mon bras et m'entraîna dans
le jardin à l'écart des oreilles indiscrètes.

– Faites attention à ces deux-là, reprit-il. Si ça n'avait
tenu qu'à moi, il y a belle lurette que je les aurais vendues
séparément, mais votre père ne l'a pas permis. Maintenant,
dit-il en touchant son tricorne, vous voudrez bien m'excuser, mais le travail n'attend pas.

– Viendrez-vous dîner ce soir ? lui demandai-je.

J'ignorais si je devais l'inviter à dîner ou non. Je n'avais
pas la moindre idée des usages dans une plantation, si tant
est qu'il y en eût. Il fut visiblement surpris de mon invitation.

– Merci, Miss Kington, c'est très aimable à vous, répondit-
il au bout d'un instant, mais j'ai d'autres arrangements.

Ce soir-là, je m'attardai sur le balcon de ma chambre pour contempler le coucher de soleil : une grande boule rouge étincelante tombant dans la mer lointaine à travers les barres sombres des nuages. La nuit vint plus tôt que je ne m'y étais attendue. Elle fut soudaine. L'air brûlant et chargé de parfums de fleurs résonnait de battements d'ailes et de cris de petits animaux invisibles. Des oiseaux ou des singes, je n'aurais su le dire avec certitude, s'appelaient dans la forêt. Ces sons étaient presque humains, effrayants, brusques et, pour moi, entièrement nouveaux. Un appel répondait à un autre. Chacun me faisait tressaillir. Malgré la chaleur, la peau de mes bras se couvrait de chair de poule. Au-dessous de moi scintillait une myriade de lumières minuscules, semblables à des têtes d'épingles étincelantes ; elles couvraient la terre comme si les étoiles étaient tombées du ciel, si bien que je ne pouvais plus distinguer un élément de l'autre.

Toutes ces terres étaient à moi, me répétais-je, et tout ce qui s'y trouvait. Tous ces esclaves étaient à moi. Leur chair était marquée à mes initiales. Je rentrai dans ma chambre en frottant mes bras, frissonnante. Comment pourrais-je jamais me faire à une idée aussi étrange ? Et pourquoi mes frères ne m'en avaient-ils rien dit ? Je les connaissais assez pour être sûre qu'ils chercheraient à me spolier de ces biens. J'aurais pu leur dire de ne pas gaspiller leur énergie, car leurs calculs sournois étaient inutiles. S'ils me l'avaient demandé, je le leur aurais dit. Ils pouvaient avoir la plantation s'ils la voulaient, car je la leur céderais volontiers. Je n'en aurais voulu pour rien au monde.

La lumière vacillait sur les murs de ma chambre. Minerva

était entrée en silence pour apporter des chandelles. Elle se dirigea vers la fenêtre.

– Qu'est-ce que c'est? demandai-je en désignant les minuscules lumières sur le sol.

– Des vers luisants, répondit-elle. On peut en ramasser pour faire une lanterne. Il faut fermer les volets maintenant, Miss, dit-elle en tendant la main pour les détacher du mur. Sinon, les papillons de nuit et les insectes vont entrer dans la chambre.

Elle avait apporté un repas sur un plateau, avec un magnifique bouquet de fleurs pourpres légères comme du papier dans un petit pot en terre.

– Phillis espère que votre dîner vous plaira, dit-elle.

– Est-ce que je dois vraiment manger ici? Je croyais que Mr Duke dînerait avec moi, mais d'après ce que j'ai compris, il s'arrange autrement.

– Mr Duke n'habite pas ici. Il a une petite maison près d'ici et une femme qui lui prépare à manger.

– Je n'aime pas manger seule, dis-je en la regardant. Peut-être pourriez-vous dîner avec moi, Phillis et vous?

À Bristol, j'aurais dîné avec la cuisinière et Susan s'il n'y avait eu personne d'autre à la maison.

– Oh non, Miss! répondit Minerva, les yeux écarquillés, en secouant précipitamment la tête. On ne nous le permettrait pas. Désirez-vous autre chose?

Elle regardait droit devant elle, les mains derrière le dos. Je l'avais crue plus âgée que moi, mais à cet instant je me rendis compte qu'elle était probablement plus jeune. C'était une belle fille aux yeux superbes, d'une couleur intermédiaire entre le brun clair et l'ambre. Son visage révélait un mélange de races dont les meilleurs éléments se combinaient dans la nuance de ses yeux, ses hautes pommettes, son long nez droit, sa bouche généreuse et son menton fort. La lueur de la chandelle jouait sur les méplats de son visage, colorant sa peau de bronze de tons chauds – ocre, ambre et terre de Sienne.

– Non, je ne veux rien d'autre, répondis-je. Vous pouvez vous retirer.

Elle s'éclipsa, la tête baissée. Mon examen avait fait monter le rouge à ses joues et l'avait visiblement mise mal à l'aise. J'en étais désolée et même honteuse. Elle ne pouvait en aucune manière protester, ni même laisser paraître ses sentiments. J'étais la maîtresse. Quoi que je décide, elle devrait s'y plier.

CHAPITRE 11

Les jours passèrent. J'eus l'impression que la première semaine durait une éternité. Je ne savais à quoi employer mon temps. Phillis et Minerva allaient et venaient en silence, tête baissée, sans jamais croiser mon regard. C'était comme si elles n'étaient pas vraiment présentes, comme si j'étais servie par des esprits. Mes tentatives pour lier amitié avec elles n'aboutirent à rien, au contraire : elles ne firent que les rendre plus circonspectes. Elles nous considéraient de toute évidence comme des êtres infiniment dangereux, comme des enfants monstrueux, capables de tuer ou de rejeter avec la plus grande cruauté tout ce qui avait cessé de leur plaire ou provoqué leur colère. Elles veillaient à satisfaire chaque souhait, chaque besoin. Elles allaient au-devant de chacun de mes désirs, parfois avant même que je n'aie pris conscience de ces désirs. Il me semblait qu'elles savaient tout de moi, ce que j'aimais et ce que je n'aimais pas, ce qui me plaisait et ce qui me déplaisait, alors que je ne saurais jamais rien d'elles, même si nous devions passer le reste de notre existence sous le même toit.

Je souffrais de ma solitude et je me languissais de compagnie. Cette situation me poussa à chercher un moyen de vaincre leur réserve.

Je passais mes journées à dormir, à lire ou à errer dans la maison. Mon frère ne rentrait toujours pas, si bien que j'étais entièrement livrée à moi-même. Je crus que j'allais mourir d'ennui. J'avais besoin de sortir. Puisque j'étais propriétaire de ces terres, il me fallait au moins les voir. La meilleure façon de le faire était de les parcourir à cheval. Duke m'avait proposé de me montrer les environs, mais je savais que je ne supporterais pas une journée entière en sa compagnie. Je demandai donc à Minerva de m'accompagner.

Duke n'y vit pas d'objection.

– Je parie qu'elle sait monter à dos de mule, comme la plupart des Noirs, dit-il lorsque je lui fis part de mon projet.

Je donnai l'ordre d'amener des chevaux. Mon frère entretenait une écurie et je voulus que l'on nous amenât les meilleures montures.

Minerva montait comme un homme, les jupes retroussées jusqu'aux genoux sur ses longues jambes brunes qui pendaient de chaque côté de la selle. J'enviai la maîtrise que cela lui donnait et je décidai de l'imiter dès que nous serions hors de vue. Elle se tenait bien à cheval, avec une vigueur, une grâce et un sens de l'équilibre innés. Nous allions d'un bon pas le long des chemins qui traversaient en ligne droite les carrés de canne à sucre. Nous arrivâmes bientôt devant les derniers carrés où l'on coupait la canne, aux limites de la propriété.

Minerva sauta à bas de son cheval et emprunta sa machette à l'un des hommes pour décapiter une jeune pousse. Elle en coupa un morceau et, en quelques coups de lame acérée, la dépouilla de son écorce rugueuse, exposant son cœur savoureux.

— Tenez, dit-elle en me tendant le morceau pelé, c'est rafraîchissant après une promenade à cheval.

J'aspirai le liquide qui suintait de la canne. C'était bien moins sucré que je ne l'aurais cru, mais cela me désaltéra. Je hochai la tête. C'était vraiment bon.

Minerva sourit et se coupa un autre morceau, puis nous repartîmes, laissant derrière nous les champs qui s'étendaient à perte de vue pour nous approcher des montagnes. Sur les contreforts, des arbres nous protégeaient du soleil brûlant, et plus nous montions, plus il faisait frais. La plantation était maintenant loin derrière nous, en contrebas. Elle disparut lorsque nous atteignîmes une première crête, à laquelle succéda bientôt une autre. À mesure que nous nous enfoncions dans la nature sauvage, la distance qui nous séparait, Minerva et moi-même, semblait diminuer. Il devint plus facile de parler et il nous arriva même de rire, tandis que nous longions une grande rivière aux eaux basses et rapides, entrant par jeu dans l'eau jaillissante qui éclaboussait nos jambes pour en ressortir aussitôt.

Le niveau de la rivière baissait de plus en plus et, soudain, nous arrivâmes dans une clairière de forme semi-circulaire dominée par une grande falaise. L'eau jaillissait d'une fissure à mi-pente de sa paroi et retombait en un jet d'écume blanche dans un bassin large et profond aux eaux limpides. De grandes fougères d'un vert éclatant étendaient au-dessus de l'eau leurs feuilles délicates comme des plumes, projetant des ombres à sa surface. De minuscules poissons argentés filaient et viraient, captant les rayons du soleil comme des pièces d'argent.

Minerva me montra la cascade.

– C'est la fontaine. Le nom de la plantation vient de là. (Sa voix se mua en un chuchotement.) C'est *obeah*, un lieu habité par l'esprit.

Une fontaine de diamant tombant dans un bassin de cristal enchâssé dans une forêt d'émeraude. C'était vraiment un endroit magique.

Nous n'étions pas les seules à penser ainsi. Minerva me désigna un gros rocher noir et lisse sur lequel étaient gravées, visiblement depuis des temps très anciens, les silhouettes d'une femme et d'un homme, un dieu et une déesse.

– C'est l'œuvre des gens qui vivaient ici avant nous, dit-elle.

À la surface du bassin flottait une guirlande de fleurs où je reconnus des orchidées semblables à celles que j'avais vues dans la forêt. Minerva ne me dit pas qui avait pu la déposer là.

Elle s'approcha du bord, les mains en coupe pour boire et s'asperger le visage de gouttes brillantes. Puis elle ôta sa robe et, nue, s'avança dans l'eau comme si elle entrait dans un bain. Elle s'éloigna, s'enfonçant de plus en plus. Je la regardais avec émerveillement et envie. Jamais de ma vie je n'avais fait une chose pareille. En Angleterre, un tel comportement aurait été inconcevable. Mais je n'étais pas en Angleterre, n'est-ce pas ? Ici, personne ne pouvait me voir. Je me laissai glisser à bas de mon cheval et imitai Minerva.

Je m'avançai dans l'eau jusqu'à la taille. Elle était si froide que j'en eus le souffle coupé. Minerva rebroussa chemin vers moi, souriante, et tenta de m'éclabousser. Elle secoua la tête et ses cheveux retombèrent en boucles sombres et brillantes sur ses épaules nues.

Soudain, il me fut impossible de la regarder en face. Je vis l'expression désemparée de son visage, tandis que je me détournais d'elle. Peut-être croyait-elle qu'elle m'avait gênée, que j'étais saisie d'un accès de pudeur soudain, qu'elle avait pris trop de libertés avec moi. En réalité, cela n'avait rien à voir avec la pudeur, la sienne comme la mienne. Son épaule portait une marque au fer de la taille d'un shilling. La marque de Fountainhead. Je l'avais vue tamponnée à l'encre sur des sacs de sucre que l'on apportait dans les entrepôts de Bristol, marquée au fer sur des barriques et des caisses, imprimée sur des documents, estampillée sur des livres de comptes en cuir et gravée au-dessus de la porte de notre maison, mais la voir marquée au fer rouge sur un être humain... Je me souvins de ce que Duke m'avait dit au sujet de l'argent et je me sentis prise de nausée.

La main de Minerva s'éleva vers son épaule.

– Ça ne fait pas mal, dit-elle.

Je secouai la tête, incapable d'exprimer ce que je ressentais, reculai et chancelai, soudain prise de vertige et éblouie par la réverbération de la lumière sur l'eau. Une pierre tranchante entailla mon cou-de-pied et je glissai, perdis l'équilibre et tombai la tête la première. J'avais dû trébucher dans un endroit où l'eau était profonde, car je coulai à pic. Je luttai pour remonter à la surface, haletante, et compris alors que je n'avais plus pied. Je tâtonnai à la recherche du fond ou d'un rocher, mais mon pied ne rencontrait que le vide. Je coulai de nouveau et commençai à m'affoler. J'étouffais, recrachant de l'eau qui formait des bulles à la surface. Je ne pouvais plus reprendre ma respiration et mes poumons se vidaient peu à peu. J'eus peur de me noyer. Soudain, de longs bras bruns m'entourèrent et me ramenèrent à la surface. Minerva m'entraîna vers le bord du bassin. Je sortis de l'eau en titubant et elle me mena à une roche plate chauffée par le soleil où je m'assis, la tête entre les genoux, toussant, crachant et m'efforçant de me remettre.

Minerva fut stupéfaite d'apprendre que je ne savais pas nager.

– Il n'y a pas de mer là où vous vivez ? Pas de rivière ?

Il y avait les deux, lui expliquai-je, mais personne n'apprenait à nager, pas même les marins.

– Les marins pensent que c'est inutile, dis-je. Ils disent qu'on ne peut pas tricher avec la mer.

Minerva fit la grimace et frissonna comme si elle trouvait cette manière de raisonner détestable. Aussitôt, elle se ressaisit et me sourit, comme si elle s'était oubliée en laissant paraître ses émotions.

– Nous ne sommes pas en mer, dit-elle. Je peux vous apprendre à nager. C'est facile.

Je n'étais pas de cet avis, mais la leçon fut très agréable. Nous étions deux filles du même âge et nous nous conduisions comme telles, riant et jouant dans l'eau. Lorsque nous fûmes allongées sur les roches lisses pour nous réchauffer au soleil, elle m'interrogea sur la bague que je portais en pendentif, passée à une chaîne en or. Je me surpris à tout lui raconter sur William, à lui révéler des choses dont je n'avais encore parlé à personne, pas même à Susan. À dater de ce jour, nous ne fûmes plus maîtresse et esclave, mais plutôt amies. Ou même sœurs.

La magie du bassin de cristal avait opéré.

CHAPITRE 12

Nous rentrâmes au moment où les ombres s'allongeaient. Nous nous étions composé une attitude en approchant de la plantation, mais la longueur de notre absence n'avait pas échappé à Duke.

— Où étiez-vous passées ? me demanda-t-il en guise d'accueil, tout en me considérant attentivement. Mes cheveux étaient encore mouillés et ma robe humide. Il était très observateur pour un myope.

— J'ai cru que les nègres marrons vous avaient enlevée, reprit-il. J'allais organiser une battue pour vous faire rechercher.

— Les nègres marrons ?

— Ils vivent dans les montagnes. Ce sont des esclaves et des domestiques qui se sont enfuis, une bande de crapules de la pire espèce. (Il abattit son fouet qui cingla le sol avec un claquement sec.) Faudrait les chasser comme du gibier et les pendre tous, les hommes et les femmes. Il y en a pas loin d'ici. Leur chef s'appelle Hero et c'est un vrai démon, mais c'est le diable pour les trouver. J'ai dit à Mr Joseph qu'il devrait ramener des chiens de chasse d'Angleterre. Le

Brésilien en a. Je lui ai dit qu'on en aurait bien besoin ici. On pourrait dresser des chiots à chasser les nègres. Mr Joseph était tout à fait partant. Il a dit que ça serait formidable. (Il me jeta un coup d'œil inquisiteur.) Peut-être en a-t-il amené ?

Je secouai la tête.

– Dommage, fit Duke.

Il fit claquer son fouet sur un buisson tout proche, et une grande fleur crème explosa en une pluie de pétales et de parfum.

– Quand mon frère rentrera-t-il ? A-t-il envoyé un message ? Savez-vous quelque chose ? demandai-je.

Il ne rentrerait pas avant une semaine, me répondit Duke. Il avait été retardé par ses affaires. Je n'avais pas envie que Joseph rentrât trop tôt, de crainte que sa présence ne compromît la liberté que je commençais à savourer. Toutefois, il ramènerait peut-être des nouvelles d'Angleterre, voire des lettres. Peut-être y en aurait-il une de William. Mon cœur bondit à cette pensée. Dès lors, je passai le plus clair de mes promenades avec Minerva à me demander ce que cette lettre pourrait contenir et comment j'y répondrais. Nous retournâmes au bassin et les leçons de natation se poursuivirent. Lors de nos promenades, nous cheminions le long de rivières limpides et nous nous aventurions sur les hauteurs, où l'air était plus frais et parfumé des senteurs de pins. Les forêts étaient remplies d'oiseaux aux couleurs vives et l'air chargé du parfum des fleurs. Je commençais à comprendre pourquoi Broom aimait tellement les îles.

L'absence de mon frère se prolongea une semaine encore.

Enfin, il rentra à la plantation vautré à l'arrière du break[12] et empestant le rhum. Thomas le hissa sur son épaule et le porta à l'intérieur de la maison comme un sac de sucre. Je ne le revis pas avant la fin du jour suivant, où il réapparut, pâle et rasé de près, pour le dîner.

— Y a-t-il des lettres pour moi ? lui demandai-je lorsqu'il entra dans la salle à manger.

— Non. (Il me lança un regard perçant, comme si ma question l'avait pris au dépourvu.) Pourquoi y en aurait-il ?

— En effet, il n'y a aucune raison, répondis-je, tandis que nous nous asseyions aux deux extrémités de la longue table.

Après cet échange, il ne parla plus guère. Il toucha à peine au repas que Phillis avait préparé, du poulet avec du riz, des patates douces et des haricots, et récrimina bruyamment contre cette nourriture qu'il trouvait trop épicée. En revanche, il but généreusement, en se versant du rhum couleur d'or pâle d'une carafe qu'il gardait à portée de main. Lorsque j'eus fini de dîner, il me laissa, emportant la carafe et son verre sur la véranda. Assis dans un fauteuil à bascule, il fixait l'obscurité. Sa silhouette se découpait sur le rougeoiement et les nuages de fumée et de vapeur des ateliers. Je le rejoignis sur la véranda. Autour de nous, les grenouilles et les cigales laissaient entendre leur musique et les vers luisants scintillaient comme de minuscules points d'or sur un fond de velours noir.

— Je trouve cet endroit splendide, dis-je.

12. Voiture ouverte à quatre roues, avec un siège de cocher élevé et deux banquettes longitudinales à l'arrière (NdT).

— Vraiment ? (Il paraissait sincèrement surpris.) Moi, je le déteste.

Il rit et se versa un autre verre. Tout le rhum qu'il avait bu n'avait pas réussi à apaiser son insatisfaction et son apitoiement sur lui-même.

— Tu as toujours eu l'esprit de contradiction, reprit-il. (Il alla s'asseoir sur la chaise voisine de la sienne pour me faire de la place.) Si tu me tenais un peu compagnie ? Thomas ! Cette carafe est presque vide ! Apporte aussi un verre !

— Non, non, protestai-je, mais il m'ignora.

— Mais si ! Thomas ! rugit-il en se redressant à moitié. Où est-il passé, celui-là ? Ma parole, il oublie qui il est ! Je le ferai fouetter. Thom…

Thomas surgit, silencieux comme une ombre, avec un plateau chargé d'un verre et d'une carafe pleine. Il le posa et versa le rhum. Je bus une gorgée de ce liquide doré. Il avait un goût de caramel et d'épices. Il brûlait la langue et réchauffait la gorge et l'estomac. Ce n'était pas déplaisant.

— À ma sœur chérie ! (Joseph vida son verre et s'en resservit un.) Allez ! Bois !

— Pourquoi ne m'as-tu pas dit que notre père m'avait légué la plantation ?

Il s'immobilisa, le verre devant les lèvres.

— Comment le sais-tu ? demanda-t-il.

— Duke me l'a dit.

— Il n'avait pas le droit ! Il n'a pas à fourrer son nez dans des affaires qui ne le regardent pas ! (Joseph reposa brutalement son verre, qui déborda.) Encore un qui a besoin d'être remis à sa place !

– Il me croyait au courant. Il a été surpris de voir que je ne savais rien. Tu ne crois pas que j'avais le droit de le savoir ? Pourquoi ne m'as-tu rien dit ?

– Pourquoi devrais-tu le savoir ? Tu n'es qu'une gamine. Henry et moi sommes tes tuteurs. Tu ne pourras pas hériter avant vingt et un ans, et même alors...

– Même quoi ?

– Tout dépendra de ton mari, non ?

– Mon mari ? (Malgré la chaleur du rhum, j'eus soudain froid.) Quel mari ?

– Ah, je ne peux pas trop t'en dire là-dessus. (Joseph me fit un clin d'œil appuyé et se resservit un verre, puis il rit.) Nous avons des projets. Des affaires d'hommes. (Il agita le doigt dans ma direction.) Ne fatigue pas ta petite cervelle avec ça.

Il se laissa retomber au fond de son fauteuil, les yeux fermés. Je restai un instant immobile, sirotant mon rhum et contemplant les papillons de nuit qui surgissaient des ténèbres, blanc et jaune, les ailes aussi fragiles que du papier de soie. Certains venaient se heurter à l'abat-jour de la lampe, d'autres s'abreuver aux éclaboussures de rhum. Ils s'envolèrent lorsque je reposai mon verre et me levai pour rentrer.

Joseph gloussa, puis émit un rire gargouillant comme s'il rêvait à quelque chose de drôle.

– C'est bien, dit-il, c'est bien que tu aimes ça. Parce que tu vas rester ici un bon bout de temps.

Ces mots formaient un murmure confus, brouillé par le rhum qu'il avait bu toute la soirée. Je n'aurais pu dire s'il s'endormait, se réveillait ou s'il oscillait dans un état intermédiaire. Soudain, il tressaillit comme un chien aurait pu le faire en rêvant. Le verre qui ballottait entre ses doigts tomba et se brisa au sol.

Jour après jour, toutes les contraintes que j'avais pu éprouver dans mon ancienne vie se relâchaient. Je buvais du rhum et montais à cheval comme un garçon. Je nageais nue dans les bassins, rivières, lacs et sources sans en éprouver la moindre honte. Je mangeais une nourriture entièrement nouvelle : crabe et homard, écrevisses et mulet, cochon de lait et chèvre rôtis dans un four à ciel ouvert que l'on appelait barbecue, assaisonnés de poivre et de ces épices que mon frère détestait tant.

Tous les matins, j'allais me promener à cheval. Parfois, Minerva m'accompagnait, parfois elle restait à la plantation. Je rentrais vers midi et je passais les heures les plus chaudes du jour dans ma chambre ou sur la véranda, jusqu'à ce que le soleil descende vers la mer. Mon frère était soit à Port Royal, soit endormi dans sa chambre, et Duke aux champs ou dans sa cabane, si bien que Phillis et Minerva me rejoignaient souvent pendant ces longs après-midi.

Phillis apportait les légumes qu'elle préparait pour le dîner et nous passions des heures ensemble, écossant haricots et petits pois, pelant des pommes de terre ou épluchant du maïs, tandis qu'elle me racontait son passé et sa vie à la plantation.

L'histoire de Phillis commençait avec son départ forcé d'Afrique. Lorsqu'elle évoquait ces souvenirs, elle s'agitait, se courbait et remuait dans son fauteuil comme s'ils réveillaient en elle des souffrances semblables aux rhumatismes à la saison des pluies. Les yeux rivés sur sa mère, Minerva ne perdait pas un mot du récit, bien qu'elle l'eût déjà souvent entendu.

– C'est une histoire qui n'a rien de très nouveau, disait Phillis. La même chose arrive chaque année à des millions de personnes. À l'époque, j'étais une jeune fille, plus jeune que vous...

Phillis avait été emmenée à l'âge de douze ans d'Abomey, la capitale du Dahomey[13]. Elle était issue d'une famille noble de haut rang. Elle était destinée à devenir guerrière pour entrer dans une garde d'élite chargée de la protection du roi. Elle avait été choisie, son père étant l'un des officiers en lesquels le roi avait la plus grande confiance, mais la vie de cour était incertaine et tissée d'intrigues. Un jour, son père fut accusé de comploter contre le roi. Il fut arrêté avec sa famille et tous furent vendus comme esclaves. Liés par le cou en file indienne, ils durent parcourir près de deux cents kilomètres à travers marais et forêts jusqu'au port de Wydah. Là-bas, ils furent achetés par différents marchands et embarqués sur des navires en partance pour divers pays. Phillis ne revit jamais un seul membre de sa famille.

– Pendant toute cette période, je n'ai jamais pleuré, disait-elle. Pas une larme. Ni alors, ni depuis. Je suis une guerrière dahomey, et notre peuple ne montre aucune faiblesse.

13. État correspondant à l'actuel Bénin, en Afrique occidentale, situé sur le golfe du Bénin (NdT).

Minerva regardait sa mère avec fierté. Lorsque je la connus mieux, je compris qu'elle avait hérité d'elle son courage et son intrépidité. Par la suite, j'ai souvent eu l'occasion de me féliciter de cette ascendance guerrière.

Phillis fut achetée par un marchand portugais. Elle parlait un peu sa langue, que son père lui avait apprise. Elle put ainsi travailler comme interprète, ce qui rendit son voyage plus facile. Le navire allait au Brésil, mais, dérouté par des vents adverses, il échoua à Saint-Kitts[14]. Le capitaine y vendit ses esclaves, préférant en tirer un profit immédiat plutôt que de risquer de les perdre dans d'autres tempêtes et avanies. Phillis fut vendue à un certain Sharpe, qui l'emmena avec un lot d'esclaves à la Jamaïque, où mon père l'acheta.

Phillis me raconta son histoire sur plusieurs jours. Son récit s'acheva à la naissance de Minerva, mais elle ne me dit rien des circonstances de cette naissance et ne me révéla pas qui était le père.

J'apportai ma contribution en parlant de Robert. Phillis m'avait raconté qu'il faisait également partie du lot d'esclaves achetés à Saint-Kitts et qu'il avait été son époux jusqu'à ce que mon père décide de l'emmener à Bristol. Supposant que Robert était le père de Minerva, je voulus les rassurer en leur apprenant qu'il se portait bien. Il avait été affranchi et mon père lui avait légué une petite somme avec laquelle il pensait ouvrir un débit de tabac. Je leur parlai des années que nous avions passées ensemble et du soin qu'il

14. Archipel des Petites Antilles situé au nord-ouest de la Guadeloupe (NdT).

avait pris de moi quand j'étais enfant. En entendant ces paroles, le visage usé de Phillis s'adoucit et s'illumina de l'un de ses rares sourires.

– Robert est un brave homme et c'est quelqu'un de gentil, dit-elle. Il a toujours aimé les enfants. Il sait s'y prendre avec eux. Votre père était également un homme bon et un bon maître. La nouvelle de sa mort nous a fait de la peine. C'est lui qui m'a appris l'anglais. Pas seulement à le parler, mais aussi à le lire et à l'écrire, et je l'ai appris à Minerva à mon tour. Maintenant, elle pourra apprendre avec vous. (En entendant son nom, Minerva leva les yeux et sourit.) Elle pourra lire vos livres et s'entraîner à parler convenablement, pas comme une esclave. C'est votre père qui nous a baptisées, elle et moi. Il a été bon pour nous. (Elle se tut un instant. Lorsqu'elle reprit la parole, ce fut d'une voix sourde, comme si les mots étaient difficiles à prononcer.) Nous l'attendions chaque année au printemps. Cette année, son navire est arrivé, mais sans lui. C'est vraiment dommage. C'est une pitié d'abandonner Fountainhead aux mains d'un homme qui s'en soucie comme d'une guigne.

Elle ne précisa pas si elle faisait allusion à mon frère ou à Duke. Il y avait néanmoins une chose qu'elle n'avait pas besoin de me révéler : la cruauté avec laquelle le régisseur dirigeait la plantation. Cela me révoltait tant que je n'avais pu m'empêcher d'en parler avec lui. Je lui avais ordonné de cesser de maltraiter et de fouetter les esclaves sans raison valable, mais il n'avait pas écouté mes protestations. Même lorsque je l'avais menacé de me plaindre à mon frère, il n'avait rien changé à son comportement.

– Cet homme est comme un cafard, commenta Phillis. On peut toujours l'écraser, il réapparaîtra ailleurs.

La comparaison était appropriée. Duke ressemblait même à un cafard, surtout de dos. Sa calotte de cheveux bruns, gras et luisants émergeait de son long manteau usé fendu en deux comme une paire d'élytres, au-dessus de ses jambes chaussées de bottes bien cirées. Cette évocation me fit éclater de rire, mais Phillis ne rit pas.

– Il me déteste. Il m'a toujours détestée. (Elle soupira comme si c'était une nuisance à laquelle il était impossible de se soustraire, comme les moustiques ou les scorpions.) Il se méfie de tout le monde. Il ne mange que la nourriture préparée par sa femme, et encore, il la lui fait d'abord goûter. Il a peur d'être empoisonné. Pourquoi donc? Lui-même n'est que poison des pieds à la tête. Vous avez senti son odeur? demanda-t-elle en agitant la main sous son nez. Il pourrait tuer un serpent avec son haleine. (Cette fois-ci, elle rit avec moi, mais son expression redevint aussitôt circonspecte.) Il vaut mieux ne pas l'avoir pour ennemi. Prenez garde à lui.

– Pourquoi? Cette plantation m'appartient, répliquai-je avec hauteur, imbue de mes droits de propriétaire. Il ne peut pas me faire de mal, pas à moi!

Phillis prit congé en disant qu'elle devait préparer le dîner, et Minerva la suivit. Je restai assise sur la véranda, sûre de ma supériorité. Il ne me vint pas à l'idée que mon comportement pouvait mettre d'autres que moi en danger. Je croyais que l'avertissement de Phillis m'était exclusivement destiné.

Je décidai de parler de Duke à mon frère en dépit des avertissements de Phillis, afin de l'inciter à se débarrasser de lui. Je choisis de le faire à midi, heure à laquelle il prenait son petit déjeuner avant de commencer à boire.

– Ah oui, répondit-il. En effet. Je voulais justement t'en parler.

Je repris espoir. Je crus que pour une fois nous étions d'accord. J'aurais pourtant dû savoir à quoi m'en tenir.

– C'est, euh… au sujet de… commença-t-il en s'éclaircissant la gorge, de ton attitude avec les Noirs.

– Oh ! fis-je, prise au dépourvu. Et alors ?

– Eh bien, tu es trop familière avec eux. Un peu trop familière. (Il décapita un œuf à la coque.) Ça ne peut pas marcher comme ça, Nancy. C'est mauvais pour eux. Ils en profitent.

– Qui dit ça ? Duke ?

– Pas seulement lui, dit-il, la bouche pleine. Moi aussi. Tu n'es pas ici depuis assez longtemps pour comprendre. Prends Phillis et Minerva, par exemple : tu es trop proche d'elles. Elles ne sont pas de la même espèce que nous. (Il se tapota les lèvres avec sa serviette.) On ne peut pas leur faire confiance, Nancy. Je comprends que tu manques de compagnie féminine. À Bristol, tu avais Mrs Kington et ses amies, toute la société…

– Tu ne comprends rien.

– J'en comprends plus que tu ne le crois. Je ne suis pas un abruti complet. Et il y a une chose dont je suis sûr, c'est que tu ne peux pas en faire tes amies. Ça ne peut pas marcher.

– Pourquoi ?

– Parce que ce sont des esclaves, dit-il en prononçant ce dernier mot avec une lenteur délibérée, comme s'il parlait à une idiote.

– Ce sont des êtres humains de chair et de sang, tout comme nous. (Je le regardai fixement.) Et si je te disais qu'à mon avis on ne devrait réduire personne en esclavage ?

Il eut l'air franchement choqué.

– Je répondrais que tu es stupide et je te prierais de ne pas parler ainsi. Ensuite, je te demanderais ce qui te procure de quoi te nourrir et te vêtir. Du reste, il est tout naturel qu'un peuple en réduise un autre en esclavage. Bon Dieu, ce sont les Africains eux-mêmes qui nous vendent ces esclaves ! Nous ne faisons qu'en tirer profit, comme tu dirais. Nous ne faisons que les acheter aux comptoirs où on les vend. Tu n'y comprends rien, Nancy. Il en a toujours été et il en sera toujours ainsi. (Il fit une pause.) Je reconnais que Duke se montre dur avec les esclaves, mais nous avons besoin de lui. Il se peut que tu n'aimes pas ses méthodes, mais elles sont nécessaires. On ne peut pas diriger une plantation sans discipline. Alors ne t'en mêle pas, dit-il en agitant le doigt devant mon visage. Tu ne peux pas changer le cours des choses. Tu ne ferais que créer des difficultés à tout le monde, y compris à tes petites préférées. (Il réfléchit un instant.) Surtout à elles. Tu leur donnes des idées au-dessus de leur condition, et c'est injuste. Ne fais pas l'entêtée, Nancy. Tu crois peut-être les aider, mais tu risques seulement de les rendre malheureuses.

Ce discours terminé, il se rendit dans son bureau en criant à Thomas de lui apporter du rhum. De toute évidence, Duke lui avait déjà parlé pour se plaindre de mon comportement. J'ignorais qu'il lui avait également conseillé de se débarrasser de Phillis et de Minerva en les vendant séparément, Phillis à une plantation pour travailler aux champs, Minerva à une femme de sa connaissance qui tenait un bordel à Kingston.

Si j'avais su cela, j'aurais peut-être changé d'attitude, mais j'étais jeune et volontaire. Je détestais que l'on me dicte ma conduite, ce qui m'incitait à faire exactement le contraire de ce que l'on attendait de moi. La réprimande de mon frère me poussa donc à lui résister. Je ne tins aucun compte de ce qu'il m'avait dit, ne modifiai en rien mon attitude et continuai à n'en faire qu'à ma tête. À l'époque, je ne savais rien de la méchanceté des hommes. Si j'avais eu la moindre idée de la tournure que prendraient les événements, j'aurais agi différemment. Mais l'on pourrait en dire autant à chaque tournant de ce récit.

Duke continua de m'observer, mais je croyais qu'il n'était pas en son pouvoir de changer quoi que ce fût à la situation. Je m'efforçais de l'ignorer, sans grand succès, car sa présence était oppressante et malfaisante. Mon frère n'était pas inhumain, mais il était faible. Bien qu'il désapprouvât la cruauté de Duke, il était influençable, si bien que les mauvais traitements infligés aux esclaves augmentèrent. Le grand arbre sur la place du marché servit plus fréquemment. Duke infligeait lui-même les punitions, et son grand fouet noir faisait jaillir des gouttes de sang du dos des malheureux qu'il avait choisis. Il punissait de la même manière les fautes les plus légères, sans faire de différence ni montrer la moindre modération.

Lorsque j'en parlai de nouveau à mon frère, il me répéta de ne pas m'en mêler.

– Duke a des projets pour tes petites préférées, me dit-il en guise d'avertissement. Des projets qui ne te plairaient sûrement pas. Alors si tu veux qu'elles soient épargnées, garde tes distances et apprends à fermer les yeux.

Phillis et Minerva redevinrent éteintes en ma présence. Elles accomplissaient leurs tâches tout en m'évitant. Je ne comprenais pas à quel point elles étaient menacées ; je me sentais seulement blessée et désemparée quand elles refusaient de croiser mon regard ou ne lui offraient qu'un visage inexpressif.

Tout aurait pu continuer ainsi et ma vie aurait pris un cours que j'aurais été impuissante à modifier, mais le jour qui devait tout changer arriva. Je m'en souviens avec précision, car c'était celui de mon seizième anniversaire, mais j'ai d'autres raisons de ne pas l'oublier. Ce jour-là, un cavalier se présenta à la plantation. Il montait un cheval bai et il était entièrement vêtu de noir. Il était beau, avec des traits harmonieux ; sa peau avait la nuance la plus sombre de l'ébène et ses cheveux frisés étaient coupés ras. Il plongea la main dans une sacoche marquée d'un B au dessin sophistiqué, et en sortit une lettre. Elle portait un sceau aux initiales de son maître, Bartholomé le Brésilien.

CHAPITRE 13

Le message était destiné à mon frère et contenait une invitation à dîner à laquelle Joseph répondit immédiatement. Il sortit sur la véranda, pâle et mal rasé, mais à peu près dessoûlé. Il tendit au messager un papier plié et scellé dont l'écriture était tremblée, mais néanmoins lisible. Il ne m'en révéla pas le contenu. Il appela Thomas pour qu'il vienne le raser et ordonna à Phillis et à Minerva de préparer mes plus beaux vêtements et de m'apprêter afin que je ressemble à une dame, sans quoi il les vendrait à un marchand d'esclaves qui les enverrait travailler dans les marais du Surinam.

– Ça pourrait difficilement être pire qu'ici, grommela Phillis, mais elle obéit aux ordres et, lorsqu'elle et Minerva en eurent fini avec moi, je reconnus à peine la jeune fille que je voyais dans le miroir.

Mon frère m'attendait sur la véranda. Il portait une redingote gris tendre à parements dorés sur un gilet en soie crème délicatement brodé de papillons et de fleurs. La dentelle débordait de ses manches et du devant de sa chemise. Ses pantalons étaient couleur chamois et ses bottes brillaient comme des miroirs. Je ne l'avais pas vu habillé ainsi depuis

Bath. Il était rasé de frais. À ma vue, il sourit et me lança un regard où je lus le soulagement et une approbation admirative, comme si, exceptionnellement, je lui faisais honneur. Il but une gorgée de rhum à la flasque en argent qu'il portait toujours sur lui, pour faire cesser le tremblement de ses mains, dit-il, avant de me conduire à la calèche découverte. Thomas était en livrée avec un pistolet au côté. Mon frère en portait également un, ainsi qu'une épée. Hors du petit royaume de la plantation, l'île était un endroit dangereux. Des repris de justice noirs et blancs étaient embusqués dans les forêts, et les nègres marrons vivaient cachés dans les montagnes. La route que nous devions suivre longeait la côte et des pirates rôdaient parfois sur le rivage. Il valait mieux prendre ses précautions.

La nuit tombait lorsque nous quittâmes la plantation. Des perroquets et des cacatoès filaient à travers les arbres, jetant des taches bleues, rouges et jaune vif sur le vert de la forêt, et mêlaient leurs appels criards aux stridulations des cigales. La mer s'étendait, plissée comme un manteau d'or dans le soleil couchant. Des pélicans volaient en groupe, fendant l'air de leurs larges ailes et rasant la surface de l'eau, comme si leurs becs énormes les alourdissaient.

– Ils nourrissent leurs petits de leur propre sang, fit remarquer Joseph. C'est du moins ce qu'on raconte.

Je ne répondis pas ; je pensai seulement à la liberté qu'ils avaient de laisser la terre loin derrière eux et de s'envoler à l'ouest, vers le soleil couchant.

L'entrée de la plantation de Bartholomé était flanquée de deux arbres immenses. Un B en fer forgé s'élevait entre eux, formant les mêmes arabesques que sur la sacoche du messager.

Thomas tourna pour entrer dans la propriété. Devant nous s'étendait une longue allée pavée de pierres blanches, des plaques de marbre scintillantes qui formaient un ruban d'argent dans la pénombre du crépuscule.

Un mouvement brusque dans l'un des grands arbres de l'allée effraya les chevaux, qui firent un écart. Les roues dérapèrent sur le marbre et la calèche pencha sur le côté, menaçant de verser. Joseph jura et apostropha violemment Thomas, le traitant d'incapable et d'imbécile. Thomas se tourna vers nous, le visage gris dans la demi-obscurité et les yeux grands ouverts. On aurait cru qu'il venait de voir un fantôme.

Quelque chose était suspendu à l'une des épaisses branches de l'arbre qui s'élevait devant nous, une chose grande et lourde qui se balançait doucement. Des formes remuaient au-dessus d'elle. D'énormes oiseaux noirs se battaient tout en s'efforçant de conserver leur équilibre sur une surface trop réduite pour eux. Dérangés par notre arrivée, ils s'étaient envolés dans un lourd battement d'ailes au milieu de l'entrelacs des branches. En manœuvrant pour apaiser les chevaux effrayés, Thomas nous avait menés juste devant le gibet, qui émettait un grincement. Les oiseaux revinrent se poser, et leur plumage hirsute pendait comme une robe sale, tandis qu'ils luttaient pour une place sur la cage de fer suspendue à l'arbre.

J'avais déjà vu des pendus. J'avais vu des os blanchis tomber à travers des barreaux de cages en haut de Gallows Acre Lane. J'avais vu le cadavre ligoté et couvert de goudron d'un pendu dans les marais de Hungroad. Mais celui-là était différent. L'homme enfermé dans la cage vivait encore. Les oiseaux lui avaient arraché les yeux. Leurs becs cruels avaient lacéré son visage et ses épaules jusqu'à l'os. Le sang ruisselait comme des larmes sur ses joues ravagées et formait des flaques noires sur le sol poussiéreux. Je me bouchai le nez, car la puanteur était atroce, comme si le corps se décomposait déjà. À cet instant, un mouvement convulsif de l'homme fit osciller la cage et chassa un nuage noir de mouches bourdonnant furieusement. La main de l'homme se contracta et ses lèvres se retroussèrent comme s'il allait parler.

Nous nous sommes arrêtés là quelques secondes à peine, le temps que les chevaux retrouvent leur équilibre, mais dans mon souvenir cet instant est bien plus long. J'ai tout vu dans les moindres détails. Je ne pourrai plus jamais chasser cette scène de mon esprit. Je n'ai qu'à fermer les yeux pour la revoir. Nous regardions le gibet, fascinés et incrédules, incapables de comprendre pleinement ce que nous voyions. Enfin, mon frère se ressaisit.

– Repars ! hurla-t-il à Thomas.

– Qui peut infliger à quelqu'un un pareil traitement ? lui demandai-je. (Je voyais qu'il était aussi bouleversé que moi, malgré ses efforts pour le dissimuler.) Et pourquoi ?

– Cet homme a dû commettre une faute grave. Frapper un régisseur, ou quelque chose de ce genre. Je parie que cette crapule ne l'a pas volé, dit-il en s'efforçant de reprendre contenance, mais ses lèvres étaient blêmes, et sa main tremblait lorsqu'il sortit sa flasque pour prendre une gorgée. Il me la tendit ensuite, mais je refusai.

— Ne dis rien, fit-il. Pas un mot. (Il se pencha vers moi en baissant la voix afin que Thomas ne l'entende pas.) C'est comme ça ici, je te l'ai déjà dit. Tu ne peux rien y changer. Il serait temps que tu laisses ta sensibilité de côté et que tu deviennes adulte.

Je ne répondis pas. Je ne trouvais pas de mots, sans doute parce qu'il n'en existait pas qui puissent exprimer l'horreur de ce supplice. Je me retournai et fixai le gibet jusqu'au moment où un virage masqua cette vision sinistre.

Bartholomé le Brésilien nous attendait sur la véranda de sa demeure. Il portait un manteau de velours noir, exactement comme la dernière fois que je l'avais vu, mais ce soir-là, il était paré avec magnificience. Les pierres précieuses brillaient comme un arc-en-ciel à ses doigts posés sur la balustrade. Sa cravate en soie était fixée à son col avec une épingle en saphir, et sa veste s'ouvrait sur une chemise en satin crème dont les boutons étaient des perles grosses comme des pois. Il descendit les marches à notre rencontre et prit ma main. Ses incisives écartées luirent au milieu de sa barbe noire et ses yeux couleur de nuit plongèrent dans les miens, souriants.

— Miss Nancy, dit-il en portant ma main à ses lèvres, je suis très honoré de vous accueillir sous mon toit.

Il garda ma main dans la sienne et je sentis le froid du métal et des pierres de ses bagues sur ma peau, tandis qu'il me menait à l'intérieur de la maison.

C'était une demeure splendide au sol de marbre et aux murs de pierre à côté de laquelle la nôtre ressemblait à une pauvre cabane. La moitié de l'Europe avait dû être pillée pour la meubler et le reste du monde pour l'orner. Des icônes incrustées de pierres précieuses et des masques d'or nous regardaient du haut des murs. Un visage composé de plaques de turquoise nous souriait, montrant des dents qui semblaient humaines, et nous fixait de ses yeux luisants taillés dans une pierre noire et brillante. D'antiques statues de marbre posées sur des socles côtoyaient des idoles païennes et des animaux en or incrustés de pierres précieuses. Une croix d'un pied de hauteur sertie d'énormes émeraudes carrées trônait sur l'autel improvisé d'une table chargée de patènes en or, de calices ornés de rubis, de boîtes en ivoire et en jade ajouré. Des soieries de Chine et des tapisseries des Indes voisinaient avec des tableaux de peintres italiens. Je n'avais encore jamais vu une telle splendeur. J'avais l'impression d'être entrée dans la grotte d'un pillard, dans un étincelant nid de pie, pour y découvrir un butin rassemblé sur tous les continents.

– Je n'ai jamais su résister à la beauté, dit Bartholomé en désignant d'un geste le mobilier sans prix. Je suis un collectionneur, comme vous le voyez. Je suis prêt à me donner un mal du diable pour obtenir ce que je veux. Aucun prix n'est trop élevé, aucun lieu trop reculé pour moi. Je possède des objets d'Inde, de Chine et même du Japon. Lorsque j'achète un objet de valeur, j'aime le garder ici, où je peux le contempler et en jouir à loisir. Venez.

Il m'offrit son bras et me guida vers une salle à manger aux volets et aux lambris de bois sombre qu'illuminaient des lustres de cristal pendant du plafond sculpté. Une longue table était chargée de la vaisselle la plus raffinée. L'argent et le cristal étincelaient. La porcelaine d'un bleu laiteux devenait d'un bleu-vert translucide à la lueur des chandelles dorées en cire d'abeille. Des domestiques s'alignaient le long des murs, aussi immobiles que des statues.

Il me conduisit à ma place et tira une chaise pour que je puisse m'asseoir.

– Je vous présente ma très chère sœur Isabella, dit-il.

La dame assise au bout de la table inclina la tête en guise de salutation. Elle portait une haute mantille noire aux voiles rejetés en arrière. Je crus qu'elle était veuve, mais je devais apprendre plus tard qu'elle ne s'était jamais mariée. Dans leur pays, l'usage voulait que les dames sortent voilées de mantilles, de même que, dans le nôtre, nous portons des bonnets. Je cherchai une ressemblance entre elle et son frère, mais n'en trouvai aucune, bien que tous deux parussent étrangement sans âge. Elle était pâle et de constitution frêle. L'un des coins de sa bouche se relevait légèrement en un rictus. Ses cheveux sombres étaient tirés en arrière sous la mantille, ce qui tendait la peau de son visage émacié, presque cadavérique. Elle portait une robe noire collante, taillée dans un lourd brocart, au corset montant très haut et aux manches longues. Cette tenue aurait mieux convenu à une cour d'Europe qu'à une plantation sous les tropiques, mais cela ne semblait nullement la gêner. Elle m'observait, immobile comme une araignée, les mains croisées ; ses longs bras minces prenaient une teinte verdâtre à la lueur des chandelles.

Elle ne parlait pas anglais, son frère traduisait donc pour elle. Bien qu'elle intervînt très peu, ses yeux sombres semblaient suivre la conversation, allant et venant rapidement d'une personne à l'autre, et je soupçonnai qu'elle en comprenait bien plus qu'elle ne le laissait paraître. La table avait été dressée pour un dîner raffiné. Les plats se succédaient – tous les mets les plus exquis de ce pays d'abondance, préparés à la perfection et présentés avec art. Mon frère mangeait de bon cœur et buvait copieusement, complimentant son hôte sur la qualité de ses vins et s'exclamant qu'il n'avait rien bu de comparable depuis son départ de Bristol. Le Brésilien souriait à ces éloges, car tous ses vins venaient des domaines qu'il possédait au Portugal. Il déclara que Joseph était un fin connaisseur et l'invita à se resservir, si bien que vers la fin du repas mon frère était passablement ivre.

En revanche, je mangeais à peine et ne buvais que de l'eau. Je n'avais pas envie de rendre de comptes sur mon manque d'appétit, mais la sœur du Brésilien mangeant aussi peu que moi, mon comportement leur parut probablement normal. J'aurais pourtant dû être affamée, puisque je n'avais presque rien mangé depuis le petit déjeuner, mais, à la vue et à l'odeur de la nourriture, ma gorge se serrait et mon estomac se contractait comme un poing qui se ferme. Comment pouvaient-ils donc manger, boire, savourer tout ce luxe et s'entretenir de frivolités, tandis que, au dehors, un homme mourrait de la manière la plus cruelle qui soit ? Je ne pouvais chasser cet homme de mon esprit. Je regardais ces visages souriants, rieurs, ces bouches qui mastiquaient, ces gorges qui avalaient, et je ne voyais qu'un homme pendu à l'entrée de leur maison et dévoré vivant dans sa cage.

Enfin, la table fut débarrassée et l'on apporta des fruits confits, des noix et diverses friandises avec des carafes de madère et de porto et des bouteilles de cognac. Bartholomé insista pour que je goûte au moins au porto couleur de rubis et lorsque nos verres furent pleins, il porta un toast.

– J'ai cru comprendre que c'était le jour de votre anniversaire, Miss Nancy. Nous devons boire à cet heureux événement, dit-il.

Tandis que les autres levaient leurs verres en mon honneur, je me demandai comment il avait pu être mis au courant. Joseph avait dû le lui dire, pensai-je, mais je ne comprenais pas pourquoi.

– Je bois à l'amitié qui unit nos familles, dit le Brésilien, et aux liens qui les uniront bientôt plus étroitement encore. (Je crus que le toast s'achevait là et je m'apprêtais à boire, lorsqu'il leva son verre.) À Miss Nancy !

Je les regardai, déconcertée, tandis qu'ils élevaient leurs verres et buvaient à ma santé. Le Brésilien vida le sien d'un trait ; un peu de vin coula dans sa barbe et teignit ses lèvres de rouge. Il souriait et ses yeux étaient semblables à ceux du masque accroché derrière lui : de petits miroirs noirs où la lueur des chandelles allumait de minuscules points d'or.

– J'ai parlé à vos frères de ce qui me tient à cœur, reprit-il, ainsi qu'à votre père, peu avant sa triste et trop précoce disparition. Il m'a assuré que c'était également son vœu le plus cher et que j'avais sa bénédiction, mais il désirait que j'attende votre seizième anniversaire. J'ai bien entendu respecté ce désir, mais cet heureux jour est arrivé. (Il fit une pause pour s'éclaircir la gorge et sa voix devint plus sonore et plus solennelle.) Miss Nancy, j'ai tout lieu d'espérer que vous ferez de moi le plus heureux des hommes...

Il me demandait en mariage. Pendant un bref instant, je me contentai de le dévisager, incapable de prononcer un mot. Puis je me tournai vers mon frère, mais il évitait mon regard.

Le Brésilien eut un instant d'hésitation.

– On vous a bien informée que j'allais demander votre main ? demanda-t-il.

J'ouvris la bouche pour répondre, mais aucun son n'en sortit. J'entendais de nouveau la voix de mon père comme s'il était dans cette pièce : *Tu apporteras ta contribution, n'est-ce pas ? Pour moi, pour la famille ?* Et ma réponse : *Bien sûr, papa !*

Bartholomé se tourna vers Joseph. Le regard fixe de ses yeux noirs était aussi sombre et aussi glacé que les eaux d'un puits sans fond. La froideur de ce regard parut dégriser mon frère.

– Peut-être n'avons-nous pas informé Nancy de manière aussi explicite, commença Joseph en faisant tourner entre ses doigts le pied de son verre, mais elle comprend sans aucun doute l'importance d'une telle alliance pour la famille et pour tous ceux qui dépendent d'elle. (Il me lança un bref regard de ses yeux pâles, qui étaient en cet instant aussi durs que le marbre.) Parmi ces personnes se trouvent Susan, Robert, les capitaines de nos navires, leurs familles et ceux qui travaillent à bord de ces navires. Henry a également de nombreux amis dans l'Amirauté. Une bonne parole ou son opposé peuvent faire ou défaire la carrière d'un homme.

Nombreux sont ceux qui concluent des affaires sur la foi de notre nom et auxquels notre appui est nécessaire.

J'étais tombée dans un piège tendu par des hommes sans pitié : mes frères, mon père et ce Brésilien. Tous étaient de mèche. Leur absence totale d'égards pour ma personne me suffoqua. Tandis que mon frère parlait, mon esprit travaillait fébrilement pour mesurer leur duplicité et trouver une issue dans le champ semé d'embûches et de périls qui s'étendait devant moi.

— C'est une grande surprise pour moi, répondis-je finalement au Brésilien. Je ne sais que dire, monsieur. Votre demande me prend totalement au dépourvu.

Ce qui était très proche de la vérité. Alors que je m'efforçais de retrouver mon sang-froid, la sœur parla. Je levai les yeux, surprise de l'entendre. Sa voix était rude et basse, avec un timbre presque masculin. Son frère traduisit ses paroles.

— Elle dit que vous êtes très jeune, fit-il.

Il semblait mettre ma confusion sur le compte d'une modestie virginale. Cependant, même prononcées dans une langue que je ne comprenais pas, les paroles jaillies de la bouche tordue de sa sœur avaient plutôt sonné comme un avertissement ou un jugement.

— Je suis extrêmement flattée, monsieur, repris-je. Il faut donc pardonner ma réaction. J'ignorais que vous me feriez un tel honneur. Comme vous pouvez le constater, je n'avais pas été prévenue. Je vous prierai donc de m'accorder un peu de temps pour réfléchir.

— Je comprends…, dit-il, mais il était clair qu'il n'en

était rien. Le regard qu'il adressa à mon frère était chargé de questions et de reproches, mais Joseph l'évitait soigneusement. Il examinait son verre, comme si la réponse à ces questions et à d'autres encore se trouvait au fond.

La sœur du Brésilien se mit à rire, la bouche déformée par son rictus, et lorsqu'elle reprit la parole, ses yeux eurent un éclat dur.

– Que dit-elle? demandai-je.

– Elle dit : « Quel besoin y a-t-il de réfléchir? Les hommes décident et les femmes obéissent. » Mais je crois comprendre que ce n'est pas l'usage en Angleterre. Je vous laisserai bien entendu le temps de prendre votre décision. En attendant, j'ai un présent pour vous.

Il plongea la main dans sa veste et en ressortit un long étui plat en veau vert cendré qu'il posa sur la nappe blanche. Il en défit le fermoir en or et souleva le couvercle, puis se rassit, tandis que mon frère et moi nous approchions. Joseph inspira profondément et ses yeux embués par l'alcool brillèrent d'émerveillement et de cupidité. À l'époque, je ne m'y connaissais guère en pierres précieuses, mais je vis néanmoins que celles-là étaient splendides. C'était un collier de rubis parfaitement assortis, sertis dans une délicate monture en or. Les pierres étaient disposées dans un ordre croissant en fonction de leur taille, et la plus petite était aussi grosse que l'ongle de mon pouce. Dans l'écrin, le collier formait un arc autour d'une paire de boucles d'oreilles en forme de larmes. Les rubis luisaient à la lueur des chandelles comme des gouttes de sang.

– Je fais confiance aux pierres, dit le Brésilien en me

souriant depuis l'autre bout de la table. Elles ne pâlissent pas, ne se corrompent pas et gardent toute leur valeur. Elles sont faciles à transporter, on peut les garder sur soi et elles ne vous font jamais défaut, dit-il en tapotant la poche de sa veste.

Je n'ai jamais oublié ces paroles. J'en ai fait une règle de vie. Le conseil du Brésilien s'est révélé précieux, mais pas exactement de la manière qu'il imaginait.

– Ce sont des pierres rares, dit-il en élevant l'une des boucles d'oreilles en pleine lumière, et d'une beauté exceptionnelle.

– Elles sont parfaites! s'exclama mon frère en tendant la main, mais c'est à moi que le Brésilien présenta le bijou.

– Non. Elles ne sont pas parfaites. Même les plus beaux rubis ont un défaut. Là, vous voyez? Comme une ombre au cœur de la gemme…

L'éclat de la pierre qui se balançait au bout de ses doigts éclipsait la flamme de la chandelle. Mais une minuscule tache en teintait le centre d'un rouge plus sombre, le remplissant d'un feu rougeoyant.

Bartholomé reposa la boucle d'oreille dans l'écrin, qu'il me tendit respectueusement et avec précaution. Ces bijoux devaient provenir d'un trésor royal. Ils avaient certainement été destinés à une reine espagnole ou à la favorite d'un empereur moghol avant d'être dérobés par ce pirate. Par la suite, j'ai rarement vu leur égal. Les yeux de mon frère luisaient de convoitise. Ces bijoux auraient permis d'acheter la moitié d'une flotte.

– C'est très généreux de votre part, souffla-t-il.

Il tendit la main vers l'écrin, mais le Brésilien l'arrêta.

– Ces pierres ne vous sont pas destinées, dit-il d'une voix douce où je décelai de l'amusement. C'est un présent pour votre sœur. (Il prit les boucles d'oreilles et me les tendit.) Essayez-les.

Je les fixai à mes oreilles avec des doigts tremblants, pendant qu'il prenait le collier et se levait. Il vint se placer derrière ma chaise, passa le collier à mon cou et l'attacha avec une habileté consommée. Je sentais ses doigts chauds et souples sur ma peau tandis que les pierres et l'or encerclaient mon cou dans une étreinte froide et dure.

– Là, dit-il. Et maintenant, voyons comment elles vous siéent.

Il me pria de me lever et me mena au miroir surmontant la cheminée. Il se tenait derrière moi, ses longs doigts sombres posés sur mes épaules. Le collier serrait ma gorge comme deux mains sanglantes. Le Brésilien contempla nos reflets et fronça soudain les sourcils.

– Vous avez un beau cou et de belles épaules. (Ses mains glissèrent sur ma peau, remontèrent et s'arrêtèrent juste au-dessous de mes mâchoires, puis redescendirent et s'immobilisèrent à la base de mon cou.) Mais les rubis ressortent mieux sur une peau laiteuse, comme sur le satin blanc. Je crains que le soleil de notre île ne soit trop fort pour vous, ma chère. (Il me regardait d'un air désapprobateur. De fait, la peau de mes épaules, de mon cou et de mon visage n'était plus blanche, mais brun doré.) Comme toutes les pierres précieuses, les rubis réagissent à la chaleur du sang – les rubis plus que les autres. Avez-vous remarqué comme ils ont foncé ? demanda-t-il en se penchant jusqu'à ce que ses yeux soient à la hauteur des miens. Ils auraient cependant bien plus belle allure si votre peau retrouvait sa pâleur primitive. Celle de l'albâtre…

Ses doigts effleurèrent mes épaules nues avec légèreté, comme s'il caressait un souvenir. Dans le miroir, ses yeux prirent une intensité rêveuse, comme s'il pouvait, par une quelconque alchimie, recréer une copie de moi plus ancienne.

— Ma sœur ne sort jamais pendant la journée sans se couvrir d'un voile épais. Si vous voulez que votre teint retrouve sa blancheur, je vous incite à suivre son exemple.

Sa sœur me regarda, mi-ricanante, mi-souriante, et une peur d'une nature nouvelle s'insinua en moi. Si j'épousais cet homme, je serais prisonnière de sa demeure, avec sa sœur pour toute compagnie. J'eus peine à réprimer un frisson. Dans le miroir, les boucles d'oreilles brillaient comme des gouttes de sang. Je levai les mains pour les ôter, de crainte que leur tremblement ne trahisse mon effroi.

— Vous frissonnez, fit le Brésilien en me regardant d'un air surpris. Auriez-vous froid ?

— Non, monsieur, ce serait plutôt le contraire. Je crois que j'ai un peu de fièvre. À vrai dire, je ne me sens pas très bien.

CHAPITRE 14

C'est ainsi que cette soirée terrible se termina. Mon frère était trop ivre pour rentrer, mais j'insistai pour être ramenée par Thomas. J'attendis la calèche, bouleversée par les événements que je venais de vivre. La nausée que j'en avais gardée toute la soirée devenait plus forte, et je commençais à craindre d'être réellement malade. Malgré mon état, je ne pouvais supporter l'idée de devoir rester une minute de plus dans cette maison. J'assurai mon hôte que je me remettrais mieux à Fountainhead, où mes esclaves prendraient soin de moi. Le Brésilien se montra très préoccupé par mon état et réticent à me laisser partir, mais il finit par céder. Il me proposa de me faire escorter, mais je lui répondis que Thomas et moi nous en tirerions très bien tout seuls. Thomas était armé et j'empruntai le pistolet de mon frère.

J'abrégeai les adieux, à peine capable de parler et craignant de vomir devant mes hôtes, mais dès que la calèche s'ébranla, je me sentis mieux. Je cessai de frissonner et desserrai les poings. Mes mains étaient crispées et douloureuses, comme si mes ongles étaient entrés dans mes paumes. Une lune énorme s'était levée, éclairant le paysage d'une lumière blanche. Lorsque je baissai les yeux, je crus que je m'étais blessée. J'avais gardé les boucles d'oreilles en rubis. Elles reposaient dans le creux de mes mains comme des gouttes de sang.

Je les rangeai dans le petit sac que je portais à la ceinture, tandis que la calèche avançait dans l'ombre des arbres sur le marbre scintillant. À l'endroit où l'ombre était la plus dense, je priai Thomas de s'arrêter. Les grands oiseaux étaient toujours perchés sur le gibet, formes confuses dans les ténèbres. Lorsque je pris mon pistolet, je ne songeais d'abord qu'à tirer en l'air pour chasser ces charognards de la charogne vivante dont ils se repaissaient, mais je changeai de cible. Je visai le haut de la cage, entre les barreaux de fer, en priant pour ne pas toucher le métal. Le coup partit dans un grondement de tonnerre. Les oiseaux s'élancèrent comme les Furies dans un puissant froissement d'ailes qui fit tanguer la cage et bondir les chevaux. Thomas les fouetta pour les faire repartir, affolé de ce que j'avais fait, si bien que je n'eus pas le temps de voir si ma balle avait atteint son but. Je pouvais seulement prier pour que ce soit bien le cas, pour que j'aie mis fin aux tourments de ce malheureux.

Je n'avais pas peur de voyager de nuit, mais je rechargeai le pistolet afin d'être prête à affronter tout danger nous menaçant. La Jamaïque était un lieu sans foi ni loi, mais, à vrai dire, il en allait de même des Downs[15] en Angleterre – ici comme là-bas, cheminer sur une route déserte vous

15. Collines herbeuses du sud de l'Angleterre (NdT).

exposait à une rencontre avec des bandits de grands chemins.

Nous ne rencontrâmes personne et tout était calme à notre arrivée à la plantation. Lorsque je gravis l'escalier, la maison était plongée dans l'obscurité. Étonnée de ne voir aucune lampe allumée, j'appelai Phillis et Minerva afin qu'elles viennent prendre soin de moi, mais personne ne répondit. Je frottai une pierre à briquet, allumai une chandelle et partis à leur recherche. L'une ou l'autre dormait généralement à la maison au cas où nous aurions besoin d'elle, et je m'étais attendue à les voir toutes deux à notre retour, car nous n'avions pas prévu de passer la nuit chez le Brésilien. Je ne me doutais de rien. Je trouvais seulement leur absence insolite. Cette négligence ne leur ressemblait pas. Peut-être même pensais-je les réprimander doucement, tandis que je me dirigeais vers la cuisine.

Phillis était là, assise à la table, parfaitement immobile dans le clair de lune, comme une statue sculptée dans un bois dur. Elle remua et se tourna vers la lueur de la chandelle que je tenais à la main. À ma vue, son visage s'altéra et le blanc de ses yeux brilla dans la pénombre. Elle me regardait comme si j'étais un fantôme.

– Qu'avez-vous au cou ? demanda-t-elle.

Ma main s'éleva vers les rubis de Bartholomé. Je les avais gardés sur moi.

– C'est un cadeau du Brésilien, répondis-je. Il veut m'épouser, ajoutai-je après un silence.

– C'est ce que Duke raconte. (La voix de Phillis se mua en un chuchotement.) J'ai cru voir la mort sur vous. J'ai cru que vous étiez revenue sous la forme d'un esprit. On dirait que quelqu'un vous a tranché la gorge.

Elle voulut se lever pour s'approcher de moi, mais son bras trembla sur le bord de la table et elle retomba sur son siège comme si l'effort avait été trop grand pour elle. Elle avait toujours semblé si forte, infatigable et indomptable que je fus alarmée de cette soudaine faiblesse. Je posai la chandelle et m'approchai pour voir de quoi elle souffrait. Sa main se crispait sur le col de sa robe. Je vis alors que cette dernière était déchirée à l'avant et à l'arrière et pendait sur elle comme deux drapeaux déchiquetés et tachés de sang.

Elle voulut se détourner, avec un mouvement lent et pénible, comme si elle avait honte que je la voie dans cet état.

– Qui t'a fait ça? demandai-je, comme si je ne l'avais pas déjà deviné.

– Duke. Il m'a battue.

– Pourquoi?

– Parce qu'il en avait envie. Parce qu'il aime ça. (Elle porta la main à sa tête dans un geste de désespoir et de lassitude.) Ne vous tracassez pas pour ça, Miss Nancy. Ça n'a rien à voir avec vous.

C'était à moi de décider ce qui me regardait ou non. Je sentis la colère monter en moi, alimentée par tout ce que j'avais vu depuis mon arrivée dans ce pays magnifique et ravagé. Je la sentis s'épanouir en fureur, tandis que j'approchais la chandelle de Phillis pour voir ce que cet homme lui avait fait. Certaines des cicatrices de son dos n'étaient pas nouvelles. Des zébrures toutes récentes luisaient en travers, comme les lignes d'un damier. La peau boursouflée et plissée formait des renflements et des crêtes si serrés qu'elle ne ressemblait plus à de la chair. Phillis était comme ceinte d'une guirlande d'épines.

– Où est-il ? demandai-je.

– Chez lui. (Phillis me regarda. Jusqu'ici, elle avait tout supporté sans que personne ne la vît jamais pleurer, mais à cet instant les larmes jaillirent de ses yeux.) Il a emmené Minerva. J'ai essayé de l'en empêcher…

– C'est pour ça qu'il t'a battue ?

– Oui, mais vous ne pouvez rien y changer, Miss Nancy. Il vaut mieux ne pas vous mêler de ça. Pas la peine de vous attirer des ennuis. Vous allez bientôt vous marier…

Sa voix se brisa. Son regard se détourna, comme si elle ne pouvait plus supporter ma vue.

Je la laissai les yeux rivés sur la flamme immobile de la chandelle. Je portais toujours le pistolet à ma ceinture et j'esquissai un sourire en sentant que j'avais la crosse en bois sculpté bien en main. Je ne pouvais rien faire : combien de personnes m'avaient répété cela ? Eh bien, c'est ce qu'on allait voir.

Accroupie près du foyer, la femme de Duke remuait le contenu d'une marmite, son corps mince et usé recroquevillé sur lui-même. Elle tourna la tête en m'entendant entrer et, à la lueur du feu, son visage était aussi craquelé qu'un sac de cuir. Elle paraissait vieille, mais elle était peut-être encore jeune, impitoyablement broyée par une vie qui ne valait pas la peine d'être vécue. Elle jeta un regard vers moi et le pistolet que je serrais dans ma main et s'enfuit.

Ma fureur s'était muée en une rage froide et figée en une résolution inébranlable, tandis que je montais l'escalier, calme et circonspecte comme un chat partant en chasse. Du reste, même si j'avais été un régiment d'artillerie, je doute que Duke m'aurait entendue approcher. Il avait autre chose en tête. La lumière filtrait entre les planches de la porte devant laquelle je m'arrêtai pour épier ses mouvements. Agenouillé sur elle, il me tournait le dos. Il la tenait et riait de ses efforts pour s'échapper. Elle était acculée près de la tête du lit, le souffle court et saccadé, ses longs membres tordus, clouée au sol par son corps massif comme un daim prisonnier de l'étreinte d'un ours. Je poussai la porte qui retomba sans bruit et m'avançai dans la pièce.

Elle me vit avant lui ; ses yeux s'agrandirent et elle eut un hoquet de surprise. Il poussa un grognement aigu de plaisir en croyant que ses yeux trahissaient la frayeur qu'il lui inspirait. Il jouait avec elle, jouissant du pouvoir qu'il détenait sur elle, et sa convoitise se nourrissait de sa peur. Je le saisis par la queue-de-cheval graisseuse qui pendait sur ses épaules blanches et grasses, rejetai sa tête en arrière et enfonçai le canon du pistolet dans sa nuque.

– Lâche-la.

Il voulut tourner la tête, tandis que la luxure mourait dans ses petits yeux enfoncés.

– Ne te retourne pas, chuchotai-je, fais seulement ce que je te dis.

La gâchette du pistolet était tout près de son oreille. Sa tête tressaillit lorsqu'il entendit le déclic du chien. Il voulut parler. Un croassement rauque s'échappa de sa bouche.

– Tais-toi.

Je voyais Minerva sous son épaule, le visage aussi rigide qu'un masque. Dès qu'elle fut soulagée de son poids, elle s'écarta promptement. Il profita de ce mouvement pour tenter de se dégager. Son bras se détendit vers le fouet meurtrier qui pendait à la tête du lit, enroulé sur lui-même. Encore une seconde, et il l'empoignait. Sans même réfléchir, j'appuyai sur la détente.

CHAPITRE 15

Je n'avais encore jamais vu autant de sang. Je m'efforçai de ne pas regarder ce qui avait éclaboussé le mur au-dessus du lit. Un épais nuage de fumée âcre s'élevait dans l'air, et la détonation résonnait encore à mes oreilles dans la pièce exiguë. Je dévisageais Minerva, incapable de croire à ce que je venais de faire.

– Je ne voulais pas... je n'aurais jamais cru... faire une chose pareille..., dis-je, alors que nous nous regardions fixement au-dessus du misérable cadavre de Duke.

Pourtant, je l'avais voulu. Et je venais de le faire. J'avais tué un homme. Je m'attendais à voir l'horreur que je m'inspirais transparaître dans les yeux de Minerva. Au lieu de cela, je vis la frayeur et la stupeur qui s'y reflétaient se muer en un sentiment proche de l'admiration.

– Tu n'as pas à t'excuser, ni à te sentir coupable, dit-elle en ramassant ce qui restait de sa robe. Tu m'as sauvé la vie, car je me serais tuée s'il avait pu faire de moi ce qu'il voulait. Alors tu n'as aucune raison de te sentir coupable, tu comprends?

J'acquiesçai et avalai ma salive. Je comprenais. Elle m'absolvait de cet acte horrible. Je lui en serais éternellement reconnaissante. Sans un mot, nous nous regardâmes, conscientes que ce qui venait de se produire dans cette petite pièce puante allait transformer notre existence, comme la chute de rochers dans une rivière modifie son cours. Cette existence allait prendre une direction nouvelle, mais il était impossible de savoir laquelle, ni où cela nous mènerait.

À cet instant, Thomas entra dans la chambre, suivi de Phillis. Lorsqu'il vit le désordre de la pièce, son visage devint livide.

– Allez-vous-en, me murmura-t-il en m'ôtant le pistolet des mains. Nous nous occupons de tout.

Il me prit par les épaules et ses doigts robustes s'enfoncèrent dans ma chair, tandis qu'il scrutait mon visage. Son front plissé et creusé de rides profondes trahissait son inquiétude et sa peur, pour moi ou à l'idée des ennuis que je leur créais, je n'aurais su le dire.

Phillis s'approcha de nous, enveloppa Minerva dans un châle et me prit par le bras, puis elle nous fit sortir de la chambre.

– Que vont-ils faire de lui ? demanda Minerva.

– Le jeter aux crocodiles, répondit Phillis. Ils mangent n'importe quoi, même les ordures de son espèce. Du moment que c'est de la viande, ils le dévoreront jusqu'au dernier morceau. Ils ne sont pas difficiles. Ce sera comme s'il avait disparu.

Les crocodiles abondaient dans les marais qui s'étendaient entre la plantation et la mer. J'en avais vu lors de mes promenades à cheval. D'énormes bêtes aux nez épais se prélassant dans la boue, leurs corps aplatis luisant au soleil, leurs gueules béantes découvrant des rangées de grandes dents en une sorte de rictus.

– Et sa femme? demandai-je.

J'avais peur qu'elle ne révélât à mon frère ce qui s'était passé.

– Elle le hait comme personne. Elle est allée chercher Thomas dès qu'elle vous a vues arriver, et elle l'aide en ce moment-même. Ce n'est pas elle qui m'inquiète. Maintenant, il faut trouver le moyen de nous tirer d'affaire.

Nous étions assises à la table de la cuisine. Phillis se leva pour remettre du bois dans le feu. Après minuit, il faisait souvent froid et je ne cessais de frissonner. Devançant mes désirs, Minerva alla chercher mon châle comme elle en avait l'habitude, bien que sa condition d'esclave à mon service appartînt désormais au passé. De nous deux, c'est elle qui avait été le plus durement éprouvée, mais elle semblait se remettre plus rapidement que moi. À certains égards, c'est elle la plus forte de nous deux. Elle a souvent été un exemple pour moi.

– Nous pourrions faire croire qu'il nous a volés et qu'il s'est enfui à Port Royal, suggérai-je lorsque je me fus un peu remise.

Nous ne pouvions pas rester inactives. Il fallait avoir un plan avant le retour de mon frère.

– Thomas m'a donné les clefs de Duke, dis-je. Je peux ouvrir le coffre-fort qui est dans le bureau de mon frère, prendre l'argent qui est dedans, examiner les documents…

Minerva acquiesça comme si mon idée lui plaisait, mais Phillis m'interrompit.

– Duke et ce qui lui est arrivé ne nous regardent plus. Maintenant, il dort avec les crocodiles, dit-elle avec un hochement de tête, comme pour se débarrasser de lui. Je pressens des ennuis bien plus graves, à côté desquels celui-là paraît insignifiant. (Phillis parlait parfois comme un oracle.) Comme un souffle de vent qui annoncerait l'ouragan…

Phillis était renommée parmi les esclaves pour sa connaissance des plantes médicinales, et pour un autre savoir qu'elle avait apporté sur cette île : la magie africaine, que les esclaves désignaient par le terme d'*obeah*. Faute d'autre espérance, ils s'accrochaient à leurs propres croyances. Je savais que Phillis possédait des pouvoirs de divination. Minerva m'avait dit qu'elle pouvait lire dans les nuages, la fumée, les flammes et le dessin des feuilles d'arbres sur le ciel. Ces pouvoirs étaient des secrets jalousement gardés et soigneusement dissimulés aux Blancs. Il serait dangereux pour moi de tenter de les percer, m'avait avertie Minerva. Je n'avais donc jamais cherché à en savoir plus.

Juste avant que je ne la quitte pour aller chez Duke, Phillis avait contemplé la flamme de la chandelle, scrutant son cœur tremblant et rougeoyant. Peut-être y avait-elle vu quelque chose.

– Qu'as-tu vu, maman ? demanda Minerva.

– Bartholomé. Le Brésilien. Cet homme malfaisant. (Elle me lança un regard perçant.) Enlève ça de ton cou ! s'exclama-t-elle en crachant presque les mots.

Je portai la main à ma gorge. Les rubis étaient encore là. Je défis le collier et le posai sur la table.

– Tu devrais t'en débarrasser. Ils sont *obeah*. Ils portent la mort en eux : l'heure, le lieu, les circonstances. Je l'ai vu. Si tu restes ici, tu l'épouseras. Et un jour… il te tuera, c'est certain.

– Mais que puis-je faire ? Je ne peux pas empêcher ce mariage. Mon frère l'a décidé. L'avenir de toute ma famille en dépend. Je ne vois aucun moyen d'y échapper.

– C'est là que tu te trompes. Écoute-moi bien.

Le plan de Phillis était aussi radical qu'audacieux et, tandis que nous travaillions à son exécution, je me sentis plus légère que je ne l'avais été depuis des jours et même des mois. Minerva semblait éprouver la même sensation. Elle me sourit et ce fut comme si nous revivions les jours heureux de nos premières promenades, avant que tout ne fût gâché.

Je suivis toutes les instructions de Phillis, sauf une. Je ne voulais pas me défaire des rubis. Je regrette maintenant de ne pas avoir suivi ses conseils, de ne pas les avoir jetés dans les marais avec le cadavre de Duke. Ils avaient quelque chose de diabolique, et cela venait de l'homme qui me les avait offerts. Phillis avait raison à cet égard, comme à beaucoup d'autres.

J'avais eu un pressentiment de même nature ce soir-là quand, baissant les yeux, j'avais cru voir du sang sur mes mains. C'était un présage. J'en suis maintenant certaine, bien qu'alors je ne l'aie pas compris. Je n'avais pas fait le lien. Je jugeais les rubis trop précieux pour être jetés. Ils pouvaient se révéler utiles un jour ou l'autre.

Je fais confiance aux pierres précieuses…

Je me souvenais des paroles du Brésilien, dont l'écho résonnait encore en moi. Les bijoux étaient faciles à transporter et à garder sur soi, et il serait également facile de dissimuler leur présence à Phillis. Je les cachai dans la ceinture que je portais sous mes vêtements.

Je m'habillai en homme, une tenue plus pratique pour voyager, et nous partîmes avant l'aube. Thomas venait en tête, suivi de Minerva et de moi-même à cheval, Phillis fermant la marche à dos de mule. La sacoche fixée à ma selle était gonflée de l'or du coffre-fort. J'avais pris une grande quantité de pièces, estimant que ce n'était que justice dans la mesure où je perdais ma part d'héritage. J'avais trouvé ensuite dans le coffre-fort une lettre qui m'était adressée, ce qui m'avait mise en fureur, si bien que j'avais finalement emporté tout ce qu'il contenait. Mon frère pourrait toujours croire que Duke et moi-même l'avions dépouillé pour nous enfuir ensemble, je m'en moquais. Il ne devinerait jamais la vérité. J'allais rejoindre les esclaves marrons.

UNE BANDE DE CRAPULES

CHAPITRE 16

À l'aube, nous étions déjà loin de Fountainhead. Nous avions gravi les contreforts des montagnes, d'où l'on dominait la plaine. La plantation s'étendait devant nous, ses vastes champs grands comme des mouchoirs et ses bâtiments semblables à des jouets. Thomas nous mena à un bosquet de pins noueux et tordus, visiblement soulagé de pouvoir nous mettre à couvert, car à l'est la lumière montait derrière les collines.

Nous progressions au milieu des montagnes, montant continuellement sur des chemins en lacets, revenant parfois sur nos pas. Par endroits, des pans entiers de montagne s'étaient détachés, laissant une plaie béante de terre rouge et de pierres instables qui menaçaient de rouler, dès qu'un cheval posait le pied sur elles. Nous atteignîmes le sommet d'une crête en espérant trouver enfin un espace dégagé. Nous ne vîmes qu'une succession de ravins remplis de brouillard, qui montait comme la vapeur s'échappant d'un chaudron sur le feu. La tête courbée sur le cou de nos chevaux, nous avancions au milieu d'une forêt dense d'arbres drapés de mousse et dégouttant d'humidité, de plantes grimpantes et de buissons aux feuilles aiguës et aériennes qui semblaient survivre par miracle. Nous devions régulièrement mettre pied à terre et guider les chevaux qui dérapaient pour descendre des versants abrupts jusqu'au fond de vallées où coulaient des rivières aux eaux rapides, avant de remonter sur la crête suivante.

Il y eut de nombreuses rivières semblables à traverser, si bien que vers midi j'étais épuisée et je me sentis soulagée lorsque Thomas ordonna une halte. Nous étions au bord d'un grand torrent où nous pûmes faire boire les chevaux, nous désaltérer et baigner nos égratignures et nos piqûres d'insectes. Phillis trouva des feuilles et nous recommanda de nous en frotter afin d'éloigner les insectes qui volaient par essaims entiers au fond des ravins, avides de notre sang.

Phillis et Minerva allèrent cueillir des fruits dans la forêt et Thomas partit en reconnaissance. Je sortis de ma poche la lettre que j'avais trouvée dans le coffre-fort. Elle était écrite sur un papier qui avait été visiblement froissé, puis défroissé, comme si l'on en avait fait une boule pour le jeter avant de se raviser. Visiblement, elle avait aussi été écrite en plusieurs fois, avec différentes encres et différentes plumes, comme si celui qui l'avait rédigée n'avait su que dire ou avait hésité à le faire.

Ma très chère Nancy,

Je me suis souvent assis pour écrire cette lettre. J'ai longtemps tourné et retourné dans mon esprit ce que je voulais te dire, mais lorsque je prenais la plume, les mots ne venaient plus. J'ai l'impression de ne plus te reconnaître. Lorsque j'ai reçu la lettre que tu m'as écrite du Sally-Anne, tu semblais m'être restée fidèle comme par le passé. Je croyais alors que l'océan n'était qu'une mare entre nous, et maintenant, j'apprends que tu vas épouser un planteur ! Je ne sais plus que dire.

Par une cruelle ironie du sort, nous faisons route vers Kingston, mais, d'après ce que m'a dit ton frère Henry, tu seras mariée bien avant que nos navires n'arrivent au port. J'espérais pouvoir t'épouser. Je viens d'être nommé premier lieutenant sur le troisième classe l'Aigle, sous le commandement du capitaine Dunstan. Ma solde a été augmentée et je dois également toucher des primes. J'ai donc rendu visite à ton frère, mais lorsque je lui ai déclaré mes intentions, il m'a annoncé que tu étais déjà fiancée. Mes espoirs sont donc anéantis. Tu t'es éloignée de moi comme un navire quittant le port avec la marée du matin. Je ne t'en veux pas : quel est l'homme qui ne t'aimerait pas ? Et si ce planteur a su gagner ton amour, comme me l'a affirmé ton frère, je n'ai plus qu'à te souhaiter d'être heureuse avec lui.

Je voudrais néanmoins t'assurer que mon amour pour toi sera toujours le même. Si je ne peux t'épouser, je n'épouserai personne d'autre. La Marine sera désormais toute ma vie et je saurai faire mon devoir. À Kingston, nous avons pour mission de chasser les pirates qui infestent la mer des Caraïbes. Ce sera un supplice pour moi d'être si proche de toi sans jamais te voir ; j'espère donc que nous resterons loin du rivage. Tu peux être sûre que je serai toujours au plus fort de la mêlée. Si le service de la patrie réclame de moi le plus grand sacrifice, je suis prêt à l'accomplir : en effet, que puis-je faire d'autre désormais ?

Je demeure ton ami le plus dévoué. Si jamais tu as besoin d'aide, tu peux compter sur moi.

Celui qui t'aimera éternellement,
William

Je lus cette lettre à travers un voile de larmes. Comment mes frères avaient-ils pu se montrer aussi perfides ? William avait probablement été informé de mon mariage avant moi-même. Il me semblait que je l'avais définitivement perdu. Jamais je ne pardonnerais à mes frères d'avoir brisé sa vie en même temps que la mienne.

Je restai longtemps assise au bord de la rivière, méditant sur mon sort.

Penser qu'il était peut-être déjà là, sur cette île, comme moi, ne faisait que redoubler mes tourments. Si seulement j'avais pu savoir plus tôt ce qui s'était passé ! J'avais échappé au Brésilien, mais cela ne m'avait en rien rapprochée de William. Au contraire. J'étais à présent hors la loi. Comment parviendrait-il à me retrouver ? Et s'il y parvenait, voudrait-il encore de moi, habillée en homme, avec du sang sur les mains ? Je devrais tout lui raconter. Je ne supportais pas l'idée de lui mentir. À la pensée de la tournure que mon destin avait prise, je pleurai de plus belle, versant des larmes de rage et d'amertume qui délayèrent l'encre et menacèrent de détruire le papier de la lettre. Avant qu'elle ne partît en morceaux, je la pliai plusieurs fois et la glissai dans ma ceinture.

Pendant les heures les plus chaudes de la journée, nous nous reposâmes avant de repartir. Nous remontions le cours de la rivière. La vallée était profonde et les sommets des montagnes disparaissaient sous les frondaisons des arbres qui poussaient jusqu'au bord de l'eau. Des oiseaux s'appelaient et leurs cris se répercutaient d'un versant à l'autre, des cris d'alarme perçants, brusques et étranges, qui nous faisaient sursauter. Alors que nous n'avions rencontré personne ni vu la moindre trace d'habitation depuis notre départ, j'éprouvais un sentiment de malaise, comme si l'on nous observait. Thomas levait souvent les yeux pour scruter les alentours, comme s'il avait la même impression ou comme s'il craignait de s'être perdu. Après avoir passé une nouvelle courbe de la rivière, nous nous retrouvâmes face à une falaise. Autour de nous, la forêt était silencieuse. Les oiseaux eux-mêmes se taisaient. Je regardai autour de moi, mais ne pus découvrir le moindre passage à travers la végétation luxuriante. Je craignis soudain que Thomas ne nous eût conduits dans un piège.

Sans un seul regard en arrière, il s'approcha de la falaise.

De la vigne vierge et d'autres plantes grimpantes poussaient dans chaque fissure de la paroi et retombaient en une cascade de verdure. Thomas écarta ce rideau frissonnant, démasquant une ouverture d'où la rivière jaillissait comme d'une grande bouche. Cette cavité était large et assez haute pour permettre aux chevaux de passer. Ils répugnaient néanmoins à le faire. Thomas dut revenir sur ses pas pour les amadouer, caressant leurs naseaux et leur parlant à voix basse. La mule était la plus réticente : il fallut la forcer à avancer, mais finalement tous les animaux entrèrent à l'intérieur de la falaise, où il faisait sombre et humide.

À mesure que nous avancions, la caverne s'élargissait ; ses parois reculaient et son plafond s'élevait pour devenir aussi haut que celui d'une église. La lumière filtrait en minces rayons obliques de fissures invisibles. Les animaux avançaient, la tête basse ; leurs oreilles couchées vers l'arrière montraient leur désarroi. Nous regardions autour de nous, partagés entre l'émerveillement et l'effroi. Les parois rocheuses semblaient sculptées en des formes fantastiques qui ondulaient et se tordaient comme des chutes d'eau figées dans la pierre. Des gouttes d'eau se formaient à leur surface et tombaient avec une régularité d'horloge, marquant le rythme de notre passage le long de la rivière souterraine jusqu'à l'issue lointaine du tunnel, qui ressemblait à une lentille de verre colorée d'une lumière émeraude.

Le soleil traversait le feuillage d'arbres aux branches tombantes, teintant de vert pâle l'eau dans laquelle nous avancions comme dans du jade liquide. Nous étions maintenant au fond d'une grande cuvette cernée de collines et d'épaisses forêts. Autour de nous, l'air résonnait de chants d'oiseaux et de cris d'animaux.

– J'ai l'impression que nous sommes encerclés, chuchotai-je à Minerva. Pourtant, je ne vois personne.

– Sers-toi de tes yeux ! répondit-elle.

Chaque objet était astucieusement camouflé afin de se fondre dans le décor naturel. Sur la rive, les canoës ressemblaient à des morceaux de bois échoués. Les huttes construites entre les arbres étaient couvertes de feuilles et dissimulées sous une voûte de branches tombantes. Les parcelles cultivées s'étendaient dans de petites clairières qu'il était impossible de repérer de loin.

En regardant le tout des hauteurs, on n'aurait jamais pu deviner que des gens vivaient ici. Même les armes qu'ils braquaient sur nous étaient invisibles. Nous étions arrivés chez les esclaves marrons.

Une lance se ficha sur la rive opposée de la rivière avec une vibration sourde. Une flèche siffla si près de nous que je sentis son souffle. Ce n'étaient là que des avertissements. S'ils avaient vraiment voulu atteindre leur cible, nous aurions été transpercés. Thomas s'approcha de la rive et y déposa son couteau. Nous l'imitâmes, déposant nos armes à côté de la sienne. Les hommes sortirent de leurs abris, leurs arcs bandés et leurs lances pointées vers nous. Les esclaves marrons formaient un mélange bigarré d'Africains, d'Indiens aux longues chevelures, de mulâtres au visage sombre, d'Espagnols et d'hommes à la peau plus blanche qui devaient avoir des origines britanniques. Nu-pieds et vêtus de haillons, ils n'en avaient pas moins l'air redoutables.

Leur chef s'avança vers nous. C'était un homme de haute taille aux jambes et au torse nus, couronné d'une masse de cheveux d'un rouge ardent. Son large visage était brûlé par le soleil au-dessus d'une barbe broussailleuse.

– Qui êtes-vous ? demanda-t-il. Et que faites-vous ici ?

– Nous sommes venus voir Hero pour lui demander de l'aide, répondit Thomas.

– Ah ouais ? (Cette réponse semblait l'amuser.) Eh bien, il n'est pas là, dit-il en croisant ses bras bronzés. Et d'abord, pourquoi aiderait-il des gens comme vous ?

– Je suis son fils Thomas. Je viens lui demander protection. Et voici Phillis, son amie, et la fille de celle-ci, Minerva. Nous sommes venus avec…

– Qui est-ce ? demanda l'homme en s'approchant de moi. Qui es-tu ?

– Nancy Kington, de la plantation de Fountainhead.

– Eh bien moi, je suis Tam Mac Gregor, de nulle part. C'est moi qui commande quand Hero n'est pas là. (Il se gratta le visage à travers sa barbe.) Kington de Fountain-head ? (Ses yeux bleus se rétrécirent.) C'est pas votre papa qui est propriétaire de la plantation ?

J'acquiesçai en me demandant comment il allait réagir.

– Eh ben, on pourra toujours vous vendre, dit-il en riant. La fille d'un planteur, hein ? (Il regarda ses compagnons.) Qu'est-ce que vous en dites, les gars ?

CHAPITRE 17

Les hommes se réunirent pour discuter de notre arrivée soudaine, mais décidèrent de ne rien entreprendre avant le retour de Hero. On nous pria d'attendre dans la clairière qui était au centre du village.

Quels que soient les doutes que nous avions pu éprouver, ils furent dissipés à l'arrivée de Hero. C'était un homme imposant de plus de six pieds de hauteur et bien bâti, avec une peau noire comme le charbon. Ses joues larges étaient ornées de cicatrices tribales, et une grande plume de perroquet rouge vif était fixée au bandeau qui enserrait ses cheveux épais et crépus. Il avait une grande bouche souriante et des yeux obliques étincelants. Il portait pour tout vêtement un pantalon en toile usée serré à la taille par une large ceinture de cuir, mais il avait un port de roi. En reconnaissant Thomas, il poussa une exclamation, et à la vue de Phillis, il laissa fuser un grand rire chaleureux.

– Bienvenue chez nous, sœur! dit-il en prenant ses mains dans les siennes. Pourquoi es-tu restée si longtemps absente?

Il était le chef du village et tous le traitaient avec déférence, mais les décisions étaient prises en commun. Il ne pouvait pas s'opposer au conseil.

Les hommes s'éclipsèrent pour débattre de notre sort, nous laissant seuls dans la clairière. Le silence régna pendant un court instant, puis les enfants sortirent des huttes, trop curieux pour rester plus longtemps à l'écart, mais ils furent réprimandés et renvoyés à l'intérieur par les femmes, qui vinrent à leur tour nous examiner de plus près.

Deux d'entre elles reconnurent Phillis et la saluèrent dans la langue de leur pays natal, avec des mots que je ne compris pas. Phillis parlait fébrilement, avec de fréquents signes de tête vers moi et Minerva. Les visages des femmes devinrent graves et elles claquèrent de la langue en signe de sympathie. Elles allèrent prévenir leurs voisines et toutes se regroupèrent, puis se dispersèrent en hâte pour aller porter la nouvelle. Elles revinrent avec des gourdes d'eau et des calebasses remplies d'une bouillie de viande et de légumes, maïs et haricots. Elles nous invitèrent à nous asseoir pour manger. Phillis les pria de se joindre à nous, puis elle me fit un clin d'œil.

– Ce que pensent les hommes ne compte pas. Notre sort est décidé, dit-elle.

Elle parcourut le village du regard, un sourire aux lèvres. Ses yeux perdirent leur expression morne et tourmentée, tandis que la tension et la fatigue disparaissaient de son visage. Les huttes couvertes de feuilles de palmier étaient rudimentaires, mais chacune possédait un petit jardin pota-ger entouré d'arbres fruitiers – arbres à pain, bananiers, orangers, citronniers, plans d'ananas, manguiers et papayers.

– J'ai l'impression d'être rentrée au pays, dit Phillis.

Finalement, les hommes nous firent part de leur décision : ils nous avaient acceptés comme les femmes ; nous étions donc autorisés à rester au village.

Tous les villageois se mirent au travail pour nous construire une hutte. Les femmes nous aidèrent à l'aménager, pendant que les hommes défrichaient un bout de forêt pour notre jardin. Minerva et moi-même aidâmes Phillis à labourer et à semer des ignames, des patates douces, du maïs et du manioc. En attendant notre première récolte, les villageois nous promirent de nous donner une partie de leurs produits en échange de notre travail sur leurs parcelles. Non que nous fussions un fardeau pour eux : la nourriture abondait dans les environs. Fruits et légumes poussaient à profusion. Des cochons fouissaient le sol du groin, des poules couraient en caquetant à travers le village et des chèvres erraient çà et là, chassées des jardins par les enfants.

Cette vie convenait à Phillis. Sa peau perdit sa pâleur cireuse et elle reprit du poids : sa maigreur et son aspect anguleux disparurent en même temps que la peur constante et l'amertume destructrice qui avaient dominé sa vie pendant tant d'années. Maintenant, elle pouvait de nouveau rire et sourire. Elle était visiblement satisfaite de son sort et, bientôt, elle passa plus de temps dans la hutte de Hero que dans la nôtre.

De son côté, Thomas trouva rapidement une compagne, une grande jeune femme paisible originaire du Sénégal, et alla vivre avec elle. Il semblait désormais établi et content de son sort, comme Phillis.

Minerva et moi-même dormions côte à côte dans notre hutte. Je restais souvent éveillée, écoutant sa respiration. Je ne voulais pour rien au monde voir menacer ce bonheur tout récent, mais je craignais qu'il ne fût de courte durée. À mesure que le temps passait, je sentais le danger se rapprocher, si bien qu'il m'était de plus en plus difficile de rester inactive, livrée à mes pensées et à mes inquiétudes. Je m'endormais rarement avant les premières heures de l'aube, quand les coqs commençaient à chanter.

Nous vivions chez les esclaves marrons depuis plusieurs semaines, et mon angoisse n'avait fait que grandir. Une nuit, je me réveillai en sueur et restai immobile, fixant le plafond de feuilles tressées sans oser refermer les yeux. Je venais de faire un rêve terrifiant.

Il devait me hanter pendant de longs mois, mais, lors de cette première fois, je ne me rappelais presque rien de ce rêve, sauf un avertissement chuchoté qui m'affolait :

Il vient te chercher...

La voix qui le prononçait n'était qu'un murmure, mais elle semblait si réelle que je m'éveillai en sursaut, le cœur battant, m'attendant à voir quelqu'un penché au-dessus de moi pour me souffler cette phrase à l'oreille.

– Que se passe-t-il ?

La voix de Minerva me parvint à travers l'obscurité. J'avais dû la réveiller en criant.

– Je viens de faire un rêve. (La terreur m'étreignait encore. Cela me rassurait de tout lui raconter. Ma respiration s'apaisa peu à peu.) Ils me cherchent, j'en suis sûre. Mon frère et le Brésilien. Ils sont à ma poursuite en ce moment même. Ma présence ici vous met tous en danger. Je ne peux pas le supporter. Il faut que je m'en aille.

Minerva resta longtemps silencieuse. Comme sa mère, elle accordait une grande valeur aux rêves.

– Peut-être n'en arrivera-t-on pas là, dit-elle finalement. Peut-être ne nous retrouveront-ils pas.

– Ils ont des chiens, Duke me l'a dit. Et ils peuvent acheter des espions.

– Le village est bien dissimulé. Jusqu'ici, ils ne l'ont pas trouvé.

– Jusqu'ici, ils n'avaient pas de raison pressante de le chercher. À leurs yeux, les esclaves marrons étaient une présence gênante, mais pas au point de se donner la peine de les poursuivre. Ils n'hébergeaient pas encore quelqu'un comme moi : une héritière anglaise promise en mariage. Mes frères et le Brésilien ne vont pas si facilement lâcher prise, alors que de l'argent et des terres sont en jeu.

Je les connaissais assez bien pour être sûre de ce que j'affirmais.

– Même s'ils viennent jusqu'ici, le village est bien défendu, objecta Minerva. Les habitants peuvent toujours aller se réfugier dans les grottes.

– Mais pourquoi devraient-ils le faire ? Si les autres viennent ici, ils détruiront tout, les huttes et les jardins que les gens ont travaillé si dur à construire et à cultiver. Je ne supporterais pas de les voir saccager tout ça. (Je me soulevai sur un coude et scrutai le visage de Minerva dans l'obscurité.) Ça me fait mal de devoir vous quitter, toi et Phillis, mais je crois malheureusement qu'il le faut.

– Quand pars-tu ? demanda Minerva.

– Je ne sais pas, mais le plus tôt serait le mieux. Chaque jour que je passe ici vous met un peu plus en danger.

Cette nuit-là, nous ne pûmes ni l'une ni l'autre trouver le sommeil. Minerva se leva, alors que la lueur grise de l'aube s'insinuait dans la hutte et alluma un feu. En montagne, le petit matin peut être froid, avant que le soleil levant ne vienne réchauffer les vallées. Je drapai ma couverture autour de mes épaules et rejoignis Minerva, heureuse de boire le thé chaud qu'elle avait préparé.

– Si tu pars, je pars avec toi, dit-elle sans me regarder, pendant que nous sirotions le liquide amer.

– Tu ne peux pas faire ça ! m'exclamai-je, sincèrement choquée. Et Phillis ? Ici, tu es libre et en sécurité ; du moins, tu le seras quand je serai partie. Ta place est ici, parmi les tiens, pas avec moi !

Une partie de moi-même exultait à l'idée que Minerva m'accompagnât, car j'étais remplie d'appréhension, ne sachant où aller, et déchirée à l'idée d'être séparée de ceux que j'avais commencé à aimer. Après réflexion, néanmoins, je me reprochai mon égoïsme en pensant à toutes les raisons pour lesquelles Minerva devait rester au village. Elle m'écouta les exposer avec un visage fermé et énigmatique.

– Je comprends ce que tu veux dire, fit-elle enfin, mais cela n'y change rien. Si tu pars, je pars avec toi.

CHAPITRE 18

Le jour suivant, mes pressentiments se trouvèrent confirmés. Tam Mac Gregor nous apporta des nouvelles de l'extérieur. Il se rendait souvent à Port Royal ou à Kingston en se faisant passer pour un petit fermier venu vendre ses produits. Il recueillait ainsi des renseignements, des rumeurs et de l'argent qui permettait d'acheter des vêtements, de la poudre et des armes, tout ce que nous ne pouvions pas nous procurer par nous-mêmes. Il revint de son dernier voyage l'air préoccupé. J'étais recherchée, me dit-il. Une récompense était offerte en échange d'informations sur l'endroit où je me trouvais et sur les esclaves qui m'avaient enlevée.

Enlevée. C'était ainsi que l'on interpréterait ma fuite. Je n'y avais pas pensé...

– Celui qui sera pris peut s'attendre à pire que la pendaison, fit Tam avec une grimace. Ce salaud de Brésilien s'en est mêlé et rien ne pourra l'arrêter. Il offre une grosse récompense pour la capture des coupables. C'est une somme importante. Assez pour tenter n'importe qui.

Il se gratta à travers sa barbe en regardant autour de lui. Les gens qui vivaient ici étaient parmi les plus pauvres qui soient, sur l'île ou partout ailleurs. La récompense pouvait tenter n'importe lequel de ces hommes, si honnête et si loyal fût-il. Du reste, en admettant que personne ne nous trahisse, le village serait découvert tôt ou tard. Le Brésilien avait des chiens de chasse et il s'en servirait.

Les nouvelles étaient assez inquiétantes pour assombrir les visages de Tam et de Hero. Ils augmentèrent le nombre de gardes et de sentinelles, mais, malgré ces mesures, le village fut gagné par l'appréhension et la nervosité. Ses habitants voyaient leur existence menacée, tout cela à cause de moi.

– Il faut consulter Phillis, dit Minerva. Elle saura quoi faire.

Nous allâmes voir Phillis dans sa hutte pour lui demander d'utiliser ses pouvoirs de divination. Depuis notre arrivée au village, elle était fréquemment consultée et très respectée pour son savoir. Je lui racontai mon rêve. Elle se leva sans un mot et alla chercher ses affaires. Elle étendit une pièce de tissu sur le sol en terre battue, qu'elle aspergea de vin de palme, et plaça quatre plumes de perroquet rouge vif aux quatre points cardinaux. Dans les intervalles qui les séparaient, elle éparpilla des coquillages et des graines. Puis elle les examina, passant les mains sur eux et scrutant les dessins qu'ils formaient au hasard sur le sol, comme s'ils prédisaient l'avenir dans un langage qu'elle seule pouvait déchiffrer.

Finalement, elle leva les yeux vers moi.

– Tu connais déjà la réponse, dit-elle. Tu dois partir. Ton rêve est véridique : cet homme va venir. Personne ne peut lui échapper. Et s'il te trouve ici, il tuera tous ceux qui y vivent.

— Si elle part, je pars avec elle, fit Minerva. (Je voulus protester, mais elle éleva la main pour m'imposer silence.) Ma décision est prise. Il faut que nous sachions, maman : où devons-nous aller ? Que devons-nous faire ?

Phillis, qui était accroupie, se balança sur ses talons en étreignant ses genoux.

— Cela aussi, je le vois, répondit-elle, puis elle nous regarda, sa fille et moi. Vous deux, vous êtes liées. Vous le savez ?

Nous acquiesçâmes. Bien que nous parlâmes rarement de Duke et de ce qui s'était passé dans sa chambre puante, nous ne cherchions pas à nier que cela fût arrivé. Ce souvenir demeurait et demeurerait toujours entre nous. Chacune de nous avait été témoin de ce que l'autre avait subi, de choses que nous pouvions à peine regarder en face, même en notre for intérieur. Elle m'avait vue tuer un homme, elle avait vu son sang m'éclabousser le visage et elle m'avait vue l'essuyer du dos de la main. Et moi, je l'avais vue sur le point d'être violée. Comment aurions-nous pu parler de tout cela ? Toutefois, ces épreuves nous rapprochaient comme si nous étions sœurs, et même plus.

— Cela me brise le cœur de te perdre, dit Phillis. (Elle caressa les joues de Minerva et mit ses mains en coupe autour de son menton, comme si elle voulait graver dans sa mémoire les courbes et les contours de son visage.) Mais je sais que tu n'es pas faite pour rester dans ce village. Et toi aussi, tu le sais, j'en suis sûre. Si ces hommes viennent, ils vous emmèneront toutes les deux. (Elle se leva.) Attendons un signe.

Alors que nous allions partir, Phillis me rappela.

— Tu as toujours ce qu'il t'a donné ? demanda-t-elle.

Elle faisait allusion au collier. Je secouai la tête, trop gênée pour admettre lui avoir désobéi.

— Ne me mens pas maintenant, dit-elle, ses yeux sombres scrutant les miens.

— Je ne mens pas ! protestai-je.

— Si tu mens, dit-elle, et à son regard, je compris qu'elle savait à quoi s'en tenir, je te répète ce que je t'ai déjà dit : il faut t'en débarrasser, sinon il mènera cet homme à toi comme le fer à l'aimant.

Je décidai de faire ce qu'elle m'avait dit ; du moins, c'était mon intention lorsque je quittai la hutte. Près du village, il y avait un endroit où des trous de plusieurs centaines de mètres de profondeur s'ouvraient dans le sol. Je pris les rubis dans ma ceinture, fermement résolue à les jeter dans l'un des trous, mais lorsque je les regardai, il me fut impossible de m'y résoudre. C'était comme une épreuve que Phillis m'imposait. J'échouai à cette épreuve, car la valeur et la beauté des pierres exerçaient encore leur emprise sur moi.

CHAPITRE 19

– Les pirates ! Les pirates arrivent !

Un garçonnet déboula dans le village en hurlant, suivi d'un autre. Ils étaient hors d'haleine, car ils avaient couru depuis la plage, mais les pirates étaient rapides et arrivèrent peu de temps après.

C'était une horde effrayante d'hommes barbus et brûlés par le soleil, étrangement vêtus et armés jusqu'aux dents. Certains portaient l'uniforme des matelots, pantalon et chemise avec un foulard ou le bonnet en laine des marins. D'autres arboraient d'élégants chapeaux ornés de plumes et ils étaient habillés de soie et de satin comme des gentilshommes. Tous étaient armés de couteaux, de sabres et de pistolets et portaient des cartouchières et des fusils en bandoulière. Ils entrèrent dans le village en formation triangulaire, leur capitaine en tête.

Ils venaient directement de la mer : ils avaient escaladé les falaises escarpées dominant Cutlass Bay, une plage cernée de redoutables récifs de corail. Les villageois ne s'attendaient pas à une attaque venant de ce côté. Je croyais que les hommes allaient se ruer sur leurs armes et que femmes et enfants iraient se réfugier dans les grottes comme ils le faisaient toujours en cas d'attaque, mais personne ne broncha. Tous attendirent que les pirates soient arrivés dans la clairière centrale ; alors Hero et Tam s'avancèrent à leur rencontre. Ils n'étaient pas armés et ne montraient aucune peur. Je me disais qu'ils étaient extraordinairement braves, lorsque Hero accueillit les inconnus à bras ouverts. En réalité, l'arrivée des pirates ne fut pas le signal d'un conflit, mais de réjouissances. Phillis rit devant ma stupeur.

– Toi, quand tu vois des pirates, tu ne penses qu'à une chose, me dit-elle. Il faut que tu changes ta façon de voir. Seuls ceux qui respectent les lois ont peur des pirates, et tu n'en fais plus partie. Désormais, tu es hors la loi et les hors-la-loi se soutiennent entre eux. Ces pirates sont venus ici pour faire des affaires. Ils ne peuvent pas débarquer à Port Royal avec la flotte de la Marine amarrée au port, alors c'est nous qu'ils viennent voir.

Les pirates se ravitaillèrent en fruits et en légumes frais, en porc fumé et en viande de chèvre. En échange, ils nous donnèrent des sacs de riz, des mètres de tissu, un coffre contenant des vêtements, des dés à coudre, des boutons, des pelotes de fil, des outils et divers instruments tels que des ciseaux, ainsi qu'une grande quantité de couteaux et de haches.

En fin d'après-midi, les marchandages et les échanges étaient terminés. Les deux parties semblaient satisfaites. Hero sortit de la hutte du conseil en annonçant qu'il y aurait une fête ce soir, ce qu'ils appelaient un boucan. Un homme se tenait à son côté. C'était le capitaine des pirates.

J'avais failli ne pas le reconnaître à cause de son chapeau à larges bords sur lequel dansait un bouquet de plumes. La dernière fois que je l'avais vu, il était rasé de près et c'était le plus placide des hommes. À présent, une barbe et une moustache complétaient son déguisement en lui donnant un air féroce qui m'avait complètement abusée. Il avait remplacé le drap rude de son manteau de marin par un brocart abricot, et il portait un pantalon en velours rouge foncé dont le bas était enfoncé dans les revers d'une splendide paire de bottes noires étincelantes. Jusqu'ici, je ne l'avais vu armé que de son épée d'officier, mais maintenant il portait une ceinture garnie d'armes. Des pistolets pendaient à ses côtés, accrochés à ses épaules par des rubans de soie rouge et rose.

– Tu le connais ? chuchota Phillis.

– C'était le second du navire qui m'a amenée ici.

– Voilà le signe que tu attendais, dit-elle.

Avant que je n'aie le temps de l'interroger, le capitaine Broom était devant moi. Ma peau était hâlée, mes cheveux broussailleux et je portais une longue robe informe et tachée par les travaux de jardinage. Je n'aurais jamais cru qu'il pourrait me reconnaître, mais il ôta son chapeau et s'inclina devant moi jusqu'à terre.

– Tiens donc, Miss Kington ! dit-il. Qu'est-ce qui me vaut le plaisir de vous revoir ? Nous aurions plutôt dû nous rencontrer à la salle des fêtes de Bath. (Il prit ma main et la baisa théâtralement.) Je n'aurais jamais pensé vous retrouver ici, en... (Il s'éclaircit la voix.) ... en de telles circonstances.

– Je pourrais vous retourner le compliment, fis-je.

– Notre navire a été pris d'abordage par un certain capitaine Johnson juste après notre départ pour l'Angleterre. Il nous a laissé le choix : être débarqués ou nous joindre aux pirates. Comme vous pouvez le constater, la plupart des hommes de notre équipage ont préféré la deuxième solution.

– Et Graham, le médecin ? Et le capitaine ?

– Oh, Graham est avec nous. Le capitaine a refusé de nous suivre, mais Johnson n'est pas quelqu'un d'inhumain : il l'a débarqué à Nouvelle Providence, à un endroit d'où il pouvait rejoindre Nassau à pied. Je suis sûr qu'il est arrivé là-bas sans autre dommage que quelques ampoules.

– J'ignorais que les pirates savaient faire preuve de miséricorde.

Broom me lança un regard signifiant que j'ignorais effectivement beaucoup de choses.

– Pourquoi avez-vous rejoint les pirates, vous et Graham ? demandai-je.

– Pour l'argent, répondit-il sans ambages. Une seule prise peut me permettre de vivre à l'aise jusqu'à la fin de mes jours. Bien sûr, une telle chance est plutôt rare, poursuivit-il en faisant la moue, mais il ne faut pas se montrer trop difficile. On doit prendre ce qui vous est offert, pour ainsi dire, d'où les dés à coudre, les boutons, etc. Si nos affaires ne marchent pas, nous pourrons toujours ouvrir une mercerie, fit-il en riant. Nous sommes libres d'aller où bon nous semble, et il est toujours possible de tomber sur un trésor. Et puis regardez-moi un peu ! dit-il avec un grand geste de la main et un salut moqueur. Maintenant, je suis capitaine, ce qui n'a été qu'une question de mois, au lieu d'années, comme il est d'usage au service de Sa Majesté. Peut-être aussi que la balade à Nassau ne me disait rien, ajouta-t-il en riant. Mais permettez-moi de vous présenter mes compagnons, Mr Vincent Crosby et Mr Ignatius Pelling.

Vincent Crosby, le second du navire, était un mulâtre jeune et beau d'environ vingt-cinq ans avec une peau couleur de miel foncé, un front haut et de larges pommettes. Son nez droit était un peu aplati au niveau des narines, et ses yeux noirs légèrement relevés sur les côtés, comme si tout ce qu'il voyait l'amusait. Il était de taille moyenne pour un homme, à peine plus grand que Minerva, mais bien bâti, avec de larges épaules et une taille mince. Son pantalon était blanc comme le lait et il portait un splendide manteau bleu nuit aux revers et aux manches ornés de larges rayures écarlates. Le ruban retenant ses longs cheveux bouclés était de la même nuance. Comme Broom, il avait l'allure d'un dandy, mais il montrait plus de goût et de discernement.

En revanche, le quartier-maître Ignatius Pelling était nu-pieds et vêtu d'une chemise rayée et d'un pantalon en toile. Il arrivait à peine à l'épaule de Vincent. C'était un petit homme sec aux muscles noueux et à la peau creusée et ridée qui semblait avoir mariné dans la saumure.

Les présentations terminées, Broom s'inclina vers moi.

– Je suis ravi de refaire connaissance avec vous, Miss Kington, et je suis sûr que nous avons beaucoup de choses à nous raconter, notamment sur les circonstances qui vous ont amenée à vivre ici, mais je pense que ça peut attendre après le dîner. Pour l'instant, tout ce que je peux entendre, c'est le grondement de mon estomac.

Des feux avaient été allumés, des animaux abattus et dépecés, des poissons embrochés. Les pirates étaient repartis sur leur navire et revenus en faisant rouler des tonneaux de rhum devant eux. À présent, la viande rôtissait au-dessus de braises rougeoyantes. De l'écorce et des brindilles d'arbres odoriférants ajoutaient un parfum âcre à l'odeur de viande cuite qui se répandait.

– Il a raison, cet homme, me dit Phillis. Il faut manger d'abord et parler ensuite. Les hommes ne pensent pas bien le ventre vide. Quand vous aurez terminé, dit-elle à Broom et à ses deux compagnons, venez dans la hutte de Nancy et de Minerva. Vous pourrez goûter à mon vin de palme. Il est délicieux, ajouta-t-elle en embrassant le bout de ses doigts. Pas comme ce tord-boyaux que vous avez apporté.

Le soleil se coucha et la noirceur veloutée de la nuit nous enveloppa. Les chants des grenouilles succédèrent aux stridulations des insectes, et les chauves-souris commencèrent à voleter çà et là pour fondre sur les papillons blancs attirés par les feux.

Le mugissement profond d'une conque annonça que le repas était prêt, et les festivités commencèrent. Les pirates se gorgeaient de viande rôtie dont la graisse leur coulait sur le menton et la faisaient descendre avec des pintes de rhum. Bientôt, toute l'assemblée fut de la plus joyeuse humeur.

Il y avait quelques violoneux chez les pirates, et des musiciens parmi les esclaves marrons. Ces derniers s'étaient fabriqué des instruments avec ce qu'ils avaient sous la main, bois, gourdes, peaux et boyaux de bêtes, qu'ils avaient transformés en tambours, pipeaux, flûtes, luths et harpes. Les instruments parfaitement accordés rendaient un son harmonieux, tantôt doux et mélodieux, tantôt puissant et aigu.

À la fin du repas, on dégagea un espace pour danser. Les musiciens rivalisèrent d'ardeur et bientôt la musique s'éleva dans l'air, voltigeant comme les étincelles et les particules du feu, noyant les appels et les cris des animaux dans la forêt et se répercutant d'une colline à l'autre.

Phillis m'avait dit que j'avais reçu le signe attendu. À présent, un plan se formait dans mon esprit. Je pris Minerva à part. Un sourire illumina son visage tandis que je le lui exposais et ses yeux s'agrandirent de surprise devant son audace. Nous observâmes l'assistance et attendîmes. Enfin, Broom s'éclipsa et se dirigea vers notre hutte avec son second et son quartier-maître. Phillis apporta du vin de palme. Elle en jeta quelques gouttes sur le sol en signe de bénédiction et de purification, et nous en versa dans de petites coupes. Minerva servit des bols de fruits et j'allumai de petites lampes à huile. Lorsque nous fûmes assis sur des nattes en feuilles de palme tressées, je fis ma proposition à Broom. Je lui parlai du Brésilien et de ce qui s'était passé à Fountainhead, du danger que je courais et de l'urgence de mon départ, ma présence constituant une menace pour tout le village. J'ajoutai que Minerva voulait m'accompagner et plaidai notre cause de mon mieux, le suppliant de nous prendre à bord.

Broom écouta tout ce que j'avais à dire, puis il resta un instant silencieux, plongé dans ses réflexions.

– J'aimerais pouvoir vous aider, Nancy, dit-il enfin, j'aimerais vraiment pouvoir vous répondre oui, mais ce n'est pas à moi seul d'en décider. Je dois faire part de votre requête à mes hommes. Je tiendrai conseil avec eux demain matin.

– Ne pouvez-vous pas tout simplement leur dire ce que vous avez décidé ? Vous êtes leur capitaine.

Au-dehors, les hommes devenaient de plus en plus bruyants. Des bagarres avaient éclaté. À travers la porte ouverte de la hutte, je vis des corps trébucher et j'entendis des craquements et des cris. À en juger par ce vacarme, l'équipage ne serait pas en état de décider quoi que ce soit le lendemain matin.

– Nous ne sommes pas sur l'un des navires de votre père, fit Broom avec un sourire. Toutes les décisions sont prises en commun. Nous avons de tout à bord. Des hommes de toutes les races, de toutes les nations, mais jusqu'ici…

– Jusqu'ici, pas de femmes.

– En effet, dit-il en frottant son menton couvert d'une barbe récente. Pas une seule femme. Certains croient qu'elles portent malheur. Toute superstition mise à part, elles peuvent semer le trouble pour des raisons évidentes, les pirates n'étant pas précisément des gentlemen.

– Calico Jack avait des femmes à bord, intervint son quartier-maître. Elles étaient habillées en marins, montaient la garde et faisaient leur travail tout comme des hommes.

— Nous pourrions en faire autant, dis-je, saisissant ma chance. Je veux dire, nous habiller en hommes, avec des vêtements que vous avez apportés. Et monter la garde. Nous pouvons travailler. Nous sommes toutes deux vigoureuses et je connais bien les navires. Et ce que nous ne connaissons pas, nous pouvons l'apprendre, si vous nous donnez une chance.

— Il va falloir jouer franc-jeu avec les hommes, fit Brown en se renfrognant. Leur dire qui vous êtes, dès le départ. Cela dit…

Broom et le quartier-maître échangèrent un regard. Le quartier-maître haussa les épaules.

— Très bien, reprit Broom en se déridant. Je vais en parler aux hommes. (Il se pencha pour me serrer la main, puis celle de Minerva.) Vous avez ma parole.

Après leur départ, nous installâmes nos nattes pour la nuit. Au-dehors, le bruit s'était calmé ; on n'entendait plus qu'un hurlement ou un gloussement de temps à autre. Les pirates avaient atteint un état d'ivresse dans lequel ils jacassaient comme des singes. L'aube approchait, mais je ne pouvais pas dormir. Minerva non plus. Je l'entendais à sa respiration.

— Tu es sûre que c'est ce que tu veux ? chuchotai-je en lui prenant la main. Tu peux encore changer d'avis et rester ici avec Phillis. Tu n'es pas obligée de me suivre.

— Si. Je veux partir avec toi. Plus j'y pense, plus j'en suis certaine. Phillis se plaît ici, elle dit que ça lui rappelle son pays, mais moi, je n'ai pas d'attaches.

Elle ne mentionna pas la plantation.

– Broom dit que son pays, c'est la mer, fis-je.

Minerva réfléchit un instant.

– En mer, il y a des gens de tous les pays. Ça me plaît. Je veux voir le monde. Y trouver ma place. Pas rester prisonnière sur cette île entre les murs des forêts, et vivre dans la peur en me demandant quand on me retrouvera pour me réduire de nouveau en esclavage.

Je me soulevai pour la regarder. Elle semblait résolue, mais sa voix était rauque et, dans la faible lueur du ciel, son visage luisant de larmes.

– Tu es sûre ? demandai-je de nouveau. Pour moi, c'est plus facile. Je n'ai personne. Personne pour me retenir.

– Une fille doit quitter sa mère un jour ou l'autre, dit Phillis dans les ténèbres. C'est ainsi. Elles ne peuvent pas rester éternellement ensemble. Pars avec Nancy. Je serai bien ici. Hero est un homme bon. Il prendra soin de moi, et moi de lui. Et peut-être qu'un jour, tu reviendras…

Sa voix trembla et se brisa comme si l'angoisse la faisait suffoquer.

– Je reviendrai, chuchota Minerva. Je te le jure.

Ce serment serait probablement impossible à tenir, mais il avait été vaillamment prononcé. Il nous réconforta un peu, et nous nous accrochâmes à cette promesse vaine, nous racontant à voix basse les surprises que nous ramènerions lors de notre improbable retour.

Dans quelques heures, nous relèverions nos cheveux et comprimerions nos poitrines dans des bandages. Nous passerions une chemise et boutonnerions un pantalon. Mais cette nuit, nous n'étions pas encore de hardies pirates. Nous

nous serrions contre Phillis en pleurant. La mère étreignait sa fille et la fille sa mère. C'était comme si toutes deux savaient déjà qu'elles ne se reverraient jamais. Je pensai à la mère que je n'avais jamais connue et pleurai sur elle.

DE HARDIES PIRATES

CHAPITRE 20

– Regardez un peu qui voilà ! s'exclama Broom lorsque nous nous présentâmes le lendemain matin, nos balluchons sur l'épaule. (Il tourna autour de nous pour nous inspecter, puis il rejeta son chapeau en arrière.) Je veux bien être pendu si ce que je vois là ne ressemble pas à deux gars qui se sont faits pirates. (Il me donna une claque dans le dos et passa un bras paternel autour des épaules de Minerva.) Voyons ce que le docteur Graham va en dire.

Je clignai des yeux et les abritai de ma main, éblouie par l'éclat du sable blanc et de l'eau scintillante dans la baie en demi-lune. La plage fourmillait d'activité. Le bateau gisait sur le sable comme un Léviathan échoué. Autour de lui, des hommes grattaient les algues et les bernaches qui s'agglutinent sous la ligne de flottaison, ralentissant les navires. Derrière eux, d'autres calfataient et goudronnaient la coque ou remplaçaient les planches pourries et rongées par les vers, afin que le navire fût solide et prêt à prendre la mer. Je reconnus parmi eux des hommes du *Sally-Anne*. Gabriel Grant, le charpentier, avait monté un atelier sous un auvent. Il était occupé à tracer des plans et à couper du bois, les pieds dans les copeaux, et l'air autour de lui embaumait la sciure fraîche.

— Ce vieux Gabe est un type intelligent, fit Broom avec un sourire. Sur un navire, un bon charpentier vaut son pesant d'or. Je ne sais pas ce que nous ferions sans lui. J'ai fait attention à choisir les meilleurs éléments du *Sally-Anne*, dit-il en s'approchant pour inspecter le travail. C'est déjà un bon bateau, mais il faut l'adapter à nos objectifs. Nous avons besoin de nouveaux sabords et il faut nous débarrasser du pont supérieur, pour que le navire soit plus léger et plus facile à manœuvrer. Gabe nous a même assuré qu'il pourrait rehausser les mâts pour avoir un peu plus de vent dans les voiles.

Un vaisseau pirate doit savoir prendre l'avantage et le garder, et être capable d'abattre ou de distancer n'importe quel navire. Broom était intelligent et il apprenait vite.

— Une fois équipés, on pourra faire face à n'importe qui, sauf aux vaisseaux de la Marine, mais ils ne pourront pas nous suivre partout, car notre navire a moins de tirant d'eau que les leurs.

Tout en l'écoutant, je regardais les hommes travailler. Alors que nous n'avions pas encore embarqué, j'avais déjà l'impression d'être pirate. L'appréhension et l'effroi que j'avais ressentis au village s'apaisaient. L'uniforme de matelot que je portais et la perspective de partir sur ce navire avaient sur moi un effet libérateur. Je devais faire un effort pour réfréner l'excitation qui m'envahissait et me rappeler que nous n'étions pas encore admises à bord. Cette question devait être débattue au conseil, et le vote n'aurait pas lieu avant la fin de la journée.

Graham travaillait également sous un auvent de toile à voile. Dans cet hôpital improvisé, il donnait ses soins à une quantité d'hommes gisant sur des grabats.

– Ah, vous voilà enfin, Broom, dit-il en levant les yeux à l'approche du capitaine. J'ai fait sortir ces pauvres diables du navire. Un peu d'air frais leur fera du bien. (Il rinça dans un bol d'étain le sang dont ses mains étaient couvertes.) Je me demandais quand vous rentreriez. Comment ça s'est passé au village ?

– On a passé une bonne soirée et j'ai tous les produits frais que vous m'avez demandés. Les hommes les apportent. (Il se tut un instant.) J'ai également deux nouvelles recrues.

Broom nous poussa en avant, mais Graham nous accorda à peine un regard.

– Parfait. J'aurais bien besoin d'un coup de main, dit-il, et il me regarda sans paraître m'avoir reconnue. Toi, tu feras l'affaire. Retrousse tes manches et suis-moi.

Tournant les talons, il se dirigea vers l'auvent. Broom haussa les épaules et fit signe à Minerva de le suivre. Je les regardai s'éloigner. Elle faisait un beau gars. Les membres déliés et les jambes longues, elle avait toujours été gracieuse d'allure, mais à présent elle dégageait une impression d'aisance et de liberté. Les vêtements d'homme lui seyaient.

– Hé, toi ! fit Graham en passant la tête par l'ouverture de l'auvent. Ne reste pas là à rêvasser ! Entre là-dedans ! Je n'ai pas toute la journée !

Le soleil traversait la toile de l'auvent, baignant l'intérieur d'une lumière jaune. Près d'une douzaine d'hommes gisaient sur des grabats bien alignés. Quelques-uns grognaient et remuaient comme s'ils avaient de la fièvre, mais la plupart étaient inertes et apathiques dans la chaleur qui ne faisait que croître. L'auvent était ouvert sur les côtés, mais comme il n'y avait pas un souffle de vent, l'atmosphère était étouffante et malsaine.

– Viens par là, m'ordonna Graham.

Il me mena à une table située un peu à l'écart des grabats. Le matelot couché sur cette table tourna la tête en nous entendant approcher. Ses poings étaient fermés et ses yeux grands ouverts, deux lacs noirs remplis de terreur. C'était un jeune garçon, plus jeune que moi. Je le reconnus. C'était Joby Price, le mousse du *Sally-Anne*. Il ferma les yeux et garda le silence, se mordant les lèvres jusqu'au sang pour refouler ses larmes.

– Là, mon gars, dit Graham en lui tapotant l'épaule, c'est bientôt fini.

Il fit le tour de la table pour examiner ses jambes. L'une était beaucoup plus épaisse que l'autre, aussi volumineuse que le tronc d'un jeune arbre. Elle était enveloppée de bandages sales que Graham coupa avec précaution. À mesure qu'il les ôtait, l'odeur de pourriture devenait si insoutenable que je dus me couvrir le nez et la bouche. Au-dessous du genou, la chair était marbrée de tons gris noirâtre et pourpres. Un pus jaune et épais suintait à l'emplacement du tibia qui disparaissait sous l'enflure ; tout le pied était également enflé et décoloré et les orteils semblables à une rangée de fruits noirs.

– Donne-lui un peu de ça, dit Graham en me passant une bouteille de rhum. Fais-lui avaler tout ce que tu pourras, puis fourre-lui ça entre les dents. (Il me tendit un bâillon en cuir tressé noirci, terni et creusé de marques de dents.) Ensuite, tiens-le bien. (Il évalua d'un coup d'œil ma carrure plutôt frêle.) Allonge-toi en travers de lui s'il le faut, mais tiens-le bien.

Je fis couler le rhum dans la gorge du garçon jusqu'à ce qu'il suffoquât et s'étranglât, puis attendis un peu avant de lui en verser encore.

– Prêt ? demanda Graham, qui tenait à la main une longue scie à la lame courbe.

– Prêt.

Je coinçai le bâillon entre les dents du garçon et me jetai en travers de lui dès qu'il commença à grogner et à se tordre.

Ce fut terminé en quelques secondes. Je sentis brusquement la pression s'alléger au-dessous de moi ; le corps du garçon se relâcha et sa tête retomba sur le côté.

– Il s'est évanoui, murmura Graham. C'est mieux pour lui. Et maintenant, passe-moi la hache en vitesse. Là, celle qui est dans le brasero !

Le manche de la hache était noirci par le feu, mais assez refroidi pour que je puisse m'en saisir. Graham me le prit des mains et appliqua le plat rougeoyant de la lame sur le moignon de jambe. La chair grésilla, dégageant une odeur de brûlé.

– Ne t'évanouis pas et ne vomis pas tout de suite, ricana Graham. J'ai encore besoin de toi. Apporte-moi le pot qui est sur le feu.

Un petit pot rempli de goudron chauffait sur les braises. Son odeur saine me fit du bien. Je le saisis avec un chiffon pour l'apporter à Graham. Il trempa un pinceau dans le goudron fondu et en enduisit la blessure.

– Voilà, dit-il en reculant pour examiner son œuvre. Ça devrait aller.

Le garçon était toujours inconscient. Graham alla se laver les mains dans le bol en étain dont l'eau se teinta d'un nuage de sang. Il en vida ensuite le contenu dans le sable.

– Va le remplir d'eau de mer, dit-il en levant les yeux vers moi. Tu as bien travaillé. (Il me sourit.) Merci. (Il secoua l'eau de ses mains et les essuya sur le devant taché de sa chemise.) Je ne m'attendais pas à vous revoir, Miss Nancy. Du moins, pas dans de telles circonstances. Mais je suis sûr que je connaîtrai bientôt votre histoire.

– Ce garçon... il s'en sortira? demandai-je.

Graham haussa les épaules.

– Qui sait? Un autre jour, il serait peut-être mort de cette blessure. Maintenant, Gabe va lui fabriquer une nouvelle jambe. Il était en haut du gréement, en train de réparer une voile qui s'était déchirée sur le lof, quand il est tombé sur le pont en se cassant si bien l'os du tibia qu'il n'y avait rien d'autre à faire que de l'amputer. Mais je parie qu'il se vantera d'avoir perdu sa jambe dans un combat héroïque. C'est dur d'être estropié si jeune, mais au moins, il ne sera pas débarqué. D'après le règlement, on lui doit cent cinquante livres et il pourra rester sur ce navire aussi longtemps qu'il le voudra.

– Le règlement?

– Nous avons notre propre règlement. Les lois qui règlent notre vie à bord. Tout l'équipage doit prêter serment de leur obéir. (Il rit.) Vous découvrirez bientôt qu'un vaisseau pirate est un vrai petit Commonwealth[16]. (Il retourna sous l'auvent pour remplir une grande seringue d'un liquide visqueux.) C'est du mercure. Contre la variole. (Il en fit jaillir un peu de la seringue.) Je ne pense pas que vous vouliez m'aider à administrer ça. Allez plutôt prendre l'air. Vous vous en êtes bien tirée. Je voterai pour vous, si cela peut vous aider.

Sur la plage, Minerva devait également faire ses preuves pour être admise à bord. Plusieurs frégates aux queues fourchues flottaient décapitées près du rivage, leurs longues ailes étendues à la surface de l'eau. Vincent, le second, tendit à Minerva un pistolet qu'il venait de recharger. Une noix de coco explosa en haut d'un palmier à plus de cent pas de distance, et ses débris s'éparpillèrent sur le sable.

– Que je sois damné si ce n'est pas une bonne tireuse! s'exclama l'un des hommes.

Vincent applaudit. Lorsque Minerva voulut lui rendre le pistolet, il sourit et fourra les mains dans ses poches.

– Non, non, dit-il en secouant la tête. Il est à toi, maintenant. Quand on est pirate, il est bon d'avoir toujours une arme à portée de main.

Un peu plus tard, nous nous rendîmes utiles en travaillant sur le navire. Une fois transformé, il devait être rebaptisé la *Délivrance,* car les pirates aimaient parer l'ordinaire et le quotidien de couleurs plus exotiques, à la mesure de leurs ambitions. La *Mary,* la *Miséricorde* ou le *Lévrier*

16. Ensemble des anciennes possessions de l'Empire britannique unies par une allégeance à la Couronne britannique (NdT).

devenaient ainsi le *Vengeur*, le *Vagabond*, le *Succès* ou la *Fortune*, comme si les noms étaient dotés d'un pouvoir magique. Un pavillon noir flottait au mât, proclamant que le navire fraîchement baptisé était un vaisseau pirate, afin de frapper de terreur tous ceux qu'il approchait – du moins les pirates l'espéraient-ils.

Nous travaillions côte à côte avec les hommes, mais ils gardaient leurs distances. Notre sort n'avait pas encore été tranché. Dans l'intervalle, nous n'étions pas traitées comme des membres de l'équipage, mais plutôt comme des curiosités, comme une paire de singes surgis de la forêt qui auraient saisi des outils et commencé à gratter et à scier.

Le navire ne devant prendre la mer que le lendemain matin, l'équipage passerait encore une nuit à terre. Tandis que le soleil déclinait dans le ciel, les hommes allumaient des feux et l'on préparait à manger. Sur l'ordre de Broom, il était interdit de boire du rhum jusqu'à la fin du conseil. Les décisions à prendre imposaient de garder la tête froide.

Nous n'avions pas été invitées à assister aux délibérations. Assises à l'écart, adossées au tronc d'un arbre abattu, nous regardions le soleil sombrer, transformant la mer en une étendue rouge orangé. Il disparut en lançant un dernier éclair à l'horizon, tel un œil rouge clignotant. Quelqu'un jeta encore du bois dans le feu, et des étincelles en jaillirent comme une pluie de vers luisants ; les flammes grondèrent, flottant au vent comme des drapeaux écarlates déchirés.

Nous ne pouvions entendre ce qui se disait au conseil, mais, à la longueur des discussions, il était clair que tout le monde ne se réjouissait pas à l'idée de nous prendre à bord. Broom, qui était un orateur-né, avec un certain goût pour le théâtre, déambulait et gesticulait comme un avocat au tribunal. Les voix de ses adversaires étaient plus calmes et plus mornes, mais, à en juger par les acquiescements grommelés dans l'assistance, leurs arguments semblaient l'emporter. Alors Graham se leva. À l'expression des hommes, il était visible qu'ils le respectaient, et lorsqu'il prit la parole, ils l'écoutèrent en silence. Il proposa de passer au vote. Le quartier-maître compta les mains qui se levaient. Nos partisans l'emportèrent de peu, mais nous fûmes acceptées dans l'équipage.

Vincent vint nous prier de nous joindre à l'assistance. Sur une table rudimentaire étaient posées une Bible et une hache. Le capitaine Broom devait lire les articles du règlement, après quoi nous devrions les signer, comme tous l'avaient fait avant nous. Comme le disait Graham, un vaisseau pirate est une communauté régie par des lois que tous ses membres ont approuvées.

Le règlement de la *Délivrance* était le suivant :

1. Tous les hommes à bord ont le droit de voter lorsqu'une décision importante doit être prise, et tous sont tenus d'obéir aux ordres.

2. Le capitaine touche une part et demie sur chaque butin, le second, le quartier-maître, le médecin, le charpentier et le canonnier, une part et un quart chacun, et les autres membres de l'équipage une part chacun. Tous ont droit en quantités égales aux produits frais et aux alcools saisis sur les navires. Ces produits peuvent être consommés à loisir, sauf dans les périodes de pénurie, où il peut être nécessaire de voter des restrictions.

3. Si un homme fait une prise d'or, d'argent, de vaisselle, de bijoux ou de monnaie supérieure à la valeur d'un dollar espagnol sans la déclarer, on considérera qu'il aura tenté de léser l'équipage. Il sera puni de bannissement : il sera débarqué dans un lieu désert avec une boîte de poudre, une gourde d'eau, un pistolet et des munitions.

4. Il est interdit de jouer aux dés ou aux cartes à bord pour de l'argent.

5. Il est interdit de frapper quiconque à bord ; les querelles doivent être vidées à terre, à l'épée ou au pistolet.

6. Chaque homme doit garder ses armes, pistolet et sabre, propres et prêtes à l'usage. Celui qui y manquera se verra privé de sa part de butin et subira la punition décidée par le capitaine et l'équipage.

7. Tout homme reconnu coupable de lâcheté ou de désertion lors des combats subira une peine qui pourra aller du bannissement à la mort.

8. Personne ne pourra quitter le navire avant d'avoir gagné mille livres. Tout homme qui perd un membre en service touchera la somme de cent cinquante livres et pourra rester à bord aussi longtemps qu'il le voudra.

9. Tout homme qui utilise une arme à feu dans la soute, fume une pipe sans couvercle ou s'éclaire avec une chandelle au lieu d'une lanterne se verra infliger la punition que le capitaine et l'équipage auront décidée.

10. Il est interdit d'emmener garçons et femmes en mer. Tout homme qui séduira une femme et l'emmènera à bord sous un déguisement sera puni de mort.

Ce dernier article avait soulevé des discussions, certains affirmant que Broom allait enfreindre les articles qu'il avait lui-même votés. Le capitaine répondit avec l'aisance d'un avocat par les arguments suivants.

Premièrement, les femmes en question (nous) n'étaient pas *emmenées* en mer par quiconque dans des intentions immorales.

Deuxièmement, comme tout l'équipage savait pertinemment de quel sexe nous étions, nous n'étions donc pas déguisées.

Troisièmement, les femmes pouvaient être utiles à bord, ajouta-t-il pour faire bonne mesure, et plus efficaces qu'un faux drapeau. En effet, si nous nous montrions sur le pont en tenue de femme, qui pourrait deviner que notre navire était un vaisseau pirate ?

Broom recula et laissa ces arguments produire leur effet sur l'assistance, de l'air tranquille d'un homme sûr d'avoir atteint la cible.

– Il y a déjà eu des femmes pirates, intervint Pelling, venant à la rescousse de Broom. Mary Read et Anne Bonny, par exemple. Toutes deux étaient de hardies pirates. Aussi vaillantes que n'importe quel homme. Elles ont servi sous les ordres de Calico Jack.

– Ouais, et regarde ce qui lui est arrivé, fit une voix. Il a été pendu à Gallows Point avec le reste de son équipage, sauf ces deux-là. Elles ont plaidé qu'elles étaient enceintes pour sauver leur peau pendant que Rackham se balançait au bout d'une corde. Les voilà, tes femmes pirates !

Il y eut des gloussements approbateurs et quelqu'un cria

à Broom d'en finir. On ne boirait pas de rhum avant la fin de la réunion et l'équipage commençait à s'impatienter.

Broom lut le dernier article du règlement :

11. Tout homme qui aura commerce avec une femme honnête sans son consentement sera puni de mort.

— Et elles, comment qu'elles pourraient avoir un commerce avec des femmes ? ricana un homme dans l'assistance. À quoi ça rime de leur faire jurer ça, Broom ? À quoi ça nous avance ?

— Elles pourraient avoir commerce avec toi ! lança quelqu'un, provoquant une tempête de rires grivois.

— Avec moi, quand elles veulent !

Les commentaires fusaient et le conseil menaçait de dégénérer. Minerva semblait calme, et souriait même, mais je n'aimais pas le tour que prenaient les événements. Nous allions passer plusieurs semaines, voire plusieurs mois à bord avec ces hommes. Je la regardai avec inquiétude.

— Ne t'en fais pas, dit-elle en tapotant le pistolet qu'elle portait désormais au côté. Si un seul d'entre eux nous approche d'un peu trop près, je l'arrêterai avec ça.

— Doucement, les gars ! fit Broom en levant les mains pour calmer le tumulte. Tout le monde doit jurer de respecter le règlement, et ces deux-là ont été admises dans l'équipage. Il me semblait que c'était décidé. (Il gardait tout son sang-froid, mais, tandis qu'il observait l'assemblée, son regard devint dur et perçant.) Si quelqu'un a quelque chose à dire, qu'il se lève. Et qu'il parle clairement, pas dans sa barbe, dit-il en posant la main sur le manche de son sabre. (Personne ne se leva.) Non ? Dans ce cas, dit-il en se tour-

nant vers Minerva et moi, êtes-vous prêtes? La main droite
sur la Bible, la gauche sur la hache. Maintenant, jurez-vous
devant Dieu, votre créateur, de respecter ce règlement jusqu'à votre mort?

Minerva et moi nous tenions face à face, les bras croisés,
et je sentais la chaleur de ses mains sous les miennes.

– Je le jure, répondîmes-nous ensemble.

– Maintenant, vous devez signer.

Broom tira un couteau de sa ceinture et nous égratigna
le pouce avec la pointe de la lame. Le quartier-maître nous
tendit une plume, à moi d'abord, à Minerva ensuite. Nous
apposâmes nos noms l'un au-dessus de l'autre, mon sang
coulant vers le sien.

Des acclamations rauques s'élevèrent, mais j'ignorais si
c'étaient nous qu'elles saluaient, ou la grande coupe à deux
anses que l'on remplissait de rhum jusqu'à ras bords. Le
second l'offrit d'abord au capitaine, puis à nous. Minerva
en but sans en verser une goutte. J'eus du mal à soulever la
coupe et le rhum était si fort que j'eus une violente envie de
tousser, mais je la maîtrisai et passai la coupe sans répandre
son contenu. Elle fit le tour de l'assistance avant de revenir à
son point de départ pour être de nouveau remplie. Lorsque
les violoneux attaquèrent un morceau, nous fûmes rapidement oubliées.

Nous nous éclipsâmes pour chercher un endroit où dormir un peu à l'écart. Minerva sema dans le sable autour de
nous des bouts de bois dont le craquement nous réveillerait
à la moindre approche.

J'avais maintenant l'habitude de dormir par terre, mais, lorsque je me réveillai au petit matin sur le sable froid, j'étais courbaturée et frissonnante. Le cuisinier avait déjà allumé un feu, et je m'en approchai pour me réchauffer. Abe Reynolds avait échangé son travail de steward contre celui de cuisinier. Il me donna une tasse de thé noir bien fort et un bol de porridge. Il paraissait heureux de me revoir. Je lui demandai ce qu'il pensait de la vie de pirate. Il répondit avec un sourire découvrant ses dents semblables à des défenses que, s'il y avait une vie meilleure, il ne l'avait pas encore trouvée. Assise sur un tronc d'arbre, je mangeai en l'écoutant parler des changements survenus sur le navire. Autour de nous, les pirates dormaient toujours, couchés là où ils étaient tombés la veille, comme une armée terrassée par la boisson.

Le soleil se leva, sa chaleur devint brûlante, et bientôt les hommes suèrent leur rhum, attelés et harnachés comme des chevaux pour haler le navire vers les hauts-fonds du lagon. Il y resta incliné sur le côté en attendant que la marée l'emporte. Lorsqu'il put flotter, les rameurs s'arc-boutèrent sur leurs avirons pour l'entraîner dans les eaux profondes.

On m'envoya aider Jan Jessop, le maître voilier, à achever la fabrication du drapeau noir qui devait flotter au grand mât pour inspirer une sainte terreur à tous les navires marchands que nous approcherions. Le dessin qui devait l'orner avait été conçu par Broom : un crâne surmontant une paire de tibias croisés, flanqué d'un sablier et d'un sabre à lame courbe.

– C'est pour leur faire comprendre que leur temps est compté et que toute résistance signifiera la mort, m'expliqua le voilier sans grande conviction. Enfin, c'est ce qu'ils sont censés croire.

Jessop était un petit homme dolent au long visage chagrin et aux grands yeux lugubres. Il savait bien manier l'aiguille, mais il n'était guère doué pour le dessin. Ses esquisses avaient été des échecs et Broom commençait à perdre patience.

– C'est censé représenter quoi ? avait-il aboyé à la vue du dernier essai de Jan. Une vessie de cochon au-dessus de deux bâtons ? Qu'est-ce que les gens vont croire ? Que je suis un guignol de foire qui va leur taper sur la tête ? (Il lança le drapeau à la tête du voilier.) Même le chat du navire pourrait faire mieux !

Je travaillai sur un nouveau morceau de toile blanche, dessinant le crâne de mémoire, d'après ceux que j'avais vus sur les mémoriaux de St Mary. J'empruntai son sabre à l'un des pirates pour avoir un modèle. Je fus bientôt entourée d'un groupe de spectateurs admiratifs qui approuvaient mon travail avec des hochements de tête.

– C'est bien mieux comme ça ! fit l'un d'eux en me donnant une claque dans le dos. Ça va leur flanquer une de ces trouilles ! Oh pardon, dit-il en se rappelant soudain qui j'étais, désolé, Miss.

– J'espère que vous avez raison, dis-je avec un sourire en poursuivant mon travail. En tout cas, c'est bien mon intention.

Jessop broda mon dessin sur un carré de tissu noir. Désormais, nous étions fin prêts pour écumer les mers. Broom était ravi. Il donna l'ordre d'amener le nouveau pavillon et de hisser les voiles. La marée était au plus haut, sur le point de refluer, et un vent favorable s'était levé pour nous entraîner hors de Cutlass Bay. Broom mettait le cap sur le canal du Vent, entre Cuba et Hispaniola. Nous devions croiser entre ces îles, dans l'attente d'un navire marchand bien garni s'y rendant ou en revenant. Selon Vincent, ces navires étaient aussi nombreux que les poulets dans un poulailler, et ils se déplaçaient à la même vitesse, si bien que notre premier butin ne se ferait pas attendre.

Une ligne invisible sépare le hors-la-loi de celui qui respecte cette même loi. Notre présence sur le navire ne nous mettait pas à proprement parler hors de la légalité, mais tout changerait dès que nous prendrions part à un combat. Je fis remarquer à Minerva que nous pouvions encore partir si nous le voulions, que le règlement du navire ne nous obligeait ni à rester à bord, ni à combattre. Elle ne répondit pas et tourna résolument les yeux vers la mer. Notre existence de pirates venait de commencer.

CHAPITRE 21

On n'oublie jamais un premier abordage. Alors que j'attendais que les coques des deux navires se heurtent en grinçant, j'avais la bouche sèche comme du parchemin et j'étais terrifiée. L'attente est le pire moment de l'abordage. J'ai vu des hommes vaillants pâlir et se précipiter aux latrines, ou vomir par-dessus bord. Personne ne fait jamais de commentaires. Personne ne ricane ni ne se moque d'eux, même parmi ces hommes qui semblent se rire de la mort. Tous regardent droit devant eux, la main crispée sur leurs armes et leurs grappins. Parfois, Broom donnait l'ordre aux musiciens de jouer du tambour et des cymbales pour ajouter aux clameurs du combat le vacarme des instruments, ou de faire tirer le canon; alors l'air se remplissait de la puanteur de la poudre et nous abordions dans des nuages de fumée aveuglante. Une fois à bord, tout changeait. Notre peur n'était rien comparée à la terreur que nous inspirions à l'équipage et aux passagers. Nous combattions avec témérité et, si l'on nous opposait la moindre résistance, sans merci.

Juste avant notre premier abordage, je me tenais à côté de Minerva, mes pistolets chargés et passés à ma ceinture, mon sabre affûté comme un rasoir, ma hachette pendant à une boucle de ma ceinture. Je ne pouvais empêcher mes jambes de trembler et je serrais si fort le bastingage que les jointures de mes mains étaient blanches. En revanche, Minerva était d'un calme souverain. Son visage demeurait serein et impassible. J'avais déjà vu cette expression sur les visages de Phillis, de Thomas et des autres esclaves lorsqu'ils devaient affronter la fureur de Duke. Ce n'était pas de la résignation, mais plutôt un refus de montrer la moindre émotion face au sort qui les attendait.

Ce jour-là, j'étais livide et les nerfs tendus à craquer. Minerva posa la main sur la mienne dans un geste apaisant.

– Nous veillerons l'une sur l'autre. Et nous n'aurons pas peur, me chuchota-t-elle dans le grondement des canons.

Nous franchîmes d'un bond l'intervalle entre les deux navires, prêtes à combattre et à mourir, mais l'affrontement fut de courte durée. À peine l'avions-nous engagé que l'ensemble de l'équipage adverse se rendit. C'était un navire marchand des plus ordinaires dont les hommes ne s'étaient pas enrôlés pour se battre avec des pirates.

Ils se rendirent sans résistance, mais dès qu'ils eurent déposé les armes, je courus au bastingage et l'atteignis juste à temps. Minerva me trouva en train de vomir par-dessus bord.

– Ça va mieux? demanda-t-elle.

– Ça ira, répondis-je en m'essuyant les lèvres. J'ai eu peur, c'est tout. Et il y a autre chose…

– Quoi?

– L'un des officiers ressemble un peu à William.

– Ah oui ? (Minerva considéra le groupe des prisonniers avec un intérêt renouvelé.) Lequel ?

– Le second.

Minerva sourit et hocha la tête d'un air approbateur.

– Il est beau garçon, dit-elle.

– Ce n'est pas drôle, Minerva, fis-je en me détournant. Et si ç'avait été lui ? Qu'aurait-il pensé de moi, habillée ainsi ? En pirate ? De plus... (La bile me monta de nouveau à la bouche à cette pensée.) Ce serait un ennemi. Il aurait pu être tué. J'aurais pu le tuer.

Mes paroles rendirent son sérieux à Minerva.

– Mais il est dans la Marine, dit-elle après un instant de réflexion. Broom n'attaquerait pas un vaisseau de la Marine. (Elle me regarda.) C'est plus probablement eux qui nous attaqueraient. (Ces dernières paroles me furent d'un maigre réconfort. Je n'avais pas envisagé cette éventualité.) Espérons que ça n'arrivera pas, reprit-elle. La mer est vaste. Il n'y a pas de raison pour que nous rencontrions précisément son navire. Il faut te sortir ces idées de la tête. Je sais que cette vie est nouvelle pour nous, mais nous n'avons pas le choix. Plutôt que de s'inquiéter du lendemain, mieux vaut vivre au jour le jour.

L'abordage se déroulait toujours de la même manière. Je m'efforçai de suivre le conseil de Minerva. J'évitai de penser à William. À mesure que les abordages se succédaient, ma peur m'abandonna et je devins peu à peu aussi intrépide que le reste de l'équipage. Nous naviguions sous un faux pavillon et une toile à voile peinte dissimulait nos sabords.

Lorsqu'un navire était en vue, nous fondions sur lui comme un chien sur un mouton. Parfois, Minerva et moi-même nous promenions sur le pont en tenue de femme afin d'endormir les soupçons du capitaine et de l'équipage de l'autre navire qui nous observaient à la longue-vue. Notre vaisseau se rapprochait alors très vite, étant plus rapide que la plupart des navires marchands, et dès que notre proie était à portée de tir, le faux pavillon était baissé et le drapeau noir hissé. Après un tir de semonce, un feu continu abattait les voiles et le gréement, tandis que des tirs de mitraille décimaient l'équipage. Nos canonniers lâchaient rarement une bordée de peur d'endommager la cargaison. À notre vue, la plupart des capitaines abaissaient leurs pavillons. Ils savaient que leur résistance provoquerait un massacre

Broom nous observait, Minerva et moi-même, pour voir comment nous nous en tirions. Nous ne pouvions nous attendre à un traitement de faveur, comme il nous l'avait clairement fait comprendre. C'était un bon capitaine et un homme avisé. Il savait tirer le meilleur parti de son équipage. Minerva évoluait dans le gréement comme si elle en avait reçu le don à sa naissance et, grâce à son agilité et à son sens de l'équilibre, elle y était aussi à l'aise que sur le pont. Elle se distinguait également par son intrépidité au combat et son adresse au tir. Broom en fit une tireuse d'élite : au moment de l'attaque, elle était postée dans le gréement avec Vincent et d'autres tireurs, prête à abattre le capitaine, les officiers et le timonier de tout navire qui jugeait bon de résister. J'avais peur pour elle, car les tireurs d'élite étaient des cibles toutes désignées pour nos adversaires. Je redoutais de la voir s'abattre sur le pont comme une mouette brisée, mais j'appris à écarter ces pensées pour me concentrer sur le combat.

Broom ne s'emparait pas du butin avant que le navire ne fût sûr, le capitaine et ses officiers désarmés, sous bonne garde et isolés du reste de l'équipage et des passagers que l'on rassemblait sur le pont. Alors il se présentait au capitaine comme pour une visite de pure courtoisie et s'enquérait de son port d'origine, de sa destination et de sa cargaison. Il lui demandait ensuite s'il avait à bord des objets de valeur tels que des pièces de monnaie ou des lingots, en lui précisant d'une voix paisible que, s'il lui mentait, sa situation s'en ressentirait, tout comme celle de son équipage et de ses passagers. Comparé à d'autres pirates, Broom était un homme plutôt doux, mais ses démonstrations d'affabilité pouvaient être beaucoup plus inquiétantes qu'un déploiement de férocité.

Le navire était alors pillé de fond en comble et le moindre objet utile emporté. Marchandises, objets précieux, armes, provisions et matériel, effets personnels, tout disparaissait. L'or, l'argent, les bijoux et la monnaie étaient les plus prisés, mais l'époque des navires chargés de trésors était depuis longtemps révolue. Nous avions plus de chances de trouver du sucre, du rhum et du cacao, ou des étoffes et des produits ménagers, selon la destination du navire, et selon qu'il s'agissait d'un aller ou d'un retour.

Tout ce qui était saisi devait être remis au quartier-maître sous peine de bannissement, après quoi l'on dressait un inventaire. Broom se montrait aussi strict que mon père à cet égard, et comme je savais lire, écrire lisiblement et compter, ce travail m'échut de plus en plus souvent.

Minerva et moi-même étions bien acceptées par l'équipage. Nous travaillions avec les hommes et partagions nos repas avec eux, mais nous dormions à l'écart.

– Ce sont peut-être des compagnons de bord, dit un jour Minerva en installant son hamac, mais ce n'en sont pas moins des hommes.

Nous nous étions donc aménagé un endroit où nous pouvions jouir d'un peu d'intimité. Jan Jessop nous avait taillé des paravents derrière lesquels nous pouvions nous habiller et nous déshabiller à l'abri des regards indiscrets, et nous avions tendu des toiles à voile pour recueillir l'eau de pluie afin de faire notre toilette et de laver notre linge. Quand l'une de nous se lavait ou allait aux latrines, l'autre montait la garde. Personne ne nous offensa jamais, car les couteaux pendus à nos ceintures inspiraient le respect. Nous accomplissions nos tâches et prenions notre tour de quart comme tous les autres membres de l'équipage. Nous ne quémandions ni ne recevions de faveurs, mais lorsque notre travail sur le pont s'achevait, c'était avec soulagement que nous nous retirions dans nos quartiers pour rester entre nous.

Je n'avais jamais dormi dans un hamac auparavant. Minerva s'y fit aussitôt, mais je continuais à trouver cela étrange. Généralement, j'étais si fatiguée que je dormais profondément ; une nuit, pourtant, je me tournai et me retournai longtemps avant de sombrer dans un sommeil que des rêves vinrent troubler. Je m'éveillai brusquement, les yeux dilatés, baignée de sueur. Il faisait chaud et lourd. Lorsque je voulus descendre du hamac, mes mouvements réveillèrent Minerva.

– Qu'y a-t-il ? chuchota-t-elle.

– Je n'arrive pas à dormir. Je vais sur le pont.

J'entendis le choc léger de ses pieds sur le sol.

– Je viens avec toi.

– J'ai refait le même rêve, dis-je tandis que nous arrivions sur le pont.

– Le rêve avec le Brésilien ?

J'acquiesçai.

Minerva m'entraîna à l'écart de l'homme de quart, vers le tribord d'avant. La nuit était claire et une brise agréable rafraîchissait ma peau couverte de sueur. Le navire faisait route vers l'ouest, fendant les eaux noires. Au-dessus de nous, le scintillement des étoiles remplissait le ciel d'un horizon à l'autre.

– Il me recherche. Il est peut-être en train de prendre la mer en ce moment même, dis-je.

– Comment le sais-tu ?

– J'ai entendu son navire en rêve. Le raclement de la chaîne de l'ancre sur le pont. Le bruissement de l'eau contre la coque.

– Mais tu ne peux pas en être sûre. Ne t'inquiète pas du lendemain avant qu'aujourd'hui n'en ait fini avec toi, c'est ce que dirait Phillis. (Minerva se tut un instant.) Tu as fait ce qu'elle t'a demandé ? demanda-t-elle en me dévisageant. Non, tu ne l'as pas fait. (Je secouai la tête.) Phillis est une sage. Ce qu'elle prédit arrive toujours. Tu devrais l'écouter.

— Mais ces rubis ont une telle valeur! (Je me détournai soudain pour dissimuler mon sentiment de culpabilité et mon angoisse.) La vie que nous menons est incertaine et pleine de dangers. Ce collier pourrait nous être utile un jour ou l'autre. Dans notre situation, il me paraissait stupide de m'en débarrasser.

Minerva acquiesça comme si elle comprenait le bien-fondé de cet argument.

— Où est-il? demanda-t-elle.

— Ici, dans ma ceinture, répondis-je en portant la main à ma taille.

— Peut-être fais-tu ces rêves parce que tu le portes sur toi. Confie-le à Broom pour qu'il le garde dans son coffre-fort et peut-être qu'alors ça passera.

— C'est ce que je ferai, dis-je. Dès demain matin.

Minerva sourit. Parfois, elle se montrait aussi avisée que sa mère.

— Je ne suis pas aussi courageuse que toi, Minerva, lui confiai-je. Il y a des choses qui me terrifient dans cette nouvelle vie.

— Je ne suis pas courageuse, dit Minerva en agrippant le bastingage. J'ai aussi peur que toi. Mais quand nous attaquons, je me dis qu'on va me faire prisonnière et me revendre comme esclave, alors je ne fais pas de quartier.

Elle se tut un instant et je crus qu'elle allait ajouter quelque chose, mais lorsque je me tournai vers elle d'un air interrogateur, elle se contenta de sourire et suggéra que nous retournions dormir, sans quoi nous serions trop fatiguées pour travailler le lendemain.

Je suivis le conseil de Minerva. Les yeux de Broom s'écarquillèrent à la vue du collier, mais il le rangea dans son coffre-fort sans faire de commentaire.

Au début, Minerva et moi étions presque toujours ensemble, car cette nouvelle vie nous était encore peu familière, mais, avec le temps, nous trouvâmes notre place à bord. Minerva conquit bientôt l'admiration de tous.

– Elle était née pour être marin, me dit un jour Vincent, tandis que ses yeux sombres suivaient les évolutions de la jeune fille dans le gréement.

Son sens de l'équilibre inné lui permettait de courir sur les vergues, puis de sauter sur les cordages inférieurs lorsqu'on l'envoyait défaire ou serrer les voiles. Cela me rendait malade de la voir prendre de tels risques, mais son agilité dans les hauteurs lui valait le respect des hommes. Du reste, elle savait s'y prendre avec eux, partageait leur sens de l'humour brutal, et, ayant la langue bien pendue, elle savait renvoyer la plaisanterie. Les hommes se montraient plus réservés avec moi, et c'était réciproque. J'avais beau essayer de plaisanter et de rire avec eux, leurs taquineries me faisaient toujours rougir. Mes rougeurs les faisaient rire de plus belle, mais ils étaient moins à l'aise avec moi qu'avec Minerva. Elle était mieux acceptée, traitée en égale et accueillie à bras ouverts. Elle se fit pourtant un ennemi.

Vincent l'avait prise en main comme si elle était un aspirant ; il lui avait appris à manier les cordages et les voiles, et à naviguer en s'orientant avec le sextant, la boussole et les étoiles. Il passait beaucoup de temps avec elle, mais il la traitait comme un jeune frère. Il semblait avoir oublié qu'elle était une femme, tandis qu'elle-même, à mon avis, ne l'oubliait pas un seul instant. Elle reconnaissait l'admirer pour son savoir-faire, pour sa bravoure au combat et parce qu'il avait su gagner le respect de tous alors qu'il était métis, mais elle rougissait et riait quand je lui faisais remarquer qu'il avait un corps superbe et que c'était vraiment un bel homme. Les éloges dont il n'était pas avare envers elle et l'attention qu'il lui accordait lui valurent toutefois l'hostilité de Charlie, le mousse, qui avait été autrefois le favori du second.

Charlie était un garçon maussade qui avait tendance à ruminer. Personne ne faisait attention à lui, ce qui n'arrangeait rien : il était comme une voie d'eau que l'on ne remarque pas parce qu'elle est sous la ligne de flottaison, mais qui peut, à la longue, faire autant de dégâts qu'un grand trou dans la coque.

Tandis que Minerva escaladait les enfléchures ou évoluait sur les vergues, j'effectuais des tâches plus banales. J'aidais Broom à tenir ses carnets de bord et ses inventaires, ou Graham à soigner et à opérer les malades. Graham était un médecin qui s'intéressait avant tout aux causes des maladies. Lorsqu'il en avait fini avec ses autres patients, il se consacrait à moi.

– Comment vous faites-vous à la vie de pirate ? me demanda-t-il un jour en levant les yeux de son mortier et de son pilon. Minerva semble contente, mais vous ?

– Je vis au jour le jour, répliquai-je en me souvenant du conseil de Minerva.

– Vraiment ? grommela Graham. Et combien de temps cela va-t-il durer ?

Je haussai les épaules.

– Je n'ai pas le choix, fis-je.

– Cette vie ne vous convient-elle pas ?

– Ce n'est pas le danger qui me gêne, je m'y habitue – ni le travail. (Je regardai mes mains gercées et calleuses.) Bien qu'avec ces mains-là, je crains de n'être jamais reçue dans le salon de ma belle-mère.

– Qu'est-ce que c'est, alors ? Qu'est-ce qui vous tourmente ? À part l'idée que, si nous sommes faits prisonniers, nous serons probablement tous pendus ? demanda Graham avec un rire grinçant.

– Ce n'est pas tout à fait étranger à cela.

Je confiai mes inquiétudes à Graham.

– Ah, William, fit-il avec un sourire. Nous lui avons envoyé votre lettre. Je l'ai confiée au maître d'équipage du *Sally-Anne*. Il est resté loyal au capitaine, mais il m'est redevable de quelques faveurs. Il m'a promis de remettre cette lettre à William. L'a-t-il reçue, au fait ?

– Oui, répondis-je, bien que cette pensée ne me fût d'aucun réconfort. Il croit m'avoir perdue, repris-je, mais ce n'est pas vrai ! J'ai tout risqué afin de rester libre et de le retrouver un jour, mais pour me libérer, j'ai dû devenir pirate ! (Je me pris la tête entre les mains, confondue devant le chaos de mon existence.) Et s'il me retrouve ici ? S'il prend notre navire d'abordage ? Que ferai-je alors ?

– Vous vous tourmentez pour rien, ma chère, fit Graham en secouant la tête. Broom n'attaquerait jamais un navire de la Marine. S'il en voyait un, il prendrait ses jambes à son cou, et notre navire est rapide. Nos poursuivants auraient peu de chance de nous rattraper. C'est plutôt dans un port que vous risquez de rencontrer William ; dans ce cas, vous serez habillée en dame, alors comment saurait-il que vous êtes pirate, à moins que vous n'alliez le lui raconter ?

– Peut-être me trouvera-t-il trop changée !

Je touchai sa bague qui pendait toujours à mon cou, en éprouvai le poids et la serrai comme un talisman.

– Peut-être, convint Graham, mais peut-être le trouverez-vous tout aussi changé que vous. Il se peut également qu'il vous trouve transformée à votre avantage. En vous regardant, je revois la jeune fille que j'ai rencontrée sur le *Sally-Anne*. Elle n'a pas tellement changé, dit-il avec un sourire. Quand elle parle de son marin, ses yeux brillent toujours comme le soleil sur la mer. Elle est toujours un peu sujette à la mélancolie et un peu anxieuse, mais son cœur est bon et loyal, et c'est une nature vaillante et généreuse que l'épreuve a rendue meilleure. Je crois aussi qu'elle connaît mieux le monde, qu'elle est moins encline à s'apitoyer sur elle-même et beaucoup moins égoïste qu'autrefois. Ne vous inquiétez donc pas tant, ma chère. N'importe quel homme pourrait s'estimer heureux de vous avoir pour épouse, que vous soyez pirate ou non.

Je puisai un peu de réconfort dans les paroles de Graham et commençai à me sentir plus calme. Sauf en cas d'attaque, les journées à bord se déroulaient de la même manière que sur n'importe quel autre navire. L'entretien et la manœuvre réclamaient un travail et des efforts constants.

Nous n'avions guère de loisirs, car Broom tenait à ce que le navire soit toujours impeccable, mais nous jouissions cependant de moments de repos, généralement vers la tombée de la nuit. Dès que le soleil sombrait à l'horizon, les hommes se réunissaient sur le pont pour fumer une pipe et boire leur ration de rhum ou de bière et ils se racontaient des histoires jusqu'à la nuit, avant que le tour de quart ne commence. Minerva et moi-même étions aussi bienvenues à ces veillées que les autres membres de l'équipage.

Les hommes racontaient volontiers comment ils étaient devenus pirates. Vincent, par exemple, était né à Madagascar d'une indigène et d'un pirate américain nommé Flood qui avait servi sous les ordres du capitaine Every. Il avait quitté Madagascar à l'âge de douze ans sur un navire marchand de passage qui avait fait escale sur l'île pour se ravitailler en eau. Il se faisait appeler Crosby, une déformation de son nom malgache qui le rendait prononçable pour les Anglo-Saxons. Il avait travaillé sur plusieurs navires avant de tomber aux mains des pirates, qu'il avait choisi de suivre.

– C'est ainsi que j'ai fini comme mon père, alors que je m'étais juré de ne jamais en arriver là quand j'étais plus jeune. Je l'avais également juré à ma mère. Et pourtant, c'est bien ce que je suis devenu.

Les autres acquiesçaient, conscients des aléas et de l'imprévisibilité de la vie en mer. Aucun d'eux n'avait jamais prémédité de se faire pirate. Tous avaient débuté comme marins ordinaires. Vincent racontait également les histoires de son pays sur les pirates qui s'y étaient établis, et celles que ces hommes lui avaient contées sur les richesses fabuleuses conquises par Every : or, argent, émeraudes, perles, diamants gros comme le poing. Les hommes aimaient entendre ces récits. Ils aimaient les histoires de trésors. Ces rêves de fortune adoucissaient les risques inhérents à la vie de pirate et donnaient toute sa valeur au danger.

D'autres parlaient des trésors qu'ils avaient vus et des capitaines qu'ils avaient connus, mais sur ce point, personne ne pouvait se mesurer à Ignatius Pelling. Il avait servi les meilleurs d'entre eux, disait-il, les plus grands pirates qui aient jamais sillonné les sept mers du globe. Il avait navigué sur le *Vengeur de la reine Anne*, commandé par Edward Teach[17], dont l'âme était aussi noire que la barbe qui lui avait valu son nom, et il avait été maître d'équipage de Stede Bonnet, qui ne connaissait rien à la navigation, mais était un vrai gentleman. Il avait même navigué avec Black Bart Roberts.

– Habillé comme un lord, qu'il était. Il pourrait en remontrer à Broom. Une légende, voilà ce qu'est ma vie, les gars. Voilà ce que je suis, disait Pelling, et il souriait en découvrant une rangée de chicots tachés de tabac. Vous voulez un aperçu ? demandait-il.

Bien entendu, ils le voulaient. Immobiles et sages comme des enfants, ils l'écoutaient parler du *Vengeur* et raconter comment Teach avait échoué son propre navire sur un banc de sable et abandonné l'équipage à son sort.

– C'était le pire de la bande, ce vieux Teach. Quand on

17. Edward Teach (1680-1718) : pirate célèbre connu sous le nom de Barbe Noire (NdT).

l'a fait prisonnier, il avait reçu vingt coups de couteau et cinq balles dans le corps, et il vivait encore. (Pelling baissait alors la voix comme si d'autres présences, invisibles celles-là, se rassemblaient pour l'écouter dans la nuit tombante.) C'était pas naturel. « Faisons-nous notre petit enfer », qu'il disait, ce vieux Barbe Noire. Je l'ai entendu dire ça, les gars. De mes propres oreilles. Il y en a qui croient, ajoutait-il en baissant encore la voix comme s'il sentait les auditeurs invisibles se rapprocher, que le diable en personne était sur le navire de Barbe Noire. Je vous ai déjà raconté ça ? (Il n'attendait pas vraiment de réponse, mais les hommes lui faisaient signe de continuer.) On croisait au large des deux Caroline, lorsque la rumeur s'était répandue qu'il y avait un homme de plus à bord que lorsque le navire avait pris la mer.

– Quelqu'un l'avait vu ? demandait Charlie avec une note de scepticisme dans la voix. À quoi il ressemblait ?

– On l'avait vu, pour sûr. Sur le pont et dans l'entre-pont. Il ressemblait aux autres matelots, tantôt à celui-ci, tantôt à celui-là, mais personne ne pouvait dire qui c'était, ni d'où il venait. Et juste avant que le navire soit pris, il a disparu. (Pelling fit une pause.) Une drôle d'histoire. Pourtant, tous les hommes de l'équipage auraient juré que c'était la vérité.

Généralement, cette histoire réduisait les hommes au silence. Bon nombre d'entre eux n'étaient pirates que depuis peu et ils n'avaient encore jamais rencontré de capitaines aussi redoutablement légendaires qu'Edward Teach, qui était lié avec le diable et défiait les lois de Dieu et des hommes. Cette fois-ci, pourtant, une voix s'éleva dans l'obscurité.

– J'ai déjà entendu cette histoire, dit un homme d'une voix sifflante que je ne reconnus pas. Son anglais était empreint d'un fort accent, comme s'il était portugais ou espagnol. Il devait être nouveau dans l'équipage, pensai-je. Peut-être avait-il servi sur le navire français que Broom venait de prendre.

– C'était il y a longtemps, reprit-il. C'est une histoire que l'on racontait sur un corsaire, un Brésilien nommé Bartholomé. On disait que le diable était à bord de son navire, et qu'ils ont navigué ensemble à travers la mer des Caraïbes. Et puis un jour, le diable est parti. Il n'en pouvait plus. Il disait que le capitaine était pire que lui! (Il eut un petit rire semblable au grincement de gonds rouillés.) Enfin, c'est une vieille histoire.

Bien que la nuit fût chaude, je fus saisie d'un frisson. Minerva le sentit et leva les yeux vers moi. Sur son initiative, nous allâmes retrouver cet homme lorsque l'équipage se fut dispersé pour la nuit. Nous voulions en savoir plus, mais il ne put guère nous renseigner.

– Pour ce que j'en sais, le Brésilien doit être mort, dit-il. Il s'est retiré il y a déjà plusieurs années. J'ai entendu dire qu'il avait acheté des plantations et qu'il menait la belle vie à terre. Pourquoi est-ce qu'il serait retourné en mer? (Le petit homme eut de nouveau un rire grinçant.) Il n'avait aucune raison de le faire. Pas comme moi. Il a gardé tout son argent, lui.

– Ce n'est qu'une histoire, chuchota Minerva, alors que

nous étions allongées dans nos hamacs. Tu sais bien que les marins adorent les histoires.

J'entendis à peine le reste de ce qu'elle me disait. Je savais qu'elle tentait d'apaiser mes craintes. Sa confiance dans le navire et dans la capacité de Vincent et de l'équipage à repousser n'importe quel assaillant s'était considérablement accrue depuis la dernière fois que nous avions parlé du Brésilien. Pour moi, en revanche, les cloches qui sonnaient les heures sur le navire résonnaient comme un avertissement, comme un tocsin. Nous étions pirates depuis un mois environ et nous abordions un navire après l'autre, mais nous chassions toujours sur le même terrain, le canal du Vent. Nous avions donc laissé une trace sur plusieurs kilomètres. Cette pensée me fit frémir malgré la chaleur étouffante qui régnait dans l'entrepont. Chaque navire dont s'emparait Broom consolidait sa réputation. Lui et son équipage acquéraient peu à peu un renom. Combien de temps s'écoulerait-il avant que la présence de femmes à bord ne fût connue ? Le Brésilien était loin d'être stupide, et il avait été boucanier autrefois. Dans combien de temps serait-il sur nos traces ? Dans combien de temps nous retrouverait-il ?

Cette nuit-là, quand je parvins enfin à m'endormir, je refis le rêve. Je l'entendis rire sur le gaillard d'arrière. J'entendis claquer la voile dans le vent qui se levait. J'entendis bruisser l'eau contre la coque d'un navire filant à vive allure. Je distinguais mal ce navire. Il demeurait une présence vague, une ombre noire sur la mer sombre, mais je voyais sa proue dansante et son sillage.

Je m'éveillai certaine que l'on nous avait dénoncés et que le Brésilien avait pris la mer afin de nous retrouver. Je voulus conjurer Broom de changer de terrain de chasse, mais je craignais qu'il ne s'y refusât, tout comme le conseil. Nous avions bien travaillé, échangeant la *Délivrance* contre un grand vaisseau français qui faisait route vers la Martinique. Rebaptisé la *Fortune*, il s'était vu adjoindre deux sloops, des bateaux plus petits et plus rapides qui nous permettaient de monter à l'abordage groupés. Les trois embarcations étaient bourrées jusqu'aux plats-bords du produit de nos pillages. Minerva ne voyait aucune raison pour que Broom changeât de trajectoire sur la foi de l'un de mes rêves, et je pensais qu'elle voyait juste, mais j'étais néanmoins résolue à parler à Broom.

Je le trouvai dans sa cabine, en train de faire avec Pelling l'inventaire des marchandises entreposées dans les trois bateaux.

– Rhum, sucre, mélasse, épices, disait-il en suivant une colonne du doigt. Qu'est-ce que je vais faire de ça? Autant transporter du charbon vers Newcastle. Tissus, peignes, boutons, dés à coudre, ciseaux, outils de cordonnier. On dirait le contenu d'un sac de camelot. (Il lança sa plume sur la table.) Je ne me suis quand même pas fait pirate pour ça!

– J'ai une idée, mon capitaine, dit Pelling.

Broom le regarda d'un air interrogateur. Le quartier-maître d'un vaisseau pirate possède un statut particulier, sans équivalent sur un navire ordinaire. Désigné par les hommes de l'équipage, il occupe une position intermédiaire entre eux et le capitaine, auquel il fait part de leurs doléances. Pelling était très respecté, en premier lieu pour son expérience. Il était pirate depuis plus longtemps que n'importe lequel des membres de l'équipage, depuis dix ans selon sa propre estimation. Un homme qui avait si longtemps échappé à la potence jouissait d'une certaine considération. Broom, qui était encore novice dans le métier de pirate, se fiait entièrement à Pelling. L'équipage avait nommé Broom capitaine, mais il pouvait se débarrasser de lui à la première occasion. Pelling était venu lui dire que les hommes commençaient à s'impatienter. Ils voulaient être payés rapidement, en or et en argent qui plus est. Broom devait trouver un moyen de convertir la cargaison en monnaie, et sans traîner, car ils n'attendraient guère plus longtemps.

— Ça me rappelle le temps où je croisais au large des Caroline avec Teach et Bonnet… poursuivit Pelling.

Broom eut l'air agacé. Il n'appréciait pas les histoires de Pelling autant que l'équipage.

— Je parle de ça parce qu'on a fait du commerce là-bas, reprit Pelling. En fait, tout le long de la côte, de Charleston à Baltimore.

— Ah oui ? fit Broom en se renversant dans son fauteuil, l'air songeur.

— Ils étaient drôlement contents d'acheter, les gens de là-bas, et surtout de ne pas payer un sou à la douane. On a pu tout vendre sans problème, et à un bon prix. Et j'ai encore une idée, rapport à elle et à l'autre fille, ajouta Pelling en me montrant du pouce.

— Vas-y, dit Broom, à présent tout oreilles. J'écoute…

L'idée de Pelling l'enchanta. Non seulement elle lui permettait de réaliser un profit, mais elle lui offrait également l'occasion de changer d'identité, ce que, en bon comédien, il appréciait par-dessus tout. L'idée me séduisit également, car elle me paraissait un moyen idéal de fausser compagnie au Brésilien, mais je n'étais pas sûre de l'accueil que lui ferait Minerva.

CHAPITRE 22

Le plan de Pelling était simple. Tout ce que nous avions à faire, c'était de remonter la côte est des États-Unis sous l'apparence d'un navire marchand pour vendre notre butin aux habitants. Cela fait, nous nous rendrions à New York pour partager les profits de nos ventes, après quoi l'équipage se séparerait. Pour rendre notre comédie d'honnêtes commerçants plus convaincante, Broom rebaptisa notre navire le *Neptune*. Il changea lui-même de nom, se faisant appeler Abraham, rasa sa barbe et sa moustache de pirate et troqua la soie et le satin de sa parure contre du linge ordinaire, une veste et des pantalons en laine et un manteau en gros drap bleu. Minerva et moi-même avions un rôle essentiel à jouer. Nous devions reprendre nos habits de femme. Je serais la nièce de Broom et Minerva ma dame de compagnie.

L'équipage s'était habitué à nous voir en hommes, si bien que notre apparition sur le gaillard d'arrière en tenue féminine fut saluée par une tempête de rires et des commentaires grivois.

— Ça suffit ! aboya Broom à l'adresse de ses hommes. Ce sont ma nièce et ma pupille, une héritière de la Barbade. Je les ramène en Angleterre pour compléter leur éducation et je tiens à ce qu'elles soient traitées avec respect !

Il avait fallu faire preuve de persuasion auprès de Minerva afin qu'elle consentît à jouer son rôle. La première idée de Pelling avait été de la faire passer pour mon esclave. Elle s'y était refusée énergiquement et je ne pouvais l'en blâmer. Elle aurait bravé la mort sans hésitation, mais redevenir esclave, ne fût-ce qu'en apparence, aurait été pour elle comme une mort. Broom parvint à la convaincre en lui parlant d'une héritière de la Barbade qui avait voyagé sur l'un de ses anciens navires.

– Elle était très riche. Elle se rendait en Angleterre pour achever son éducation. Tu seras une dame comme elle, l'égale de Nancy. Tu seras même d'un rang supérieur. En réalité, c'est elle qui pourrait être ta dame de compagnie.

Le plan de Pelling réussit au-delà de nos espérances. La présence de femmes à bord rendait plus crédible la comédie d'honnête commerçant jouée par Broom, qui affirmait naviguer en convoi par crainte des pirates qui rôdaient près de la côte. À Charleston, les membres de l'équipage festoyèrent dans les auberges et les tavernes comme tous les marins du monde, tandis que le capitaine Abraham, sa nièce, sa pupille, le médecin Graham et les autres officiers du navire étaient reçus par les meilleures familles de la ville. Charleston ne manquait pas de raffinement et ses habitants étaient généreux et hospitaliers, mais la présence de Minerva les déconcertait. Ils la traitaient avec la plus grande politesse, mais ils s'écartaient sur son passage comme s'ils avaient vu une panthère, ce qui la rendait distante et hautaine. Elle parlait peu, mais, lorsqu'elle y consentait, elle s'exprimait comme moi, ce qui les troublait encore davantage. Pas un seul d'entre eux ne se serait attendu à ce qu'une personne de couleur parlât comme une dame.

Nous donnions consciencieusement la réplique à Broom dans cette comédie nécessaire à la bonne marche de nos affaires, mais je voyais bien que Minerva était malheureuse, et j'avais moi-même de plus en plus conscience des risques que nous prenions. Broom tenait à ce que je m'habille avec magnificence. Il insistait même pour que je porte le collier de rubis, mais je m'y refusais. Ce collier m'inspirait une crainte profonde et superstitieuse ; son contact me donnait le frisson. La pierre centrale lisse et ronde était plus grosse que les autres, et son centre légèrement plus sombre ressemblait à un grand œil pourpre. Je savais que c'était stupide, mais il me semblait que cet œil me regardait quand je portais le collier, si bien que je ne voulais plus le passer à mon cou. En revanche, Broom me persuada de porter les boucles d'oreilles et j'y consentis, car elles étaient assez somptueuses pour exciter l'admiration, mais pas assez ostentatoires pour nous faire repérer.

Les pirates n'étaient pas les bienvenus à Charleston.

La tête de Barbe Noire avait été apportée à Bathtown au bout d'un balestron et le commandant Bonnet et ses hommes avaient été pendus à White Point. Les habitants de Charleston étaient fiers d'avoir contribué à livrer à la justice ces buveurs de sang, comme ils appelaient les pirates. Ils étaient encore plus fiers que la célèbre pirate Anne Bonny eût commencé sa carrière en Caroline. Lorsqu'on me parla d'elle, je réagis comme on l'attendait de moi : j'eus un haut-le-cœur et je portai les mains à mon visage en feignant de mon mieux la stupéfaction et l'horreur face à un comportement si indigne d'une femme. Je me demandais cependant comment réagiraient les bonnes gens de cette ville s'ils savaient qu'ils recevaient chez eux la pareille d'Anne Bonny.

Nous faisions des affaires partout où nous allions, non seulement dans les villes, mais également dans les plantations disséminées le long des rivières et des anses de la côte. Les planteurs n'étaient pas moins hospitaliers que les citadins : ils nous retenaient volontiers à dîner et nous invitaient à leurs soirées et leurs bals. Grâce à la présence de femmes et aux manières de gentleman de Broom, personne ne pouvait soupçonner qui nous étions en réalité, ce qui nous permettait de demander les prix les plus élevés pour nos marchandises volées.

Nous arrivâmes à Baltimore, puis à New York. Les deux villes se révélèrent être des ports plus ordinaires que Charleston, en réalité assez semblables à Bristol, bien que leurs rues et leurs quais ne fussent pas hantés par le passé comme ma ville natale. En revanche, leur nouveauté semblait pleine de promesses. J'avais l'impression qu'on pouvait avec la même facilité y débarquer sous une fausse identité et en changer du jour au lendemain. Pour des pirates, de tels endroits sont riches de possibilités.

À New York, Broom donna son congé à l'équipage. Les gains furent partagés, et chaque homme reçut une part de butin excédant largement les mille livres fixées par le règlement. Après le partage, l'équipe se dispersa aussi vite que les rats d'un navire en feu. Les hommes qui voulaient devenir fermiers remontèrent l'Hudson, car l'Amérique ne manquait pas de terres, et leur part de butin leur permettrait de s'acheter un certain nombre d'acres. D'autres partirent pour le nord, vers Rhode Island ou les ports de New Haven, Boston, Salem, Nantucket et New Bedford, d'où ils pourraient reprendre la mer en tant que pêcheurs, baleiniers, commerçants ou, de nouveau, pirates. Toutefois, la plupart des hommes n'allèrent pas plus loin que le port de New York. Ils vinrent nous retrouver ensuite, après avoir dépensé tout leur argent en boisson et dans les tripots, ou se l'être fait voler par les prostituées qui exerçaient leur commerce sur Petticoat Lane.

CHAPITRE 23

Nous louâmes un logement chez une veuve, dans une belle maison hollandaise à pignons donnant sur Pearl Street. Broom voulait y demeurer le temps de négocier la vente des navires, dont il disait n'avoir plus besoin. En outre, il avait d'autres affaires à régler. Pelling grommela. Il devenait nerveux quand il devait rester longtemps au même endroit. Pour ma part, j'étais fatiguée de jouer la comédie, si bien que j'éprouvais la même nervosité. Nous étions sans nouvelles du Brésilien. Lorsque je lui avais raconté mes rêves, Broom les avait balayés d'un geste dédaigneux, estimant visiblement que cet homme ne pouvait constituer une menace sérieuse, mais j'étais loin de partager son assurance. J'étais certaine que le Brésilien rôdait le long de la côte. Il pouvait très bien arriver à New York d'un jour à l'autre et jeter l'ancre à côté de notre navire. Et si j'étais lasse de jouer la comédie, Minerva, elle, était au bord de la révolte. Elle ne supportait plus les regards insistants et les chuchotements que provoquait sa présence. Elle disait avoir l'impression de sortir tout droit d'une ménagerie, comme un animal que je promènerais en laisse. Il y avait pourtant à New York de nombreuses personnes de couleur, esclaves ou libres, mais toutes y étaient traitées en êtres inférieurs comme dans les colonies du Sud.

– J'en ai assez, me dit-elle un jour. Je suis assez riche pour acheter cette maison et tout ce qui s'y trouve, mais cette veuve me traite comme une servante, alors qu'elle sait très bien que je n'en suis pas une. Je crois que je vais retourner à bord du navire.

Elle contemplait par la fenêtre de notre chambre les navires amarrés sur le fleuve, et son regard s'arrêta sur le sloop stationné juste au-dessous de la fenêtre.

– Qu'est-ce que je vais raconter à Broom si tu t'en vas? demandai-je.

– Ce que tu voudras, mais moi, je m'en vais.

Elle se tourna vers moi avec un sourire radieux, soudain plus joyeuse que je ne l'avais vue depuis longtemps.

– Je vais t'aider à emballer tes affaires, fis-je.

– Pas la peine, répondit-elle, et son sourire s'élargit. Tu ne crois quand même pas que je vais m'en aller habillée comme ça? demanda-t-elle en déployant la grande jupe en soie de sa robe. Il y a des tas de vêtements à bord. Et si j'ai besoin de beaux atours, Vincent pourra toujours m'en prêter.

Vincent vivait à bord du sloop, dont il était le capitaine en l'absence de Broom. Minerva allait m'abandonner et recommencer à s'habiller en homme. Je m'assis sur le lit. Je me sentis soudain très seule. J'allais me retrouver seule pour la première fois depuis plusieurs mois.

– J'aimerais pouvoir venir avec toi, dis-je.

– Eh bien, c'est impossible. Broom ne le permettrait jamais. Et la logeuse risquerait de te reconnaître : nous sommes amarrés juste devant la fenêtre de son salon.

– Et toi, alors ? demandai-je, vexée et passablement envieuse.

– Je suis plus en sécurité que toi. Elle ne ferait pas attention à un marin mulâtre. Ne me regarde pas comme ça ! (Elle me prit dans ses bras et me serra contre elle.) Je vais te manquer ?

– Bien sûr !

– Relève la tête, dit-elle en soulevant mon menton du doigt. Et maintenant, souris. Là, ça va mieux. Toi aussi, tu vas me manquer.

Si tel était le cas, je ne le remarquai pas. Lorsque je la revis, elle était habillée en marin et se faisait passer pour une nouvelle connaissance de Vincent, rencontrée dans une taverne, son bon ami Jupiter Jones. Tous deux me saluèrent de la main et envoyèrent des baisers vers ma fenêtre en passant sur le port. Ils étaient de même taille et bien assortis, avançant d'une même démarche souple. Ils étaient pareillement vêtus, portaient tous deux un anneau d'or à l'oreille, et leurs longs cheveux ondulés étaient noués d'un ruban rouge semblable. Minerva avait emprunté le manteau bleu à boutons dorés et à parements écarlates de Vincent, et elle était très belle habillée ainsi. Je les regardai se diriger vers la ville, leurs têtes penchées l'une vers l'autre ; ils semblaient échanger des propos nonchalants, et je fus prise d'un violent désir de les rejoindre.

C'était néanmoins impossible. Ils m'abandonnaient et je me retrouvais seule et prisonnière comme une princesse enfermée dans une tour. Sur le pont du sloop, je vis Charlie, le mousse, qui les suivait également du regard avec une expression à la fois ardente et morne ; il attendait le retour de Vincent comme un chien à l'attache.

L'été s'achevait. Pendant la journée, la chaleur était oppressante, et la puanteur des rues et du fleuve suffocante, mais le matin il faisait aussi froid qu'en hiver, et le brouillard montait du fleuve. Sur le pont du sloop, Vincent avait l'air transi de froid et le teint terreux. Lorsque j'accompagnai Broom dans l'une de ses inspections quotidiennes, nous trouvâmes le second grelottant et serrant son manteau autour de lui. Il avait passé la moitié de la nuit sur le pont. Il n'était pas fait pour un tel climat, tout comme Minerva. Tous deux avaient hâte de reprendre leur vie de pirate et je craignais qu'ils ne partent seuls si Broom s'attardait trop à New York.

– Tu feras un bon capitaine, mon gars, dit Broom à Vincent en lui tapant sur l'épaule après son inspection. Personne ne veille mieux que toi sur ce navire et personne ne t'est supérieur au combat. Tu es le meilleur tireur d'élite que j'aie jamais rencontré, à part celui-là, dit-il en se tournant vers Minerva. Et tu prends mieux soin du navire que moi-même. Une loyauté pareille, qu'est-ce qu'un capitaine peut souhaiter de plus ?

Vincent regardait Minerva et un large sourire illuminait son beau visage. Je doutai que sa loyauté allât uniquement à son capitaine. Broom aurait intérêt à former un nouvel équipage le plus tôt possible, sans quoi il risquait de découvrir un matin au réveil que son sloop avait disparu.

Selon Pelling, Broom jouait avec le feu. Tôt ou tard,

quelqu'un se lancerait à sa poursuite. Cependant, il ne voulait pas encore partir. Il négociait l'achat d'une nouvelle goélette et, lorsqu'il n'était pas au chantier naval, il passait son temps dans les tavernes de Wall Street à boire du rhum et à fumer du tabac de Long Island en parlant affaires avec ses nouveaux associés. La ville s'étendait au nord de Manhattan vers Nieuwe Haarlem et il envisageait d'acquérir des terres. Il nous conseilla d'investir comme lui dans des terrains, ou de confier notre argent à un banquier hollandais du nom de Fredrick Brandt.

– Il vaudrait mieux ne pas l'enterrer dans le sable comme l'a fait Kidd, ou le garder sur soi pour se le faire voler ou le voir finir au fond de la mer, me dit-il, et je passai le mot à Minerva.

Notre décision fut prise : nos parts de butin seraient déposées sur un compte. Broom recommanda à Graham d'en faire autant, mais le médecin était indécis. Il comprenait le bien-fondé de ce conseil, mais il avait peur de se faire rouler. Il comptait s'établir à Bath, Londres ou Édimbourg quand il aurait mis assez d'argent de côté. Pensant qu'il considérerait d'un œil favorable tout moyen qui lui permettrait de garder cet argent en sûreté, je lui dis que je trouvais l'idée de Broom judicieuse. Mon père avait également déposé des fonds chez des banquiers de Londres, afin de pouvoir en retirer plus facilement. La banque faisait partie intégrante du commerce et des affaires : les comptes bancaires permettaient de garder de l'argent de côté et d'en disposer dès que le besoin s'en faisait sentir, sous forme de billets et de promesses de paiement.

Nous décidâmes d'aller consulter Mr Brandt avec Broom. Ce dernier tint à ce que je sois magnifiquement habillée afin d'impressionner le banquier en lui montrant notre richesse et mon rang élevé. Broom affirma qu'il se sentirait ainsi plus en confiance. Comme il me fallait une nouvelle robe et un bonnet, j'allai me procurer ce que New York avait de mieux à offrir. Je regrettais que Minerva ne puisse m'aider à les choisir, mais j'aurais difficilement pu emmener un jeune matelot pour faire mes courses. Lorsque je me présentai devant Broom habillée de neuf, il fut ravi.

– Une gravure, ma chère, vous êtes jolie comme une gravure. Ajoutez ça pour compléter l'ensemble, dit-il en me tendant le collier de rubis.

Je le pris avec réticence, mais je m'exécutai.

Nous rencontrâmes le Hollandais dans le salon privé d'une auberge de Wall Street. Il était grand, mince et vêtu avec un goût exquis d'une redingote gris tourterelle, avec des pantalons assortis et de grandes bottes luisantes légèrement tachées de la boue des rues new-yorkaises. Il avait également une canne, une perruque immaculée et fraîchement poudrée, et tout du gentleman.

– Il faut se méfier des apparences, me chuchota Graham.

Malgré tout, je me sentais inclinée à faire confiance à Brandt. Il avait l'œil froid de ceux qui aiment amasser et compter l'argent.

Il faisait des affaires dans le monde entier, nous dit-il. Il avait des bureaux à Londres, Amsterdam et Rotterdam. Il était en relation avec des marchands de Wydah, du Cap, de Bombay, de Madras et de Batavia[18].

– On peut dire que j'ai des intérêts un peu partout dans le monde, déclara-t-il en nous fixant de son clair regard gris. Peut-être en va-t-il de même pour vous. Votre argent sera en sécurité chez moi. Dans ma famille, nous sommes banquiers depuis plusieurs siècles. Nous acceptons l'argent de tout le monde : rois et ducs, marchands et manufacturiers, voleurs et corsaires. (Il rit comme si, à ses yeux, il n'existait aucune différence entre ces diverses catégories.) Peu nous importe d'où il vient, et comment il a été acquis, c'est toujours de l'argent, dit-il en étendant ses mains pâles. Si vous déposez vos fonds chez moi, je saurai en prendre soin. Sommes-nous d'accord ?

– Un instant, je vous prie, répondit Broom.

Brandt nous laissa délibérer, mais la discussion fut de courte durée. Quel choix avions-nous ? Celui de laisser notre argent à cet homme ou de l'enterrer dans le sable, comme disait Broom. Il rappela le banquier.

– Très bien, alors, dit Brandt en nous tendant la main. J'ai déjà fait préparer tous les documents nécessaires. Je veillerai sur vos intérêts, car désormais, ce sont également les miens. À propos, capitaine… Abraham, dit-il à Broom, j'aimerais vous dire un mot en particulier.

Graham et moi-même attendîmes Broom dehors, sur le trottoir.

– Eh bien, Nancy, me dit Broom lorsque nous rentrâmes

18. Ancien nom de Djakarta, la capitale de l'Indonésie, qui était à l'époque une colonie hollandaise (NdT).

à Pearl Street, je crois que je vous dois des excuses. Brandt m'a informé qu'un planteur brésilien, qui a été autrefois corsaire, est à la recherche d'une certaine Miss Kington, une jeune et jolie héritière anglaise de la Jamaïque qui a été enlevée par des pirates et qui navigue à bord d'un vaisseau commandé par un certain capitaine Broom.

– Tenez, reprenez ceci, fis-je en ôtant mon collier et en le lui remettant.

La simple mention du Brésilien m'avait fait frissonner, comme lorsqu'il avait passé le collier à mon cou. Je frottai mes bras et commençai à faire les cent pas.

– Qu'allons-nous faire ? demandai-je.

– Ce que nous faisons toujours, répondit Broom. Prendre la mer, ma chère. Prendre la mer ! Nous avons déposé notre argent ici et nos affaires sont en ordre. Je crois qu'il est temps de quitter New York.

Vincent avait pris possession de la nouvelle goélette et la préparait au départ. Il avait également des nouvelles pour nous, qui n'étaient pas bonnes. Charlie avait commencé à bouder et à se rebeller, refusant d'obéir aux ordres, puis il avait disparu. Vincent craignait qu'il ne nous eût dénoncés aux autorités. J'en étais si certaine que je m'attendais presque à entendre le martèlement de bottes de la garde territoriale sur les quais du port. Et même si nous parvenions à lui échapper, notre secret était dévoilé. On savait désormais que Broom était le capitaine d'un vaisseau pirate qui transportait des femmes à son bord, et que Minerva et moi-même étions des pirates. La nouvelle se répandrait sur toute la côte et dans chaque port.

Nous partîmes avec la marée suivante, juste à temps. Au large de Sandy Hook, sur la côte de Jersey, un navire noir attendait que la marée lui soit favorable pour entrer dans le port de Manhattan. Nous l'observâmes à distance, tandis que notre goélette passait devant lui. Si le Brésilien remarqua notre présence, il ne le montra pas. Quoi qu'il en fût, c'était bien son navire. J'en étais absolument certaine. Il était noir, c'était pourquoi je ne parvenais pas à le voir dans mes rêves.

CHAPITRE 24

Je me félicitais à présent que Broom eût échangé le trois-mâts contre une goélette. Personne ne connaissait encore ce navire et il était rapide. Toutefois, Pelling n'avait pas approuvé cet échange. Il estimait qu'une goélette était trop petite, qu'elle manquait de canons et de place pour les hommes et le ravitaillement pour un voyage au long cours. Cependant, il dut ravaler ses paroles. Les lignes déliées de la goélette évoquaient un puissant animal marin et elle était idéale pour la navigation. Broom en était très fier. La coque du navire était en chêne américain et les deux mâts en pin blanc, chacun taillé dans un seul arbre afin d'être plus résistant et plus flexible. Broom avait fait le bon choix et cette pensée le remplissait de satisfaction. Personne ne pourrait jamais imaginer à quel point cette goélette était rapide. Il la baptisa le *Retour rapide*.

– Les navires comme celui-là, c'est l'avenir, Pelling, déclara-t-il. Note bien ce que je te dis. Avec eux, on en a pour son argent. (Il arpentait le pont luisant de propreté d'un air rayonnant.) Attends un peu, et tu verras. Celui-là est parfait. C'est exactement ce qu'il nous faut. Qu'on essaie de nous poursuivre : personne ne pourra nous rattraper en haute mer !

Nous avions un nouvel équipage, constitué par Vincent, qui avait commencé à chercher des hommes avant même les révélations de Brandt et la désertion de Charlie. Il avait fait le tour des tavernes du port, embauchant tous les marins expérimentés qu'il avait pu trouver et d'autres encore. Tous ne savaient pas que nous étions pirates. Broom avait décidé de ne le leur apprendre qu'après notre départ. Ceux qui refuseraient de contresigner les articles du règlement seraient débarqués à la prochaine escale. Finalement, tous signèrent. Vincent avait bien choisi son équipage.

Si nos tours de quart n'avaient pas lieu aux mêmes heures, j'avais néanmoins accroché mon hamac près de celui de Minerva comme autrefois. Sa compagnie m'avait terriblement manqué quand j'étais restée seule à New York. Lors du premier tour de quart qui nous réunit, nous parlâmes longuement de la chance que nous avions eue de nous en tirer indemnes et de tout ce qui s'était passé à New York pendant que nous étions séparées. Broom faisait route vers les Antilles. Minerva s'en réjouissait, déclarant que le climat lui convenait mieux et qu'il faisait vraiment trop froid dans le Nord.

Nous épuisâmes finalement tous les sujets de conversation que nous avions en réserve. Nous avions parlé d'une foule de choses, mais à présent, étendue dans l'ombre, écoutant le craquement des poutres et le clapotis de l'eau contre la coque, je pensais qu'en réalité nous ne nous étions rien dit. Je brûlais d'interroger Minerva au sujet de Vincent et de ce qu'ils avaient fait ensemble pendant leurs balades sur le port.

Quelque chose avait changé entre eux, je m'en rendais bien compte. Ils étaient maintenant très proches. Aussi proches qu'un frère et une sœur. Plus, même. Jusqu'à quel point, c'est ce que j'aurais voulu savoir, mais j'hésitais à interroger Minerva. Il n'y avait pas de murs entre nous et le reste de l'équipage, seulement une toile très mince. Il était impossible de savoir si quelqu'un ne nous écoutait pas de l'autre côté. Du reste, peut-être Minerva ne voudrait-elle rien me dire. Elle laissait rarement paraître ses sentiments devant quiconque. Cependant, j'avais passé trop de temps en réflexions. À sa respiration régulière, je compris qu'elle dormait, mais peut-être le feignait-elle seulement, ayant deviné ce qui me préoccupait. Je me détournai d'elle et tâchai de m'endormir à mon tour. J'étais de quart dans quelques heures.

Nous étions dans le détroit de Floride, au nord de Cuba, avec un temps favorable. Broom ne nous avait pas encore révélé notre destination exacte, pas même à Vincent. Ce dernier était inquiet. La saison des ouragans approchait et ce n'était pas le meilleur moment pour prendre la mer. Des tempêtes terribles balayaient l'océan, avec des vents capables de coucher une forêt entière et des pluies qui pouvaient emporter des montagnes, laissant la terre dévastée comme par un dieu furieux. J'avais vu à la Jamaïque des endroits frappés par des ouragans. J'avais peine à imaginer les ravages qu'un tel déchaînement de la nature pouvait causer en mer. À bord, des hommes parlaient à voix basse et craintive de radieuses journées transformées en nuits noires, de vagues semblables à des montagnes de verre glauque, de gerbes d'écume jaillissant d'une extrémité de l'horizon à l'autre et de maelströms où l'eau et le ciel semblaient se confondre. Les navires surpris par la tempête en pleine mer étaient réduits en miettes ou chavirés comme des coques de noix. Des flottes et des convois entiers avaient disparu ainsi sans laisser de trace.

Ce matin-là, j'étais de garde avec Vincent, dont j'observais l'inquiétude grandissante. L'aube s'était levée dans un ciel sans nuage annonciateur d'une belle journée, mais Vincent se tenait à la proue, allant et venant de bâbord à tribord pour examiner l'eau qui disparaissait sous l'avant du navire. La mer d'un vert sombre teinté de pourpre était étrangement agitée de lourdes vagues huileuses qui faisaient osciller et vibrer le navire.

— Je n'aime pas ça, dit Vincent en regardant le ciel, puis les voiles pour vérifier la direction du vent.

Ce dernier était brusque, ce qui en soi n'avait rien d'extraordinaire, si ce n'est qu'il soufflait à l'opposé du mouvement des vagues.

— Regarde un peu par là, reprit-il en braquant sa longue-vue sur une nuée d'oiseaux volant si haut que nous ne pouvions pas entendre leurs cris. Ils tournaient et viraient dans le ciel en une masse confuse et chaotique, comme les cendres s'élevant d'un feu.

— Nous ne sommes pas loin de la terre, observai-je. Elle doit être à l'est, à l'ouest ou au sud…

Vincent secoua la tête avec impatience.

— Ce ne sont pas des oiseaux de mer, dit-il, ils sont seulement de passage. Quelque chose les a fait dévier de leur trajectoire habituelle. (Il reposa la longue-vue et lança des ordres.) Grimpez dans la mâture! Raccourcissez le hunier! Amenez la voile devant et derrière!

Des hommes montèrent dans le gréement, filèrent le long des enfléchures pour aller rouler la voile et tirèrent sur les cordes pour amener les vergues afin d'offrir moins de prise au vent. Ces manœuvres ralentirent considérablement le navire et firent sortir de sa cabine Broom, qui nous demanda ce que diable nous fabriquions.

– Une tempête se prépare, mon capitaine, répondit Vincent.

Broom fronça les sourcils, incrédule, mais avant même qu'il n'ait eu le temps d'ouvrir la bouche, le vent tourna et fraîchit.

– Bon Dieu, je crois que tu as raison! dit-il à Vincent.

– Regardez par là, mon capitaine! cria l'un des hommes perché sur la tête de vergue du grand mât.

Il avait à peine achevé sa phrase que son bonnet fut saisi par une rafale et fila comme un oiseau au-dessus de la crête des vagues. Il hurla de nouveau, mais le vent emporta ses mots et les dispersa en syllabes inintelligibles. Le vent gagnait en force de seconde en seconde, gémissant et hurlant dans les mâts comme un esprit malveillant. Là-haut, les hommes se cramponnaient aux têtes de vergue en montrant du doigt une longue barre noire qui émergeait à l'horizon, vers le sud, comme une masse de terre, là où il n'y avait que l'océan.

– Hé, vous, là-haut! aboya Broom pour couvrir le hurlement du vent. Raccourcissez la voile! Amenez les vergues! Du nerf! (Il se pencha au-dessus du gaillard d'arrière tandis que les hommes s'activaient.) On va aller plus vite que l'ouragan. Timonier! Par tribord devant! Priez tous les dieux de votre connaissance, les gars! On va voir ce que ce rafiot a dans le ventre!

Ce jour-là, Broom fit la démonstration de son savoir-faire. Il avait peut-être ses défauts, mais il savait naviguer. Les hommes pouvaient toujours ergoter et grommeler face à ses décisions, personne ne doutait de lui. L'équipage travaillait sans relâche en lui obéissant au doigt et à l'œil. Broom faisait face aux éléments, et nous avec lui, avec l'assurance intrépide qui le caractérisait et sans ostentation, mais la tempête qui nous menaçait était hors du commun et nos chances de survie plus qu'incertaines.

Le vent soufflait du sud, nous poussant comme une main géante. Nous nous démenions pour amener la voile en tirant ensemble sur les cordages.

– Le capitaine fait route vers les Bahamas! hurla Vincent dans mon oreille. Il veut s'abriter entre les îles.

Je hochai la tête pour montrer que j'avais bien entendu, car je ne voulais pas gaspiller mon énergie en paroles. Le vent hurlait comme si tous les démons de l'enfer étaient lâchés sur nous et le ciel était noir comme la nuit. La mer fouettée par le vent jaillissait, blanche et écumante, et l'air était chargé d'embruns. Des éclairs illuminaient un paysage bouleversé. Le pont du navire s'inclinait, tandis que nous escaladions une succession de vagues vertigineuses. Au sommet de chacune d'elles, la goélette semblait filer, dansant comme une épave sur l'écume déferlante, avant de retomber dans un gouffre d'une telle profondeur que nous avions l'impression d'être précipités dans un autre élément. Nous étions cernés d'immenses falaises d'eau noire et brillante, comme si nous tombions dans un abîme d'où nous ne reverrions jamais le ciel. Confondue par la violence de la tempête et paralysée de terreur, je m'accrochais aux cordages, incapable de faire quoi que ce fût d'autre. J'avais l'impression de me noyer. L'air lui-même était comme pompé, aspiré par des vagues gigantesques qui s'abattaient sur moi en torrents écumants. Le pont auparavant bondé était maintenant vide, nettoyé de tout ce qui n'avait pas été amarré. Des tonneaux pleins et de lourdes caisses étaient entraînés et projetés pardessus bord, comme s'ils ne pesaient pas plus que des seaux et des cages à oiseaux.

La violence du vent et des vagues faisait plier les grands mâts comme des arcs, menaçant de les rompre ou de les arracher. Minerva était avec les hommes que Broom avait envoyés en haut du gréement sur des vergues lisses et glissantes comme du verre et des cordes qui se tordaient et leur filaient entre les doigts comme des serpents. Le navire s'élevait et s'abaissait, tandis qu'elle s'efforçait de rouler les voiles détrempées et bien plus lourdes qu'à l'ordinaire ; elle était constamment giflée par le vent qui menaçait de la jeter à bas de son perchoir pour l'expédier dans un maelström où elle disparaîtrait à jamais. Du pont, nous ne pouvions voir comment elle et ses compagnons s'en tiraient, et nous n'aurions même pas entendu leurs cris s'ils avaient été précipités dans l'abîme. « Elle est agile, elle est forte, elle reviendra et je la reverrai. » Je me répétais ces phrases comme une litanie, priant pour qu'elle et ses compagnons reviennent sains et saufs.

Le navire fut soudain frappé à tribord par une vague énorme qui lui fit faire une violente embardée, comme s'il avait été giflé par un géant. Je me cramponnai pour ne pas être emportée, tandis que le pont se dérobait sous mes pieds et s'inclinait à la verticale au-dessous de moi. Toute pensée m'abandonna lorsque je vis le bord opposé du navire plonger sous les vagues. La goélette se couchait sur le côté. Elle allait être submergée et sombrer. Mon cœur cessa un instant de battre, puis, lentement, très lentement, le navire commença à se redresser. Dans un grand bruit de succion, la mer le libéra et il remonta en dansant comme s'il était en liège.

J'attendais avec effroi la prochaine vague qui nous ferait basculer, mais, bien que le navire penchât dangereusement, son bord ne toucha plus l'eau. La tempête faisait encore rage, mais peu à peu elle faiblit, et les oscillations du navire diminuèrent. Il montait et descendait toujours, mais, à présent, il chevauchait les vagues sans difficulté ; le hurlement continu du vent devint moins insistant et, bientôt, il fut possible d'entendre les cris et les appels des hommes.

Ils descendirent du gréement, sautant à terre à quelques pieds du sol, et s'avancèrent sur le pont en titubant. Minerva était parmi eux. Je me précipitai vers elle, mais Vincent fut plus rapide. Alors que ses jambes se dérobaient sous elle, il la rattrapa et la serra dans ses bras, nichant sa tête contre son épaule. Il essuya l'eau et l'écume de son visage et repoussa en arrière ses cheveux qui s'étaient échappés de son bonnet. Il eut un sourire de soulagement en la voyant indemne, et je crus un instant qu'il allait l'embrasser, mais il n'en fit rien. Peut-être estima-t-il que ce n'était pas le meilleur moment, entourés comme ils l'étaient de l'équipage. Il l'écarta de lui en la tenant par les épaules et en la regardant comme si elle était un objet fragile que l'on venait de lui rendre intact. Elle leva les yeux vers lui, et dans son regard je trouvai la réponse aux questions que je m'étais posées cette nuit. Il murmura quelque chose et elle acquiesça. C'était comme si le monde autour d'eux avait disparu. Le chaos déchaîné par la tempête, les voiles déchirées, les espars brisés, les hommes épuisés et blessés n'existaient plus pour eux.

– Mr Crosby! lança Broom du gaillard d'arrière, les faisant sursauter. Pouvez-vous m'accorder un peu de votre temps? Le navire a traversé quelques moments difficiles. Il y a du travail à bord. Miss Kington! Peut-être pourriez-vous prendre soin de Miss Sharpe?

Vincent et Minerva regardèrent autour d'eux comme s'ils s'éveillaient d'un rêve. Leur embarras souleva de faibles rires parmi l'équipage, et je m'éloignai avec Minerva en la soutenant pour l'aider à descendre dans l'entrepont.

Je l'emmenai dans nos quartiers, car nous étions toutes deux trempées jusqu'aux os et épuisées. Nous nous réjouissions d'autant plus de l'obscurité et de l'intimité de l'entrepont que nous tremblions sans pouvoir nous arrêter, et nous nous cramponnions l'une à l'autre en versant des larmes de soulagement et de joie indignes de pirates à l'idée d'avoir toutes deux survécu. Minerva avait été aussi terrifiée que moi, sans pouvoir laisser paraître sa peur, ni même l'admettre. Une défaillance nerveuse en haut du gréement aurait signifié la mort. À présent, ces émotions refoulées la submergeaient. Tandis qu'elle sanglotait, je la serrai dans mes bras et je me reprochai d'être jalouse de l'intimité qui avait grandi entre elle et Vincent.

Broom fit allumer des réchauds dans l'entrepont pour faire sécher la literie et les vêtements. Les hommes furent autorisés à se reposer. Minerva dormit. Je regardai son visage en pensant à elle et à Vincent. L'idée qu'ils étaient peut-être amants me rappela combien j'étais seule, et William me manqua plus que jamais. Je m'étais persuadée que, si seulement je pouvais lui expliquer comment et pourquoi j'avais été entraînée dans cette vie, il me croirait sans doute, il me pardonnerait certainement et il m'aimerait probablement plus encore que par le passé. Au fond de moi-même, pourtant, je n'en étais pas si sûre. Il pouvait tout aussi bien me rejeter. Je ruminai ces pensées, tandis que nous naviguions dans des eaux plus calmes. Abe Reynolds fit le tour de l'équipage avec du rhum pour réchauffer et réconforter les hommes. Je sirotai le mien allongée dans mon hamac. Le simple fait de m'imaginer avec William, lui racontant tout ce qui m'était arrivé, ne faisait que redoubler mon amour pour lui.

Nous croisions à présent entre l'île d'Andros et celle de la Grande Bahama. Les hommes avaient fini leur ration de rhum et ceux qui en voulaient encore en reçurent une nouvelle, mais les réjouissances furent repoussées jusqu'à notre arrivée au port. Le vent était tombé depuis que nous étions à l'abri des îles, mais à l'ouest, le ciel était toujours menaçant : des masses de nuages noirs s'amoncelaient, semblables à des cavaliers portant des étendards dont les oriflammes déchiquetées flottaient derrière eux. Si le vent tournait, l'ouragan fondrait de nouveau sur nous. Nous devions entrer au port le plus tôt possible sous peine d'être de nouveau pris dans la tempête et de nous échouer sur le rivage où nous cherchions refuge.

Le mouillage le plus proche était à Nassau, sur l'île de la Nouvelle Providence. En temps normal, aucun vaisseau pirate ne faisait escale à Nassau. Ce port avait été autrefois un repaire de pirates, mais Woodes Rogers l'avait nettoyé par des arrestations et des pendaisons en masse qui en avaient fait le tombeau des pirates. Notre goélette avait vaillamment résisté à la tempête, justifiant la confiance de Broom en ses capacités. Pelling lui-même devait le reconnaître. Un navire plus ancien ou plus lourd aurait sombré. Toutefois, l'un des mâts était endommagé et plusieurs voiles déchirées. Il y avait également une voie d'eau sous la ligne de flottaison, si bien qu'il fallait constamment pomper, alors que les hommes avaient besoin de repos. Si une autre tempête nous surprenait, nous n'en sortirions pas vivants.

Nous devions donc gagner un port au plus tôt. Pourtant, si nous avions pu savoir ce qui nous attendait à terre, nous aurions de nouveau tenté notre chance en haute mer.

CHAPITRE 25

Lorsque nous entrâmes dans le port, la tempête avait cessé. Nous n'étions pas les seuls à nous réfugier à Nassau. Le port était rempli de vaisseaux – frégates, brigantines, sloops et senaus – arborant les pavillons d'une douzaine de pays différents. Nous jetâmes l'ancre à la nuit tombante. L'excitation avait gagné tout l'équipage. Lorsque le navire fut amarré et le tour de garde attribué, Broom permit aux hommes de descendre à terre. Les réjouissances pouvaient commencer.

Broom fit sonner la cloche du navire pour rassembler l'équipage.

– Un navire vaut ce que valent les hommes à son bord, dit-il. Sans vous, le *Retour rapide* aurait coulé. (Il tira une bourse de sa poche et en fit tinter le contenu.) Je serais heureux d'aller voir en votre compagnie quelles distractions cette ville peut nous offrir !

Quelqu'un réclama un ban et des hourras rauques se succédèrent. Les mains sur le bastingage, Broom regardait ses hommes avec le sourire. C'était un homme juste et généreux. Les capitaines que la plupart des membres de l'équipage avaient connus auparavant s'étaient montrés grossiers, brutaux et méprisants envers eux. Ce n'était pas dans la manière de Broom. En récompensant le travail de ses hommes, il s'assurait leur loyauté et même leur affection. Les hommes troquèrent leurs uniformes déchirés contre les vêtements qu'ils portaient pour aller à terre. Broom revêtit ses plus beaux atours pour les accompagner, laissant à bord Vincent, Graham et quelques autres : Jessop le voilier, Joby et Gabe le charpentier, car il fallait réparer les ravages causés par la tempête.

Minerva et moi-même restâmes également à bord. Accoudée au bastingage, je regardais l'eau noire du port. Sur le quai, les fenêtres et des portes des bâtiments ruisselaient de lumières qui brillaient à la surface de l'eau comme si une autre ville s'y reflétait. Je pensai à Port Royal et à l'histoire que mon père m'avait racontée : au temps des corsaires, la moitié de la ville avait sombré dans l'océan à la suite d'un terrible tremblement de terre. Certains y voyaient le châtiment de Dieu frappant la ville la plus corrompue du monde. Je songeai à la cité engloutie et aux cloches de son église tintant au gré des courants sous-marins. C'était comme si cette ville m'appelait.

– Qu'y a-t-il ? me demanda Minerva en venant s'accouder à côté de moi.

– Je ne sais pas, répondis-je.

Je tentai de lui expliquer ce que je ressentais, mais je n'avais pas de mots pour le décrire. Nous avions frôlé la mort de près et j'en restais ébranlée. J'aurais pu être morte en cet instant. J'aurais pu être au fond de l'océan. Minerva aussi. Mon soulagement initial avait cédé la place à d'autres sentiments de nature plus étrange. Une sorte de mélancolie mêlée d'agitation.

Minerva m'écouta en fronçant les sourcils.

– Peut-être ferions-nous mieux d'aller en ville, finalement, dit-elle.

– Habillées en hommes?

Jusqu'à présent, je n'avais porté mon déguisement d'homme que sur le navire.

– Bien sûr. Pourquoi pas? Quand je vais à terre, je suis Jupiter Jones. Tu pourrais être... (Elle fit une pause.) Davey. Davey Gordon.

– Mais que vais-je porter?

Je n'avais que des vêtements de travail raides de sel et puant le goudron.

Minerva sourit et ses yeux eurent un éclair de malice.

– Viens, on va dévaliser le coffre de Vincent, lança-t-elle.

– Que va-t-il dire?

Minerva sourit.

– C'est de lui que vient cette idée, répliqua-t-elle.

Comme Broom, Vincent était un dandy, et son coffre était rempli des plus beaux vêtements provenant des navires qu'il avait pillés. Nous passâmes en revue sa collection, et Minerva choisit pour moi une veste et un gilet en velours prune, une chemise en soie crème, un pantalon en satin noir, des bas blancs et des chaussures noires à boucles d'argent.

– Tu es vraiment très belle, dit-elle tandis que je fermais les boucles de mes chaussures.

Ensuite, ce fut à mon tour de choisir. Je décidai que Minerva porterait le manteau bleu à passements rouges que je préférais entre tous, avec un pantalon blanc, une chemise ornée de dentelles aux longues manches bouffantes, une cravate de satin blanc et un gilet de soie noire.

– Suis-je belle? demanda-t-elle en s'efforçant de distinguer son reflet à la surface fissurée du petit miroir rond dont Broom se servait pour se raser.

– Je n'ai jamais vu plus bel homme, répondis-je en lui souriant. Il ne te manque qu'une chose.

J'allai chercher mes boucles d'oreilles en rubis dans mon coffre.

Minerva les prit et en fixa une à son oreille. La pierre rougeoyait sur sa peau et oscillait quand elle remuait la tête, répandant une lumière intense et chaude. Aucun homme n'oserait jamais porter un tel bijou. Il embellissait encore Minerva. Le Brésilien avait tort de croire qu'une peau blanche était idéale pour faire valoir la perfection des rubis.

– Bel homme? Je vais te montrer ce qui est beau, dit-elle en élevant l'autre boucle d'oreille, qu'elle me tendit. Elle me présenta le miroir avec un sourire.

– Nous faisons une belle paire, reprit-elle.

À notre apparition sur le pont, Vincent lui-même resta sans voix. Il ouvrit la bouche, la referma et nous regarda l'une après l'autre. Nous lui demandâmes la permission d'aller à terre et je crus un instant qu'il nous la refuserait.

– Je sais bien que je vous ai dit de choisir les plus beaux habits, mais… fit-il en écartant les mains.

– Quoi ? demandâmes-nous en échangeant un regard.
Quel est le problème ?

– La question n'est pas là. (Vincent passait tellement de
temps avec Broom qu'il commençait à parler comme lui. Il se
mit à faire les cent pas sur le pont.) Je regrette seulement de
ne pas pouvoir vous accompagner.

– Pourquoi ?

– Pour vous protéger, bien sûr !

– De quoi ? demanda Minerva en écartant les pans de
son manteau. Nous sommes armées. Quel homme irait
nous chercher des histoires ?

– Ce ne sont pas les hommes qui m'inquiètent, répondit
Vincent en riant, et il nous accorda la permission de quitter
le navire.

Alors que nous nous éloignions sur le quai, je me sentais
un peu chancelante, comme si j'étais à moitié ivre, alors que
j'avais à peine bu. Les navires tanguaient sur leurs amarres.
La houle déferlant du large faisait tinter leurs cloches et
osciller leurs lanternes dont les reflets dansaient comme des
feux follets sur l'eau noire. Je songeai à la ville engloutie et je
fus reprise de mélancolie. Le vent était tombé et l'air chaud
de la nuit nous enveloppait. Des étoiles blanches étincelaient dans le ciel. Je levai les yeux et scrutai les constella-
tions ; j'aurais aimé partir sur le chemin qu'elles traçaient,
loin de tous et de tout, vers un lieu où Minerva et moi-
même pourrions vivre ensemble, libres et sans crainte.

– À quoi penses-tu ? demanda Minerva.

– Oh, à rien, répondis-je en fourrant les mains dans mes
poches. Je pensais juste à une chanson à propos d'un vais-

seau magique aux cordes de soie, aux voiles d'argent et au mât en sorbier. Je me disais que ce serait bien de pouvoir s'embarquer sur ce navire et de mettre le cap sur le soleil, la lune et les étoiles.

Minerva détourna les yeux vers le port.

– Tu regrettes la tournure que ton existence a prise? demanda-t-elle.

Je ne répondis pas, car je n'en savais rien.

– Notre destin est étrange, c'est certain, reprit-elle. La vie que nous menons n'est pas ordinaire et ne le sera jamais.

– Parfois, je me sens vraiment seule, commençai-je. J'ai dû quitter tout ce que j'ai connu et tous ceux que j'aimais ou qui m'aimaient. Ça m'effraie.

– Comment peux-tu dire que tu es seule? dit Minerva en se tournant vers moi, le visage nimbé d'argent dans la lumière de la lune qui montait à l'horizon. Tu m'as, moi. Et je t'aime, Nancy. Pour moi, tu es plus qu'une amie, tu es comme une sœur... (Elle s'interrompit soudain. Je crus qu'elle allait poursuivre, mais elle se contenta de passer un bras autour de mes épaules et de m'entraîner vers l'entrée d'une taverne.) Allez, viens, ce n'est pas le moment de se laisser aller à la mélancolie. Allons plutôt retrouver les autres.

CHAPITRE 26

– Soyez les bienvenus, mes jeunes messieurs, dit la jeune femme qui nous accueillit, en nous évaluant d'un coup d'œil. En vérité, vous êtes plus que bienvenus !

Elle nous saisit par l'épaule et nous guida vers une table inoccupée. Elle était grande, avec de beaux cheveux blonds et un visage d'ange, mais il y avait de la malice dans l'éclat de ses yeux bleus et la courbe de ses lèvres.

– Je m'appelle Alice. Alice Castle. Bienvenue dans mon établissement. Polly ! lança-t-elle en s'asseyant avec nous. Apporte-nous à boire ! Et pas de la bibine ! (Elle se renversa en arrière et posa sur nous un regard à la fois hardi et approbateur.) On va boire un coup ensemble, et puis nous allons vous tenir un peu compagnie. Il y a longtemps que je n'ai pas vu d'aussi beaux garçons que vous.

Polly apporta du rhum et s'assit à côté de nous. Un peu plus jeune qu'Alice, elle avait d'épais cheveux noirs et bouclés, des yeux bleu vif et un large sourire.

– Eh bien, faisons connaissance, si vous voulez bien ?

Alice nous regarda, tandis que nous nous présentions.

– Ravie de faire votre connaissance, Davey et Jupiter,

dit-elle, et elle saisit entre ses doigts la boucle d'oreille de Minerva. Joli bijou. (Son doigt suivit les contours de la mâchoire de Minerva jusqu'aux lèvres.) Il vous va très bien. (Elle se pencha vers elle.) Pas la peine d'être si réservé. Que faut-il faire pour avoir le droit de s'asseoir sur vos genoux ? Là, c'est bien mieux comme ça.

Minerva lui fit de la place, passa les bras autour de sa taille et lui chuchota quelque chose à l'oreille. Alice gloussa et lui donna une petite tape amicale sur la joue. Minerva pencha la tête et lui rendit son sourire. En se balançant, la boucle d'oreille capta la lumière et je me demandai ce qu'elle venait de dire. Elle s'en tirait bien mieux que moi, mais il est vrai qu'elle avait plus d'expérience.

– Mon Dieu, quelle peau magnifique vous avez ! dit Polly en touchant ma joue. Et qu'elle est douce ! Beaucoup de filles donneraient n'importe quoi pour en avoir une comme la vôtre !

Elle se pencha vers moi et ses bras m'encerclèrent sous mon manteau. Je détournai la tête et posai mes mains sur les siennes pour les arrêter.

– Je ne vous plais pas ? demanda-t-elle.

– Non, ce n'est pas ça, répondis-je, mais…

– Peut-être préféreriez-vous quelqu'un d'autre, dit-elle en lançant un coup d'œil vers Alice et Minerva qui nous observaient.

– Non ! fis-je en secouant la tête et en m'écartant. Non, vraiment ! C'est seulement que nous…

– … sommes déjà fiancés, acheva rapidement Minerva. Nous avons tous les deux des bien-aimées qui nous attendent.

— Oh, quel dommage! commenta Alice en regardant son amie. Si jeunes, si beaux, et déjà fiancés! Quelle perte pour nous autres, hein, Poll?

Polly acquiesça.

— Un vrai gâchis, déclara-t-elle.

— Mais nous avons de quoi régaler, dit Minerva en sortant un sac d'or de sa poche. Escudos. Louis d'or. Dollars en argent. Dollars espagnols. (Elle fit rouler les pièces sur la table.) Pour la conversation. Et pour votre compagnie.

— Ça sera une nuit agréable, pas d'erreur. (Alice souriait en empilant les pièces.) Vous venez de cette goélette qui vient juste d'arriver?

Minerva fit signe que oui.

— C'est bien ce que je pensais, fit Alice avec un clin d'œil. Vêtu comme un dandy, avec de l'argent qui lui brûle les poches. Je les repère de loin. (Elle remplit son verre et celui de Minerva.) Il y a eu une tempête terrible ce matin. Elle a flanqué la pagaille parmi les navires du port et démoli toute une rangée de maisons aux portes de la ville. C'est fini maintenant, mais ça ne m'étonnerait pas qu'il y en ait une autre dans la foulée.

— C'est ce qui nous a amenés ici. Nous cherchions refuge.

Alice sourit.

— Ce n'est pas l'abri le plus sûr pour vous, si je puis me permettre. (Elle parcourut la salle du regard, observant les autres buveurs.) Mais c'est toujours plaisant de revoir des gentlemen de fortune par ici. Ce n'est plus pareil depuis qu'ils sont partis. Calico Jack, Black Bart Roberts et le vieux Barbe Noire en personne, tous venaient ici dans le temps.

Maintenant, les affaires vont mal. Nous pensons même déménager, pas vrai, Polly?

Mais Polly n'écoutait pas.

– Vous avez entendu? demanda-t-elle.

Le martèlement d'hommes défilant en rangs nous parvint du dehors.

– C'est la Marine, dit-elle calmement. Personne d'autre ne marche comme ça.

Alice écouta un instant, puis approuva.

– Eh bien, Poll, puisque la Marine arrive, il faudrait percer un autre tonneau. Emmenez donc ces jeunes gens au cellier...

– Il y a un passage souterrain qui mène au port, chuchota Polly.

Elle se leva, mais avant même que nous ayons pu la suivre, la porte fut ouverte d'un coup de pied. Des chaises repoussées raclèrent le sol et des tables furent renversées, tandis qu'une douzaine d'hommes se levaient d'un bond, cherchant des yeux une issue. Des coups de crosse de mousquet ébranlèrent les volets. Une troupe de fusiliers de la Marine entra dans la pièce, baïonnettes au canon.

William était à leur tête. À sa vue, je me sentis complètement désemparée.

– Peut-être recherchent-ils seulement quelqu'un, nous murmura Alice. Laissez-moi faire.

Elle se dirigea vers William comme s'il n'était qu'un client ordinaire.

– Pourquoi ne faites-vous pas entrer vos hommes, monsieur? Il y a toute la place que vous voudrez. (Elle se tourna vers les hommes aux visages sinistres alignés sur deux rangs derrière lui.) Et pour vous, messieurs, qu'est-ce que ce sera ?

– Nous ne sommes pas venus ici pour nous rafraîchir, madame, répondit William. Ni pour arrêter quelqu'un en particulier. (Il lança un regard à la ronde.) Nous sommes à la recherche de pirates et, par Dieu, je crois que nous les avons trouvés !

Plusieurs hommes de l'équipage tendirent la main vers leurs pistolets et leurs sabres. Ils n'eurent pas le temps de les dégainer, car une salve retentit, remplissant la salle de fumée, et faucha plusieurs d'entre eux. L'un se recroquevilla, les mains crispées sur son ventre ; le bras d'un autre pendait, retenu seulement par un tendon. Peter, le canonnier hollandais, retomba sur sa chaise avec un trou au milieu du front.

– Posez vos armes sur la table, ordonna William en rengainant son pistolet et en en sortant un autre. Vos mains aussi, que je puisse bien les voir.

Les fusiliers commencèrent à sillonner la salle. Les hommes trop lents à s'exécuter recevaient un coup de crosse de mousquet dans la figure. Les troupes de Sa Majesté ne plaisantaient pas. Nous fîmes ce que l'on nous demandait, comme les autres.

Les coups de feu avaient alerté Broom, qui accourut en haut des escaliers en remontant son pantalon, tandis que les prostituées qui lui tenaient compagnie se penchaient au balcon pour voir de quoi il retournait. Tous les regards se braquèrent dans sa direction, et William leva les yeux vers lui l'espace de quelques secondes. Minerva baissa le bras et retira de sa botte un fusil à silex au canon court qu'elle dissimula sous le bord de la table, le canon pointé vers le haut afin d'atteindre William sous le menton. J'entendis le déclic du chien, qui résonna à mes oreilles comme un coup de feu. Encore un pas…

William s'avança vers l'escalier.

Je fis dévier le canon et la balle alla se loger dans le sol. Nous fûmes immédiatement encerclées de soldats braquant leurs armes sur nous.

Minerva me dévisagea, furieuse. Un coup de crosse dans le dos lui fit poser lentement les mains sur la table, les doigts écartés. Je levai les miennes.

– J'ai heurté la table avec le pistolet et le coup est parti ! dit Minerva.

Certains des hommes hésitaient à nous croire. D'autres armèrent leurs fusils.

Entre-temps, Broom avait tourné les talons en espérant pouvoir s'échapper par une fenêtre de l'étage. Un fracas et des jurons venant du dehors nous apprirent que sa tentative avait échoué. Il fut ramené dans la salle et aligné avec les autres.

– Rassemblez-les ! ordonna William à ses troupes. Je les veux vivants afin que nous puissions en pendre le plus grand nombre possible, alors interdiction de tirer sur eux, sauf nécessité absolue.

Les hommes commencèrent à ramasser les armes qu'ils mirent dans un sac et à faire lever les prisonniers.

– Vous ne voulez vraiment pas prendre un verre ? Tout ce travail a dû vous donner soif, dit Alice en souriant à William. Quand toute cette racaille sera rassemblée, je suis sûre que vous aurez envie de boire un coup, les gars. J'ai un excellent rhum de la Barbade. (Balayant de la main les protestations de William, elle s'adressa à l'autre officier, qui avait l'air intéressé.) Emportez donc un tonneau au mess. C'est offert par la maison. (Elle appela le garçon de cuisine.) Va chercher du rhum pour ces messieurs, Sam. C'est au fond du cellier, tu sais où. Et je compte sur ton retour rapide! ajouta-t-elle dans un murmure. Allez, ouste!

Le garçon n'était pas idiot et, visiblement, ce genre de situation lui était familier. Il acquiesça et s'éclipsa, avant que quiconque ne pût le retenir.

– Descends et ramène un tonneau, souffla Alice à Polly. Tu es une bonne fille.

On nous ordonna de nous aligner face au mur. Minerva se leva lentement, refusant de se laisser brusquer malgré les mousquets braqués sur elle. En passant devant Alice, elle laissa tomber quelque chose dans sa main.

– Pour vous, dit-elle.

Le rubis scintilla d'un éclat sanglant dans la main de la femme, qui se referma.

Nous nous tenions face au mur, les bras dans le dos, menottés et les chevilles entravées. Nous étions hors d'état de nuire, mais l'on nous ordonna néanmoins de rester immobiles, tandis que les soldats buvaient leur rhum. Ils l'avalèrent rapidement en échangeant quelques mono-syllabes, ignorant les tentatives de badinage d'Alice, de Polly et des autres filles. Je fixais des yeux le plancher au grain grossier. Le bois était nu et mal équarri, les bords des planches encore recouverts d'une épaisse écorce rougeâtre. Derrière moi, des bottes raclaient le sol couvert de sable et la salle était remplie du bourdonnement de mouches saoules de sang et de rhum.

– J'aurais pu l'avoir, murmura Minerva à côté de moi. Nous aurions dû nous battre tant que c'était encore possible. (Je coulai un regard vers elle. Son visage luisait de larmes de rage.) Cette putain a plus de courage que nous tous réunis.

Je compris alors pourquoi elle avait donné la boucle d'oreille à Alice. Cette dernière avait tenté de nous aider à fuir. Quand cette tentative avait échoué, elle avait envoyé le garçon avertir Vincent sur le *Retour rapide*. Maintenant encore, elle retardait les soldats afin que notre navire eût le temps de quitter le port. Alice avait agi avec bravoure et ingéniosité. Aux yeux de Minerva, nous étions tous des lâches comparés à elle.

– Pourquoi m'as-tu empêchée de tirer? siffla-t-elle. Je le tenais en joue!

– Je ne pouvais pas te laisser le tuer. C'est William.

Elle ne l'avait jamais vu auparavant. Comment aurait-elle pu savoir?

Ma révélation fit taire Minerva, mais ses sourcils étaient encore froncés de fureur et ses poings s'ouvraient et se refermaient convulsivement sous le coup de la frustration.

– Nous aurions quand même pu faire quelque chose! insista-t-elle. Au lieu de ça, on s'est laissé prendre sans même résister!

– Ils étaient plus nombreux que nous et mieux armés, dis-je. Ils auraient pu tous nous tuer!

– Pour moi, mieux vaut mourir que d'être prisonnière, répondit Minerva en fixant le mur. C'est peut-être différent pour toi.

Je savais à quoi elle pensait. Étant esclave, elle ne serait pas traitée comme les autres prisonniers. La mort par pendaison avait au moins l'avantage d'être rapide, presque instantanée, en fait.

– Tu ne sais pas… commençai-je, mais je ne pus finir ma phrase.

– Ferme-la! rugit un soldat dans mon oreille. Sinon, c'est moi qui te la ferai fermer!

Et il m'envoya un coup de crosse sur le côté du visage pour me montrer comment il s'y prendrait.

On nous regroupa et nous sortîmes en traînant nos chaînes au milieu de deux rangées de soldats; on nous fit ensuite monter dans de longues barques qui s'éloignèrent à la rame vers un vaisseau de guerre. Le *Retour rapide* n'était plus à l'amarre. Sam, le garçon de cuisine, avait réussi à prévenir Vincent. Le navire s'éloignait pour se dissimuler dans l'obscurité, à l'écart du port. Il n'aurait servi à rien qu'il fût pris, comme l'était déjà la moitié de l'équipage. Il se pouvait même que Vincent et les autres viennent à notre secours.

Toutefois, cette dernière lueur d'espoir fut anéantie devant la taille du vaisseau qui s'élevait devant nous. L'*Aigle* était un bâtiment de troisième classe comptant soixante-dix canons répartis sur deux ponts. Face à lui, notre goélette ne ferait pas le poids.

CHAPITRE 27

On nous rassembla sur le pont. Le capitaine sortit de sa cabine pour nous examiner à la lumière aveuglante d'une lanterne avec une grimace de dégoût et de dédain, comme s'il passait en revue les rats de son navire.

– Bouclez-les ! ordonna-t-il.

Il rentra dans sa cabine et l'on nous fit descendre des escaliers, puis traverser l'entrepont pour nous mener à la cale. Cette dernière était au-dessous de la ligne de flottaison, et il y faisait sombre et froid. On nous enchaîna à des bancs, puis le panneau de l'écoutille se referma sur nous, nous plongeant dans l'obscurité, où nous n'entendions plus que le clapotis de l'eau contre la coque.

Nous croyions que le navire resterait à quai jusqu'au matin, mais nous entendîmes alors au-dessus de nous le martèlement sourd d'un tambour et les voix puissantes et disciplinées d'hommes chantant en chœur. Ces bruits étaient accompagnés d'un grondement qui se mua peu à peu en un grincement régulier.

– C'est le cabestan ! s'exclama Halston, le canonnier. Bon Dieu, ils lèvent l'ancre ! Écoutez-moi ça !

Tous écoutèrent le grincement du cabestan qui s'enroulait et le frottement du chanvre contre le bois, pendant que l'énorme câble de l'ancre passait à travers les ouvertures de la haussière. On entendit ensuite un bruit d'éclaboussure lorsque l'ancre émergea de l'eau.

– Ils ont dû repérer le *Retour*! Ils veulent lui donner la chasse! Ils veulent coincer le reste de l'équipage!

Le vaisseau de guerre s'ébranla et commença d'avancer, lentement d'abord, tandis que les rameurs le faisaient manœuvrer dans le port, puis plus vite lorsque le vent gonfla ses voiles, l'emportant vers le large.

On n'allait pas nous laisser indéfiniment seuls en cale. Tôt ou tard, quelqu'un viendrait nous passer en revue. Lorsque le panneau de l'écoutille fut repoussé, je sus ce que j'allais faire.

Une lanterne se balançait, projetant un faisceau de lumière dans l'obscurité.

– Hé, toi, lançai-je au matelot qui se penchait au-dessus de moi, je veux voir le capitaine!

– Ah ouais, sans blague? ricana-t-il. (À sa voix et à ce que je pouvais voir de ses joues boutonneuses, je devinai qu'il était très jeune.) Qu'est-ce que quelqu'un comme toi peut avoir à faire avec lui? Et peut-être que lui n'aura pas envie de te voir? gloussa-t-il, semblant trouver la situation comique.

– Je crois que si, dis-je en m'avançant afin de me placer sous le jet de lumière qui tombait de l'écoutille.

– Et pourquoi? reprit-il en ricanant de plus belle.

– Parce que je suis une femme!

Levant mes mains liées, j'écartai les pans de ma veste

afin qu'il voie ma poitrine. L'effet fut spectaculaire. Ses yeux s'agrandirent et il blêmit. La lanterne trembla si fort dans sa main, projetant sa lumière en tous sens, que je craignis qu'il ne la lâchât sur moi. Je laissai retomber les pans de mon manteau.

– Va prévenir quelqu'un, lui dis-je.

Il était déjà parti, appelant le lieutenant à grands cris et courant comme s'il avait à ses trousses les fantômes de tous les pirates tués par les officiers de marine de Sa Majesté.

– Lequel ? demanda une voix.

Le matelot me désigna.

William s'accroupit au-dessus de l'écoutille et me regarda, les sourcils froncés. J'avais demandé à voir le capitaine, mais l'on m'avait envoyé son lieutenant, comme je l'espérais.

– Fais-la sortir d'ici, ordonna-t-il au matelot. Vous deux, descendez avec lui pour garder un œil sur les autres, dit-il à deux gardes qui l'accompagnaient.

Ces derniers me dévisagèrent avec curiosité, tandis que leur camarade s'approchait de moi prudemment, comme si j'étais un animal dangereux. Il défit mes menottes et me libéra des chaînes qui liaient les prisonniers les uns aux autres. Les gardes s'écartèrent afin de me laisser grimper l'échelle en premier.

– Qu'est-ce que c'est que cette histoire ? demanda l'un d'eux.

– Je suis une femme, répondis-je en serrant mon manteau sur moi.

– Eh bien, montre-nous un peu ! fit l'un des hommes en essayant d'écarter les pans de ma veste.

Je regardai William d'un air implorant.

– Je vous en prie, monsieur! Il faut que je vous parle seul à seul, lui dis-je.

– Ça suffit! lança William à l'homme en le foudroyant du regard. Venez, euh… madame. Suivez-moi, je vous prie.

Il renvoya les hommes et m'emmena dans une réserve vide dont il referma la porte derrière nous. Avant cette entrevue, je n'avais été pour lui qu'un pirate parmi d'autres. À présent, élevant sa lanterne, il m'observa plus attentivement, cherchant à comprendre ce qui avait échappé à son attention. Je ne pus supporter cette curiosité froide, ce regard scrutateur d'étranger.

– Tu ne me reconnais pas, William? demandai-je.

– Nancy? (Il devint aussi pâle que le jeune matelot.) C'est toi?

En guise de preuve, je sortis la bague que je portais en pendentif.

– Et toi, tu as toujours la mienne?

En réponse, sa main s'éleva vers son cou.

– Oh, Nancy! s'écria-t-il.

La réaction de William m'abasourdit. Je croyais qu'il serait bouleversé, stupéfait, voire choqué, mais il déposa sa lanterne et s'avança vers moi, ses yeux noirs brillants de larmes. Il me prit dans ses bras et me serra contre lui.

– Te voilà! Dieu soit loué! (Prenant mon visage entre ses mains, il me contempla comme si j'étais un objet précieux qu'il aurait perdu, puis retrouvé.) Lorsqu'on a annoncé à Port Royal que tu avais été enlevée par des pirates, j'ai bien cru que je ne te reverrais jamais. (L'expression de son visage

trahissait le bouleversement que lui avait causé cette nouvelle et la peur qu'il avait éprouvée pour moi.) Nous avons
envoyé des patrouilles à la recherche des misérables capables
d'un tel crime. Et, Dieu merci, nous les avons retrouvés !
(Ses yeux se rétrécirent.) La pendaison est une mort trop
douce pour eux ! T'obliger à t'habiller en homme ! Quelle
racaille ! Mais maintenant, tu es en sûreté. (Il me serra
contre lui et m'embrassa avec toute la passion qu'il avait
montrée lors de notre dernière rencontre, puis il s'écarta.) Il
faut que j'aille prévenir immédiatement le capitaine, et puis
nous verrons s'il y a des vêtements de femme à bord, dit-il
en regardant mon costume. Tu ne dois pas supporter cette
humiliation et cette gêne une minute de plus.

Alors qu'il s'apprêtait à sortir, je lui saisis le bras.

– Attends, lui dis-je, attends un instant.

– Qu'y a-t-il ?

– Avant que tu ne m'amènes au capitaine, il faut que tu
saches…

Je lui racontai tout. La duplicité de mes frères. Le
mariage arrangé à mon insu. Tout sur Duke, Minerva, les
esclaves marrons et Broom. Comment j'avais supplié les
pirates de me prendre à bord. Tandis que je parlais, il arpentait la pièce. Lorsque j'eus fini, il s'approcha de moi en
secouant la tête.

– Je ne comprends pas, dit-il. Comment as-tu pu te laisser entraîner dans un genre de vie si contraire à la nature ? Si
contraire aux sentiments et aux instincts de ton sexe ! (Il
parlait fébrilement, le visage rouge, baissant la voix comme
s'il avait honte d'évoquer des sujets aussi choquants.) T'ha-

biller… ainsi, vivre parmi ces hommes, les fréquenter librement, rester avec eux sans y être contrainte… ce sont des pirates ! La lie de la mer !

— Je n'avais pas le choix ! Ce sont peut-être des pirates, mais aucun d'entre eux ne m'a manqué de respect. Et je ne m'habille pas en homme par caprice. C'est une solution ingénieuse et pratique. Une protection.

— Tout de même… (Il avait visiblement du mal à se remettre de ce que je lui avais raconté.) Quand nous t'avons retrouvée, tu frayais avec des prostituées !

— Et alors ? Tu ne l'as jamais fait, toi ?

— Mais je suis un homme !

— Et ce sont des femmes. Je ne faisais que parler avec elles. Et je ne suis pas une demoiselle de province qui ne sait rien de leur existence. J'ai grandi à Bristol. Pourquoi persistes-tu à ne pas comprendre ? Je suis la même qu'autrefois ! J'ai toujours ta bague. Je la porte sur moi. Et je n'ai pensé qu'à toi à travers toutes ces épreuves.

Il me regarda attentivement, comme s'il tentait de percer mon déguisement d'homme. Peu à peu, l'effroi et le dégoût disparurent de ses yeux. Il s'avança vers moi et me dévisagea comme s'il cherchait l'ancienne Nancy.

— C'est vrai, dit-il avec un soupir et l'ombre d'un sourire, tu as toujours été différente des autres, Nancy, je dois le reconnaître. Et loyale, honnête et franche. Pas seulement avec moi, avec les autres, Robert et tous les garnements avec lesquels nous jouions sur le port. C'est ce que j'ai toujours aimé chez toi. J'ai gardé ta bague et mes sentiments pour toi n'ont pas changé, quel que soit ton costume.

Il me sourit et je crus l'avoir reconquis, mais son visage s'assombrit soudain. Il fronça les sourcils et recommença à arpenter la pièce.

– Tout de même, je suis stupéfait de ce que tu m'as raconté. Sur Broom. Et sur Graham... (Il secoua la tête.) Je les croyais honnêtes ! Ça me choque vraiment d'apprendre qu'ils se sont faits pirates.

– Peut-être n'as-tu pas bien écouté ce que je t'ai dit, répondis-je. Ou peut-être ne peux-tu pas comprendre.

– Je dois avouer que non, Nancy. (Il soupira de nouveau, l'air encore plus abattu.) Tout ce que je sais, c'est que je suis un officier de la Marine et que tu as été arrêtée comme pirate. Je dois faire mon devoir.

Peut-être aurais-je continué de plaider ma cause auprès de lui si nous n'avions pas été interrompus par des coups violents frappés à la porte.

– Mon lieutenant ! Nous en avons trouvé une autre ! cria un homme. On l'a conduite chez le capitaine.

– Laisse-moi parler au capitaine, me dit William, tandis que nous nous dirigions vers la porte. Laisse-moi faire. Il vaut mieux pour toi et pour cette femme qu'il ignore que vous avez suivi volontairement Broom et ses hommes.

– Des femmes pirates ! (Le capitaine nous dévisageait avec dégoût.) Dieu du ciel ! Comme si nous n'avions pas déjà assez de pain sur la planche ! Et puis quoi encore ? Un capitaine en jupons ? (Joignant les doigts, il nous jeta un regard aussi froid que la mer en hiver.) Enlevées, tu dis ? demanda-t-il à William. Forcées de les suivre ? Je n'ai encore jamais entendu une histoire pareille. Eh bien, dit-il en levant les bras vers le ciel, je n'ai pas le temps d'approfondir cette question. Je laisse ce soin aux juges de Port Royal. J'ai un navire à diriger et le reste de cette racaille à rattraper. Emmène-les et enferme-les dans l'entrepont, mais surtout, isole-les des autres crapules.

Sur ces paroles, il nous congédia. Les sourcils froncés, il retourna à ses cartes sans nous accorder un regard de plus.

– Je me demande ce qu'il veut le moins avoir à bord, me chuchota Minerva, tandis qu'on nous emmenait. Des pirates ou des femmes ?

On nous fit descendre sur le pont inférieur, qui était juste au-dessus de la cale où nos compagnons étaient enchaînés, et l'on nous enferma.

– Et maintenant, qu'allons-nous devenir ? demanda Minerva. Et les autres ?

Je m'assis sur un tonneau, la tête dans les mains.

– Je n'en ai aucune idée, répondis-je.

Soudain, le navire frémit et pencha sur le côté, nous précipitant l'une contre l'autre et faisant violemment osciller la lanterne qu'on nous avait laissée. Nous nous cramponnâmes l'une à l'autre, tandis que les secousses devenaient plus fortes. Le navire échappait à tout contrôle. Le vent et la marée l'entraînaient vers des rochers ou des récifs. De l'étage supérieur nous parvinrent le grincement d'un câble qui se dévidait et le raclement bref de l'ancre que l'on faisait descendre. Sur un navire de cette taille, l'ancre était deux fois plus grande qu'un homme. Au bout d'un instant, nous entendîmes jaillir l'eau lorsqu'elle frappa la surface. Nous attendîmes en retenant notre souffle comme tout le monde à bord, priant pour que l'ancre ralentisse le navire dans sa dérive.

Un choc sourd retentit sous nos pieds.

– L'ancre chasse! s'écria Minerva, les yeux agrandis de frayeur.

Elle voulait dire que l'ancre ne trouvait pas de prise. Elle avait atterri sur le sable, sur des rochers plats ou sur un banc de corail. Nous entendîmes des cris étouffés, des appels et le martèlement de pas précipités sur le pont supérieur, puis le raclement d'une chaîne plus légère et un autre bruit d'éclaboussure.

– Ils ont jeté l'ancre de secours!

Nous écoutâmes un instant.

– Elle ne prend pas non plus!

Il y eut de nouveau une série de chocs, tandis que l'ancre traînait sur le fond. Si aucune des deux ancres ne trouvait de prise, c'en était fait du navire.

– Il faut sortir d'ici!

Minerva se laissa rouler vers la porte en prenant garde à l'inclinaison du sol. Elle voulait frapper et appeler à l'aide, mais à peine avait-elle levé le poing que la porte s'ouvrit et William apparut sur le seuil.

– Je suis venu vous chercher, dit-il. Le navire va couler. Notre capitaine est tellement obsédé par la chasse aux pirates qu'il navigue dans des eaux trop basses pour le tirant de son bateau!

Nous nous dirigions vers le sud, dans le détroit d'Exuma, au milieu d'un archipel d'îles et de bancs de corail dont certains n'étaient que des grappes de coraux entourées de récifs.

Vincent avait tendu un piège au capitaine, qui s'y était précipité tête baissée, entraînant son navire dans des eaux dangereuses, tandis que, devant lui, la goélette dansait sur les vagues comme une mouette qui prend un bain.

— Viens, je peux te tirer de là. Ta... euh... (William regarda Minerva, incertain de son statut et de la manière dont il devait s'adresser à elle.) ta compagne aussi. Mais il faut me suivre immédiatement.

— Et les autres ? demanda Minerva. Broom et tous les autres, dans la cale ?

— On n'a plus le temps de les secourir. Nous dérivons vers une île. Le navire peut s'échouer d'une seconde à l'autre. On a jeté les deux ancres, et elles chassent toutes les deux. Chaque vague nous rapproche un peu plus des récifs.

— Je ne partirai pas sans les autres ! dit Minerva en croisant les bras, le visage fermé et résolu. Je ne vais pas me sauver en les laissant se noyer !

— Madame, je vous en prie ! s'exclama William, puis, s'adressant à moi : Nancy ! Dis-lui ! Il n'y a pas un instant à perdre !

Je savais qu'il ne servirait à rien d'insister auprès de Minerva. Rien ne la ferait revenir sur sa décision, et je ne partirais pas sans elle. William nous regarda l'une après l'autre et parut perdre espoir en comprenant quelle paire de têtes de mule nous faisions.

— Donne-nous la clef de leurs chaînes, dis-je en tendant la main vers lui. Nous allons les libérer.

— Je ne peux pas attendre plus longtemps, Nancy !

s'exclama-t-il, l'air angoissé. J'ai des devoirs. Mes hommes ont besoin de moi.

– Alors fais ton devoir. Ne m'attends pas. Je n'en demande pas tant.

– Si nous sommes séparés et si nous survivons, dit-il, ne doute pas que je te retrouverai, même si je dois te chercher dans le monde entier. Mais maintenant, je dois y aller.

Un grondement sourd résonna, étouffé par la coque du navire, et reprit après une pause. Le déferlement de vagues. Nous étions sur le sable. Ou sur des récifs. Du pont nous parvint le grincement aigu de chaînes se dévidant.

– Les bossoirs sont sortis, fit William en regardant dans la direction des barques que l'on mettait à l'eau. Je dois surveiller l'embarquement de mes hommes…

– Vas-y, alors !

Il nous mena à l'escalier, puis il me quitta après un baiser rapide. Tandis qu'il montait sur le pont, nous descendîmes vers la cale.

– Qu'est-ce que c'est ? demanda Minerva en me prenant le bras.

Des couinements aigus s'élevaient de toutes parts. Les ténèbres semblaient s'animer et se remplir de minuscules étincelles rouges. Un tapis d'ombre ondulait autour de nous et déferlait sur nos pieds avec un crissement léger de griffes et des frôlements soudains de fourrures.

– Les rats. Ils savent toujours quand le navire coule.

Les rats disparurent aussi rapidement qu'ils étaient arrivés. Le silence tomba, sinistre et étrange dans un univers où le bruit était constant.

– Tu entends ? chuchota Minerva.

J'entendis un grattement, comme si le navire avait effleuré quelque chose dont il s'écartait, sans que cela ne portât à conséquence. Toutefois, nous savions bien qu'en mer un navire ne heurte pas impunément une surface solide.

– Vite, il ne faut pas traîner ici !

Nous avançâmes à tâtons vers les appels lointains et désespérés d'hommes abandonnés et condamnés à mourir.

– Il coule ! cria une voix au-dessus des autres. La vague suivante provoqua un déchirement et un grondement suivi d'une série de craquements secs. Le bruit de planches arrachées et disloquées.

– La coque est défoncée !

Une vague déferla soudain, apportant une sensation de froid et l'odeur du sel dans la puanteur de l'eau de cale stagnante.

La voix était maintenant noyée sous des hurlements à chaque fois qu'une vague opérait de nouvelles destructions. Nos pieds se dérobaient sous nous. Le navire basculait et oscillait pour se coucher sur un fond qui deviendrait sa tombe. L'eau jaillissait à l'intérieur. Du pont supérieur résonna le signal du « sauve qui peut ! ». L'équipage abandonnait le navire.

Le mouvement du navire nous avait envoyées rouler à terre, mais à présent nous étions tout près de l'ouverture de la cale. Nous déplaçant à quatre pattes, nous la cherchâmes à tâtons.

– Là ! (Minerva repoussa le panneau.) Nous voilà ! hurla-t-elle. Tenez bon, les gars !

Nous nous laissâmes tomber au milieu des prisonniers. L'eau nous arrivait au-dessus du genou et montait toujours. Les hommes s'étaient levés et couraient en tous sens, les poignets en sang à force de tirer sur leurs chaînes et hurlant au secours ; certains imploraient la pitié de Dieu ou celle des hommes, d'autres juraient en se croyant abandonnés de tous.

CHAPITRE 28

Ce fut une course folle contre la montée des eaux pour libérer les hommes de leurs chaînes, et certains avaient encore leurs menottes, tandis que nous nous frayions un chemin dans le chaos du naufrage. Il faisait sombre dans l'entrepont, et les murs inclinés à l'horizontale étaient maintenant sous nos pieds. L'eau se déversait dans l'escalier avec une telle violence qu'il était impossible de remonter, si bien qu'il fallut chercher une autre issue pour accéder au pont.

– Ce navire pourrait devenir notre tombe si nous n'en sortons pas très vite, fit Broom tandis que l'eau tombait sur lui en torrents. Allez, les gars ! Par ici ! hurla-t-il lorsqu'il découvrit un passage. Les rats de la Marine quittent le navire, suivons-les !

Le pont s'inclinait presque à la verticale au-dessous de nous. Phillips, le canonnier, trouva une hache pour briser les dernières menottes, tandis que Broom et Halston utilisaient toute leur astuce et leur savoir-faire pour nous faire sortir du navire échoué. Nous montâmes sur le pont au milieu d'un fouillis de cordes, de haubans et de voiles. Là-haut, le grand mât nous servit de passerelle au-dessus des vagues et des récifs de corail acéré pour rejoindre le lagon qui s'étendait de l'autre côté des récifs. Dans ces eaux plus calmes, nous nageâmes et flottâmes, cramponnés à des épaves, en nous entraidant pour gagner le rivage.

Tout le monde n'avait pas survécu au sauve-qui-peut désespéré hors du navire. Et si nous ne réussissions pas à trouver de la nourriture et de l'eau douce, nous pourrions considérer ceux qui avaient péri comme particulièrement favorisés par le sort. Nous étions échoués sur un îlot rocheux, une virgule de corail sur l'étendue bleue et vide de l'océan. Broom envoya quelques hommes en reconnaissance, pendant que les autres parcouraient le rivage, semant la débandade parmi les crabes grouillant sur les cadavres qui jonchaient le sable blanc.

Pour ma part, je ne parvenais pas à me réjouir d'avoir survécu. J'ignorais ce que William était devenu. Avait-il pu fuir dans l'une des barques lorsque l'équipage avait abandonné le navire, ou gisait-il mort sur le rivage? Je me forçai à regarder chaque cadavre, mais je ne le trouvai pas. À vrai dire, il était impossible de distinguer les pirates des marins. La plupart des morts étaient méconnaissables : leurs vêtements étaient en lambeaux, comme déchirés à coups de rasoir, et leur chair lacérée par les coraux aigus. Beaucoup d'autres n'avaient jamais atteint la terre ferme. Des requins infestaient les alentours des récifs, affolés par le sang répandu dans la mer.

Tous les morts furent enterrés ensemble : pirates, matelots et officiers de la Marine. Toutes les barrières étaient abolies. Tous étaient égaux dans la mort et dans la mer. Les pirates, qui sont superstitieux comme tous les navigateurs, craignent d'être hantés par les âmes et les esprits errants des morts. Nous creusâmes donc une fosse au-dessus du niveau de la mer, utilisant du bois flottant en guise de pelles. Lorsque ce fut terminé, Halston lia deux bouts de bois pour former une croix, et Broom prononça quelques paroles sur cette tombe.

— Seigneur, accueille les âmes de ceux qui sont enterrés ici et aie pitié d'eux. Notre sort repose entre Tes mains.

Les hommes partis en reconnaissance revinrent. Ils n'avaient pas trouvé d'eau potable.

Nous étions exilés sur cette île.

Tandis que le soleil déclinait dans le ciel, nous priâmes, tête inclinée, pour les morts et pour les vivants. Nous priions pour notre délivrance, pour l'arrivée rapide d'un navire. S'il n'en venait aucun, la soif aurait bientôt raison de nous, dans un jour ou deux, trois au plus, et nous connaîtrions le même sort que ceux que nous venions d'ensevelir dans cette terre inconnue. Il ne resterait plus de nous qu'un tas d'ossements blanchis.

Je m'attardai sur place, après que les autres furent partis se reposer dans les dunes. Je m'assis et regardai le soleil se coucher. La silhouette lugubre du navire échoué se découpait sur son grand disque rouge. Pendant que la mer virait du vermillon au pourpre, je priai pour qu'un navire arrivât, et pour que William eût réussi à mettre les barques à la mer, à prendre place dans l'une d'elles et à survivre.

CHAPITRE 29

Vincent ne nous avait pas abandonnés. Le lendemain, vers midi, une voile surgit à l'horizon, tel un minuscule losange, apparaissant et disparaissant dans le scintillement aveuglant du soleil sur la mer. Lorsque le navire grandit, nous reconnûmes à son bastingage une goélette.

Le *Retour rapide* entra dans la baie située de l'autre côté de l'île, où l'eau était plus profonde. Certains d'entre nous demandèrent où il était passé depuis la veille et grommelèrent qu'il fallait changer son nom, car nous étions tous assoiffés et affamés depuis le temps que nous l'attendions. Vincent expliqua qu'il avait dû semer le vaisseau de la Marine. Il avait ensuite vu au loin une flottille de barques aux voiles hissées que leurs occupants manœuvraient tant bien que mal. Il avait alors compris que le vaisseau avait fait naufrage et il était parti à notre recherche. Toutefois, le navire de William n'était pas le seul à croiser dans les parages.

— Il y a donc de bonnes chances que les hommes partis dans ces barques soient secourus ? lui demandai-je.

— Ouais, répondit-il en me lançant un regard curieux. À l'heure qu'il est, je parie qu'ils sont en train de boire des grogs et de manger des biscuits. Un autre vaisseau de la Marine a changé sa trajectoire pour les recueillir. C'est comme ça qu'on a réussi à passer en douce. Mais qu'est-ce que ça peut bien te faire ?

Je ne répondis pas et le laissai avec Minerva. Il était trop heureux de la retrouver saine et sauve pour me poser d'autres questions.

– Doucement ! dit Graham en arrachant un seau des mains d'un pirate qui buvait à longs traits. Et ne mangez pas trop. Si vous prenez trop d'eau et de nourriture à la fois, vous allez enfler comme des outres et éclater comme des grenades.

Tous n'écoutèrent pas les conseils du médecin. Personne n'explosa, mais certains se retrouvèrent bientôt cloués dans leurs hamacs, grognant sous les douleurs d'estomac.

La goélette sortit de la baie et s'éloigna, à la recherche d'un banc de sable situé à l'écart des vaisseaux de la Marine, où nous pourrions faire halte pour tenir conseil. Broom devait nous faire part de ses intentions et nous révéler notre prochaine destination.

L'équipage se rassembla sur le gaillard d'avant.

– À mon avis, commença Broom, la mer des Caraïbes devient un peu trop animée ces temps-ci. La Marine ne voit pas d'un très bon œil ceux qui font couler ses navires. (Un concert de gloussements salua cette dernière remarque.) Il faut donc choisir une nouvelle route, les gars. Une nouvelle destination. Un endroit où personne ne nous connaisse. Et je crois, dit-il en regardant à la ronde, que l'Afrique serait le lieu idéal.

– L'Afrique ?

Ce fut comme s'il avait enfoncé un épissoir dans un nid de frelons. Le conseil devint tumultueux. Chacun avait le droit de prendre la parole et ne s'en privait pas. Le tumulte s'apaisa seulement lorsque Vincent sortit un pistolet et tira en l'air.

– Écoutez le capitaine, les gars ! Écoutez-le ! lança-t-il.

Il fallut encore quelques tirs pour réduire les hommes au silence, mais ils finirent par se calmer. Pour ma part, j'étais résolue à voter pour Broom. J'étais prête à partir n'importe où, du moment que je quittais les Caraïbes. Je me demandais dans combien de temps le Brésilien entendrait parler de nos démêlés avec la Marine.

Broom s'avança au centre du cercle que formaient les hommes et lança un regard à la ronde, attendant que le silence soit complet.

– Que voulez-vous, les gars ? demanda-t-il. Qu'attendez-vous de la vie de pirate ? Pourquoi l'avez-vous choisie ?

Les questions de Broom déclenchèrent un nouveau tumulte. Il était campé sur le pont, les jambes écartées et la main droite posée sur le manche de son sabre, comme s'il faisait face à une bourrasque.

– Pour la liberté ! hurlèrent plusieurs hommes.

– Pour ne plus avoir de maîtres !

– Et plus de capitaines mabouls qui nous envoient pourrir sur les côtes de Guinée !

Cette dernière remarque souleva une tempête de rires, à laquelle Broom fit écho.

– D'accord, dit-il, c'est juste. Mais il y a encore d'autres raisons, les gars. Lesquelles ?

Les hommes se regardèrent, déconcertés, comme des écoliers peinant à apprendre leur leçon.

— Eh bien, je vais vous le dire, d'accord ? reprit Broom. Pour l'or, les gars. L'or. Les trésors et la fortune. (Il les regarda. La mention de l'or avait retenu leur attention.) C'est pas la vérité ?

— Ouais ! (Il y eut des hochements de tête dans toute l'assistance.) C'est vrai !

— Bien sûr ! C'est pour ça qu'on a tous pris la mer ! dit Broom, qui se mit à arpenter le pont, désormais certain que tous les regards étaient rivés sur lui. Bon, nous pourrions rester dans le coin, mais nous aurions la Marine sur le dos, car ils nous en veulent. Comme je vous l'ai dit, ils n'apprécient pas qu'on coule leurs navires, alors ils vont nous serrer de près. On pourrait rester ici et jouer à cache-cache avec les navires de Sa Majesté. On pourrait leur donner du fil à retordre, c'est sûr. Mais ils nous coinceront tôt ou tard et alors, c'est nous qui nous tordrons au bout d'une corde. Plus d'un bon équipage et plus d'un bon capitaine ont fini comme ça, les gars. (Il regarda à nouveau ses hommes. Un frisson parcourut le cercle, comme il le prévoyait.) Et tout ça pour quoi ? Pour des boîtes de boutons, des caisses de tissus, des tonneaux de sucre et de mélasse. Des cargaisons que nous sommes heureux de vendre pour le prix d'un verre de rhum. (Il leva les bras et les laissa retomber.) Les navires qui croisent dans ces eaux ne valent pas la peine qu'on se donne ni les risques qu'on prend pour les aborder. Il faut voir les choses en face. Moi, je n'ai pas choisi cette vie pour en arriver là. (Il regarda ses hommes.) Et je parierais que vous non plus. Je voulais de l'or et de l'argent. Je voulais faire fortune. Et je parie que vous aussi.

Il parcourut l'assistance du regard. Il tenait les hommes bien en main. Ils étaient cois comme des souris face à un chat.

– Je sais où trouver de l'or et de l'argent, reprit-il, et en quantité. Des pièces et des lingots, autant qu'un navire peut en contenir.

Ses yeux brillaient comme l'or qu'il décrivait. Les hommes le fixaient du regard, fascinés, comme si le trésor était déjà devant eux, comme s'ils sentaient le poids des lingots et le froid des pièces glissant entre leurs doigts comme des poissons. Il sourit et ses yeux se plissèrent, reflétant l'avidité de ses hommes.

– Faites-moi confiance, les gars, et je vous mènerai au pactole, conclut-il. (Il baissa la voix, les invitant à l'écouter comme des conspirateurs.) Faites-moi seulement confiance, et vous ne manquerez plus jamais de rien. Ni vous, ni vos enfants, ni leurs enfants, je suis prêt à le parier. Alors, qu'est-ce que vous en dites ? Qui est pour, et qui est contre ?

Quel choix avaient-ils ? Tous leurs doutes avaient été balayés en un instant. La proposition de Broom fut adoptée à l'unanimité. Généralement, il n'encourageait pas les beuveries à bord, mais cette soirée fut consacrée aux réjouissances. On prépara un grand bol de punch, et Broom mélangea lui-même le sucre et le rhum avec du cognac qu'il apporta de sa cabine. Lorsque le bol fut vide, on éventra des barriques de rhum. Personne n'eut soif cette nuit-là. Les violoneux se joignirent aux festivités et le pont fut dégagé pour les danseurs. L'aube pointait lorsque le dernier pirate s'effondra sur le sol. Ils dormirent sur place, rêvant certainement de l'or que leur capitaine leur avait promis. J'espérais seulement que Broom pourrait faire de ces rêves des réalités, sans quoi il ne resterait pas capitaine bien longtemps.

NOUS AVONS VÉCU ET RÉGNÉ EN MAÎTRES SUR LA MER...

CHAPITRE 30

Le *Retour rapide* était un bien petit navire pour entreprendre une traversée aussi longue que celle de l'Atlantique. Pelling était aussi avide d'or et de richesses que n'importe qui d'autre à bord, mais c'était un anxieux et, en tant que quartier-maître, il était tenu de veiller sur son équipage.

— Et si on se retrouve à court d'eau ou de victuailles ? demanda-t-il, tandis que son visage ridé se plissait encore davantage.

— Le *Retour* n'est peut-être pas grand, mais il est rapide, répondit Broom. Nous arriverons aux îles du Cap-Vert en un rien de temps. Nous pourrons toujours nous ravitailler en route si nécessaire.

Il entendait par là que nous pourrions aborder quelques navires. Cependant, nous ne suivions pas les routes maritimes ordinaires. Les navires marchands étaient rares dans les parages. Les seuls bateaux que nous étions susceptibles de croiser étaient des négriers qui se rendaient en Afrique, et il était hors de question d'aborder l'un d'eux, que ce fût au large ou à proximité de la côte africaine. Sur ce point, Broom se montrait inflexible. Les négriers transportaient peu d'objets de valeur à part leur cargaison humaine, qui risquait d'être une source d'ennuis plutôt qu'autre chose. Broom n'était pas le seul à vouloir les éviter. Les négriers étaient rarement attaqués. Leur réputation se répandait à plusieurs kilomètres à la ronde comme une mauvaise odeur. Tout le monde les fuyait.

Nous approchions de la côte africaine, lorsque Broom décida qu'il nous fallait absolument un autre navire. Les vigies reçurent l'ordre d'ouvrir l'œil au cas où un navire marchand se présenterait, ce qui fit dresser l'oreille à Pelling. Lorsqu'il demanda la raison de cette consigne, Broom lui répondit que cela faisait partie de son plan.

Pelling vint me consulter.

– Toi, tu le connais bien, me dit-il. Qu'est-ce qu'il mijote ?

Je haussai les épaules et répétai à Pelling ce que Broom m'avait dit. Lorsque je l'avais interrogé sur ce plan, il m'avait seulement invitée à prendre patience.

– Même si nous trouvons un navire, je ne sais pas comment nous pourrons le manœuvrer, dit Pelling d'un air lugubre. Nous sommes en sous-effectif.

Une bonne partie de l'équipage était en effet tombée malade pendant la traversée de l'Atlantique. Nous avions débarqué les malades aux îles du Cap-Vert, car Graham redoutait la contagion à bord. La présence d'un vaisseau de la Marine dans le port nous avait également incités à écourter notre séjour. Nous avions eu tout juste le temps de nous ravitailler pour le strict nécessaire. Peut-être était-ce la raison pour laquelle Broom était à l'affût d'un navire marchand.

Un peu plus tard le même jour, la vigie cria qu'une voile était en vue.

Elle était encore assez loin à tribord, presque à l'horizon vers le sud. C'était un navire marchand, un trois-mâts assez grand. Broom sourit en braquant sa longue-vue dans sa direction.

– Il fera parfaitement l'affaire ! dit-il.

Ses yeux brillaient comme des écus lorsqu'il rangea son instrument ; il donna l'ordre de hisser les voiles pour capter le moindre souffle de vent et dit au timonier de virer de deux degrés à tribord.

Nous approchâmes rapidement du navire. Il vira, amenant sa voile et louvoyant contre le vent pour venir à notre rencontre. Tandis qu'il se rapprochait, son drapeau fut abaissé et remplacé par un pavillon noir.

– C'est un vaisseau pirate ! lança la vigie.

– Quelles sont les couleurs de son pavillon ?

– Je ne peux pas bien voir avec ce vent.

Pelling monta sur l'enfléchure avec la rapidité d'un singe.

– C'est un squelette rouge sur fond noir. C'est Low ! (Il redégringola sur le pont.) Je le croyais mort ! C'est le diable, cet homme-là. Et il est sournois. On peut pas lui faire confiance...

Il courut prévenir le capitaine, qui ordonna de hisser notre pavillon.

L'apparition de nos couleurs fut saluée par un coup de canon tiré de l'autre navire. Broom ordonna de riposter et les deux navires se rapprochèrent, manœuvrant pour avoir l'avantage tout en offrant le moins de prise possible aux tirs. Le squelette rouge dansait dans le vent, tandis que notre crâne et ses tibias croisés flottaient au mât d'artimon.

Les histoires courant sur Low se répandaient d'un bout à l'autre du navire avec la rapidité de feux Saint-Elme[19].

– Il ne fait pas de quartier. Il massacre des équipages entiers.

– J'ai entendu dire qu'il a coupé les lèvres et les oreilles d'un capitaine et qu'il les a fait frire devant lui.

– Il a arraché le foie et les boyaux d'un pauvre bougre et il a forcé ses camarades à les manger.

– Je croyais que c'était son cœur qu'il avait arraché.

– Il a enfoncé le canon de son pistolet dans la bouche d'un pauvre salopard et il lui a tiré une balle dans la gorge.

L'autre navire était maintenant à portée de voix.

– Mettez-la un peu en sourdine! gronda Vincent.

Il observait attentivement ses hommes pour apprécier leur moral. De tels récits d'atrocités peuvent stimuler la résistance d'un équipage ou, au contraire, répandre dans ses rangs une telle panique qu'il sera vaincu avant l'abordage.

– D'où venez-vous? hurla-t-on de l'autre navire.

– De la mer, fit Broom, donnant la réponse de tous les capitaines pirates. Et vous?

– De la mer également. Je ne crois pas qu'on se connaisse.

– Je suis le capitaine Broom. Et vous?

19. Les feux Saint-Elme sont un phénomène électrique lumineux qui se produit parfois à l'extrémité des mâts d'un navire (NdT).

— Edward Low.

— J'ai entendu dire que vous étiez mort.

Le rire de Low résonna, amplifié et répercuté par le porte-voix qu'il tenait à la main.

— Eh bien, vous avez mal entendu, mais c'est ce que plus d'un me souhaite.

Ils étaient maintenant assez proches pour mener une conversation ordinaire. Les équipages s'alignèrent face à face. Leur canon pivotant était braqué sur nous. Phillips orienta le nôtre dans leur direction.

Low avait quitté le gaillard d'arrière et il était maintenant campé au milieu de son navire, les bras croisés. Il était grand et beau, avec de longs cheveux blonds lui tombant dans le dos. Il était aussi féru de rubans et de parures que notre capitaine. Sans les armes dont il était bardé, on aurait pu le prendre pour un gentleman.

— Joli costume que vous avez là, mon capitaine. On dirait le style des colonies.

— Il vient de Baltimore, répliqua Broom.

— C'est bien ce que je pensais, acquiesça Low. Ce n'est pas l'envie de vous attaquer qui me manquait. Je ne supporte pas les Américains : je suis en guerre avec eux depuis qu'ils m'ont insulté.

— Il est en guerre avec le monde entier ! Il l'a dit lui-même ! marmonna Pelling. Mais surtout avec les Américains. Il a juré de démolir tous ceux qu'il croiserait. Il aurait pu nous rayer de la carte en moins de deux. On a eu de la veine !

— Je déteste les Yankees, mais j'aime bien leurs navires,

reprit Low. Maintenant que je sais que vous n'en êtes pas un, nous pouvons être amis. Me ferez-vous le plaisir de venir partager un bol de punch avec moi, Broom ?

— Très volontiers, mon capitaine, répondit Broom, ignorant Pelling qui secouait la tête et trépignait sur place comme s'il était piqué par des abeilles. À propos, nous manquons de ravitaillement, alors je me demandais si…

— Nous avons tout ce qu'il faut et même plus, fit Low avec un sourire, et nous serions ravis de le partager avec vous. Venez avec vos officiers.

Lorsque les navires se retrouvèrent arrimés l'un à l'autre par des grappins, Pelling refusa de bouger, mais Vincent et Halston, le deuxième second, accompagnèrent Broom à la demande de celui-ci. Il m'ajouta en dernière minute à titre d'aspirant.

— Un bien joli aspirant, commenta Low en m'adressant un clin d'œil.

De près, il était moins beau, car sa peau était creusée et tannée par le soleil et les intempéries, ses cheveux commençaient à être clairsemés sous son tricorne, et ses yeux délavés avaient une expression cruelle. Il nous conduisit à sa cabine qui était située sous le gaillard d'arrière. Elle était spacieuse et bien aménagée, avec une rangée de fenêtres donnant sur la poupe.

La table était dressée, avec un grand bol de punch en argent en son milieu. Low nous invita à y prendre place.

— À votre santé, mon capitaine, dit-il à Broom, puis il prit un pistolet et l'arma. Buvez, ordonna-t-il en braquant le pistolet sur sa tempe.

Broom souleva le bol des deux mains, tandis que la sueur perlait à son front.

– Cul sec, fit Low avec un sourire.

Broom engloutit environ un quart du bol avant de s'étrangler et de se mettre à tousser. Le reste du bol se répandit sur sa tunique.

Low éclata de rire et déchargea son pistolet en l'air avant d'en saisir un autre. C'était probablement le signal de l'attaque. Du dehors retentirent un grondement et la détonation du canon pivotant. Le nôtre lui répondit. Le bois d'une partie du gaillard d'arrière éclata sous les tirs. Le pont supérieur s'effondra et les cris se transformèrent en hurlements tandis que les hommes se dispersaient ou s'écroulaient sur place, les membres arrachés, sur le pont ruisselant de sang. Des tirs de grenades suivirent, envoyant des nuages de fumée dans la cabine. Nous renversâmes la table et saisîmes nos armes. Low fit feu sur nous, mais Broom fit dévier le tir en le frappant au bras. En nous frayant un chemin au sabre, nous réussîmes à sortir de la cabine et à rejoindre le pont.

Sur les deux navires, les combats faisaient rage. Les hommes de Low avaient envahi le *Retour rapide*, tandis que les nôtres venaient à notre secours. Nous étions nettement moins nombreux que nos adversaires, car nos hommes s'étaient répartis sur les deux navires. La partie semblait perdue d'avance, mais qui pense à cela au plus fort de la bataille ?

Le pont disparaissait sous des nuages de fumée ; on avait l'impression de se battre dans le brouillard. Nous n'avions pas le temps de prendre nos pistolets, et les fusils ne sont d'aucune utilité dans un corps à corps. Nous devions nous frayer un passage à coups de sabre pour retourner sur notre navire. Dans la mêlée, je me retrouvai face à Low, qui me fit reculer dans la direction opposée. Je résistai de mon mieux, mais il était trop fort pour moi. Je pouvais seulement parer ses coups. La lame de son sabre était plus longue et plus robuste que celle du mien. Une botte puissante envoya rouler mon arme à terre dans une volée d'étincelles. Je reculai d'un bond, mais la lame de Low m'atteignit, lacérant mon manteau et ma chemise de la gorge au nombril.

Je me crus perdue, mais Low s'immobilisa soudain.

– Tiens, tiens ! Qu'est-ce que c'est que ça ? fit-il en s'approchant de moi.

La lame de son sabre frôla ma joue en sifflant et cueillit une boucle de cheveux sur mon épaule.

– Vous êtes un bien joli morceau, pas d'erreur, dit-il en saisissant les cheveux entre ses doigts. Ils ont la couleur des guinées. Qui aurait cru que Broom gardait un tel trésor sur son rafiot ? (De sa lame, il écarta les pans de ma chemise pour me regarder.) Pas la peine de se presser. Voilà un plat qui doit se déguster lentement. (Je lui crachai dessus et jurai. La pointe de sa lame vint se placer contre ma gorge.) Apprenez les bonnes manières, madame, sans quoi je vous partagerai avec mes hommes avant de vous jeter aux requins.

Il m'entraîna vers les escaliers qu'il me fit descendre à coups de botte dans le dos. Dans l'entrepont, il me saisit par le col de mon manteau, me poussa dans une petite réserve et claqua la porte derrière moi. Je l'entendis traîner des caisses de munitions qu'il empila derrière la porte pour m'empêcher de sortir.

Je m'adossai contre le battant et poussai pour le faire céder, sans résultat. Lorsque je baissai les yeux, je fus surprise de la quantité de sang dont j'étais couverte. Je regardai vers le plafond en pensant qu'il avait peut-être filtré à travers les planches, puis je posai la main sur ma poitrine et elle devint rouge. Ma chemise et mon manteau étaient trempés de sang. Cette vue me causa un étourdissement. Je tombai assise comme si l'on avait fauché mes jambes, et je ne garde aucun souvenir des instants qui suivirent.

CHAPITRE 31

Je fus réveillée par le bruit des caisses que l'on traînait et j'entendis la porte s'ouvrir. J'étais certaine que c'était Low, venu finir ce qu'il avait remis à plus tard. Rassemblant les forces qui me restaient, je me préparai à lui envoyer mon poing dans la figure.

— Doucement. (Une main vint se poser sur la mienne.) Du calme. (Cette main était à peine plus grosse que la mienne. Je levai la tête et rencontrai les yeux bruns de Minerva.) Qui t'a enfermée ici ?

— Low.

— Est-ce qu'il… ?

Je secouai la tête.

— Non, il me gardait pour plus tard, répondis-je.

— Je t'ai cherchée dans tout le navire.

Minerva m'aida à me lever, à sortir de la pièce et à monter sur le pont.

— Que s'est-il passé ? demandai-je.

— On s'est battus plus dur qu'ils ne s'y attendaient. Ils nous ont abordés et on les a repoussés. Finalement, comme ça tournait mal pour eux, ils se sont rendus. (Elle haussa les épaules.) Et tout a été terminé d'un seul coup. Nous avons le navire de Low. Ses hommes sont morts ou avec nous.

– Et Low ?

– Broom l'a débarqué avec ceux de ses hommes qui voulaient le suivre, dit Minerva en passant les pouces dans sa ceinture. Il n'y en avait pas beaucoup.

J'étais ravie de notre victoire, mais furieuse que Low eût réussi à s'en tirer. Si ça n'avait tenu qu'à moi, je lui aurais fait manger ses oreilles, mais Broom avait toujours été un tendre, du moins pour un pirate.

Le navire de Low était de taille imposante. Les hommes s'affairaient comme des fourmis pour réparer les dommages causés par le combat. Outre la cabine du capitaine, il y avait un salon pour les officiers, une salle à manger et encore d'autres cabines. Minerva me fit entrer dans l'une d'elles.

– Je crois que nous prendrons celle-là, dit-elle en m'aidant à m'allonger dans une sorte de berceau pendu à une poutre. Elle m'ôta ensuite mes vêtements pour examiner mes blessures qui disparaissaient sous plusieurs couches de sang séché.

Elle fronça les sourcils.

– Peut-être vaudrait-il mieux que j'aille chercher Graham, dit-elle.

– Non ! dis-je en lui saisissant la main. Il a assez à faire comme ça. Il y a sûrement des hommes plus gravement blessés que moi. Je veux que ce soit toi qui me soignes.

– Très bien, mais alors fais ce que je te dis et ne te plains pas si tu as mal.

Elle ressortit et revint avec de l'eau fraîche, de la charpie et une bouteille de rhum.

Elle me nettoya des pieds à la tête. La délicatesse de son toucher et la sensation d'être de nouveau propre me firent presque oublier mes blessures. Mes bras et mes mains étaient couverts d'entailles. Elle recousit les plus profondes avec du fil à coudre. J'avais une égratignure sous le menton, là où Low avait appuyé la pointe de son épée pour me faire reculer, et une grande balafre qui allait de la gorge au nombril en traversant le sternum.

Minerva tamponna les plaies avec du rhum dont je sentis la brûlure cuisante, les pansa, puis elle m'enroula dans des bandages. Ensuite, elle me fit boire une tasse de rhum chaud et épicé. Les épices me rappelèrent Phillis et je m'endormis en pensant à elle.

Un peu plus tard, Graham vint m'examiner et félicita mon infirmière du soin qu'elle avait pris de moi. Mes blessures se refermaient proprement et ne laisseraient guère de cicatrices, dit-il. J'en ai néanmoins gardé les marques : un petit croissant blanc sous le menton et une ligne traversant tout le haut de mon corps comme un fil d'argent.

Mes blessures guérissaient, mais les cauchemars revenaient. Une nuit, le rêve se termina sur un chuchotement moqueur :

Je sais où tu vas.

Je m'éveillai en sursaut et restai immobile dans mon lit, bercée par le mouvement du navire comme si je reposais dans un berceau géant. Le Brésilien semblait tout savoir de notre départ pour l'Afrique, mais comment était-ce possible? Peut-être était-il vain de vouloir lui échapper. En cet instant, je crus vraiment qu'il allait me poursuivre jusqu'au bout du monde. J'eus l'impression qu'un gouffre s'ouvrait en moi, un abîme de désespoir. J'entendais le grincement du hamac de Minerva et sa respiration dans l'obscurité de la cabine, mais je me sentais irrémédiablement seule sur l'étendue infinie de l'océan. Derrière le bruissement régulier de notre navire, j'avais l'impression d'en entendre un autre, celui d'un vaisseau fendant les vagues à ma poursuite.

Je tentai de me représenter ce navire, et *lui* à son bord. Au réveil, pourtant, je n'en gardais aucun souvenir : je voyais seulement les navires qui nous croisaient, remplis d'êtres humains dont les vies avaient été volées.

Nous longions à présent la côte africaine dont le rivage était hérissé de fortifications et de châteaux aux donjons remplis de prisonniers – mères, pères, enfants, maris et femmes. Un nombre encore supérieur de prisonniers étaient menés à la côte en file indienne, enchaînés les uns aux autres par le cou. À côté des colonnes effondrées de ces forts, je voyais les listes de chiffres bien nettes des livres de comptes de mon père, certaines écrites de ma main.

– Qu'y a-t-il? chuchota Minerva dans l'obscurité.

Je fus incapable de lui répondre. À ma grande surprise, je me mis à pleurer et je me rendis compte que je ne pouvais plus m'arrêter.

Minerva se leva de son hamac et vint me rejoindre. Elle s'allongea à côté de moi, attira ma tête dans le creux de son épaule et me caressa les cheveux pour me réconforter. Je trempai sa chemise de larmes. N'ayant pas eu de mère, je n'avais encore jamais reposé ainsi dans des bras de femme. Je sentais sous ma joue la rudesse du tissu et la chaleur de la peau. Je pensai à la marque qui entachait sa perfection et pleurai de plus belle. Minerva me berça en s'efforçant de m'apaiser comme si j'étais un bébé et je finis par me calmer. Sur la côte de Guinée, les nuits sont étouffantes. Nous passâmes le reste de celle-ci à parler.

— Ton cœur doit se décharger de ses fardeaux, me murmura Minerva. C'est ce que dirait Phillis.

Si seulement mon cœur pouvait se décharger de ses fardeaux…

— J'ai refait mon rêve, dis-je.

— Celui avec le Brésilien ? Le même rêve ?

Je secouai la tête.

— Non, maintenant, je vois mieux le navire, et il est à bord. Sur le gaillard d'arrière. Sa grande croix de diamants se balance sur sa poitrine. Il est toujours à ma poursuite.

— Comment peut-il savoir où nous allons ? Nous ne sommes plus aux Caraïbes. Comment pourrait-il nous retrouver ?

Je secouai de nouveau la tête.

— Je ne sais pas, mais je suis sûre qu'il en est capable.

— Mais tu ne peux pas en être certaine. Souviens-toi de ce que Phillis avait l'habitude de dire : ne t'inquiète pas du lendemain avant qu'aujourd'hui n'en ait fini avec toi. Elle a raison.

— Je sais, mais cela n'y change rien. J'ai toujours peur. Quand Low m'a attaquée… quand j'ai pensé à ce qu'il allait me faire… quand il m'a dit qu'il allait me partager avec ses hommes… (Je me mordis la lèvre pour refouler les larmes qui menaçaient de jaillir à nouveau, tandis que je livrais mes peurs les plus secrètes.) Je n'ai plus de pays. Je n'ai plus personne. J'ai coupé tous les ponts avec ma famille, avec tout le monde sauf William. Et je l'ai probablement dégoûté de moi en devenant pirate : il va sûrement épouser une fille honnête…

– Chut! Chut! dit Minerva en me serrant contre elle. Tu m'as, moi.

– Mais pour combien de temps? Tu as Vincent…

– Mais non, je n'ai pas Vincent!

Minerva feignait l'indignation de son mieux, mais à sa voix je devinais qu'elle ne pensait pas un mot de ce qu'elle disait.

– Tu peux l'avoir si tu veux. J'ai bien vu comment il te regarde. Et tu l'aimes, ne prétends pas le contraire. Alors je n'aurai vraiment plus personne. Plus rien. Plus de pays. Plus de famille…

– Tu m'auras encore. Et pour toujours.

À ces mots, je tendis l'oreille. Minerva semblait vouloir se décharger de ses propres fardeaux.

– Il faut que je te dise quelque chose, reprit-elle en enroulant une boucle de mes cheveux autour de son doigt. Quelque chose que j'aurais dû te révéler depuis longtemps.

– Qu'est-ce que c'est?

– Tu es ma sœur. Nous avons le même père.

Minerva était ma sœur. J'étais si abasourdie de cette révélation que j'en restai sans voix.

Malgré toutes les épreuves que nous avions traversées ensemble, elle ne m'en avait pas soufflé mot. Je me penchai vers elle pour scruter son visage, à la recherche d'un indice qui me permettrait de comprendre comment elle avait pu garder si longtemps un tel secret.

— Pourquoi ne me l'as-tu pas dit plus tôt ?

— Phillis m'avait fait jurer de ne pas t'en parler.

— Pourquoi ?

— Ton père lui avait fait promettre de ne le révéler à personne. Elle lui a donné sa parole et il ne l'en a jamais libérée. Elle considérait que sa mort l'obligeait à garder le silence. (Elle se tut un instant.) Tu m'en veux de ne pas te l'avoir dit plus tôt ?

— Bien sûr que non ! (J'étais stupéfaite qu'elle puisse en douter.) Ça me surprend, c'est tout. Maintenant, je comprends mieux certaines choses.

La raison pour laquelle mon père passait une partie de l'année en Jamaïque et les attentions qu'il avait pour Phillis et Minerva. L'impression que j'avais parfois de me voir dans un miroir quand je la regardais. Nos différences m'avaient aveuglée sur nos similitudes. La ressemblance était pourtant évidente, dans notre manière de nous tenir, l'arc de nos sourcils, le contour de nos mentons et notre entêtement. William lui-même avait remarqué combien nous étions semblables sur ce point. Je m'étonnais maintenant de ne pas avoir compris plus tôt ce que cela signifiait.

Tout s'éclairait à présent ; dès lors, la plus grande partie de ma peur m'abandonna. J'avais trouvé un havre de paix dans une mer de dangers et d'incertitude. L'amour des hommes pouvait être éphémère, se révéler inconstant, Minerva demeurait ma sœur par le sang. Je l'aimerais toujours et elle m'aimerait toujours.

CHAPITRE 32

Un vaisseau pirate est un monde en miniature dans lequel le sort de chacun dépend des autres. Le mécontentement et l'insatisfaction de son équipage peuvent mener un navire à sa perte aussi sûrement que des termites rongeant le bois de sa coque. À cet égard, le *Retour rapide* et la *Délivrance* avaient été des navires comblés par le sort. En revanche, si Broom avait rebaptisé la *Fortune* le trois-mâts de Low, cela n'avait pas pour autant amélioré l'atmosphère à bord. L'impatience des hommes grandissait et leurs frustrations enfouies remontaient à la surface. Les querelles éclataient, aussi rapides et ravageuses que des incendies de cale.

– Suffit d'une pomme pourrie pour gâter tout le tonneau, fit remarquer Pelling.

Vincent était à présent capitaine à bord du *Retour rapide*, tandis que Broom commandait la *Fortune*. Je savais que le second manquait à Minerva. Elle n'en parlait jamais, mais elle scrutait souvent l'horizon, cherchant des yeux le *Retour rapide* qui nous suivait, dans l'espoir d'apercevoir son mât et ses voiles. Lorsque je la vis descendre de la barre traversière du perroquet pour la deuxième fois dans la matinée, je lui demandai pourquoi elle ne le rejoignait pas.

– Pas avant que tes blessures ne soient guéries, dit-elle. Du reste, Vincent ne le permettrait pas. Il dit que ça nous créerait des difficultés et que ça aurait un effet perturbateur sur les autres.

C'est à elle que Vincent manquait le plus, mais nous ressentions tous l'absence de sa forte personnalité et de son influence sur les hommes. Alors que nous avions besoin de toute la main-d'œuvre disponible sur les deux navires, les hommes de l'équipage de Low étaient maussades et querelleurs. Tantôt serviles, tantôt insolents, ils se conduisaient comme des chiens qui ont eu un mauvais maître. L'un d'eux en particulier, un certain Thomas Limster, semblait décidé à semer le désordre. Il avait eu l'ambition de devenir le quartier-maître de Low et, à présent, il voulait prendre la place de Pelling ; dans ce but, il travaillait l'équipage pour le gagner à sa cause. Il vantait la rudesse et la cruauté de Low en déclarant que c'étaient les qualités d'un « vrai capitaine ». Broom était un faible qui ne les mènerait à rien, disait-il : chaque jour, de précieuses prises lui passaient sous le nez. Pourquoi épargner les négriers alors qu'on pouvait obtenir un bon prix de leur cargaison un peu plus loin sur la côte ? Des rumeurs coururent au sujet d'une pétition visant à renverser Broom. Limster se montrait prudent dans le choix de ses signataires, et les signatures étaient disposées en cercle afin que personne ne pût être repéré comme meneur si la conspiration était découverte.

Presque tout le monde à bord savait que j'étais une

femme habillée en homme. Jusqu'ici, mon sexe avait provoqué peu de commentaires, mais tout changea avec l'arrivée de Limster.

L'incident éclata un soir, pendant la pause précédant le tour de quart, alors que presque tous les hommes étaient sur le pont, occupés à boire et à fumer leur pipe.

– Une canne habillée en canard, ricana Limster à mon passage, mais une putain reste une putain, quels que soient ses vêtements.

Ce n'était pas la première fois qu'il faisait ce genre de remarque à mon sujet, et jusque-là je l'avais ignoré. Cette fois-ci, pourtant, je le priai de répéter ce qu'il venait de dire.

– T'as très bien entendu. Maintenant, fais voir un peu ce que tu caches.

Ses lèvres se retroussaient, découvrant ses gencives noircies par le scorbut, et je sentis son haleine fétide, tandis qu'il m'empoignait par le devant de ma veste pour m'attirer à lui. C'était un homme grand et fort, avec des mains comme des jambons et des poignets aussi épais que des haussières.

– Bas les pattes! lui dis-je.

Je me tordis pour me dégager, mais j'aurais aussi bien pu tenter de défaire un nœud de tête de Turc[20]. Il ouvrit mon manteau de force en faisant sauter les boutons. Cela me mit en fureur; je ne supportais pas d'être traitée ainsi et de me voir dénudée devant mes compagnons de bord. Je

20. Nœud marin enroulé plusieurs fois sur lui-même, ce qui lui donne l'allure d'une tête et le rend très difficile à défaire (NdT).

rejetai la tête en arrière pour le frapper en plein visage, lorsque l'acier d'une lame s'interposa entre nous et une voix dit : « Lâche-la ! »

Limster relâcha son étreinte en sentant la lame sur sa gorge. Minerva sourit en rengainant son arme et me prit le bras.

– Je vois, ricana Limster. Tu veux la garder pour toi, pas vrai ? Pourquoi que tu nous en fais pas goûter un peu ?

Il savait que j'étais une femme, mais il ne connaissait Minerva que sous le nom de Jupiter et la prenait pour un homme. Personne n'avait jugé nécessaire de l'informer de la vérité. À l'instant même, un mot murmuré à son oreille le détrompa. Des rires s'élevèrent autour de lui, et comme la plupart des moqueurs, il n'aimait pas être la cible de plaisanteries. Il lâcha une bordée de jurons, parmi les plus orduriers qui puissent être dirigés contre le genre féminin. Ses insultes firent rebrousser chemin à Minerva, qui s'approcha de lui.

– Vous avez un langage de charretier, Mr Limster, dit-elle. Ça dépasse de loin tout ce que j'ai pu entendre. Retirez immédiatement ce que vous venez de dire.

– Sinon quoi ? ricana Limster en la regardant. Qu'est-ce que tu feras ?

– Je me considérerai comme insultée.

Limster poussa un grognement de mépris.

– Que la vérole vous emporte toutes deux !

Minerva recula d'un pas et lui assena une gifle retentissante.

Il porta la main à son visage et frotta lentement sa joue

tannée comme s'il ne pouvait vraiment croire qu'elle l'avait frappé, puis son poing partit en arrière.

– Arrête ! (C'était Pelling.) Pas de bagarres à bord !

On nous rassembla sur le gaillard d'avant, où Pelling rendait ses jugements.

– Qui a frappé le premier ? demanda le quartier-maître.

Minerva s'avança.

– Les bagarres à bord sont interdites par le règlement, décréta Pelling.

– Nous le savons bien, dis-je, mais il nous a insultées.

Pelling m'ignora. Il déroula une liasse de feuilles écornées qu'il avait prises dans son coffre et les parcourut.

– Article cinq du règlement : *Il est interdit de frapper quiconque à bord ; les querelles doivent être vidées à terre, à l'épée ou au pistolet*, lut-il sur le ton compassé d'un clerc dans une cour de justice, puis il regarda Minerva. Tu as compris ?

– Oui.

Limster sourit, estimant visiblement qu'il aurait le dessus. Après tout, Minerva n'était qu'une fille.

– Et n'imagine pas que tu vas sauver ta peau en allant voir Broom, ricana-t-il. Le capitaine n'a pas le droit d'intervenir dans ce genre de querelle. Pas vrai, Pelling ?

Pelling l'ignora.

– On vous débarquera demain matin, avec moi-même et le médecin, dit-il. (Les pirates sont aussi pointilleux sur les duels que n'importe quel gentleman de Londres, et les règles suivies par les uns et les autres sont très similaires.) Vous pourrez choisir vos témoins. (Il hésita un instant.) Et que le meilleur gagne, conclut-il.

Pelling était censé se montrer neutre dans ce genre d'affaire, mais il n'appréciait guère Limster. Cette nuit-là, il vint donner à Minerva des conseils pour le duel du lendemain.

– Aie pas peur de lui. Un pistolet, ça rétablit l'égalité, et puisque tu es plus petite que lui, essaie de l'avoir du premier coup. Fais attention, il est pas franc du collier, ce salaud. Il est capable de tricher en se retournant avant la fin du décompte, d'esquiver pour t'empêcher de bien viser ou de feinter sur le côté. Fais bien attention à tout ça. Si vous vous battez à l'épée, reste dos à la mer, à contre-jour, comme ça il aura plus de mal à te voir. Entraîne-le là où le sable est le plus mou, ça le fatiguera et il aura plus de mal à se déplacer. Et puis il sera peut-être plus lent que d'habitude demain matin. Ils font circuler du rhum en ce moment et pour une fois, je ferme un œil. Dors bien, ma jolie, conclut-il en tapotant l'épaule de Minerva de sa main calleuse. Je viendrai te réveiller à l'aube.

Minerva parut s'endormir, dès qu'elle eut grimpé dans son hamac. Quant à moi, je restai éveillée, écoutant les cloches du navire sonner les heures jusqu'au petit matin, remplie de crainte pour elle et de culpabilité à l'idée que j'étais à l'origine de cette querelle.

CHAPITRE 33

Le soleil qui s'élevait juste au-dessus de l'horizon faisait briller la mer comme de l'argent, lorsque je me levai pour aider Minerva à se préparer. J'étais son témoin, et elle me permit de l'habiller. Je choisis pour elle une chemise en toile fine, des bas blancs et un pantalon bleu. Je passai à sa taille mince une écharpe écarlate sur laquelle je bouclai le ceinturon de son épée.

— C'est de ma faute, ce duel, dis-je. C'est moi qui devrais me battre avec lui. Si tu n'étais pas intervenue…

— Tu lui aurais flanqué un coup de tête. Je t'ai arrêtée parce que tu es encore trop faible pour combattre. Tes blessures ne sont pas complètement guéries. (Elle prit son pistolet et en examina le canon.) Il comptait là-dessus. Maintenant, c'est à moi qu'il va devoir se mesurer.

Elle semblait parfaitement confiante, et je lui dissimulai mes craintes en sachant combien la peur se communique facilement. Elle vérifia ses armes. Elle fit jouer le chien de son pistolet. Elle prit son sabre, éprouva le tranchant de la lame sur son pouce, coupa un cheveu et fit siffler la lame dans l'air.

On frappa à la porte. « Prêts à embarquer ! » cria Duffy, le maître d'équipage.

Minerva descendit dans la barque, aussi légère et insouciante que si nous allions tout simplement faire un tour à terre. Les rameurs soulevèrent leurs avirons et les plongèrent dans l'eau sur l'ordre du maître d'équipage, avec un mouvement aussi précis et élégant que celui d'un navire de la Marine dans la rade de Portsmouth. Nous avions pris place sur les bancs, Minerva avec moi et Graham, Limster face à nous avec son témoin et Pelling. Nous ne nous regardions pas et personne ne parlait. On entendait seulement le bruissement de l'eau sur les rames et le grincement des avirons dans les tolets, tandis que la barque s'approchait de la rive.

La hauteur des vagues rendit l'accostage difficile, mais le maître d'équipage avait bien choisi ses hommes. Les premiers rameurs sautèrent à l'eau qui leur arrivait à la taille et nous halèrent avec des cordes. Sur un ordre, les autres posèrent leurs avirons et rejoignirent leurs camarades pour hisser la barque sur la plage.

Nous laissâmes nos empreintes dans le sable ferme et mouillé. Une vague déferla et reflua, effaçant les traces aussi rapidement que nous les avions laissées. Nous progressions vers une ligne d'arbres aux épaisses frondaisons, tandis que Pelling cherchait l'emplacement idéal.

– Halte ! lança-t-il.

Nous nous arrêtâmes. Pelling s'avança et fit placer les duellistes dos à dos.

– Les témoins !

Nous nous approchâmes avec les armes. Les yeux de

Minerva rencontrèrent les miens lorsqu'elle prit le pistolet. Puis elle baissa les paupières et son visage devint inexpressif, aussi incroyablement distant qu'à l'époque où elle était encore mon esclave. Elle refusait de laisser paraître la moindre émotion, espoir ou peur.

Le témoin de Limster et moi-même nous éloignâmes et restâmes à distance avec Graham, qui tripotait nerveusement le fermoir de son sac, le visage pâle sous ses taches de rousseur et plissé d'inquiétude et de désapprobation. Il mourait d'envie de s'interposer pour empêcher ce duel, mais personne ne pouvait plus intervenir, pas même le capitaine. Broom s'était tenu à l'écart de cette querelle. Dans ces affaires, on se conformait strictement aux articles du règlement. Telles étaient nos lois. Nous évoluions dans un univers à rebours des normes où les règles usuelles n'avaient plus cours. Toute infraction à ce code compromettrait le peu d'ordre qui régnait sur le vaisseau pirate.

Pelling ordonna aux duellistes de rester dos à dos, puis il s'éloigna d'une démarche altière tout en commençant à compter. Limster dépassait Minerva d'une bonne tête et sa carrure imposante la faisait paraître minuscule. Ils s'avancèrent dans des directions opposées. Ils tenaient leurs pistolets à hauteur d'épaule et mesuraient leurs foulées. Le décompte de Pelling résonnait comme un glas. Nous attendions tous le moment, plus bref qu'une pulsation, où il s'interromprait.

Limster n'attendit pas la fin du décompte. Pelling comptait encore lorsqu'il pivota sur lui-même. Pelling se tut et Minerva dut entendre le sable sec crisser sous les pieds de Limster, car elle se retourna d'un bond pour se retrouver face au canon de son pistolet. Une détonation retentit et un nuage de fumée blanche s'éleva dans l'air. La balle la frôla en sifflant et alla se loger dans le tronc d'un arbre derrière elle. Maintenant, c'était à son tour de tirer.

Elle leva son pistolet, mais Limster enfreignit de nouveau les règles en plongeant sur le côté pour esquiver le tir.

À présent, il fonçait sur elle, ramassé sur lui-même, sabre au clair. Elle jeta son pistolet et tira son sabre. Un sabre est une arme lourde, pratique pour se frayer un chemin dans la mêlée, mais d'un maniement difficile dans un corps à corps. Les bras et les mains me démangeaient de prendre la place de Minerva. Je maniais mieux l'épée qu'elle, mais elle était rapide et elle dansait autour de Limster, esquivant ses coups plutôt que de les parer. Suivant les conseils de Pelling, elle entraînait son adversaire vers l'endroit où le sable était le plus mou et elle tournait le dos à la mer, si bien que l'éclat du soleil levant sur l'eau empêchait Limster de la distinguer clairement.

Il faisait de plus en plus chaud. Limster était rouge comme un coquelicot ; la chaleur et l'exercice le faisaient transpirer, ainsi que le rhum bu au cours de la nuit. Des perles de sueur se formaient sur son front, tombaient dans ses yeux et, pour s'en débarrasser, il devait secouer la tête comme un taureau harcelé par des mouches. Minerva sortait continuellement de son champ de vision et le déséquilibrait en le forçant à tourner et virer.

– Tiens-toi tranquille, bon Dieu ! (Il perdait son sang-froid.) Bats-toi comme un homme !

Attends le bon moment, pensais-je. Prends-le par surprise. Attends. Attends encore.

Il lui porta une botte et manqua son but. Elle l'évita d'un saut, mais il revint à la charge, balayant l'air de son sabre. Le tranchant de la lame la toucha à l'épaule. Le sang s'épanouit sur sa chemise, qu'il détrempa en quelques secondes. Je croyais sentir mon propre bras s'engourdir.

– Première blessure ! Fin du duel ! hurla Graham en s'avançant, son sac à la main.

Le combat était censé s'interrompre à la première effusion de sang. Limster avait donc gagné dans les règles, mais il ne fit pas mine de déposer les armes, au contraire. Il s'élança vers Minerva, sabre au clair.

– Je vais le tuer ! hurlai-je en saisissant ma propre arme.

Graham lâcha son sac pour prendre son pistolet.

– Halte ! cria-t-il. Un pas de plus et je tire !

Limster chargeait comme un taureau. Il n'avait pas la moindre intention de s'arrêter, mais nos cris le troublèrent et il trébucha sur une racine ou un morceau de bois à demi dissimulé sous le sable. Il tenta de se redresser, mais il était déséquilibré. C'était l'occasion que Minerva attendait. Elle se fendit et plongea sous le bras qui brandissait le sabre. Limster s'enferra de tout son poids sur la lame de Minerva, qui lui transperça le cœur.

Graham coupa la manche de chemise détrempée de Minerva, étancha le sang et nettoya la blessure avec du rhum avant d'en recoudre les bords béants et d'envelopper le bras de charpie. Minerva ne poussa pas un cri pendant l'opération. Duffy et l'un de ses hommes la portèrent jusqu'à la barque. Lorsque Graham lui fit boire un verre de rhum, elle s'étrangla, mais parut se ranimer. Elle se reposa, la tête contre mon épaule, tandis que les rameurs s'éloignaient du rivage.

La justice des pirates est rapide et sans appel. Limster ayant enfreint leur code d'honneur, il fut abandonné sur place, dans le sable qui buvait son sang.

CHAPITRE 34

– C'est une blessure profonde, jusqu'à l'os, dit Graham, tandis que nous déposions Minerva dans mon lit, mais elle est propre. Elle s'en remettra. Je vais lui donner de l'opium pour qu'elle puisse dormir. Pouvez-vous m'aider ? (Je soulevai Minerva et il fit tomber une goutte de la mixture sur sa langue.) Maintenant, elle a besoin de repos. Inutile de s'attarder ici. Venez.

Il me mena dans la grande cabine et me pria de m'asseoir à côté de lui.

– Vous m'avez imposé aujourd'hui une lourde responsabilité, Minerva et vous, dit-il. Que croyez-vous que ça m'aurait fait de devoir donner les derniers soins à l'une de vous ? demanda-t-il, et il poussa un soupir. Je suis allé voir Broom, mais même lui ne pouvait rien faire pour empêcher ce duel que vous avez provoqué. Vous ne devriez pas avoir affaire à une racaille comme Limster. Ni vivre ainsi, sans attaches, cette vie d'errance et de dangers, sans autre perspective que la corde. À quoi ça rime ?

Il n'attendait pas vraiment de réponse, car en réalité il pensait également à lui-même en prononçant ces paroles.

– Je vais abandonner cette vie, reprit-il. Je suis las de voir des hommes jeunes tués et estropiés, de raccommoder des corps déchiquetés et de voir les blessures se gangrener en sachant que je ne peux rien faire. Maintenant, je possède largement assez pour ouvrir un cabinet à Londres, Édimbourg ou n'importe où ailleurs, là où je pourrai repartir de zéro et où personne ne connaîtra rien de moi, ni de mon passé. Seule ma loyauté envers Broom me retient encore ici. Et vous ? me demanda-t-il. Rentrez avec moi, Nancy. Vous pourrez aisément passer pour ma fille.

– Je ne peux pas. Je ne partirai pas sans Minerva. Surtout pas maintenant. Elle a risqué sa vie pour moi. Je ne peux pas l'abandonner.

– Elle pourrait vous accompagner.

– À quel titre ? demandai-je en le regardant. Comme mon esclave ? Comme ma servante ? Elle n'y consentira jamais et je ne le lui demanderai pas. Vous savez comme moi ce que serait sa vie en Angleterre, les affronts et les insultes qu'elle devrait subir, les suppositions qu'on ferait sur son compte. Je crains que nous ne soyons condamnées à sillonner éternellement les mers.

– J'espère que non, sincèrement. Et votre fiancé William ?

– Après ce qui s'est passé sur l'*Aigle* ? fis-je en haussant les épaules. Pour lui, je ne suis plus qu'un pirate. J'ai perdu tout espoir en ce qui le concerne.

– Il connaît pourtant les raisons pour lesquelles vous avez adopté cette vie ?

J'acquiesçai.

– Alors s'il vous aime vraiment, cela n'y changera rien.

– Je n'ai pas la moindre idée de ce qu'il est devenu, de toute façon ; peut-être est-il mort.

– Peut-être, ou peut-être pas. Gardez espoir, ma chère. (Graham se pencha vers moi et posa sa main sur la mienne comme s'il était mon père.) Gardez espoir, je vous l'ai déjà dit.

– Quand partirez-vous ? demandai-je, désireuse de changer de sujet.

– Dès que je le pourrai.

– En avez-vous parlé à Broom ?

– Pas encore, mais il connaît mes projets.

Je compris que Graham avait pris sa décision et qu'il ne servirait à rien de discuter, mais je m'étais attachée à lui et sa compagnie allait me manquer terriblement. J'étais sur le point de le lui dire, en espérant ainsi le persuader de repousser un peu son départ, lorsque Broom arriva avec Pelling. C'était la première fois que je le voyais aussi furieux.

– Regardez-moi ça ! (Il fit claquer ses doigts et Pelling lui tendit une feuille de papier.) C'est une pétition, dit-il en aplatissant les plis du papier pour montrer les signatures disposées en cercle. La preuve patente d'une conspiration de couards, commenta-t-il en retournant le papier entre ses doigts. Je vais nettoyer ce navire de tous les salauds qui l'ont signée.

Il rassembla l'équipage et brandit le papier devant l'assistance.

– Ceci est une pétition, déclara-t-il. Les noms des signataires sont disposés en cercle afin que personne ne puisse être repéré comme meneur, dit-il en parcourant l'assemblée du regard. Eh bien, vous pouvez faire une croix dessus. Et tous ceux qui l'ont signée vont débarrasser le plancher, à part bien entendu le mort, là-bas, sur le rivage.

– Un vote ! crièrent quelques voix fébriles.

– Ouais, un vote ! Il faut voter !

– Un vote ! Très bien ! fit Broom avec un sourire. Avec plaisir ! Qui vote pour garder ces crapules à bord ?

Pas une main ne se leva.

– Très bien, faites vos paquets, vous autres, sinon je vous balance aux requins !

Les hommes qui avaient signé la pétition se retirèrent. Pelling aurait aimé se débarrasser de tout l'équipage de Low, mais Broom s'y opposait, de même que les autres. Nous avions besoin de ces hommes. Moins nous étions à bord, plus cela représentait de travail supplémentaire pour chacun d'entre nous. Toutefois, Pelling, qui avait pris en grippe les musiciens de Low, déclara qu'ils pouvaient également faire leurs bagages, car ils étaient les moins utiles à bord.

Leur chef, un certain Hack, se leva, ulcéré. C'était un homme dégingandé et lugubre aux allures nonchalantes. Il ne se séparait jamais de son violon, qui semblait être un prolongement de son bras.

– Vous trouvez ça juste, les gars ? demanda-t-il à l'assistance. On n'a pas signé de pétition, nous, et qui n'apprécie pas un peu de distraction le soir, après le travail, ou un petit air dans la journée pour se mettre du cœur au ventre ?

Le halage et la manœuvre du cabestan s'effectuaient en musique, pour alléger la besogne. Hack pinça les cordes de son violon, laissant l'instrument parler pour lui. Croker, un autre musicien, se joignit à lui en soufflant dans un sifflet en fer-blanc qu'il gardait toujours dans la poche de sa veste. Ce duo leur valut un concert d'applaudissements.

Les hommes votèrent en faveur des musiciens. Une fois le verdict prononcé, les gigues et les quadrilles commencèrent. Pelling grommela qu'il n'en sortirait rien de bon, mais il ne pouvait s'opposer à la décision du conseil.

— Dites donc, y a encore du boulot! rugit Broom au-dessus du tumulte. Ces hommes peuvent rester si vous le voulez, mais il y a eu assez de désordre comme ça à bord. Nancy et Minerva, dit-il, allez vous habiller en femmes. Vous ne travaillerez plus à bord et vous vous protégerez du soleil. Je veux que vous ressembliez à des dames, pas à des pirates. Et vous autres, dit-il à ses hommes, arrangez-vous un peu mieux! Les officiers doivent ressembler à des officiers, les hommes à des marins, pas à la lie de la mer!

— On n'a pas d'officiers! lança quelqu'un.

— Maintenant, si. Mr Halston, Duffy et Phillips, à partir de maintenant, vous êtes officiers. Vous allez emménager dans le carré et rester sur le gaillard d'arrière. Et ce gars-là... comment tu t'appelles?

— Tom Andrews, monsieur, répondit l'homme en s'avançant. Il avait un peu plus de vingt ans, mais il paraissait plus jeune, avec une masse de cheveux roux bouclés et une peau très blanche. L'apostrophe de Broom avait fait monter le rouge à ses joues.

— Comment es-tu arrivé ici? demanda le capitaine.

— Je suis navigateur, monsieur. J'ai été fait prisonnier par Low sur le *Bonne Espérance*, un navire de la Compagnie des

Indes orientales. C'était mon premier voyage pour la compagnie.

Il eut un sourire piteux qui lui valut quelques rires de sympathie. Low l'avait gardé pour ses compétences.

– Eh bien, tu feras l'affaire, dit Broom. Tu ressembles à un gentleman, et il nous en faut un jeune. Va rejoindre les officiers.

Les regards se tournèrent vers Pelling. En temps normal, il se serait vexé de ne pas avoir été désigné comme officier, mais ce jour-là il se montrait doux comme un agneau. Cela signifiait que Broom avait un plan, un de plus, et que Pelling était dans le secret, mais qu'ils ne voulaient encore rien nous révéler.

– Mr Pelling, vous allez me remettre un peu d'ordre dans cette porcherie ! lança Broom. Regardez-moi ça ! (Il donna un coup de pied dans un tas de cordes mal roulées et gratta de l'ongle la croûte de sel dont le bastingage était couvert.) Ce navire devrait être propre. Impeccable. On devrait pouvoir manger sur le pont, dit-il en regardant les hommes. Quelqu'un veut essayer ?

Les planches étaient poisseuses de sel et de goudron et le calfatage débordait de leurs jointures. Personne ne se porta volontaire.

– Bon, reprit Broom, je veux que vous me briquiez ce pont jusqu'à ce qu'il soit aussi lisse que du satin. Vous vous y collerez, dès que vous en aurez fini avec ces salauds de mutins.

Les hommes grommelèrent. Je me réjouis soudain que Broom m'eût ordonné de redevenir une dame. Les pierres à briquer étaient utilisées avec un mélange de sable et d'eau. Le nettoyage était très dur pour les mains et le dos.

– Oui, mon capitaine, répondit Pelling, aussi docile qu'un aspirant. Qu'allez-vous faire de ceux qui ont signé la pétition ?

– Ils ont le choix. Ils peuvent rejoindre leur camarade sur la plage, ou les requins. C'est plus de choix qu'ils ne nous en auraient laissé. Bon, et maintenant, assez perdu de temps avec eux. Hissez les voiles !

POUR TOUT L'OR ET TOUT L'ARGENT DU MONDE

CHAPITRE 35

Sous l'apparence d'un respectable navire marchand, nous poursuivîmes notre route le long de la côte de Guinée vers le golfe du Bénin. Vincent vint à bord pour avoir un entretien avec Broom et Pelling et voir comment Minerva se remettait de ses blessures, mais par la suite nous ne le revîmes plus guère. Nous ne pouvions pas naviguer en convoi, de crainte d'éveiller les soupçons, si bien que Vincent avait reçu l'ordre de garder ses distances. Nous fîmes cependant escale à plusieurs reprises pour nous ravitailler, ce qui nous fournit l'occasion de nous retrouver.

Les marchands locaux franchissaient la barre de déferlantes pour venir nous proposer des esclaves, comme les canots d'approvisionnement qui vendaient leurs marchandises dans les ports. Broom n'était pas venu pour acheter des esclaves, mais il ne renvoya pas les marchands. Il les interrogea, puis il acheta un homme, un grand Kroo nommé Toby qui parlait plusieurs langues et connaissait bien les écueils et les courants de cette côte dangereuse. Il fut affranchi, dès que le marchand eut tourné le dos et se lia d'amitié avec Broom. Ils passaient beaucoup de temps enfermés à méditer sur des cartes maritimes et à élaborer des plans.

Vincent négociait également pour son propre compte. Plusieurs hommes du *Retour rapide* ayant été envoyés sur la *Fortune* pour remplacer les mutins, il manquait de main-d'œuvre. Il commença donc à acheter des hommes aux marchands d'esclaves. Sur notre navire, certains jugèrent qu'il avait perdu la raison. La plupart de ces Noirs n'avaient encore jamais vu la mer : quel genre de marins feraient-ils ? Mieux valait les revendre au premier négrier de passage.

— Il pourra jamais rien leur apprendre ! s'exclama Spall, l'un des chefs d'équipage, résumant l'opinion générale. Autant essayer avec un singe !

— Oh, ça ne doit pas être si difficile, fit doucement Minerva. Tu as bien appris, toi.

Son bras guérissait plus rapidement depuis que nous étions oisives. Nous passions nos journées dans la grande cabine, où nous nous employions à redevenir des femmes. J'adoucissais la peau de mes mains en les oignant d'un beurre d'arachide très nourrissant que Toby avait acheté à un marchand local, et Minerva appliquait de la pulpe d'ananas sur mon visage, un soin de beauté dont les esclaves noires usaient pour préserver du soleil tropical la peau de leurs maîtresses blanches. C'était une curieuse sensation de porter à nouveau des vêtements de femme. Mes jambes s'empêtraient dans les jupes, et lorsque Minerva laçait mon corset, j'avais l'impression de ne plus pouvoir respirer. Minerva prenait également soin de mes cheveux plusieurs heures par jour, les démêlant inlassablement, et je faisais de même avec elle. Mes mains devinrent peu à peu plus douces et mes ongles repoussèrent si bien que je pus les tailler.

Les hommes s'habituèrent au nouveau règlement du navire. Comme tous avaient été matelots autrefois, ils se souvenaient du comportement à adopter en tant que tels. Les officiers vaquaient à leurs occupations, élégants et posés. Tous les jours, Broom faisait hisser le drapeau anglais et, avec le temps, nous devenions ce que nous étions censés être : un honnête navire marchand anglais de Bristol en partance pour les Indes, qui faisait des affaires en chemin.

Nous cabotions le long de la côte, passant devant les forts construits par différentes nations pour se défendre d'ennemis ou faire du commerce. On y amenait des esclaves de l'intérieur des terres, ainsi que des défenses d'éléphants, de la poudre d'or, du caoutchouc et des épices, tous les produits locaux. Les forts étaient donc remplis de précieuses marchandises, selon Broom.

– Et d'or, disait-il, les yeux brillants comme s'il le voyait déjà entassé devant lui. On y garde de l'or pour payer les marchandises qui entrent et sortent : tout ce qui transite par le fort est taxé.

Son plan était téméraire et ambitieux. Avec l'aide de Toby, il avait soigneusement choisi sa cible, un fort en boue et en brique perché sur une île, à l'embouchure de l'un des fleuves qui se jetaient dans le golfe du Bénin. Toby connaissait bien l'endroit, car il y avait fait le commerce d'esclaves et travaillé comme interprète avant d'être victime de la duplicité du gouverneur, qui l'avait vendu sur la côte pour ses dons en langues. Il connaissait la disposition du fort, le nombre d'hommes qui le gardaient et la vie qu'ils y menaient. Ils vivaient dans la terreur des centaines d'esclaves emprisonnés dans les baraquements et des maladies nées dans les marais parsemés de mangroves et propagées par les brouillards froids et humides. Bon nombre de Blancs envoyés là-bas mouraient en l'espace de quelques mois. Les autres tentaient de combattre le paludisme et le ver de Guinée par l'alcool et la fréquentation des femmes indigènes.

Le fort était passé de main en main, mais à présent c'était l'Union Jack qui flottait au-dessus de ses remparts. Un nouveau gouverneur avait été envoyé par la Compagnie royale d'Afrique pour restaurer l'ordre et la prospérité dans la région, mais il semblait surtout soucieux de faire des affaires pour son propre compte afin de s'enrichir.

– Ça va être du gâteau, messieurs – et mesdames, fit Broom avec un sourire pour Minerva et moi-même, guindées dans nos robes. Nous n'aurons qu'à entrer et nous servir. Le fort est bourré d'or, selon Toby, et mal gardé. De la bagatelle pour deux vaisseaux pirates bien armés. Non que nous comptions nous présenter là-bas en tant que tels, bien entendu.

Nous entrâmes dans le petit port et jetâmes l'ancre presque en face du fort. Broom ordonna à la plus grande partie de l'équipage de rester dans l'entrepont, car la présence d'un grand nombre d'hommes sur le pont risquait de nous trahir. La goélette, qui nous avait devancés la nuit dernière, était déjà amarrée, mais aucun signal ne fut échangé entre nos deux navires. Il était important de laisser croire que nous ne nous connaissions pas.

Broom ordonna de mettre à l'eau un canot avec six rameurs en uniforme de matelot. Entre-temps, Halston,

Phillips, Duffy et Graham avaient rejoint le capitaine sur le gaillard d'arrière, vêtus de leurs plus beaux atours.

– Mr Andrews, lança Broom, pourriez-vous aider ma nièce à descendre dans le canot?

Andrews me conduisit au canot. J'avais revêtu une belle robe que j'avais déjà portée à New York et à Charlestown, et dont les manches longues dissimulaient les cicatrices de mes bras. Minerva était simplement vêtue, en esclave. Elle avait consenti à jouer ce rôle uniquement à cette occasion, elle l'avait bien précisé. Pour le plaisir de voir le fort pillé et ses prisonniers libérés, elle était prête à subir cet affront. Elle me suivait, la tête modestement baissée. De l'avis de Broom, l'or nous appartenait déjà. La présence d'une femme, d'une dame au milieu des visiteurs, abuserait complètement les occupants du fort.

Nous fûmes accueillis sur la rive par une escouade de mousquetaires qui nous escorta jusqu'au fort. Le gouverneur, Cornelius Thornton, nous reçut avec la plus grande civilité. Il nous pria de nous asseoir et de prendre un verre avec lui. À son teint, je jugeai que ce n'était pas son premier verre de la journée. Il nous demanda d'où nous venions, où nous nous rendions, et il écouta Broom dévider son histoire en sirotant son cognac.

– Capitaine Broom, de Bristol, monsieur. Puis-je vous présenter ma nièce, Miss Danforth? Nous nous rendons aux Indes, où nous devons retrouver mon frère qui fait des affaires là-bas. Nous achetons en route de l'or, du caoutchouc, des défenses d'éléphant et autres marchandises semblables. (Broom regarda le gouverneur d'un air méditatif.) Je me demandais si par hasard vous en auriez à nous vendre?

Broom pouvait passer pour le plus aimable des hommes, voire pour un niais. Les petits yeux incolores de Thornton se rétrécirent, et ses lèvres pâles se tordirent en un mince sourire. C'était le genre d'homme qui croit tout connaître et qui ne se méfie donc jamais de ce qu'on lui raconte. Broom discourait sans répit et gesticulait. Le gouverneur caressait sa barbe grisonnante, tandis que les coins de sa bouche se relevaient. Il prenait visiblement le capitaine pour un imbécile. Il lui demanda quelles marchandises il avait à vendre et Broom mentionna tout ce dont le fort pouvait avoir besoin. Lorsque Thornton lui demanda son prix, Broom lança un chiffre ridicule. Thornton acquiesça avec un nouveau sourire de triomphe, enchanté d'obtenir ce qu'il voulait en déboursant le moins possible. Il était ravi de nous faire visiter le fort et il ne remarqua pas que les yeux bruns de Broom enregistraient les moindres détails, du nombre d'hommes gardant les lieux aux armes accrochées aux murs, de l'angle des escaliers à la disposition des canons. Il avait gardé la chambre forte pour la fin, espérant visiblement nous impressionner avec sa fortune personnelle et l'importance de son fort.

Cette partie du bâtiment était profondément enfouie sous terre. L'atmosphère y était fraîche et des courants d'air faisaient vaciller les flammes des torches que les soldats tenaient, projetant des ombres sur les murs. Nous étions tout près des caves souterraines où l'on gardait les esclaves, assez près pour entendre leurs grognements et le cliquetis de leurs chaînes. Ce bruit fit dresser l'oreille à Thornton.

– C'est là qu'est l'or véritable, bien plus précieux que l'or jaune, dit-il à Broom en souriant. Je viens de recevoir un arrivage de choix en provenance du Congo. Ces esclaves rapporteront gros. Vous m'êtes sympathique, Broom, et je serais prêt à conclure un arrangement avec vous. Êtes-vous sûr de ne pas vouloir vous laisser tenter par cette marchandise ? Vous n'y perdriez pas.

Broom secoua la tête.

Thornton haussa les épaules comme pour dire que c'était tant pis pour lui.

– Nous y voilà ! fit-il en s'arrêtant devant une porte en bois.

Il prit une grande clef dans le trousseau qu'il portait à la ceinture, la fit tourner dans la serrure d'un grand cadenas noir en acier et la porte s'ouvrit en grinçant. L'un des soldats éleva sa torche, illuminant l'or en barres empilé jusqu'au plafond. Le long des murs s'alignaient de grands coffres en chêne et deux autres en cuir vert et rouge ornés d'écussons et de filets d'argent. Ces deux derniers coffres avaient appartenu autrefois à un noble espagnol ; à présent, ils contenaient la fortune de Thornton.

– Ça, c'est du solide, fit Broom en tapotant le bois rouge de la porte. Avec ça, votre trésor est en sûreté.

– C'est de l'acajou. Quatre pouces d'épaisseur. Et vous voyez ça ? demanda Thornton en posant la main sur le mur. C'est taillé dans le roc. Ça arrêterait Black Bart en personne, dit-il en riant, et nous fîmes de même. Mais c'est un endroit bien sinistre pour une jeune dame, ajouta-t-il en m'offrant son bras. Si nous allions faire un tour au jardin ?

Les appartements privés de Thornton restaient frais grâce à l'épaisseur des murs, et ils étaient très bien aménagés. Ils donnaient sur une cour au-delà de laquelle s'étendait un jardin où poussaient des arbres fruitiers et toutes sortes de plantes. Des nuées colorés de perroquets volaient au-dessus de nos têtes et des singes jacassaient dans les arbres tandis que nous avancions au milieu des orangers et des citronniers ; le gouverneur nous désigna successivement des ananas, des goyaves, des bananes et une noix nommée cola avec laquelle les Portugais parfumaient leur eau. Il était visiblement fier de son jardin, si bien que Broom et moi-même nous empressions d'exprimer notre admiration, faisant l'éloge de tout ce que nous voyions. Les arbres descendaient jusqu'au port, offrant une issue commode au cas où les autres voies seraient bloquées.

– C'est l'un de mes passe-temps, expliqua Thornton. Lorsque je suis arrivé ici, cet endroit n'était qu'un terrain boueux piétiné par les cochons, mais maintenant, le jardin est florissant. Je pense envoyer des graines et des boutures à Gleeson.

Il parlait de sa maison de campagne en Angleterre qu'il faisait préparer pour son retour, lorsqu'il aurait quitté ce poste. Une grande partie de la richesse qu'il acquérait ici était dépensée pour aménager cette maison. Il nous en fit une description détaillée en nous ramenant à sa résidence, où il commanda du thé pour moi et versa du cognac aux gentlemen. Bien entendu, il n'offrit rien à Minerva.

La pièce était meublée comme un salon anglais, mais les meubles et les objets, qui auraient convenu à une maison de la campagne anglaise, produisaient dans ce lieu un effet insolite, mal assortis qu'ils étaient au pays et à son climat. L'humidité attaquait les livres sur les étagères : leurs pages étaient enflées et gondolées, leurs couvertures rongées par la moisissure et les insectes. Le vernis des meubles s'écaillait et le buffet semblait dévoré par d'autres insectes qui le réduiraient bientôt en poudre. Les miroirs et l'argenterie étaient ternis et piquetés de taches noires.

Le bavardage de Thornton tournait toujours autour de Gleeson et de ses projets d'aménagement. Il était néanmoins fréquemment forcé de s'interrompre, car sa respiration était pénible. Son teint indiquait une mauvaise santé, et il tapotait continuellement son visage avec un mouchoir pour éponger la sueur roulant en gouttes huileuses sur sa peau tachetée de gris et de rose.

– Il pourrit aussi vite que ses affaires, me chuchota Graham. Il ne reverra pas Gleeson. Vous sentez-vous bien, monsieur ? demanda-t-il en se levant pour s'approcher de lui, mais Thornton l'écarta d'un geste.

– *Prenez garde au golfe du Bénin : beaucoup y entrent, presque personne n'en revient,* c'est bien ce qu'on raconte, non ? demanda-t-il avec un rire amer qui déclencha un nouvel accès de toux et de sifflements. Maudit climat ! dit-il en vidant son verre. Généralement, je me repose pendant l'après-midi, mais peut-être consentirez-vous à revenir ce soir pour dîner ? Il fait généralement un peu plus frais après le coucher du soleil.

– Nous en serions ravis, dit Broom en se levant. Nous n'allons pas vous imposer notre présence plus longtemps. (Il jeta un regard à la ronde.) Je vois que vous êtes un homme de goût, monsieur, et que vous avez un jugement sûr. J'ai quelques bouteilles d'un excellent cognac français : accepteriez-vous de les partager avec moi ?

– Avec joie, monsieur, répondit Thornton en se levant pour nous regarder partir. Que diriez-vous de revenir ici vers huit heures ?

De retour à bord, nous reçûmes l'ordre de nous préparer pour la soirée. Les officiers devaient revêtir leurs plus beaux uniformes, et Broom choisit pour moi une robe décolletée en soie qu'il avait achetée à New York.

– Seulement pour cette occasion, précisa-t-il. Je veux que vous soyez particulièrement séduisante. Et vous porterez ceci, dit-il en sortant le collier de rubis de sa poche et en le posant sur la table.

Je contemplai fixement le bijou.

– Je croyais que vous l'aviez confié à Brandt, le banquier, dis-je.

– Non, répondit Broom en secouant la tête. Pourquoi donc ? Nul ne sait quand ce bijou peut nous être utile. Comme maintenant.

– Je ne le porterai pas.

– Mais pourquoi, grand Dieu ?

Je me contentai de secouer la tête. Je ne pouvais pas lui expliquer pourquoi.

– Il le faut, Nancy ! C'est la touche finale dont nous avons absolument besoin ! Thornton ne pourra plus détacher ses petits yeux cupides de ce collier, ni de vous dans cette parure, sans parler des autres hommes, et je tiens particulièrement à détourner leur attention.

Finalement, je me laissai persuader. Minerva attacha le collier à mon cou et je déglutis péniblement sous son étreinte étouffante. Je le tiraillai continuellement, obnubilée par sa présence, jusqu'à ce que Minerva m'ordonnât de ne plus y toucher. Nous fûmes ramenés au fort par six rameurs en uniforme, chacun armé d'une paire de pistolets sous sa veste bleue. Ils apportaient trois barils de rhum pour les partager avec leurs camarades du fort.

– Ne lésinez pas sur la boisson, les gars, fit Broom avec un clin d'œil, alors qu'ils prenaient congé de nous pour se rendre à la salle des gardes. C'est notre manière de les remercier pour leur aimable hospitalité.

Broom, Graham et les autres officiers dissimulaient tous des armes sur eux. Minerva et moi-même portions des châles drapés sur nos épaules et des ceintures assez larges pour y cacher un pistolet. Le gouverneur vint à notre rencontre et nous mena dans une salle à manger donnant sur le port. Un coup d'œil par la fenêtre lui aurait appris que nos navires s'étaient déplacés pour venir s'amarrer face au fort.

Le dîner n'étant pas encore prêt, nous fûmes conviés à boire un verre de punch avec les autres invités. Broom ouvrit l'une de ses bouteilles de cognac, pour le plus grand plaisir de Thornton. Le capitaine des gardes, un vieil ivrogne au visage ravagé et au nez bourgeonnant comme une fraise, se joignit à eux pour une tournée de toasts. Graham entama une conversation sur les maladies tropicales avec un jeune homme au teint terreux qui travaillait pour la Compagnie royale d'Afrique. Une rumeur nous parvenait de la salle des gardes et le capitaine semblait regretter de ne pas être avec ses hommes, mais Broom ne cessait de remplir son verre, pendant que Phillips lui faisait raconter ses campagnes.

Les rubis produisirent leur effet. Ils attirèrent Thornton depuis l'autre bout de la pièce. Comme Broom l'avait prédit, il ne pouvait en détacher les yeux. Je parlais avec un courtier à tête de fouine qui faisait le trafic d'esclaves dans le nord du pays lorsque le gouverneur s'approcha de nous.

– Allons, Riley, vous ne pouvez pas garder cette charmante jeune dame pour vous pendant toute la soirée. Ma chère, il faut que vous me racontiez votre histoire, dit-il en m'attirant près de l'une des fenêtres, tandis que Minerva nous suivait, tête baissée. Votre collier est splendide, fit-il en regardant fixement mon cou, et je m'y connais assez bien. Ces pierres sont merveilleusement assorties. (Il se rapprocha pour les examiner.) Chacune d'elles est parfaite. Puis-je vous demander d'où provient ce collier ?

C'était un bijou de famille, lui expliquai-je. Thornton tournait le dos à la salle. Par-dessus son épaule, je regardai Broom s'approcher. Il pouvait se déplacer avec une discrétion étonnante pour un homme aussi imposant.

– Eh bien, c'est un magnifique…

Il s'interrompit, lorsque Minerva lui enfonça le canon de son pistolet dans les côtes. Broom se rapprocha et pointa son arme vers sa tête.

– Vous allez me céder ce fort et tout ce qu'il contient, sinon vous êtes un homme mort, dit-il.

Sa voix résonna étrangement dans le silence qui venait de s'abattre.

Tous les hommes présents pivotèrent pour se retrouver en joue. Sur un signe de Broom, Minerva se dirigea vers la fenêtre, par laquelle elle déchargea son arme. C'était le signal destiné à nos hommes dans la salle des gardes. Des cris lointains et un tumulte s'élevèrent, interrompus par un seul coup de feu.

– Le fort est à nous, dit Broom en traînant Thornton vers la fenêtre. Regardez par là.

On avait ôté les toiles peintes dissimulant les sabords de nos navires. Trente canons étaient braqués sur le fort.

– Que voulez-vous ? demanda le gouverneur, le visage blême comme du papier.

– Tout, répondit Broom.

Il parlait sérieusement. Le fort se rendit sans qu'un autre coup de feu fût tiré. Les soldats furent enfermés dans la salle des gardes. Nous hissâmes l'Union Jack sur la plus haute tour, donnant ainsi à nos hommes le signal de débarquer pour envahir le fort. Broom fit descendre le gouverneur dans sa chambre forte et le força à ouvrir sa porte d'une solidité à toute épreuve. On vit bientôt une file d'hommes chargés d'or traverser le quai en titubant. Pour une fois, ils ne se plaignaient pas du poids de ce qu'ils devaient porter. Les barques s'enfoncèrent dangereusement dans l'eau pour amener l'or sur le navire. Les derniers coffres emportés furent ceux du gouverneur. Une fois la chambre forte vide, on l'y enferma.

Toby mena un groupe d'hommes aux caves et aux baraquements pour libérer les prisonniers. On l'avait laissé libre de nous suivre ou de rester ici. Il décida de rester et il reçut sa part de butin.

Au petit matin, nous étions repartis.

CHAPITRE 36

– Joli spectacle, non ?

L'or s'entassait dans la cabine de Broom, qui le contemplait béatement.

– Regardez-moi ça, dit-il en soulevant une sorte de losange couvert de sceaux et d'écussons. Ça vient du Portugal. Et ça, fit-il en en prenant un autre, d'Espagne. L'or du monde entier. (Il retournait maintenant des lingots entre ses mains.) Chacun de ces objets est une œuvre d'art. (Il replaça les lingots sur leurs piles et arpenta la cabine dont le planchait craquait sous ses pas.) Je suis sûr que le navire s'est enfoncé sous leur poids.

Broom n'était pas le seul à être fasciné par l'or. Certains des hommes venaient dans la cabine uniquement pour le regarder, le toucher et même le sentir comme s'il avait une odeur, un parfum épicé et suave. Ils demandaient la permission de tenir un lingot. Ceux-ci pesaient lourd et étaient aussi glissants que du beurre. Les hommes en tenaient deux côte à côte pour comparer leurs couleurs : orange foncé, jaune jonquille ou jaune pâle des primevères. Ils ne s'en allaient que pour revenir plus tard. Ils n'avaient encore jamais vu pareil trésor.

Toutefois, la proximité de ces richesses les rendait fébriles. Ils ne se faisaient plus confiance. Ils devenaient soupçonneux. Chacun était rongé par la crainte d'être lésé, de ne pas toucher ce qui lui revenait ou d'en recevoir moins que son camarade. Ils se lançaient dans des calculs sur des bouts de papier, gravaient des chiffres dans le bois avec la pointe d'un couteau ou d'un épissoir, ou en dessinaient sur les surfaces encroûtées de sel du navire.

Le navire devint étrangement calme. Les hommes vaquaient à leurs tâches sans plus chanter ni crier. Ils ne se réunissaient plus le soir pour boire, fumer une pipe et se raconter des histoires. Les plaisanteries et les rires étaient oubliés. Chacun restait à l'écart et, allongé dans son hamac, rêvait des richesses qui lui étaient dues.

Broom remarqua ces changements au sein de son équipage et demanda à Graham si les hommes étaient atteints du scorbut, qui peut provoquer des accès de mélancolie.

– Ils sont en très bonne santé, répliqua Graham. C'est l'or qui leur donne la fièvre, dit-il en se tapotant le front, puis il considéra l'expression anxieuse de Broom, qui ne tenait pas en place. Vous aussi, vous avez la fièvre mon ami, fit-il avec un soupir. Trop d'or est nuisible. Mieux vaut en manquer. Pelling m'a dit que de nouvelles pétitions circulaient. Tout le monde complote et calcule. Je crains une mutinerie, et même pire. (Il se passa la main sur les yeux.) Je crains un massacre. Pour vous, moi, Pelling, Phillips et Halston. Tous ceux qui ont une part de butin plus importante. Et Nancy, et Minerva aussi. Je n'ai pas besoin de vous dire ce qui les attend en cas de mutinerie. Je pense que les hommes vont tenter de prendre le commandement de ce navire et de fausser compagnie à la goélette.

– Hum, fit Broom en se caressant le menton. (Le discours de Graham l'avait dégrisé.) Ce sont les racailles désœuvrées de Low qui sont derrière tout ça, dit-il en secouant la tête. J'aurais dû les débarquer.

– Surtout ces musiciens de malheur, intervint Pelling.

– Les musiciens ? répéta Broom en le regardant avec incrédulité.

– Hack et Croker et tous les autres musiciens de Low. On leur donnerait le bon Dieu sans confession, mais ils chassent les mouettes des vergues avec leur musique. Ces gars-là, ce sont les pires du lot. J'ai vu des gars comme eux racler leurs instruments et les faire grincer pendant qu'autour d'eux des hommes étaient massacrés et torturés, si bien qu'on ne pouvait plus faire la différence entre leur musique et les hurlements des moribonds. Cette musique excite les hommes et les rend fous. C'est pour ça que Low avait ces musiciens à bord. Vous êtes pirate depuis moins longtemps que moi, sinon vous sauriez ça. Je vous l'avais bien dit, mais personne n'a voulu m'écouter. On aurait dû les jeter aux requins avec leurs violons et leurs flûtes, pendant qu'il était encore temps.

– C'est possible, fit Graham, qui scrutait l'océan de ses yeux pâles, mais maintenant c'est trop tard. (Il se tourna vers Broom.) Ce n'est pas seulement le butin qui les met dans cet état, bien que ce soit le fond du problème. Ils en ont également assez de l'Afrique. Lorsqu'ils auront pris le navire, ils mettront le cap sur les Antilles, où ils pourront

trouver du rhum et des femmes. À quoi d'autre dépense-
raient-ils leur argent? Ils se plaignent que le climat d'ici ne
leur convienne pas. Ils veulent retrouver des cieux plus clé-
ments, sous lesquels ils pourront forniquer et boire jusqu'à
ce que mort s'ensuive. (Son humour macabre lui arracha un
rire sans joie.) L'or les rend fous. Si vous voulez un bon
conseil, cachez-le. Ils se calmeront probablement quand il
sera hors de leur vue.

Gabriel reçut l'ordre de fabriquer à l'extrémité de l'une
des grandes cabines une cache où l'or serait déposé. On fit
savoir à l'équipage qu'il y resterait jusqu'au moment du partage.

Broom convoqua Vincent pour l'informer que les équipages des deux navires seraient remaniés sous peu. Vincent
n'eut pas besoin de demander pourquoi : il avait senti un
changement d'atmosphère dès qu'il avait posé le pied sur le
navire.

– C'est l'or qui provoque la cupidité et la méfiance, dit-
il. J'ai déjà vu ça à Madagascar.

Nous faisions route vers le sud, vers les îles portugaises
de Del Princípe et de São Tomé. Broom projetait de faire
escale à Annobono, la plus petite et la moins fréquentée de
ces îles. Là-bas, on partagerait le butin et l'on recomposerait
les équipages si nécessaire. Chaque homme recevrait sa part
et serait alors libre de partir. En attendant, Broom demanda
à Vincent de le suivre de près et de se tenir prêt à intervenir.

Le second acquiesça et repartit. Dès lors, les deux navires
poursuivirent leur chemin ensemble.

– Ils attendent que nous franchissions l'équateur, dit

Pelling, qui était venu nous avertir, Minerva et moi. Je passe le mot à ceux en qui j'ai confiance. Vous deux, faites attention. Ils vont profiter des réjouissances pour s'emparer du navire.

— Pourquoi ne pas réunir un conseil ?

— Surtout pas ! répondit Pelling en secouant la tête. C'est bien la dernière chose à faire. Ils sont tellement échauffés qu'ils pourraient prendre le navire aussi sec. Mieux vaut garder nos munitions. (Il désigna la goélette d'un signe de tête.) Vincent nous rejoindra, dès que ça commencera à mal tourner.

CHAPITRE 37

.

Cela faisait longtemps que je me sentais nerveuse à l'idée de franchir l'équateur, la ligne qui sépare l'hémisphère Nord de l'hémisphère Sud. Les hommes taquinaient et tourmentaient tous ceux pour qui c'était la première fois en leur racontant des histoires de rituels de passage et d'étranges cérémonies d'initiation auxquels présidait le dieu Neptune. Ils en faisaient tout un mystère, mais Graham m'avait rassurée sur le déroulement de ces cérémonies, qui étaient avant tout tapageuses et consistaient essentiellement en un baptême auquel il était facile de se prêter avec un peu de bonne volonté. J'avais pourtant le pressentiment qu'elles avaient comme une face cachée, plus sombre et plus incontrôlable. Le rituel le plus redouté était le passage sous la quille, au cours duquel la victime était plongée dans la mer et traînée sous le navire de la proue à la poupe, à quatre-vingt-dix pieds de profondeur. Sa chair était lacérée par les bernaches, aiguës comme des rasoirs, agglutinées sur la coque. L'issue était presque toujours fatale, car la victime avait toutes les chances de se vider de son sang, si elle ne se noyait pas.

Nous devions rejoindre les îles portugaises au plus tôt,

mais, tandis que nous nous rapprochions de l'équateur, le temps devint aussi déplaisant que l'atmosphère à bord. Le soleil tombait d'aplomb sur nous, faisant fondre le goudron entre les planches, desséchant le bois qui se craquelait et transformant la mer en un chaudron de cuivre en fusion. Le vent était tombé et les voiles pendaient des mâts, molles et inutiles. Broom donna l'ordre de toutes les hisser, mais il n'y avait pas un souffle de vent pour les gonfler. Enfin, un jour, la goélette fut prise dans un courant contraire et commença à s'éloigner de nous. Broom fit sortir les avirons, mais les hommes ramaient sans conviction et nous ne progressions guère.

Vincent n'avait pas ce genre de difficulté sur son navire. Ses matelots africains étaient d'une loyauté à toute épreuve, et envers lui seulement. Ils ramaient avec ardeur, mais même pour eux le courant était trop fort. Nous regardâmes, impuissants, la goélette diminuer à l'horizon, où elle se réduisit aux dimensions d'un jouet avant de disparaître complètement.

Désormais, nous étions seuls.

Les hommes n'avaient pas besoin de scruter l'horizon. Leur instinct leur signala le moment où nous allions franchir l'équateur. Les travaux habituels étaient plus ou moins abandonnés et une atmosphère de vacances régnait sur le navire. Ils avaient passé la journée à boire et à vaquer à des tâches mystérieuses. Certains étaient montés dans le gréement pour fixer un palan au principal bout de vergue. D'autres fabriquaient avec des cordages ce qui ressemblait à un berceau ou à une balançoire pour enfant. D'autres encore grattaient la coque pour recueillir des algues et des bernaches.

Ordre fut donné à tout le monde de descendre dans l'entrepont ou de s'enfermer dans sa cabine, y compris le capitaine. Nous fûmes convoqués sur le pont par le roulement d'un tambour, et il y avait quelque chose de sinistre et d'étrange dans l'atmosphère de feinte solennité qui nous accueillit.

Le jour déclinait. Le soleil avait perdu de son ardeur et il était à présent énorme dans le ciel, comme un grand disque rouge prêt à tomber dans la mer. Le pont et tout ce qui s'y trouvait baignaient dans une lumineuse brume rose. Les pirates se tenaient au milieu du navire, alignés le long du bastingage. On banda les yeux de tous ceux qui n'avaient encore jamais franchi l'équateur, et on les conduisit en grande pompe au gaillard d'avant entre deux rangées d'hommes. Là-bas, on nous fit agenouiller d'une poussée. Lorsqu'on retira nos bandeaux, nous nous retrouvâmes face au dieu Neptune, qui nous dominait de toute sa hauteur, assis sur un trône de fortune, son trident à la main, pour juger de notre sort. Il ne portait qu'un pantalon en toile, et son corps luisait comme s'il venait d'émerger de la mer. Il avait une longue chevelure d'algues et de corde goudronnée et effilochée, et son visage disparaissait derrière une fausse barbe d'algues dégoulinantes.

On nous avait renseignés sur le sort qui nous attendait.

Chacun de nous devait subir une épreuve fixée par Neptune : elle consistait à boire la tasse, ou à payer en gage une livre de sucre et une pinte de rhum pour faire du punch. J'avais néanmoins l'impression que, quelle que fût la quantité de rhum que nous pourrions offrir, nous aurions encore un gage et il y avait tout à parier que ce serait un plongeon.

Derrière le trône de Neptune, des tonneaux préparés dans ce but attendaient, remplis à ras bord d'un mélange répugnant d'eau de cale, de goudron, de légumes pourris, d'eaux de cuisine et de tout ce que les hommes avaient jugé bon d'y ajouter.

Andrews, le jeune navigateur, se tenait à côté de moi. C'était son premier voyage en mer, si bien qu'il n'avait lui non plus pas encore franchi l'équateur.

La puanteur qui se dégageait des tonneaux était à faire blêmir et donnait la nausée.

– Qu'est-ce qu'il y a là-dedans, à votre avis ? chuchota-t-il.

– Je ne sais pas au juste, répondis-je en reniflant l'odeur âcre de pourriture, mais je crois que je le devine.

Des barbiers improvisés nous attendaient avec des pots remplis d'une autre mixture innommable pour nous en barbouiller les joues avant de les racler avec de vieilles lames rouillées. Je voyais à leurs larges sourires qu'ils attendaient impatiemment mon tour et celui de Minerva, le rasage étant pour nous une expérience entièrement nouvelle. Une fois cette opération terminée, on nous ferait subir un rinçage en bonne et due forme : on nous hisserait dans le berceau improvisé en haut du gréement, où nous nous balancerions à quelque cinquante pieds au-dessus de l'eau. Alors on laisserait filer la corde pour nous plonger dans la mer, à une telle allure que nous laisserions loin derrière nous la masse de la coque couverte d'algues ondulantes et de grappes de bernaches, pour rejoindre le silence ouaté des profondeurs vert pâle où nous n'entendrions plus que la pulsation de notre cœur. On nous laisserait flotter un moment entre deux eaux, les poumons prêts à éclater, avant de nous ramener à la surface, et de répéter deux fois le même manège pour finalement nous déposer, trempés et hébétés, sur le gaillard d'arrière.

Broom était disposé à jouer le jeu dans la mesure du possible, sans savoir jusqu'à quel point il pourrait se fier à ses hommes, ni à combien d'entre eux. Il tenait son rôle de capitaine, riant, souriant et nous donnant des claques sur l'épaule, tandis que les marins postés le long du bastingage nous acclamaient. Je jetai un regard de côté vers Minerva. Son visage était impassible et serein. Je puisai du courage dans le sien, comme je l'avais déjà souvent fait auparavant.

Au-dessous de nous, les violoneux attaquèrent un morceau et le son strident des flûtes s'éleva. Ils jouaient très fort, avec frénésie, sur une note de plus en plus aiguë et à un rythme de plus en plus rapide. La sueur ruisselait sur leurs visages et, bientôt, l'équipage nous encercla, tapant des pieds et des mains, faisant vibrer tout le navire dont les cordes grinçaient et la coque résonnait comme un tambour géant. Puis la musique cessa aussi brusquement qu'elle avait commencé. Le dernier écho s'éteignit et je crus que le moment du plongeon était arrivé. Je me préparai à affronter l'épreuve. Soudain, un accord rompit le silence, sonore et discordant. C'était le signal du chahut.

Les violoneux attaquèrent un autre air, sur un rythme encore plus rapide que le précédent, et les martèlements et les cris reprirent. La traversée de l'équateur est un moment d'anarchie durant lequel les ordres du capitaine ne comptent plus guère. Sur un vaisseau pirate, ils ne comptent plus du tout. On nous poussa sur le côté et certains des hommes qui étaient sur le gaillard d'arrière s'emparèrent du capitaine.

Un cri s'éleva : « Faites-lui passer la quille ! »

– Doucement, les gars ! protesta Broom, qui tentait de les raisonner avec le sourire, mais il était clair qu'ils ne plaisantaient pas. Certains manœuvraient déjà le berceau sur le gréement afin qu'il puisse passer sous la coque du navire, tandis que d'autres les encourageaient par des clameurs. C'était une mise à mort qu'ils réclamaient. Des équipes se formaient à bâbord et à tribord pour manier les cordes avec lesquelles elles traîneraient la victime d'un bout à l'autre du navire. Personne ne survivait à une telle épreuve. Broom ne serait ramené à la surface qu'à l'état de cadavre, si les requins ne l'avaient pas dévoré avant.

– Vous faites pas de souci, cap'taine, fit Croker, le joueur de sifflet, en clignant son œil borgne (l'autre avait été arraché par la pointe d'une haussière qui traînait). Vous aurez de la compagnie.

On nous avait encerclés. Des hommes s'avancèrent pour saisir Pelling, Graham et les autres officiers rassemblés sur le gaillard d'arrière.

– Pas ces deux-là, fit Croker en nous désignant, Minerva et moi. On peut en faire un meilleur usage. Hack veut pas qu'on les abîme.

Hack leva les yeux et acquiesça, comme s'il avait reçu le signal de jouer autre chose. Il était certainement à l'origine du complot ; quant au reste de l'équipage, il était difficile de savoir qui était impliqué. En cet instant, tous les hommes étaient surexcités. Leur raison les avait abandonnés. La musique de Hack les fouettait, leur insufflant une furieuse soif de sang. Il jouait comme le diable en personne, et désormais c'était lui qui menait la danse à bord.

CHAPITRE 38

Pelling fut ligoté au cabestan au milieu du navire, ainsi que Gabriel, Jessop et même Joby. Des hommes formaient déjà un cercle autour d'eux, brandissant couteaux, sabres, pinceaux à goudron et épissoirs, tout ce qui pouvait leur permettre de frapper et de piquer. L'un d'eux apporta un brandon qu'il avait pris au foyer de la cuisine. D'autres y allumèrent des amorces pour les glisser entre les doigts et les orteils des prisonniers. Ils comptaient visiblement tourmenter tous ceux qui étaient restés loyaux envers Broom.

Minerva et moi fûmes bousculées, pétries, malmenées et maniées d'une manière qui ne laissait aucun doute quant à leurs intentions vis-à-vis de nous. Je dévisageai ces hommes que j'avais connus, aux côtés de qui j'avais travaillé, et ne vis que des masques rouges et suants aux yeux étincelants comme des feux follets. Je manquai de peu suffoquer sous la chaleur et la puanteur animale de leurs corps, et sous leur haleine chargée de rhum. Nous nous débattions de notre mieux, mais le combat était inégal. Ils étaient trop nombreux. Nos bras furent cloués au sol et l'on nous immobilisa rapidement.

Le navire était à l'arrêt, les voiles remontées et roulées sur les vergues. L'équipage avait cessé tout travail. Les hommes étaient rassemblés au centre du navire. Le timonier lui-même avait abandonné le gouvernail. Soudain, au milieu du danger et du chaos qui régnaient, je sentis un changement. Le vent s'était levé, et faute d'un timonier pour le manœuvrer, le navire virait sur lui-même. D'autres le perçurent également. Les marins sont aussi sensibles que des girouettes au moindre changement de temps. Le navire oscilla lorsque le gouvernail se bloqua et une forte secousse partie du dessous de la coque l'ébranla tout entier. Une bôme détachée balaya l'air, fauchant quelques hommes au passage. Les autres trébuchèrent, tandis que le pont s'inclinait et que tout le bateau grinçait et tremblait sous leurs pieds. Ils regardèrent autour d'eux, désorientés, mais il n'y avait plus personne pour leur dire ce qu'il fallait faire.

L'espace d'un instant, l'étreinte des mains qui nous empoignaient s'était desserrée. Ce fut l'occasion que Minerva attendait. Se contorsionnant comme un chat, elle se dégagea, puis elle bondit sur la grille de l'écoutille la plus proche en attrapant au passage un brandon et une bouteille de rhum. Son évasion soudaine fit accourir des hommes qui la cernèrent, menaçant de la submerger sous leur nombre, mais la foule qui convergeait vers elle s'écarta lorsqu'elle balaya l'air de son brandon. L'air se remplit de la puanteur de cheveux et de moustaches grillés, puis de l'odeur forte du rhum lorsqu'elle vida la bouteille à travers la grille. L'entrepôt à munitions était juste au-dessous d'elle. La bouteille se brisa à terre et Minerva brandit la torche au-dessus de l'écoutille.

– Si vous approchez encore, je lâche ça ! Je nous envoie tous au fond de l'océan, parole d'honneur ! (Les hommes se regardèrent en se demandant s'ils devaient la croire.) Et l'or avec !

À la mention de l'or, ils reculèrent.

J'ignore si elle nous aurait réellement envoyés dans l'autre monde, ou sinon, combien de temps elle aurait pu tenir les hommes à distance avec cette menace. Peut-être certains crurent-ils qu'elle l'avait mise à exécution, car une soudaine détonation et l'apparition d'un nuage de fumée semèrent la panique dans leurs rangs.

– On nous attaque ! hurla l'un d'eux, et tous se précipitèrent vers le bastingage.

Un navire fonçait droit sur nous, toutes voiles dehors. C'était lui qui avait tiré un coup de canon et il en fit partir un deuxième qui toucha la coque. Le vaisseau arborait un pavillon noir auquel était épinglé un cœur rouge grossièrement découpé, ce qui signifiait qu'il ne ferait pas de quartier, et il se rapprochait rapidement.

Le capitaine se tenait sur le gaillard d'arrière, le visage fermé et résolu. Les hommes rassemblés pour l'abordage étaient presque tous des Noirs. Ceux-là mêmes dont notre équipage avait affirmé qu'ils ne feraient jamais des marins dignes de ce nom et qu'il avait voulu revendre comme esclaves. Les Noirs étaient loyaux envers Vincent et envers lui seul, m'avait dit Minerva. Les mutins ne pouvaient donc attendre aucune pitié d'eux.

Les violoneux avaient cessé de jouer depuis un certain temps déjà. Ils disparurent soudain et le nombre d'hommes présents sur le pont diminua sensiblement. Ceux qui s'étaient montrés si vaillants pour mener la mutinerie semblaient presque s'être volatilisés. Cependant, l'autre navire se rapprochait. Les hommes regardèrent autour d'eux comme s'ils s'éveillaient d'un rêve, conscients qu'ils devaient réagir, mais désemparés.

Ils auraient pu se défendre de différentes manières. Ils auraient pu prendre Broom en otage pour négocier. Ils auraient pu s'unir pour repousser leurs adversaires. Mais la lâcheté et le désarroi s'étaient si bien emparés d'eux qu'ils ne tentèrent rien. Les coques des deux navires se heurtèrent en grinçant. Vincent et ses hommes sautèrent à bord, et le navire fut repris sans effusion de sang et sans qu'un seul coup de feu ne fût échangé.

Les rebelles furent identifiés et jugés pour mutinerie avec toute la pompe d'une cour de justice de l'Amirauté. Hack et Croker, les meneurs, furent pendus à la grande vergue, et leurs corps dépecés et jetés aux requins. Les autres furent entassés dans une barque avec assez d'eau et de provisions pour rejoindre les îles portugaises ou la côte africaine.

L'or qui avait causé tout ce désordre fut partagé entre les membres de l'équipage restés loyaux. Chacun était prêt à repartir de son côté. Il était temps que les chemins des uns et des autres se séparent.

CHAPITRE 39

Parmi les hommes demeurés loyaux envers Broom, tous ne voulaient pas rester sur son navire. Munis de leur part de butin, certains comptaient repartir pour les Antilles, dont le mode de vie leur était plus familier et leur convenait mieux. Ils auraient mieux fait de rester avec nous sur le *Retour rapide*, mais il était alors impossible de prévoir le sort qui attendait ceux qui embarquèrent sur la *Fortune*. Halston en était le capitaine, secondé du jeune Andrews. Avant leur départ, on donna une grande fête en leur honneur, et ce furent les derniers moments que l'équipage passa au complet. Le lendemain, la *Fortune* s'éloigna et bientôt, il ne fut plus qu'un point minuscule à l'horizon, avant de disparaître.

Peu après, ce fut au tour de Graham de s'en aller. Cela me désolait de le voir partir, mais il était depuis longtemps fatigué de la vie que nous menions. Il nous quitta au cap de Bonne-Espérance, d'où il devait reprendre un navire pour l'Angleterre. Là-bas, il commencerait une vie nouvelle en ouvrant son cabinet de médecin. Il me demanda à nouveau de l'accompagner, en me proposant comme auparavant de me faire passer pour sa fille.

– Pourquoi pas, Nancy ? demanda-t-il. Nous nous entendrions bien, vous et moi. À nous deux, nous avons assez d'argent pour mener une vie agréable. Nous pourrions nous installer dans la ville qui vous plaira. La vie de pirate ne convient pas à une jeune fille comme vous.

J'éclatai de rire.

– Je ne suis plus une jeune fille, mais une pirate, répondis-je.

– Et vous devenez plus vieille que votre âge. J'ai peur de ce qui peut vous arriver si vous continuez à mener une vie si violente, si dangereuse et… si rude. Je crains que cela ne vous marque définitivement. Vous avez déjà vu ce qu'aucune femme ne devrait voir, fit-il en secouant la tête. Et qui sait dans combien de temps vous serez faite prisonnière, ou tuée par une crapule ? Personne ne fait de vieux os comme pirate. Je vous demande instamment de rentrer avec moi en Angleterre. Qu'en dites-vous ?

Je demandai à réfléchir, mais je connaissais déjà la réponse. Je ne pouvais pas abandonner Minerva, lui dis-je finalement, et elle ne me suivrait jamais en Angleterre.

– Pourquoi pas ? demanda Graham. Là-bas, elle serait libre, après tout. Elle ne serait ni votre esclave, ni votre servante, mais votre compagne.

– Elle serait peut-être libre selon la loi, mais… elle dit qu'elle ne veut pas vivre dans un pays où elle devrait constamment subir les regards des curieux et les commentaires malveillants des mauvaises langues.

– Mais elle aurait de l'argent, un rang dans la société…

Je faillis éclater de rire. Quelle différence cela ferait-il ?

Aux yeux de tous, elle vivrait au-dessus de son rang et sa situation n'en serait que plus pénible. Graham était un homme sensible et intelligent : pourquoi donc était-il incapable de comprendre ces choses ? Je tentai une dernière fois de lui expliquer ce que serait la vie de Minerva en Angleterre.

– Je pourrais entrer dans n'importe quelle taverne de n'importe quel port si j'étais habillée en homme, dis-je, personne n'y trouverait à redire tant que mon argent serait bon à prendre, mais qu'arriverait-il si j'étais habillée en femme ?

– Je crois que je comprends ce que vous voulez dire…

– Elle veut vivre là où la couleur de sa peau ne compte pas plus que la vôtre ou la mienne ne compterait à Bristol ou à Londres. Elle pense s'établir à Madagascar.

– Le pays de Vincent ? Ce repaire de pirates ?

J'acquiesçai.

– C'est notre prochaine destination. C'est une idée de Vincent, et Broom est tout à fait partant.

– Et vous iriez là-bas avec eux ?

J'acquiesçai de nouveau.

– Et votre fiancé, ce jeune William ? Nous pourrions le rechercher ensemble. Je pourrais lui expliquer…

Je me souvins de ma dernière rencontre avec William. Au fil des mois, je l'avais tellement ressassée que, à présent, elle me faisait l'effet d'un désastre complet et lamentable.

– Je ne pense plus à lui, répondis-je.

– Hum, fit Graham ne me regardant d'un air perplexe et en se frottant le menton. Vous vous attendez vraiment à ce que je vous croie ?

— Je parle de mariage. Je ne supporterais pas l'humiliation de le retrouver marié à une autre.

— Très bien, soupira-t-il. Si votre décision est prise…

— Elle l'est.

Graham avait été comme un père pour moi et il allait me manquer cruellement, mais ma décision était irrévocable. Il rentrerait en Angleterre sans moi.

— Dans ce cas, je vous souhaite bonne chance. (Il m'embrassa sur le front.) Je vous donnerai de mes nouvelles dès que possible.

Nous le regardâmes partir.

— Tu regrettes de ne pas le suivre? demanda Minerva, tandis que son navire quittait le port.

— Non, répondis-je, et j'étais sincère.

— Tu ne restes pas seulement à cause de moi? demanda-t-elle, soucieuse. Je ne voudrais pas de ça.

— Je reste en partie pour toi. (Je me devais d'être honnête vis-à-vis d'elle. Nous n'avions guère de secrets l'une pour l'autre.) Tu es ma sœur. Tu es la seule famille que j'aie et que je souhaite avoir. Mais, ce n'est pas seulement pour toi que je reste.

Je lui parlai des autres raisons qui m'avaient incitée à rejeter l'offre de Graham. Si je revêtais le bonnet et l'habit d'une fille de médecin, la vie perdrait toute saveur, comme de la viande sans sel. Elle serait aussi insipide qu'un porridge anglais farineux et non plus douce et savoureuse comme les fruits tropicaux. Graham aurait son travail et ses patients, tandis que mes espérances se limiteraient à un mariage. Je décrivis à Minerva une série de soupirants aux visages pâles.

Mes pensées retourneraient constamment à William comme l'aiguille d'une boussole. Je portais toujours sa bague. Si je ne pouvais pas l'épouser, je n'épouserais personne d'autre. Mais il était certainement fiancé à une aimable jeune femme, une fille de capitaine. Et même si je le retrouvais, je ne ferais que semer le désordre dans sa vie et ruiner sa carrière, alors qu'il avait travaillé si dur pour obtenir de l'avancement. Je l'aimais trop pour envisager cela. Je finirais donc vieille fille à Londres, Édimbourg, Bath ou Tunbridge, ou quelque autre ville d'eaux, offrant thé et paroles de réconfort aux veuves et aux filles des plus riches patients de Graham.

– Je préfère rester pirate, conclus-je. Et j'étais sincère.

L'AMANT ET LE DÉMON

CHAPITRE 40

C'est ainsi que nous arrivâmes à Madagascar, le havre des pirates.

Vincent nous mena dans une baie abritée aux eaux profondes, isolée de la haute mer par deux hauts promontoires. On l'appelait la Baie du trou de serrure, car l'entrée en était étroite, difficilement repérable du large et protégée par de longues rangées de récifs.

Broom, qui se tenait à la proue, sa longue-vue à la main, parcourait du regard la longue plage de sable blanc et les collines vert sombre qui s'élevaient à l'arrière-plan. Il examina à la longue-vue les hauteurs de la falaise.

– Avec une paire de canons là-haut, cet endroit sera mieux gardé que le port de Portsmouth. Bien joué, monsieur, fit-il à Vincent avec un sourire et en passant le bras autour de ses épaules. Ça fera parfaitement l'affaire.

Il donna l'ordre d'amener la voile et de jeter l'ancre, puis de sortir le canot pour débarquer. Une fois à terre, nous longeâmes la plage pour arriver devant une voie pavée de bouts de planches qui ressemblait à une cale de lancement ; elle menait à un sentier qui grimpait au sommet de la falaise. Celui-ci était en mauvais état, érodé par les marées et envahi par la végétation, mais il subsistait néanmoins des traces de sa forme ancienne. Les marches sculptées dans la paroi de la falaise étaient larges et creuses, et leurs bords avaient été consolidés avec des pierres grossièrement taillées et des planches épaisses. Nous gravîmes lentement cet escalier, tandis que Vincent et ses hommes nous ouvraient la voie à travers la végétation grâce à leurs sabres. Vincent connaissait bien cet endroit. Il nous assura qu'un village de pirates s'étendait au sommet, dominant la baie.

Au sommet de la falaise, le sentier passait à travers un haut rempart en partie effondré que surmontaient les restes d'une solide palissade. Une porte y avait été taillée, mais le passage était si étroit que nous pouvions le franchir seulement un à un. Du haut de ce rempart, on avait une vue dégagée sur la baie. Une brise soufflait, agréable après l'effort de la montée, rafraîchissant notre peau en sueur. Sur notre droite et notre gauche s'élevait une plate-forme effondrée, sur laquelle un canon rouillé, qui devait autrefois être braqué sur les arrivants, gisait au sol, pointé vers le ciel.

Je m'étais attendue à voir des cabanes et d'autres constructions dans la clairière qui s'ouvrait devant nous, mais ce n'était plus qu'un espace découvert, tapissé de plantes grimpantes et de jeunes pousses, sur lequel la forêt regagnait lentement du terrain. Il n'y avait pas trace d'habitation.

Broom promena un regard à la ronde, la main posée sur le manche de son sabre.

– Et les indigènes ? Ne risquent-ils pas de nous attaquer ? demanda-t-il à Vincent, qui était le mieux à même de le conseiller puisque c'était son pays.

Vincent se mit à rire.

— Sûrement pas, répondit-il. Cet endroit est *fady*. Ils ne s'en approchent pas.

— *Fa-di ?* interrogea Broom, les sourcils froncés. Qu'est-ce que ça veut dire ?

Vincent fronça les sourcils à son tour et poussa un soupir. Il eut du mal à s'expliquer. Ce mot désignait quelque chose d'interdit, dit-il, comme de porter un chapeau dans une église ou, pour une femme, de siffler à bord, mais également quelque chose d'impur, comme de manger du rat ou du chien. Les hommes l'écoutèrent en hochant la tête, l'air solennel, comme si cette notion leur était déjà familière.

— Mais où sont les indigènes ? demanda Broom, la main toujours crispée sur son sabre.

— Ils habitent plus loin. Ils viendront quand ils seront prêts, répondit Vincent. Quand ils seront certains que nous ne sommes pas des marchands d'esclaves. Ils sont amicaux. Pas besoin de ça, dit-il en touchant la main de Broom posée sur le sabre.

— Mais si ceci était autrefois un village de pirates, où sont leurs maisons ? demandai-je.

— Chacun d'eux vivait en solitaire.

Vincent nous montra des chemins sinueux qui partaient de la clairière et s'enfonçaient dans la forêt, délimités par de hautes haies redevenues avec le temps des broussailles inextricables. Il nous ouvrit la voie au sabre sur l'un de ces sentiers dont les entrelacs formaient un véritable labyrinthe.

— Prenez garde ! cria-t-il en désignant le sol et les bas-côtés.

Le chemin n'était plus fréquenté depuis longtemps, mais le sol était toujours hérissé de longues épines et de pierres taillées comme des silex. Des éclats de verre et des morceaux de métal coupants brillaient dans les fourrés qui laissaient à peine le passage à une personne et se rejoignaient presque au-dessus de nos têtes.

– Qu'est-ce que c'est que ce bazar ? demanda Broom. Ils avaient peur des indigènes ? Ou d'une attaque de l'extérieur ?

Vincent éclata de rire.

– Ils avaient peur les uns des autres, répondit-il.

Les pirates avaient vécu aussi solitaires que des araignées au milieu de pièges et de filets sophistiqués destinés à les avertir de toute approche. Chacun d'eux était resté tapi dans sa citadelle, montant la garde sur son trésor.

– Que sont-ils devenus ? demandai-je.

– Certains ont repris la mer, d'autres se sont rangés et ont été amnistiés par le gouvernement.

– Et ceux qui sont restés ici ? Que sont-ils devenus ?

– Qui peut le savoir ? Probablement morts de pneumonie, des fièvres, de l'abus de rhum – ou du poison. (Vincent rit de nouveau.) Les femmes d'ici n'aimaient pas toujours leurs pirates de maris. Finalement, tous sont morts et plus personne n'habite ici. Mon père ne vivait pas ici, fit-il en réponse à ma question non formulée. Il a suivi ma mère quand elle est repartie dans son village. Les pirates sont tous partis ou morts, et cet endroit a été abandonné.

Nous avancions en pensant aux pirates, devenus de plus en plus méfiants, à l'affût d'intrus, jusqu'au jour où la mort les avait rejoints à pas légers sur ce sentier, invulnérable aux pierres coupantes et aux épines acérées. Soudain, les bois résonnèrent de cris et d'appels sinistres, des sons à la fois plaintifs et lugubres, comme si les âmes de tous ces pirates morts se parlaient et nous appelaient. Le bruit nous fit tous sursauter. Les hommes regardèrent autour d'eux, blêmes et terrifiés, tandis qu'une voix répondait à l'autre pour créer un vacarme assourdissant.

Vincent sourit devant notre malaise, bien que je l'eusse vu frissonner lorsque le bruit avait éclaté.

— *Indri*, dit-il en pointant le doigt vers des créatures noir et blanc qui voltigeaient très haut au-dessus de nous dans les frondaisons des arbres. C'est un animal qui ressemble à un singe, ajouta-t-il après un instant de réflexion. Nous l'appelons « père-fils ».

Le sentier menait à un camp. C'était même une véritable petite place forte entourée de fossés et de remparts, solidement bâtie et intacte. Broom s'arrêta sur le porche avec un sourire satisfait, et balaya d'un geste de main des toiles d'araignée, comme il le faisait avec les peurs des anciens pirates et les superstitions bien ancrées. Tout ce qui comptait pour lui, c'était que les habitations soient saines et bien situées.

— Si les maisons sont toutes en aussi bon état, nous pouvons nous considérer comme arrivés à destination, messieurs, dit-il.

Au conseil, il déclara que le village était un bon endroit où s'installer et que la baie était assez grande pour abriter une flotte entière.

— C'est l'endroit idéal pour nous mettre au vert et nous reposer un peu, les gars, dit-il aux hommes. On peut aménager les baraques pour les rendre confortables et elles ont l'avantage d'être invisibles depuis la baie. Et nous avons de quoi nous défendre si l'on vient nous chercher noise, fit-il en pivotant pour désigner le sommet de la falaise et les promontoires. Ceux qui essaieront peuvent s'attendre à une belle réception. On les enverra dans un monde meilleur. (Une acclamation rauque salua ces dernières paroles.) En attendant, on peut vivre à l'aise dans de vraies maisons et dormir dans des lits au lieu de hamacs. Et je parie que les dames du pays viendront nous rendre visite, dès qu'elles apprendront notre arrivée.

Le navire fut halé sur la plage et certains des hommes commencèrent à le caréner, pendant que d'autres remontaient sur la falaise pour tailler la végétation, nettoyer les chemins menant aux maisons, arracher les haies, niveler les remparts et combler les fossés, réparer et assainir les habitations. Les marins peuvent s'atteler à n'importe quelle tâche. Bientôt, la forêt résonna de coups de marteaux et la clairière centrale se transforma en chantier.

Gabriel, le charpentier, allait et venait d'un site à l'autre. En une semaine, le navire fut nettoyé et de nouveau en état de prendre la mer, et le camp commença à ressembler à un vrai village. Vers la fin de la deuxième semaine, nous pûmes emménager dans nos nouveaux foyers.

L'endroit était idéal. Outre un bon point d'ancrage et un lieu sûr, c'était un pays d'abondance où l'on trouvait sans difficulté de l'eau douce et de la nourriture. Des arbres fruitiers poussaient aux alentours, le gibier à plume pullulait dans la forêt et les cochons sauvages étaient nombreux.

Nous n'avions pas encore vu d'indigènes. Ils demeu-raient invisibles. Un jour cependant, Robbie, un garçon qui travaillait avec Gabriel, surgit des buissons où il était allé se soulager en hurlant qu'il avait trouvé un cimetière. Celui-ci s'étendait sur le versant d'une colline dominant la mer, et il était entouré d'une palissade pour le défendre des cochons fouisseurs. Des croix et des pierres grossièrement taillées marquaient les emplacements des tombes. Sur certaines étaient gravés des dates, des lieux de naissance, des noms ou des initiales :

R. T.
Bristol
† 1706

Capt. H. Jones
M'fd H'ven [21]
A quitté ce monde en 1702

Les hommes se découvrirent et restèrent un instant immobiles, les yeux baissés sur les tombes où leurs semblables étaient enterrés. Après un moment, ils se mirent au travail, désherbant soigneusement le sol et grattant la mousse qui recouvrait les inscriptions des dalles. Ils fabriquèrent de nou-velles croix pour remplacer celles qui étaient tombées et qui avaient pourri. Ils travaillèrent toute la journée, délaissant leurs autres tâches, et finirent au coucher du soleil.

21. Milford Haven, port du sud du pays de Galles.

Lorsqu'ils revinrent le lendemain, ils découvrirent les vrilles d'un melon que l'on avait planté en terre. Peu après, les Malgaches sortirent des cachettes où ils s'étaient dissimulés. Leur chef s'avança vers nous pour nous saluer et nous remercia d'être revenus prendre soin de nos ancêtres, désignant sous ce nom nos prédécesseurs. Les indigènes étaient soulagés que nous soyons là, traduisit Vincent, car désormais les âmes en peine des défunts n'erreraient plus, en proie à la fureur et à la frustration, semant le trouble chez les vivants. Elles avaient enfin trouvé le repos.

Les Malgaches sont très respectueux des morts, nous expliqua Vincent. Ils vont jusqu'à déterrer leurs ancêtres et danser avec eux. Les pirates défunts resteraient enfouis sous terre, mais en ce qui nous concernait, nous avions la bénédiction de nos nouveaux voisins, ce qui était de bon augure pour notre installation.

CHAPITRE 41

Le pays était agréable et nous ne manquions de rien. Le climat était plaisant, l'air parfumé du matin au soir par les arbres odoriférants et les fleurs de la forêt. Les Malgaches se montraient amicaux, secourables et même serviables, car nous les protégions des négriers de passage et des tribus qui les capturaient pour les vendre comme esclaves.

Vincent alla rendre visite à sa tribu, qui s'était réinstallée plus à l'intérieur des terres pour fuir les marchands d'esclaves, car il désirait vivre quelque temps parmi les siens. À son retour, il se présenta à la cabane que je partageais avec Minerva. C'était une construction simple à un étage qui ne comportait que deux pièces, une chambre et une salle de séjour, mais elle était claire et bien aérée. Il y avait une grande véranda d'où nous pouvions contempler l'océan, ce qui était particulièrement agréable après avoir vécu si longtemps dans l'atmosphère confinée d'un navire. Lorsque Vincent arriva, j'étais allongée dans un hamac sur la véranda. Je crus qu'il venait voir Minerva et je lui dis qu'elle dormait, car c'était l'heure de la sieste, mais il secoua la tête.

– C'est toi que je viens voir, dit-il.

Il me demanda de sortir un instant avec lui. Ce qu'il souhaitait me confier était d'ordre privé et il ne voulait pas risquer d'être entendu par un tiers.

Nous descendîmes l'escalier menant au jardin. J'essayais de civiliser la forêt à l'aide de murets et de cultures en terrasses, car jamais auparavant je n'avais vu autant de beauté et d'abondance. Gingembre, clous de girofle, cardamome, vanille, galanga, tout poussait dans cette terre. Des orchidées aux langues soyeuses exsudaient un parfum qui rafraîchissait l'air le matin et embaumait le soir. Ne serait-il pas merveilleux d'en voir fleurir partout ? demandai-je à Vincent. Ce serait comme le paradis sur terre.

Il me répondit que le paradis ne se cultivait pas et que je ne devais pas tenter de le faire.

Nous trouvâmes un coin à l'ombre où nous nous assîmes sur un tronc d'arbre abattu. C'est là que Vincent m'ouvrit son cœur. Il voulait parler de Minerva. Il me dit son amour pour elle : né au premier instant de leur rencontre, il n'avait fait que croître, se nourrissant de tout ce qu'ils avaient vécu ensemble. Maintenant, il ne voulait plus qu'elle, elle occupait toutes ses pensées et peuplait ses rêves. Il avait parlé d'elle à sa mère et aux gens de son village, parce qu'il voulait l'épouser. Pensais-je qu'elle consentirait à abandonner sa vie errante pour vivre ici avec lui ?

Je ne répondis pas immédiatement. J'avais vu venir cet instant de loin, comme une voile surgie à l'horizon. Entendre ces paroles me réjouissait et m'attristait dans une égale mesure. J'étais habituée à la présence de Minerva, la personne qui m'était la plus proche et la plus chère au monde. À présent, tout allait changer.

– Pourquoi est-ce à moi que tu poses cette question, et pas à elle? demandai-je à Vincent.

– Tu es très proche d'elle et tu occupes la première place dans son cœur, me répondit-il. Elle t'aime plus que tout. Un tel amour est rare. Tu lui es infiniment précieuse et ton bonheur fera le sien. Si tu pars…

– … elle viendra avec moi? (Je secouai la tête.) Non, je ne crois pas. Elle se plaît ici. Quelle que soit ma décision, je crois qu'elle voudra rester. (Je posai ma main sur celle de Vincent.) Je sais qu'elle t'aime, Vincent, autant que tu l'aimes. Et son bonheur fera également le mien. Minerva est ma sœur, Vincent. Nous avons le même père.

– Oh! s'exclama-t-il, comme si cette révélation expliquait beaucoup de choses. Pourquoi ne me l'a-t-elle jamais dit?

– Sa mère lui avait fait jurer de n'en parler à personne. Elle ne m'en a rien dit pendant longtemps…

– Je comprends!

– Nous sommes donc sœurs, et en tant que sœur de Minerva, je te conseille d'aller lui parler. Je ne pense pas que tu seras déçu, dis-je avec un sourire.

Il me rendit mon sourire, puis il fronça de nouveau les sourcils.

– Tu crois que Broom acceptera de nous marier? demanda-t-il.

Je me mis à rire. C'était le seul devoir de capitaine que Broom n'avait pas encore rempli.

– Je crois qu'il en serait ravi, répondis-je. Maintenant, va retrouver Minerva. Je suis sûre qu'elle sait déjà que tu es là. Elle va se demander ce qui te retient si longtemps.

Il saisit ma main avec un sourire de soulagement et de reconnaissance, puis il partit en courant, remontant à toute allure la pente qui menait à la cabane, sautant par-dessus les murets et les terrasses et grimpant les escaliers quatre à quatre.

Je descendis vers la plage où j'errai jusqu'à la tombée de la nuit. À mon retour, Vincent était parti, mais je n'avais encore jamais vu Minerva aussi heureuse. Elle rayonnait de bonheur. Je ne lui dis pas que je savais la raison de sa joie, afin de ne pas la lui gâcher. Je la laissai m'annoncer la nouvelle. Assises sur la véranda, nous regardâmes le soleil se coucher et, tandis que les parfums montaient du jardin et que de pâles papillons de nuit voltigeaient au milieu des fleurs, la joie de Minerva me permit de rêver de nouveau. Non de sombres rêves de navires noirs, mais des rêves de désir et d'accomplissement. Ce séjour nous avait rendu notre jeunesse. Nous parlâmes jusque tard dans la nuit de l'amour et de ce que nous attendions de la vie, comme le font toutes les jeunes filles.

CHAPITRE 42

Le bonheur de Minerva était contagieux. La date du mariage approchait et les préparatifs remplissaient nos journées. Broom se faisait une joie de célébrer l'office, comme il le disait, et les proches de Vincent devaient venir de leur village pour prendre part aux réjouissances. Tout aurait dû être pour le mieux, mais j'avais recommencé à rêver du navire noir. Dans mes rêves précédents, ce n'était qu'une forme vague. À présent, les images étaient plus précises et plus effrayantes, car je me trouvais sur le pont.

Je rêvais que je me tenais au bastingage d'un navire sombre au pavillon noir dépourvu de motif. J'étais en compagnie du plus étrange équipage qui eût jamais pris la mer : Edward Teach, le capitaine Kidd, Calico Jack Rackham et Black Bart Roberts ; ensemble, nous sillonnions des mers inconnues en nous orientant sur des étoiles que je n'avais jamais vues auparavant. Le grondement du canon et les hurlements des mourants résonnaient encore à mes oreilles tandis que je marchais sur des ponts gluants de sang et de restes humains sans savoir si le goût salé que j'avais sur les lèvres était celui de la mer ou du sang.

Je suis là.

Ces paroles sifflaient à mes oreilles et je sentais sur mon cou son souffle froid qui me glaçait comme si j'étais tombée dans les eaux noires et désolées d'un océan charriant des blocs de glace.

Je me forçai à m'éveiller et restai un instant immobile, les yeux agrandis d'horreur, incapable de remuer d'un millimètre. Ma peau était aussi moite que si la mort était sur moi et les rideaux tout proches du lit me donnaient l'impression d'être dans mon linceul. Je ne pouvais même pas appeler Minerva. J'attendis le moment où les insectes commencent à striduler et les animaux de la forêt à remuer, s'appeler et jacasser. Alors je me levai et pris un sentier qui traversait une forêt de fougères arborescentes et menait au rivage. Je marchai dans le sable froid en scrutant l'océan sombre et attendis que le soleil apparût comme une perle géante à l'horizon lointain. Que signifiaient ces rêves? Je frissonnai et serrai plus étroitement mon châle autour de moi. Le Brésilien me poursuivait-il toujours? Me retrouverait-il? Était-il déjà là?

J'avais entendu les histoires courant sur un vaisseau hollandais semblable à celui de mes rêves qui hantait les mers du Sud. Le capitaine, un homme impétueux et téméraire, avait tenté de passer le cap de Bonne-Espérance par une tempête effroyable, en demeurant sourd aux supplications de son équipage et des passagers. Lorsqu'en réponse à leurs prières, le Tout-Puissant en personne était apparu sur le pont, le capitaine n'avait même pas touché le bord de sa casquette pour le saluer; il avait tiré sur Lui en jurant, en blasphémant et en hurlant: « Je suis le seul maître à bord! », et il Lui avait ordonné de disparaître. Dès lors, le vaisseau s'appela le *Hollandais volant* et fut condamné à errer jusqu'au jour du Jugement dernier. Nombreux sont ceux qui ont aperçu ce navire fantôme à travers les embruns d'une mer agitée par la tempête, ou qui l'ont vu surgir du brouillard avec des cadavres en travers du bastingage et des officiers morts donnant des ordres dans un silence terrifiant. C'était une bonne histoire à raconter en faisant circuler une cruche de rhum autour d'un feu dont les flammes bondissaient vers le ciel de velours sombre de Madagascar. Mais ce n'était qu'une histoire, me dis-je. Peut-être en allait-il de même de mes rêves. Peut-être étaient-ils aussi irréels que ce que les marins racontaient pour tuer le temps.

C'est ce que je me répétais en retournant vers notre maison dans la lumière du matin. Je ne voulais pas laisser ces idées noires assombrir le bonheur de Minerva.

Broom ne tarda pas à reprendre les affaires. Quelques semaines après notre arrivée, il était redevenu un honnête commerçant, comme lors de notre séjour en Amérique. Il avait acheté un beau navire hollandais de la Compagnie des Indes orientales, qu'il baptisa la *Nouvelle Fortune*. Il longeait la côte, du Cap à Zanzibar, faisant escale dans les ports du Mozambique et sur les îles de Johanna et des Comores pour acheter des épices, de l'or, de l'ivoire, des pierres précieuses et des soieries, tout ce qu'il pouvait trouver, sauf des esclaves. Il les revendait ensuite à des marchands venus d'Angleterre, de Hollande, du Portugal, d'Espagne ou de France, tous ceux qui avaient de l'argent ou des marchandises dont on manquait à Madagascar et sur la côte africaine. Bientôt, la baie du Trou de serrure se transforma en port. Une jetée s'étendait maintenant de la plage aux eaux profondes et d'autres navires venaient mouiller dans la baie.

– Regardez un peu qui je vous amène! nous dit un jour Broom en arrivant avec un jeune homme. Son navire a fait escale ici pour se ravitailler et je suis ravi de pouvoir lui venir en aide.

Son compagnon était Tom Andrews, le jeune navigateur de la Compagnie des Indes orientales reparti sur la *Fortune*. Je le reconnus à peine sous la barbe dorée qu'il s'était laissé pousser.

Nous l'accueillîmes chaleureusement et l'invitâmes à se joindre à nous sur la véranda. Minerva alla préparer du punch et Vincent lui offrit une prise de sa tabatière. Lorsqu'il fut installé, nous lui demandâmes des nouvelles de notre ancien équipage.

– Graham a accroché son enseigne de médecin à Londres et il commence à se faire une clientèle, dit-il. Il sera heureux d'apprendre que je vous ai retrouvés. Je lui ferai savoir où vous êtes.

– Tu as des nouvelles des autres?

Andrews hésita un instant et son visage frais s'assombrit.

– Pas de très bonnes, j'en ai peur, répondit-il.

– De qui veux-tu parler? demandâmes-nous en nous penchant vers lui pour mieux l'entendre.

– De Halston et de tous ceux qui sont repartis sur la *Fortune*. Je leur avais demandé de me laisser aux îles du Cap-Vert, d'où j'ai repris un bateau pour l'Angleterre. Là-bas, j'ai raconté que j'avais été fait prisonnier par des pirates, mais que j'avais réussi à leur échapper, ce qui est suffisamment proche de la vérité pour la Compagnie, fit-il avec un sourire. Peu après mon arrivée à Londres, j'ai appris par quelqu'un qui rentrait des Antilles que la *Fortune* avait été coulée juste après mon départ, pratiquement dès que les pirates avaient repris la mer, en fait.

– Par la Marine? demanda Broom en vidant sa pipe dans le jardin.

– Non, répondit Andrews en secouant la tête, ce qui fit briller ses cheveux dorés sous la lumière de la lampe. Pas par la Marine. Par un chasseur de pirates. Il se conduit comme s'il portait une lettre de marque.

– Une lettre de marque? demandai-je. (J'avais un mauvais pressentiment.) De qui?

– Qui sait? fit Broom en haussant les épaules. Du gouvernement de Sa Majesté, ou de France, de Hollande ou du Portugal. Tout ce beau monde déteste et redoute les pirates.

– Peut-être travaille-t-il pour une compagnie, suggéra Vincent. La Compagnie des Indes orientales ou la Compagnie royale d'Afrique.

– C'est possible, acquiesça Andrews.

Broom ricana.

– Ce sont eux les pirates, dit-il en pointant sa pipe vers Andrews. Et je le dis même si tu travailles pour eux. (Il prit une pincée de tabac dans sa blague et la tassa du pouce dans le fourneau de sa pipe.) Les boucaniers sont payés par n'importe qui ou par personne. Peut-être celui-là chasse-t-il pour son propre compte.

– Quelle qu'en soit la raison, fit Andrews en nous regardant, il ne fait pas de quartier. Dès qu'il repère un pavillon noir, il fait feu de tous ses canons. S'il prend des pirates vivants, il les tue sur le pont et les jette par-dessus bord. Il en tue plus que la Marine. Le bruit court qu'il cherche en réalité un certain équipage sur un certain navire commandé par un certain capitaine.

– Ah oui? demanda Broom, que cette précision semblait intriguer. Et qui est ce capitaine?

– Vous, capitaine Broom.

Le soleil s'était couché. Les papillons voletaient et venaient se brûler les ailes à la lampe à abat-jour. Au-delà de sa lumière dorée, Broom contemplait fixement la noirceur teintée de pourpre de l'océan.

– Tu veux dire qu'il est à nos trousses? demanda-t-il à Andrews.

– De quel genre d'homme s'agit-il? dis-je.

Malgré la chaleur persistante du jour, je sentis un frisson me glacer comme si un filet d'eau ruisselait dans mon dos. Les pirates ont l'habitude d'être haïs et traqués, mais un tel acharnement contre nous sortait de l'ordinaire. Vincent détourna les yeux, mais j'avais eu le temps de lire sur son visage. Il semblait considérer cette persécution comme une manifestation de la *vintana*, la destinée, à laquelle il était impossible de se soustraire. J'éprouvais la même impression. Je pensai à la Némésis [22].

– Sur quel genre de navire voyage-t-il? demanda Vincent.

22. Déesse de la Vengeance dans la mythologie grecque (NdT).

– Sur un grand vaisseau bardé de canons, mais de construction ancienne, comme s'il surgissait tout droit du passé. Il est entièrement noir, avec des voiles noires et un pavillon noir…

– … dépourvu de tout motif, complétai-je.

– Oui, répondit Andrews en me dévisageant. Comment le savez-vous?

– Je l'ai déjà vu.

– Où?

– En rêve.

D'un bref hochement de tête, Minerva confirma mes dires. Broom m'adressa un regard rapide. Je croyais qu'il allait railler mes pressentiments comme à son habitude, mais il n'en fit rien.

– Comment s'appelle le capitaine? demanda-t-il à Andrew.

– Bartholomé.

Je m'étonnai de l'absence de réaction de Broom, puis je compris que cela n'avait rien de surprenant. Si Bartholomé hantait mes pensées, en revanche, Broom devait l'avoir complètement oublié.

– Le Brésilien? demanda-t-il brusquement en fronçant les sourcils. Je croyais qu'on était débarrassés de lui depuis notre départ d'Amérique. Je croyais qu'il avait abandonné la partie et qu'il était retourné en Jamaïque. Le Brésilien? Damnation!

– Où l'a-t-on vu? demanda Vincent.

– Il a fait l'aller-retour entre l'Afrique et les Caraïbes pour retrouver votre piste, répondit Andrews.

– Quelles chances a-t-il de nous trouver sur le vaste

océan ? demanda Broom en se renversant dans son fauteuil et en décrivant un globe avec ses mains.

– Ce n'est qu'une question de temps. Pour l'instant, il a échoué, mais il nous cherche toujours, fit calmement Vincent.

– On l'a vu au large du Cap, dit Andrews, et il se pencha en avant d'un air de conspirateur, comme si nous étions dans une taverne portuaire bondée où l'on risquait de nous entendre. Il a fait peur à plusieurs navires qui l'ont pris pour le *Hollandais volant*. Enfin, moi, je ne crois pas à ce genre d'histoires…

Il vida son verre de punch d'un trait et s'en versa un autre.

Broom se renfrogna. Sa présence sur la côte africaine n'était pas un mystère. Le Brésilien nous retrouverait tôt ou tard. Il était peut-être seulement à quelques jours de Madagascar.

– Et tu dis qu'il me poursuit ? demanda-t-il à Andrews.

Broom était un bon capitaine et il était loin d'être stupide, mais il avait parfois du mal à voir plus loin que sa propre personne.

– Ce n'est pas vous qu'il poursuit, fis-je.

CHAPITRE 43

Nous n'attendrions pas que le chasseur de pirates vienne nous débusquer dans notre cachette. Broom aborda la question lors du conseil, et tout l'équipage approuva sa proposition. Nous reprendrions la mer et notre ancienne existence de pirates pour aller à sa rencontre. Nous reprendrions nos anciens rôles, comme au bon vieux temps. Vincent serait de nouveau second, Pelling quartier-maître et Phillips canonnier, mais cette fois-ci, Minerva ne nous accompagnerait pas.

Elle attendait un enfant. Elle était dans les premières semaines et elle se portait assez mal. Elle eut beau soutenir que des femmes avaient déjà travaillé dans cette situation délicate, personne ne voulut l'entendre. Elle insista vraiment pour nous suivre, nous supplia autant que sa fierté le lui permettait, mais Vincent refusa de céder, tout comme Broom et moi-même.

Nous partîmes à bord de la *Nouvelle Fortune*. Le grand vaisseau hollandais de la Compagnie des Indes orientales avait été équipé de canons supplémentaires qui lui permettraient de faire face à n'importe quel adversaire, du moins le croyions-nous. Pourtant, malgré le beau temps et les vents favorables, Vincent était d'humeur sombre. Il se penchait continuellement par-dessus le bastingage pour observer les vagues divisées par la proue. Il était inquiet pour Minerva et se tourmentait de la laisser seule.

– Elle sera en sécurité là-bas, lui dis-je. C'est moi qu'il poursuit, pas elle.

Il me semblait que, en prenant la mer, nous faisions comme l'oiseau qui ruse pour éloigner le renard de son nid. J'étais convaincue que Minerva serait plus en sécurité à terre qu'à bord avec moi. J'oubliais que le Brésilien n'était pas un renard, mais un vieux loup de mer.

Broom doubla les tours de quart. Jour et nuit, à bâbord, à tribord et sur la grande hune, des yeux parcouraient l'horizon jusqu'à en être irrités, mais sans rien repérer, si bien que nous commencions à douter du bien-fondé de notre entreprise et à la juger futile. Peut-être Andrews s'était-il trompé. Peut-être le vaisseau qui avait été aperçu était-il bel et bien le *Hollandais volant*. Cette course vaine était absurde : nous pourrions errer comme l'albatros à travers les mers du Sud sans jamais retrouver ce navire. Mieux valait rentrer à Madagascar et attendre là-bas.

Il vint à notre rencontre au commencement de notre cinquième jour en mer, juste après l'aube, alors que nous nous apprêtions à mettre le cap sur l'île.

La nuit avait été calme et il y avait à peine un souffle de vent dans les voiles. J'étais de quart et je regardais vers l'est comme je le faisais toujours, attendant avec impatience le matin, la première étincelle de lumière qui percerait les ténèbres. Le jour naquit sous la forme d'un rayon semblable au faisceau d'un grand fanal qui se serait immobilisé juste au-dessous de l'horizon. Le ciel pâlit et, lentement, le minuscule point lumineux se mua en un grand disque orange tremblant au milieu de nuages illuminés de rose et de pourpre.

Avec l'aube vint la brume qui roula vers nous sur la mer et nous enveloppa bientôt. Des gouttelettes se formèrent sur nos visages, nos vêtements et nos cheveux, couvrant de perles d'eau le pont et le bastingage et alourdissant les voiles. Il peut faire froid dans les mers du Sud. Les hommes grelottaient dans leurs vareuses de grosse laine qu'ils resserraient autour d'eux.

– Bon Dieu, on gèle, ici! dit Phillips qui montait sur le pont pour prendre son tour de quart. On se croirait en mer du Nord!

Il se racla la gorge et cracha, puis il sortit une bouteille de sa poche et en but une gorgée avant de la passer aux hommes frissonnants.

– Ça va bientôt se réchauffer, fit Vincent en désignant d'un signe de tête le soleil levant. Ça commence déjà.

Une lueur rose apparut au cœur de la brume, comme la lumière d'une lampe sous une plaque d'albâtre.

– Hé, qu'est-ce que c'est que ça? (Lawson, l'un des hommes de l'équipage, se penchait par-dessus bord pour scruter le brouillard.) Regardez, là-bas, un navire!

Son doigt tremblait en le désignant. La mort attendait le premier homme qui voyait le *Hollandais volant*. Les autres s'écartèrent de lui comme s'il était déjà condamné.

Une forme sombre apparut au milieu des volutes de brouillard. Elle ressemblait à un navire miniature découpé dans du papier et recouvert de gaze. Soudain, elle vira. Surgissant de la brume et grandissant à vue d'œil, le navire vint vers nous, toutes voiles dehors, comme s'il voulait nous éperonner.

Nous nous éloignâmes du bastingage.

– Comment fait-il pour avancer, et à cette allure ? demanda Lawson avec stupeur, les yeux levés. Il n'y a pas un souffle de vent dans les voiles !

Le navire noir se rapprochait rapidement. On pouvait maintenant distinguer des hommes au bastingage. Autrefois, ses voiles avaient dû être noires, mais leur couleur avait pâli et elles avaient maintenant une teinte rougeâtre, semblable à celle du sang séché sur du linge. Nous nous préparâmes à ce qui devait arriver. Des ordres hurlés. Des hommes bondissant pour les exécuter. Pourtant, il ne se passa rien. Personne ne fit rien. Le brouillard nous enveloppait dans un silence ouaté. On n'entendait plus que le bruissement de l'eau contre la proue du navire.

Vincent rompit le charme en hurlant à l'équipage d'aller chercher Broom. Le capitaine apparut sur le pont en fourrant sa chemise dans son pantalon et en ordonnant aux hommes de monter dans le gréement pour déployer toutes les voiles.

– Tourne, bon Dieu ! hurla-t-il au timonier. Il ne faut surtout pas lui présenter le flanc !

Le navire gronda et frémit, tandis que le timonier manœuvrait de son mieux pour obéir à l'ordre. De flanc, nous constituerions une cible facile. Nous devions présenter notre poupe à l'assaillant, ou le rencontrer proue contre proue.

– Je ne peux rien faire! grommela le timonier. Le navire est en panne!

Le vaisseau s'approchait de nous dans la direction du vent. Nous lui présentions notre tribord. Comme en réponse à nos pressentiments, la détonation d'un canon retentit et un nuage de fumée s'échappa du sabord du navire. Le boulet de canon plongea dans la mer. Il avait manqué sa cible de peu.

– Canonniers! lança Broom. À vos postes! Montrez-leur ce que vous avez dans le ventre! Ils ont hissé leur pavillon? demanda-t-il à Vincent.

– Oui, un pavillon noir sans motif.

– Eh bien, en avant! On va leur montrer de quel bois on se chauffe! Bon Dieu, ils vont voir ce que ça coûte d'attaquer une tête de mort! Canonniers! Prêts à tirer! hurla-t-il.

– Attendez, mon capitaine! dis-je en empoignant son bras.

– Attendre? fit Broom en regardant autour de lui. Attendre quoi? Il est presque sur nous!

– Là, regardez! À la proue!

Minerva était liée au beaupré, les bras tirés en arrière. Dans mon souvenir, elle est plus grande que nature, comme si le navire s'était appelé Minerva et qu'elle en avait été la proue, l'image sculptée de son propre nom.

Le navire du Brésilien fonçait droit sur nous, menaçant de nous emboutir. Le vent tomba soudain, comme sur un ordre, sauf qu'en réalité il n'y avait pas de vent. Il n'y en avait jamais eu. Les voiles rougeâtres du navire pendaient dans les haubans, aussi molles que les nôtres. Les deux navires se rejoignirent en glissant aussi doucement que s'ils étaient pilotés par des capitaines de la marine marchande.

Le brouillard se levait et nous étions de nouveau en plein soleil. Le Brésilien se tenait sur le gaillard d'arrière et, lorsqu'il se tourna vers nous, la croix de diamants qu'il portait sur la poitrine décomposa la lumière en une myriade d'étincelles.

— Je vous ai enfin retrouvés, dit-il. Vous m'avez donné du fil à retordre. Ce petit tableau vous plaît-il ? demanda-t-il en désignant Minerva.

— C'est moi que vous voulez, fis-je en m'avançant. Libérez-la !

— Chaque chose en son temps, répondit-il en se penchant par-dessus le bastingage. Déposez d'abord vos armes. Jetez-les sur le pont. Le premier qui essaie de désobéir est un homme mort.

Des tireurs d'élite l'encadraient et d'autres hommes étaient suspendus au bastingage, armés de longs mousquets qu'ils pointaient dans notre direction. Pistolets, sabres, épées et couteaux tintèrent sur le pont. Comme à titre de démonstration, un coup de feu résonna, suivi d'un second. Deux hommes tombèrent pour avoir tenté de saisir leurs armes ou débouclé trop lentement leur ceinturon.

Déjà, les hommes de Bartholomé se déversaient de son navire sur le nôtre par les écoutilles. Certains sillonnaient le pont pour ramasser les armes qu'ils jetaient dans des sacs.

Les pirates évitaient de se regarder et cherchaient des yeux une tache sur le pont ou un nœud dans le plancher. Je savais qu'ils avaient profondément honte de se voir confisquer leurs armes et d'être faits prisonniers sans même avoir combattu. Ils étaient complètement démoralisés. Les hommes du Brésilien se saisirent d'eux sans difficulté.

Sous la menace du fusil et du sabre, on nous fit passer d'un navire à l'autre et l'on nous rassembla au milieu de celui du Brésilien. Ses hommes allaient et venaient parmi les prisonniers, qu'ils attachaient deux par deux et dos à dos comme des poulets que l'on va vendre au marché. Minerva fut déliée de la proue et amenée au Brésilien sur le gaillard d'arrière.

Il la força à s'agenouiller devant lui et la saisit par les cheveux. Il prit un long coutelas à lame courbe, qu'il plaça sous sa mâchoire, la pointe dans son oreille. Je me représentai la gorge tranchée de Minerva et le sang ruisselant sur sa poitrine comme les rubis du collier qu'il m'avait offert. Je me souvins de la vision que Phillis avait eue de moi, morte, alors que je le portais devant elle. Et si ce n'était pas moi qu'elle avait vue, mais Minerva ?

Le Brésilien m'ordonna de m'approcher.

– Que feriez-vous pour lui sauver la vie ? demanda-t-il.

– N'importe quoi, répondis-je. Tout ce que vous me demanderez.

– Très bien, dit-il en libérant Minerva. Souvenez-vous de cette promesse.

Il m'envoya dans l'entrepont avec l'ordre de passer des vêtements de femme. Je tremblais de terreur, mais je savais que je ne devais laisser paraître aucune émotion. J'affermis ma voix pour lui dire que je ne descendrais pas sans Minerva. J'avais besoin de son aide. Elle était mon esclave : comment aurais-je pu m'habiller sans elle ? Il la laissa m'accompagner sans faire de difficultés. C'était un homme du passé, aux conceptions rigides. Il vivait dans un monde où les femmes ne faisaient rien par elles-mêmes et se retrouvaient désemparées lorsqu'elles n'avaient pas d'esclaves pour prendre soin d'elles. Il ne lui vint pas à l'esprit que j'avais vécu au milieu d'hommes, habillée comme eux, pendant plus d'un an. Quel besoin avais-je donc de l'aide d'une femme ?

Mes appartements avaient été préparés : ils se composaient d'un salon et d'une chambre. Je n'en avais jamais vu de tels, même pour un capitaine. Mes coffres étaient rangés le long du mur ; certains venaient de Madagascar, d'autres de Fountainhead. L'une de mes robes était posée sur un lit dont les pieds étaient rivés au sol. C'était celle que j'avais portée le jour de mon seizième anniversaire, lorsque j'étais venue dîner chez lui.

Minerva était encore tremblante de l'épreuve qu'elle avait subie, les yeux agrandis et le corps secoué de frissons. Je passai un bras autour d'elle, la menai au lit et m'assis à côté d'elle.

— Ils sont arrivés à la nuit, deux jours après votre départ, me raconta-t-elle. Ils ont attaqué sans sommation et ils étaient sur nous, avant que nous n'ayons compris ce qui arrivait. Ils ont traversé le village en tuant tous ceux qui leur résistaient. J'ai entendu le bruit, mais trop tard : ils étaient déjà dans la maison. Ils m'ont saisie, ils ont fouillé partout et emporté toutes tes affaires. Je n'ai même pas eu le temps de prendre une arme...

– Ça ne fait rien, maintenant, dis-je. Et le bébé ? Comment ça va ?

Elle hocha la tête.

– Je crois que ça ira, répondit-elle. Non que ça fasse une différence, maintenant. Il est fou. (Je vis des larmes surgir dans ses yeux.) Il va tous nous tuer.

Un homme qui utilisait une femme vivante comme figure de proue était en effet capable de tout.

– C'est possible, chuchotai-je en la serrant contre moi, mais nous ne sommes pas encore mortes. Examinons d'abord les lieux et voyons ce que nous pouvons en tirer. Avant de se battre, il faut bien connaître le terrain.

À l'extérieur, la porte de la cabine était gardée, mais, comme il est courant sur un navire, mes appartements donnaient sur une enfilade de pièces se prolongeant jusqu'à la poupe. Lorsque nous nous faufilâmes par les portes coulissantes dans l'appartement suivant, personne ne vint nous barrer le passage. Nous étions maintenant dans la chambre du Brésilien. Minerva haussa les sourcils en constatant la proximité de ses appartements et des miens. Nous passâmes comme des ombres devant un grand lit à baldaquin sculpté et entrâmes dans la cabine où il se tenait pendant la journée. Elle était aussi richement meublée que si le navire était un palais flottant. Les panneaux lambrissés de la pièce étaient ornés d'armes, d'armures anciennes et d'écussons dont les armoiries disparaissaient à demi sous la patine du temps, comme s'ils avaient été arrachés aux murs d'une vieille demeure.

La pièce était éclairée par de grandes fenêtres donnant sur la poupe ; on se serait cru dans la cabine d'un amiral. Au-dessous des fenêtres trônait un imposant bureau couvert de cartes de navigation et flanqué d'un astrolabe, d'un globe terrestre et d'une boussole. Un grand fauteuil sculpté faisait face aux fenêtres, comme si son occupant aimait autant contempler la mer qu'étudier les cartes posées sur son bureau. Nous en avions assez vu. Nous regagnâmes ma cabine sur la pointe des pieds.

CHAPITRE 44

Une servante vint m'apporter les rubis que l'on m'avait offerts si longtemps auparavant. Le Brésilien avait dû faire fouiller tous mes bagages pour les récupérer. Il était évident que je devais porter la robe que j'avais revêtue le jour de mon anniversaire. C'était étrange. Troublant, même. Comme si, pour lui, le temps s'était arrêté depuis cette soirée. Je ne me hâtai guère dans mes préparatifs. Au contraire, Minerva et moi-même les prolongeâmes autant que possible tout en nous efforçant d'imaginer l'état d'esprit de notre adversaire, d'entrer dans ses pensées. Si nous voulions le vaincre, nous devrions le surpasser en ruse. C'était notre seul espoir, car nous avions échoué de toutes les autres manières. Pendant de nombreux mois, j'avais vécu dans la peur, mais maintenant que le moment était venu d'affronter le Brésilien, je ne le craignais plus. C'était exactement comme avant l'abordage. Pendant que les navires se rapprochaient, j'étais tremblante et malade d'appréhension, mais, une fois le combat engagé, je me montrais aussi intrépide que n'importe qui d'autre.

Lorsqu'on vint me chercher, j'avais revêtu la robe. Elle était très décolletée sur le devant et Minerva avait lacé le corset aussi serré qu'elle le pouvait. Mon visage était poudré, mes lèvres rougies et mes cheveux coiffés avec art et relevés très haut. J'étais prête pour la bataille.

– Comment suis-je? chuchotai-je à Minerva.

– Merveilleuse! Il sera incapable de détacher les yeux de toi, exactement comme Thornton!

Je mis la boucle d'oreille pendant qu'elle agrafait le collier à mon cou. Sous la froide étreinte du métal, je sentis mes bras se couvrir de chair de poule. Je glissai un doigt sous le bord de la monture en or pour l'éloigner de ma gorge. J'avais l'impression d'étouffer.

Minerva saisit mes mains et les ramena doucement le long de mon corps.

– N'y touche pas en sa présence, me recommanda-t-elle.

Assis dans le grand fauteuil sculpté de son bureau, les bras posés sur les accoudoirs courbes, le Brésilien contemplait la mer à travers les fenêtres de la cabine. D'un geste de sa main couverte de bagues, il me fit signe de me placer devant lui, le dos aux fenêtres. L'homme qui m'avait amenée fut congédié.

– Maintenant, je vous tiens! dit-il en se renversant dans son fauteuil et en m'examinant comme un butin arraché en mer.

– J'espère que vous n'êtes pas déçu.

– Au contraire, ma chère. Je ne vous apprécie que mieux pour la chasse que j'ai dû vous donner.

– Qu'allez-vous faire de moi, maintenant?

– Ce que j'ai toujours eu l'intention de faire. Je vais vous ramener à terre et vous épouser, mais je ne pense pas que nous rentrerons à la Jamaïque. Notre histoire est trop connue là-bas. Non. Je vous emmènerai en Amérique du Sud. Au Brésil, peut-être, à São Luís. J'ai là-bas une maison où ma sœur vous tiendra compagnie, car je voyage beaucoup. Et puis non, à la réflexion, dit-il en souriant comme s'il me promettait une vie douce et dorée, bien que ses yeux eussent un éclat cruel, j'ai également des intérêts à Manaus, au nord de l'Amazone. Peut-être vous emmènerai-je là-bas.

Je serais donc ensevelie vivante dans une demeure avec sa sœur, ou exilée dans une région perdue de l'Amazone. Son sourire s'élargit. Il savait qu'aucune de ces perspectives ne m'enchantait, mais je pris garde à ne rien répondre, ni montrer la moindre émotion. Je voulais le laisser dans l'incertitude.

– Et les autres ? demandai-je.

– La racaille avec laquelle vous naviguez ? (Il se redressa pour prendre un couteau sur son bureau.) Ils iront nourrir les requins.

Il se renfonça dans son fauteuil, les yeux dans les miens, en jouant avec son couteau. C'était une arme effilée, à double tranchant, dont le poids était si bien réparti entre le manche et la lame qu'il pouvait le faire tenir en équilibre à leur jonction sur le bout de son doigt. Il le lança en l'air, le rattrapa par le manche et le tint comme une baguette de tambour, en tapotant la paume de sa main avec la pointe de la lame.

– Ces rubis sont toujours splendides sur vous, même si votre peau est hâlée, mais il vous manque une boucle d'oreille, dit-il en me regardant d'un air critique. Enlevez-la. Je n'aime pas le manque de symétrie. Gardez-la à la main.

J'obéis. Le rubis pendait au bout de mes doigts comme une goutte de sang.

— Dites-moi, ma chère, qu'est-il arrivé à l'autre boucle d'oreille ? demanda-t-il.

Je plongeai les yeux dans les siens. Sa question paraissait sans conséquence, mais je me sentis soudain accablée. Elle semblait chargée d'un sens que je ne pouvais déchiffrer, comme dans les mythes et les légendes, où la mauvaise réponse à une énigme signifie la mort.

— Je l'ai donnée à quelqu'un, répondis-je.

— Vous en avez fait don à une prostituée, si je ne me trompe ? (Il se redressait lentement en parlant et son corps semblait se dérouler comme celui d'un serpent.) Quelle prodigalité ! Mais c'était vraiment du gaspillage. Cette femme n'a pas été longue à me révéler comment elle était entrée en sa possession. Elle avait presque autant envie de parler que ce mousse malade de dépit à New York. Le banquier n'était pas du genre à desserrer facilement les lèvres, mais les autres... vos anciens compagnons de voyage, et le gouverneur de ce fort que vous avez pris... tous se sont fait un plaisir de me raconter ce qu'ils savaient sur vous. Chaque homme a son prix, c'est une chose que vous devez savoir maintenant. (Il se tut et contempla le couteau posé en équilibre sur le bout de son doigt.) Il faut faire confiance aux pierres, ne vous l'avais-je pas déjà dit ? Elles sont néanmoins promptes à vous trahir, ma chère. Comme les prostituées. C'est une belle pierre, dit-il en contemplant le rougeoiement du rubis, mais à quoi bon une seule boucle d'oreille ? J'ai l'autre sur moi. (Il la sortit de la poche de son gilet et la posa sur la table, où elle s'étala devant nous comme une bulle de sang.) Tout compte fait, peut-être feriez-vous mieux de n'en porter qu'une. En pendentif, par exemple. Tenez, là, dit-il en pointant son couteau vers moi, entre vos seins blancs comme les lys.

Je compris soudain ce qui m'avait échappé auparavant, ce que Minerva et moi-même n'avions pas envisagé. Il allait lancer le couteau. Mon refus et ma fuite l'avaient offensé. J'avais préféré m'enfuir avec des esclaves plutôt que de l'épouser, j'avais vécu avec des pirates et donné ses cadeaux à des prostituées. Je les avais insultés, lui et sa famille, au-delà de toute mesure ; il n'avait donc pas la moindre intention de m'emmener où que ce fût. Il n'avait fait que jouer avec moi, et maintenant il allait me tuer.

Sa main se resserra sur le manche du couteau et il sourit. J'avais beau tenter de dissimuler mon inquiétude et ma frayeur, il les avait lues sur mon visage et il se délectait visiblement à l'idée que je me savais perdue. J'étais complètement en son pouvoir. Il pouvait me tuer quand il le voudrait : qui pourrait l'en empêcher ? Tous les pirates, attachés sur le pont comme de la volaille, attendaient qu'il ordonnât de les jeter à la mer. Tous les pirates, sauf un.

Il ne l'avait ni vue, ni entendue. Il avait probablement oublié sa présence, les esclaves étant indignes de sa considération. Minerva était entrée derrière lui à pas silencieux. Je détournai les yeux d'elle et laissai transparaître ma peur comme si j'allais le supplier, prête à tout pour retenir son attention. Minerva décrocha doucement une épée du mur. Le manche était assez long pour qu'elle puisse la tenir à deux mains, et la large lame ornée de motifs mauresques gravés dans l'acier de Tolède. Elle la souleva pour en éprouver le poids et l'équilibre, puis elle la saisit à deux mains. Elle devait atteindre sa cible du premier coup. Rejetant l'épée par-dessus son épaule gauche, elle la fit tournoyer comme une faux, un grand arc mouvant de métal gris qui décapita net le Brésilien.

– C'était notre dernière chance, fit-elle.

Elle jeta l'épée à terre et s'appuya sur le dossier du fauteuil en prenant une profonde inspiration. Puis elle se pencha en avant et empoigna la tête par les cheveux.

– Maintenant, il faut montrer ça à ses hommes, dit-elle. Sans lui, ils ne sont rien.

Nous sortîmes en tenant le trophée sanglant entre nous. Les hommes s'écartèrent sur notre passage, tandis que nous montions sur le gaillard d'arrière. Nous soulevâmes la tête afin que tous puissent bien la voir.

– Il est mort, déclara Minerva, dont la voix résonna dans un silence complet. Je l'ai tué. Désormais, c'est moi qui vous commande.

Ils n'offrirent aucune résistance et vinrent s'agenouiller devant elle comme devant une reine des pirates.

CHAPITRE 45

Le navire du Brésilien contenait des richesses fabuleuses. Des balles de soie brochée et de satin luisant dissimulaient des objets plus précieux encore. Des pierres de toutes sortes : rubis, saphirs, émeraudes, diamants gros comme des œufs de pigeon. Des perles de toutes nuances, du noir au blanc le plus pur en passant par le gris, le rose et le crème. Certaines de ces perles étaient percées, prêtes à être enfilées, d'autres intactes. Il y en avait de si petites qu'elles coulaient entre les doigts comme des grains de riz, et de plus grosses qui reposaient confortablement dans le creux de la main comme des balles de mousquet. Les unes étaient parfaitement rondes, les autres ovales comme des œufs de mouette. Au contact de la peau, elles se réchauffaient et prenaient de l'éclat tout en changeant subtilement de nuance. Toutes ces richesses furent rassemblées. Les gemmes et les perles furent rangées dans des sacs pour être transportées sur l'autre navire. Les hommes les déchargèrent comme du grain ou du charbon. Chaque sac représentait l'équivalent d'un millier de vies d'honnête labeur.

Ils retournèrent à bord pour s'emparer d'autres trésors : des coffres remplis de lingots d'argent, des coupes et des assiettes incrustées de pierres précieuses et de la poudre d'or si fine qu'elle volait au visage de ceux qui ouvraient les coffres, semant des paillettes sur leur peau suante.

Finalement, le navire fut vidé de ses richesses, mais tout ne fut pas emporté. Les soieries et les brocarts qui, en temps normal, auraient été saisis comme butin furent abandonnés sur place, voltigeant sur le pont et parant le gréement comme des toiles d'araignée aux couleurs voyantes. Les hommes du Brésilien nous observaient de leurs yeux noirs dans leurs visages sombres, attendant le sort que nous leur réservions.

La tête du Brésilien fut fichée en proue. À présent, il était la proue de son propre navire. Minerva donna l'ordre de lancer les canons à la mer et envoya des hommes dans les haubans, le couteau entre les dents, pour couper les cordes et lacérer les voiles.

J'allais également jeter le collier de rubis par-dessus bord avec toutes les marchandises dédaignées, lorsque Minerva me retint.

– C'est terminé, dit-elle, tu es libre maintenant. (Elle prit le collier et l'éleva pour le contempler.) Maintenant, ce ne sont plus que des pierres. Leur magie les a quittées.

Elle enroula le collier autour de son poignet. Dans la lumière du soleil, les rubis perdaient leur éclat sanglant. Ils avaient une douce teinte laiteuse qui fonçait à la chaleur de sa peau, virant au rose intense.

– Ils sont très beaux, dit-elle. Pourquoi détruire toute cette beauté à cause de cet homme ? Et puis, ajouta-t-elle en souriant, ils ont de la valeur. Tu devrais les garder.

Elle ôta le collier de son poignet et me le rendit. Les pierres avaient gardé la chaleur du soleil et de sa peau. Elle posa ses mains sur les miennes.

– Qui sait si tu n'en auras pas besoin un jour ? fit-elle.

Nous restâmes immobiles, les mains nouées. Les deux navires se séparaient. Il était temps de repartir.

JE VOUS DÉCLARE UNIS PAR
LES LIENS DU MARIAGE...

CHAPITRE 46

Sur le chemin de retour vers Madagascar, les pierres furent pesées sur des balances prises au Brésilien. Chacune fut estimée, décrite, et la part de butin de chaque homme consignée dans un livret à son nom. Un gros diamant équivalait à une certaine quantité de pierres plus petites. Au pirate de décider ce qu'il en faisait. S'il voulait, d'un coup de marteau, briser un diamant en quarante morceaux, libre à lui. Le butin fut partagé clairement et équitablement. Personnellement, je préférais les grosses pierres, que je choisissais, comme les perles, selon leur taille, leur pureté et la beauté de leur couleur.

– Je crois que des réjouissances s'imposent! déclara Broom lorsque le partage fut terminé. Vous deux, dit-il en nous désignant, Minerva et moi, habillez-vous pour la circonstance. En femmes, s'il vous plaît. Laissez de côté vos frusques de dandy. Les autres, récurez-vous de fond en comble et mettez vos tenues d'escale. Et je veux que le navire soit en beauté.

Nous fûmes appelés sur le pont par la cloche du navire. Tout l'équipage se rassembla en son milieu.

– Mr Vincent Crosby, Miss Minerva Sharpe, je vous prierai de me rejoindre sur le gaillard d'arrière, déclara Broom.

Vincent et Minerva échangèrent un regard, incertains de ce qui les attendait. Broom mijotait quelque chose. J'en étais aussi sûre qu'eux. Il parlait d'une voix sonore et excessivement solennelle. Il s'efforçait de prendre un air compassé, comme s'il avait peur d'éclater de rire. Il attendit qu'ils aient monté les marches et qu'ils se tiennent devant lui. Alors il sortit une bible de son manteau, l'ouvrit et posa dessus deux anneaux.

– J'ai cru comprendre que vous aviez l'intention de vous marier ? leur demanda-t-il.

– Vous le savez bien, répondit Vincent.

– Alors c'est parfait. J'ai réfléchi à la question et je ne suis pas tout à fait certain qu'il entre dans les attributions d'un capitaine de navire de marier des gens à terre, mais je sais ce qu'un capitaine a le droit de faire à bord. Et puisque Mr Crosby a confié à ma garde ces deux splendides anneaux, c'est le moment ou jamais. Y voyez-vous une objection ? demanda-t-il en regardant le couple.

Minerva et Vincent secouèrent la tête.

– Parfait. (Il se tourna vers l'assemblée.) Quelqu'un veut-il être le témoin de cette dame ? (Pelling s'avança avec un large sourire. Ils avaient dû se concerter.) Bon, toi, tu feras l'affaire. Et maintenant, Vincent Crosby, veux-tu prendre cette femme pour épouse légitime ?

– Oui.

– Promets-tu de la garder, poursuivit Broom, de la chérir, de l'honorer, et ainsi de suite, jusqu'à ce que la mort vous sépare ?

Vincent regarda Broom, puis Minerva, et répondit : « Oui. »

– Plus fort, ordonna Broom. Je veux que tout le monde entende.

– Oui ! dit Vincent d'une voix tonnante.

– C'est mieux. Et maintenant, Minerva Sharpe, veux-tu prendre cet homme pour époux devant la loi, le garder, le chérir, l'honorer et lui obéir jusqu'à ce que la mort vous sépare ?

– Oui, répondit Minerva avec un sourire.

– Très bien, en tant que capitaine de ce navire, je vous déclare mari et femme. (Il regarda l'assemblée.) Ce n'est peut-être pas tout à fait dans les règles, dit-il en fermant le livre et en le brandissant, mais qu'est-ce ça peut bien faire ? (Il sourit à Vincent.) Vous voilà mariés en bonne et due forme. Il était temps que tu en fasses une honnête femme. Allez, vas-y ! Embrasse-la !

Une grande clameur s'éleva de l'assistance, tandis que les mariés s'embrassaient, et les réjouissances commencèrent. Broom serra le couple dans ses bras, l'air aussi radieux que s'il s'agissait de ses propres enfants. C'était un capitaine avisé. La mort et les combats devaient être exorcisés par la joie des festivités. Or quoi de mieux qu'un mariage pour chasser des esprits le souvenir maléfique du Brésilien et de sa fin sanglante ?

L'équipage entoura le couple pour le féliciter. Vincent souriait, serrait des mains et recevait des bourrades et des claques dans le dos au point d'en avoir la main endolorie et le dos couvert de bleus. Les hommes se montraient, en revanche, presque timides avec Minerva. Elle avait soudain changé à leurs yeux : de compagnon, elle était devenue reine des pirates, puis jeune mariée. Ils ne savaient plus comment s'adresser à elle. Ils lui serraient la main, l'embrassaient sur la joue et la traitaient avec le plus grand respect. Il n'y eut pas, ou très peu, les mots d'esprit et les commentaires grivois auxquels l'on aurait pu s'attendre. À vrai dire, on ne rencontre pas tous les jours une jeune mariée capable de vous passer au fil de l'épée. Tous offrirent au couple des présents tirés de leurs coffres et de leurs baluchons. Pas d'or, ni de bijoux, dont le couple avait déjà à profusion, mais des objets plus simples, des affaires personnelles : une flasque de rhum en argent, une blague à tabac finement ouvragée, un navire dans une bouteille ou de petites sculptures taillées en mer.

Minerva embrassa les hommes et les serra contre son cœur en leur disant qu'ils étaient ses frères et qu'elle les aimait tous. J'en vis un ou deux essuyer une larme, mais il faut dire que le rhum circulait déjà depuis un bon moment.

Peu à peu, la foule s'éclaircissait et je pus passer un moment seule avec Minerva. En attendant, j'avais réfléchi et même préparé un petit discours pour lui dire combien je l'aimais, combien j'appréciais et je respectais Vincent, qu'il ferait un bon époux, et que j'avais à présent une sœur et un frère auxquels je souhaitais tout le bonheur que deux êtres puissent connaître en ce monde. Au moment de parler, pourtant, les mots me manquèrent. Je ne pus que la serrer contre moi, l'embrasser et pleurer sur son épaule comme elle sur la mienne.

– Qu'avez-vous à larmoyer, vous deux ? demanda Broom en nous entourant de ses bras. C'est un mariage, bon sang ! Allez, venez, les violoneux attaquent ! On attend Minerva pour ouvrir le bal.

Vincent et Minerva s'élancèrent sur la piste au rythme de la musique, tandis qu'autour d'eux le punch et le rhum coulaient à flots. La fête se prolongea longtemps après qu'ils se furent retirés dans la cabine préparée par Abe Reynolds.

– Draps de soie et tout le tremblement, me dit Abe avec un clin d'œil. Cadeau du Brésilien.

Accoudée au bastingage, je contemplais la mer noire dans la nuit, lorsque je sentis soudain une présence à mon côté.

– J'ai oublié de vous dire quelque chose, fit Broom en s'accoudant à côté de moi.

– Ah oui ? dis-je en me tournant vers lui. Quoi donc ?

– Quelque chose qu'Andrews m'a confié juste avant son départ. (Il regardait droit devant lui, dans les ténèbres.) Il m'a dit qu'il avait rencontré un petit gars de la Marine qui venait de passer capitaine, d'après ce que j'ai compris. C'était à Llandoger Trow, dans votre bon vieux port de Bristol. La conversation est venue sur les femmes et l'amour, et quelqu'un a demandé à ce jeune capitaine s'il avait une amoureuse. Alors il a déclaré qu'il aimait la fille la plus merveilleuse du monde et que ça ne le gênait nullement que tout le monde le sache. Il n'a pas voulu donner le nom de cette personne, mais il a dit qu'il portait sa bague en pendentif, et elle la sienne, et que s'il ne pouvait pas l'épouser, il n'en épouserait pas d'autre. Andrews n'était pas sûr de son nom, ajouta Broom en se penchant vers moi et en me regardant dans les yeux, mais il pense que ça pourrait être William.

– William ? fis-je en lui rendant son regard. Tous les marins s'appellent William.

Broom se mit à rire en reconnaissant la phrase qu'il avait prononcée il y avait bien longtemps.

– Je ne vais pas rester longtemps à Madagascar, dit-il. Je rentre au pays. Pourquoi ne repartiriez-vous pas avec moi ?

Je gardai un instant le silence, sans savoir quoi répondre. Une partie de moi-même aspirait à rentrer et à retrouver William, mais comment pouvais-je abandonner Minerva ? Elle m'était aussi précieuse que mon propre sang et j'avais peur, si je partais, de ne jamais la revoir. Je sentis un pincement à la pensée du mariage qui aurait lieu à Madagascar et auquel je ne pourrais assister. Broom parut deviner ma pensée.

– Elle a Vincent, maintenant, dit-il. Et bientôt son bébé. Sa vie est désormais ici, comme il se doit. La vôtre est ailleurs. Et elle le sait, même si vous l'ignorez. La vie est courte, vous êtes bien placée pour le savoir. Il ne faut pas la gaspiller. Il ne faut pas en perdre une seule goutte. Avez-vous toujours la bague de William sur vous ?

J'acquiesçai.

– Eh bien, un marin nommé William ne devrait pas être trop difficile à retrouver. Pas avec l'argent dont nous disposons maintenant. Vous l'épouserez, ma chère, même si vous devez pour cela acheter toute la Marine !

J'ignorais ce que j'allais dire à Minerva. Lorsque l'aube pointa, j'étais encore sur le pont, où j'avais veillé toute la nuit. Je devais prendre une décision. Nous arriverions à Madagascar dans la matinée. C'était maintenant ou jamais. Mais comment le lui annoncer ? Que devais-je faire ? Ces questions résonnaient dans mon esprit comme le chant d'une sirène, tandis que, derrière moi, le soleil levant colorait le ciel et l'eau de rose pâle et de violet. Je détournai les yeux pour contempler la masse sombre de la côte qui se détachait à tribord comme un grand animal accroupi.

Soudain, Minerva fut à mon côté comme si ma pensée l'avait fait surgir. Elle semblait s'être levée à la hâte, encore à moitié endormie, pour passer une chemise en lin et un pantalon trop grand pour elle qu'elle avait serré autour de sa taille mince avec une large ceinture en cuir.

– Tu dois partir, je sais, me dit-elle.

Je me tournai vers elle pour lui répondre, mais elle éleva la main pour m'imposer silence.

– Ne sois pas malheureuse, ni triste. Nous avons déjà passé pas mal de temps ensemble et maintenant, nous n'en avons plus assez pour le perdre en discours. Il faut que tu rentres en Angleterre. Je suis d'accord avec Broom et Graham. Je sais pourquoi tu voudrais rester ici, mais je ne veux pas te voir malheureuse et tu le seras tant que tu resteras déchirée comme tu l'es maintenant. Tu aimes toujours William, n'est-ce pas ?

J'acquiesçai.

– Broom m'a dit qu'il m'attend, mais il peut très bien m'avoir menti, dis-je.

– Pourquoi donc ?

Je haussai les épaules.

– Tu sais comment il est. Il dit aux gens ce qu'ils ont envie d'entendre.

– Et si ce n'était pas le cas ? Il faut que tu cesses d'avoir peur, Nancy. C'est ça l'ennui avec toi, n'est-ce pas ? Tu as peur de me quitter. Tu as peur de ce qui arrivera si tu rentres en Angleterre.

J'acquiesçai, les yeux fixés sur la terre qui se rapprochait rapidement. Je ne pouvais pas regarder Minerva en cet instant. Elle me connaissait mieux que moi-même.

– Quand nous sommes devenues pirates, tu avais également peur, au début, reprit-elle.

Ce souvenir me fit rire.

– Pas seulement au début, dis-je.

– Mais tu as surmonté ta peur. Alors tu peux encore le faire.

– Ce n'est pas la même chose.

– Si, c'est la même chose. Toutes les peurs se ressemblent. Rentre avec Broom. Lance-toi, comme à l'abordage. (Elle se tut un instant et contempla l'île qui nous faisait face, les falaises striées de rouge et les arbres semblables aux nœuds d'une tapisserie que l'on distinguait maintenant avec netteté.) Rien ne peut nous séparer. Nous sommes sœurs. Je serai toujours à tes côtés, où que tu ailles. Qui sait ? Peut-être un jour la mer te ramènera-t-elle, et tu me retrouveras ici avec mes enfants qui joueront autour de moi.

Elle rit et je souris à cette évocation. Je sentis le courage me revenir. Minerva m'avait rendu espoir, comme un vent

surgi on ne sait d'où délivre un navire du calme plat en gon-
flant ses voiles et en le faisant glisser sur les eaux, où il
pourra suivre son cours.

Nous avions vécu tant de choses ensemble que nous
n'avions pas besoin d'en parler. Nous restâmes un instant
silencieuses, les doigts entrelacés sur le bastingage. Des ordres
fusaient autour de nous. Des hommes halaient des cordes
pour hisser la voile et le timonier manœuvrait le gouvernail
pour nous amener à bon port. Là où j'allais la quitter.

– Je retrouverai William, lui dis-je. Et Phillis. Et je
reviendrai te voir.

Elle eut un large sourire et son regard m'assura qu'elle
n'en doutait pas.

– Je voulais te les donner hier soir, repris-je en sortant
les rubis de ma bourse. Comme cadeau de mariage.

Minerva les éleva pour les contempler. Sous le soleil
matinal, ils brillaient comme le feu et chacun faisait étinceler l'autre. Elle me rendit l'une des boucles d'oreilles.

– Tu en garderas une et moi l'autre. Ainsi, nous nous
retrouverons un jour. Maintenant, il faut porter un toast.

Elle réussit à dénicher du rhum et deux verres.

– À la jeunesse, lança-t-elle. Et à la liberté.

Nous répétâmes ce toast de pirates comme un serment
solennel.

– Et au butin, ajouta-t-elle en riant.

– Ouais, à ça aussi !

Nous vidâmes nos verres et les jetâmes à la mer. Elle se
pencha par-dessus bord, et son visage à moitié dans l'ombre,
à moitié au soleil, était aussi parfait que celui d'une statue.

Un rayon de soleil fit étinceler le rubis à son oreille et, sous la brise, sa chemise blanche se gonfla et ses cheveux noirs et brillants flottèrent comme le pavillon d'un vaisseau pirate. C'est l'image que je garderai d'elle.

Tandis que, accoudées au bastingage, nous riions, j'eus la conviction que désormais, pour moi, rien ne serait impossible.

ÉPILOGUE

Je quittai Madagascar avec la marée suivante. Lorsque notre navire arriva au Cap, du courrier nous y attendait, notamment une lettre de Graham. Le médecin semblait avoir bien travaillé pour ma cause : il avait tenu sa promesse de retrouver William et de lui parler de moi. Cette nouvelle m'a rendu espoir. Graham a également fait la connaissance de Mr Defoe, un homme curieux de tout, un grand connaisseur de la mer qui éprouve une profonde sympathie pour tous ceux qui en vivent, quels qu'ils soient. D'après Graham, c'est un homme doué de discernement qui s'intéresse particulièrement à ceux qui ont choisi la vie de pirate. Il prépare une nouvelle édition de son ouvrage, *Histoire générale des plus fameux pirates*. En effet, le public semble fort apprécier les histoires de crapules et de réprouvés en tout genre, sur terre comme sur mer. Mr Defoe a recueilli les récits de pirates libres ou emprisonnés, et de tous ceux qui les pourchassent. Graham a commencé à lui confier sa propre histoire, ce qui m'a incitée à entamer ce récit.

Nous approchons de l'ouest de l'Angleterre, dont nous verrons bientôt apparaître la côte. Je dois avouer que j'éprouve une exaltation et une impatience considérables, ainsi qu'une nervosité encore plus grande, mais ma décision est prise. À Londres, je remettrai ce manuscrit à Mr Defoe, après quoi j'ai l'intention de retrouver William et de l'épouser, s'il veut toujours de moi. Et ensuite ? On pourra me souhaiter bonne chance ou me maudire, mais il sera inutile de me chercher, car je serai désormais loin de la mer.

TABLE

RÉALISATION : PAO ÉDITIONS DU SEUIL
IMPRESSION : NORMANDIE ROTO IMPRESSION S.A.S. À LONRAI (ORNE)
DÉPÔT LÉGAL : JUIN 2011. N° 105186 (112131)
IMPRIMÉ EN FRANCE